銀色死神

[邊境 vol.04 完]

Steel's Edge

伊洛娜．安德魯斯（Ilona Andrews）——著
蔡心語——譯

銀色死神—邊境04

目次

獻給每一位守候到最後的忠實讀者——

致謝

對我們來說，本書代表一個系列的完結。「邊境」系列歷經轟轟烈烈的前三集，在此畫下完美的句點。我們竭盡心力，努力讓本書表現得更出色，以下便一一感謝協助本系列問世的幕後功臣。

我們照例要首先感謝編輯安・舒華茲以及經紀人南西・約斯特，兩位是我們的忠實夥伴。我們不是最隨和的作者，也不是最好相處的客戶，在此感謝妳們在這段合作關係中，始終樂意付出耐心，不管一路上遭遇了多少坎坷。

另外，也要感謝Ace公司所有傑出的工作人員，包括：製作編輯蜜雪兒・卡斯伯、助理製作編輯潔米・史耐德、編輯助理凱特・席爾博、藝術家維多莉亞・薇貝爾、封面設計安奈特・費歐・迪費斯、內頁設計師克莉絲汀・德羅薩里與宣傳公關蘿莎娜・洛曼尼羅。

特別感謝南西・約斯特文學經紀公司的莎拉・楊格，她妥善地回覆了許多來電，並順利解決一些小危機。

基於本書的特性，我們需要向醫學專家諮詢，在此深深感謝S.F.、莎拉・卡登，並且特別感謝蜜雪兒・克洛特。如發現書中出現醫學方面的錯誤，都是我們的疏忽，與他們無關。

最後，我們要感謝許多朋友，還有你們，所有的讀者，感謝你們相信邊境世界。

編按：封面設計、繪圖及內頁排版設計爲原文版本之狀況。

楔子

「夫人？」

夏綠蒂原本望著茶杯，聽見呼喚，抬眼看看萊莎，發現年輕侍女拿著厚重的信封。

「這是要給您的。」

夏綠蒂陡然一陣心痛，彷彿胸腔內有個活生生的東西破碎，令她渾身發冷、緊張不安。一定是壞消息。如果是好消息，就不會有這種不祥預感。她忽然想用力揉搓滿頭金髮，這是小時候的習慣，已經多年不曾出現這種衝動。

「謝謝妳。」她勉強開口。

侍女沒有立刻離開，臉上明顯流露關心。「夫人，要不要我幫您拿什麼來？」

夏綠蒂只是搖搖頭。

萊莎端詳她好一會兒，無計可施，只得不情願地朝陽台另一邊的門走去，回到屋內。

信封擺在夏綠蒂面前，她強迫自己端起茶杯就口。因爲她的手頻頻發顫，杯緣不停晃動。她發揮長年控制情緒的本領，將注意力集中在杯緣上。平靜與鎮定，這是身爲治癒者的金科玉律。記憶在腦裡低聲提醒：強大的治癒者既不能冷酷無情，也不能慈悲心軟。她不允許自己屈服於激情或沮喪，也絕不會放任情緒危害自己的專業技能。

二十年來，這是她賴以爲生的信念，它從來沒有令她失望。

平靜至上。

平靜。

夏綠蒂深吸一口氣，默數每一次心跳。一、二、三、四……十，手裡的杯子終於不再晃動。夏綠蒂啜一口飲料，放下杯子，拿起信封，撕開封口。她手指已經麻木。信紙頂端印著華麗的艾朮昂里亞醫學學會標誌，第一行寫著：很遺憾，我們得通知您……

夏綠蒂強迫自己讀完信，一字一字讀過後，她視線越過陽台的白色石欄，落在底下的花園。花園裡有沙黃磚塊鋪成的小徑，一直延伸到遠方樹林。小徑兩邊長著短短銀草，草旁則是整排低矮的翠綠色樹籬；樹籬後有許多盛開的花朵，十幾種色調的玫瑰開得正好；灌木叢中有一束束深紅、粉紅和白色的星形花朵；此外也有黃色俠槍花，雅緻的小花朵看起來像迷你鐘鈴……

至於她，永遠不會開花，永遠不會結果。最後一扇門已在她面前狠狠關上。夏綠蒂雙手環抱自己，原來她不孕。

「不孕」二字壓迫她，像有實體重量，像脖子上掛了沉重的錨。她永遠無法感覺生命在體內成長，永遠不能傳承魔法天賦，或是看見寶寶五官活像自己的翻版。艾朮昂里亞頂尖治癒者的治療和魔法宣告失敗，眞是太諷刺了，她不禁笑出來，笑得苦澀而尖銳。

在艾朮昂里亞這種國家，有兩件事最重要——名字和魔法。她的家族既不古老也不富有，她的名字平凡，唯獨魔法與眾不同。四歲時，她偶然治癒受傷的小貓，人生突然來了個急轉彎，朝意外的方向前進。

擁有治癒魔法的人少之又少，而且備受重視，由於實在太過罕見，艾朮昂里亞在她七歲時找上門來。雙親向她說明情況：她會離家，在加納藥術學院上學。艾朮昂里亞提供住宿和師資，全力栽培她研習魔法。學成後，夏綠蒂得在相關領域擔任公職十年作爲回報。十年期滿後，她會獲得貴族頭銜，成為人人稱羨的上流人士，還能獲得一棟小宅邸。至於父母，他們將獲得大筆金錢，以彌補失去一個孩子。哪怕當時年紀還小，她便已明白自己被賣了。三個月後，她離家前往學院，從此未曾回去。

十歲時，她是天才；到了十四歲，成了明日之星；十七歲時，她正式開始擔任公職，就已是學院的頂尖高手。他們給了她「治癒者」封號，把她當珍寶一樣保護。為了不辱沒即將獲贈的貴族頭銜，有一批最好的家庭教師負責指導她。奧古斯汀夫人的血統可追溯到數百年前的舊大陸時期，她親自監督夏綠蒂的教育，確保夏綠蒂順利融入艾朮昂里亞社會，宛如生來就是當中的一分子。奧古斯汀夫人姿態完美無瑕，品味高尚優雅，行為舉止堪稱典範。夏綠蒂從學院畢業後，成了夏綠蒂．德．奈伊，也就是奈伊女爵，擁有一座小宅邸。到現在，她已經治癒了數千名患者。

但她卻永遠治不好自己。

任何人都治不好她。歷經十八個月的治療、專家會診與施法，她得到的結論是終生不孕。

不孕，像一座沙漠，像一塊荒地。

為什麼是她？為什麼她不能有小孩？她治癒過無數兒童，把他們從死亡邊緣拉回父母身邊，但是她在臥室隔壁準備的小育嬰室將永遠空無一人。難道她不夠格擁有這麼一點小小的幸福？她到底做了什麼可怕的事，居然要受到不能懷孕的懲罰？

夏綠蒂難過地嗚咽，但很快控制住自己並起身。不可以歇斯底里。艾爾維想必已聽見這個消息，他一定會崩潰，對丈夫來說，子嗣至關重大。

她下了台階，走上通往北面中庭的小徑。老房子像白色巨獸，懶洋洋地趴在花園中。表面上看來，這座三層樓高的建築就像由房間、中庭、陽台與石階隨機排列組合而成。北面中庭位於宅邸另一端，走過去要花點時間，恰巧夠她稍微平撫情緒。丈夫需要她的支持，可憐的艾爾維。

艾爾維・里瑞明向她求婚時，她才剛投入新生活。當時她二十八歲，結束公職生涯不滿一年，很是孤單。擔任治癒者時，沒有太多時間理會異性的浪漫追求，恢復自由身後，結婚並與他人相伴的念頭忽然深深吸引了她。里瑞明男爵體貼周到、親切和藹，而且相當迷人。他想要個家，而她也一樣，但婚後一整年，她的肚皮都沒有消息，她接受檢查，就此展開長達十八個月、飽受折磨的療程。

她想要寶寶。她會讓孩子周遭充滿愛和溫暖，不管是兒子或女兒，永遠不用擔心被迫與她分開，就算孩子遺傳她的天賦，她也會隨他們去學院。夏綠蒂停步，雙眼緊閉，心知這輩子不會有孩子了。一星期前，長久以來的治療、檢測和等待徹底擊垮了她。她感到孤單、絕望又害怕未來，就和七歲那年初次走進加納學院石雕大門的心情一樣。於是她回去找當年曾安慰自己的人。親生父母將她送走後，奧古斯汀夫人便成了她的另一個母親，因此她重返學院向夫人傾訴心事。

當時兩人在花園中並肩行走，就和她現在一樣，沿著蜿蜒石徑漫步，身後是學院高聳的石牆。奧古斯汀夫人還是老樣子，沒多大改變，留著一頭黑髮，舉止優雅，臉龐散發古典美，腳步輕盈，不像在走路，倒有幾分像是滑行。她姿態依然莊嚴，容貌也依舊雅緻，而她那瞬間就能安撫狂暴心緒的魔法，也和往日般立刻見效。

「您認為這算不算一種懲罰？」夏綠蒂當時問她。

夫人挑高眉毛。「懲罰？為什麼？」

夏綠蒂只是咬緊牙關，悶不吭聲。

「有事不妨說出來。」奧古斯汀夫人低聲說道。「親愛的，我不會辜負妳的信任，妳知道的。」

「我身上有某種黑暗的東西，很邪惡。有時我隱約感覺到，它正透過我的眼睛從體內向外窺視。」

「妳感到那股衝動了？」老婦人問道。

夏綠蒂點點頭。那股衝動始終糾纏著每位治癒者。他們可以讓嚴重的傷口癒合，還能消除疾病，同時也能傷害別人。但以魔法害人是被嚴格禁止的。「不可害人」是治癒者誓言開宗明義的第一句，也是她上第一課時聽到的第一句話，多年來不知聽過多少遍。害人這件事吸引力無窮，那些膽敢嘗試的治癒者都著迷到了迷失自我的地步。

「衝動是不是愈來愈強？」奧古斯汀夫人問道。

夏綠蒂點頭。

「身爲人類，情有可原。」

什麼？夏綠蒂看了看老婦人。

奧古斯汀夫人淒然一笑，說道：「親愛的，難道妳以爲自己是第一個有這些念頭的人？天賦讓我們可以治癒或傷害別人，兩者並行是我們的天性，但卻被要求封閉一半的自己，然後一年又一年地醫治他人。這樣會不平衡。妳以爲我從沒想像過釋放自己能力的話，能做出什麼事來？我可以走進一間滿是外交官的房中，直接讓各國開戰。我還可以誘發暴動，讓民眾自相殘殺。」

夏綠蒂瞪著她。在她心目中，養母是天底下最不可能有這種念頭的人。

「妳的感覺很正常，並不是因此受罰。現在妳遭受巨大壓力，身心都處於戒備狀態。妳讓自己承受這麼大的壓力，所以變得相當脆弱。此刻妳只想狠狠發洩，但夏綠蒂，妳一定要控制魔法。」

「萬一我踏錯一步呢？」夏綠蒂問道。

「沒有什麼踏錯一步，妳要不是治癒者，要不就是『舉世唾棄之人』。」

夏綠蒂有些畏縮。

「我對妳有信心，妳一定很清楚後果。」

她是很清楚，每位治癒者都明白後果。那些害人的傢伙都成了瘟神，被魔法奴役，爲了散播死亡和疾病而活著。數百年前的舊大陸時期，曾有人試圖在戰爭中把瘟神當作武器，兩名治癒者走上戰場肆意妄爲，導致全軍覆沒。他們釋放的瘟疫肆虐了幾個月，侵襲整個王國。

奧古斯汀夫人嘆口氣。「因爲國家想完全掌控對我們的教育，我們很小就被帶走，遠離家人。耗費苦心栽培我們，卻只要求擔任十年公職，是因爲這份工作會讓我們油盡燈枯。這十年間我們傾盡所有，太多人把最後一線希望寄託在我們身上，此外，我們還得面對可怕的事物，像暴力造成的傷勢、瀕死的兒童、哀痛逾恆的家屬等等。這種負擔太沉重，對妳、對我，以及對所有治癒者都有影響。所以，夏綠蒂，心中有股毀滅衝動很正常，但若妳付諸行動，會害自己變成殺人魔。或許它還不成氣候，或許妳暫時還能壓制，但魔法遲早會耗盡妳的心力，到時妳就會肆虐整個國度散播死亡。這模式一旦開啓就不會停止，從沒例外。夏綠蒂，千萬別淪落到舉世唾棄的地步。」

「不會的。」她一定會控制這股黑暗力量，非這麼做不可，沒有選擇餘地。

她們默默走了一會兒。

「我們來設想一下最壞的情況。」奧古斯汀夫人說。「也就是妳得了不孕症。」

夏綠蒂心跳漏了一拍。「是的。」

「這並不表示妳一定沒有子女，還有成百上千個孩子等著被愛。夏綠蒂，妳不能生育，懷孕和生產只是當父母的一小部分，妳依然可以當母親，並且經歷養兒育女的酸甜苦辣。我們都對血統、姓氏，以及愚蠢的貴族世襲太過執著。如果有人把嬰兒裝在提籃丟在妳門前，妳眞的會因爲小孩不是親生的就遲疑不顧？那是個寶寶，一個等待被撫養長大的小生命，妳仔細想想。」

「用不著想，我一定會馬上收養這個寶寶。」夏綠蒂說。她會收養孩子，全心愛孩子，至於寶寶是不是她懷胎十月生下的，根本不重要。

「妳當然會如此，妳是我女兒，就差沒血緣關係。我很清楚妳的個性，相信妳一定是個好母親。」

夏綠蒂眼中泛起溫暖的淚水，她竭力忍住，不讓它流下。「謝謝您。」

「妳先生對整件事有什麼看法？」

「孩子對他來說非常重要，若要繼承遺產，他得生下子嗣。」

老婦人翻個白眼。「有條件的繼承權？噢，要享受高貴血統，外加一點點錢的快樂，就得付出這種代價。這是最新出現的條件？我可不記得當初妳的婚約有這一條。」

夏綠蒂嘆道：「確實沒有。」

「婚前他是否提過需要子嗣？」

夏綠蒂搖頭。

奧古斯汀夫人臉色宛如蒙上一層冰霜。「我可不欣賞這種欺騙。妳什麼時候發現的？」

「我們得知我無法受孕的時候。」

「你們在簽署婚約前，就應該討論過這件事。不僅如此，還要正式對外公布。」她遙望遠方，這是她努力回想事情的習慣。「我怎麼會看錯人呢？他看起來是很可靠的伴侶，一個穩健的男人，不可能有什麼問題。」

穩健的男人？「這是什麼意思？」

「夏綠蒂，妳需要穩定可靠的人，他會謹慎對待妳。妳歷經長達十年的行醫生涯，魔法嚴重耗損，而且早已厭煩重複的工作。計畫有點被擾亂也沒什麼，看看這裡，這就是我還待在此地的原因。」奧古斯汀夫人朝整座花園優雅地揮手。「寧靜又美麗，讓人身心安寧，不太可能遭受創傷。就像許多退伍軍人離開戰場後會成爲修士。」

怎麼？意思是她太脆弱，無法在學院的高牆外獨自生活？夏綠蒂咬牙切齒地說：「也許艾爾維並不知道繼承遺產的條件。」

「哦，才不，他明明知道。夏綠蒂，我們這些貴族從小就會知道。他故意隱瞞，因爲怕我會不同意婚事。」

夏綠蒂抬起頭。「如果他當初在婚約中增加這條，我就不會嫁他了。我可不想單單爲了生孩子就和人互定終生，我要的是婚姻，我認爲他也一樣。」

「他想要有治癒能力的孩子。」老婦人脫口而出。

夏綠蒂愕然停步。

「抱歉，親愛的。」奧古斯汀夫人說。「我不該說這種話，這實在太低級了。我太生氣，判斷力受到影響。是我不好，我向來極力避免這種事發生，卻還是害了妳。我眞的眞的很抱歉。」

「我已經不是小孩了。」夏綠蒂說。「都快三十歲，我可以爲自己的婚姻負責。」

「妳是受過教育沒錯，但加納學院沒訓練妳應付高牆外的現實世界。不管妳幾歲都一樣，那是個沒人控管的環境，妳缺乏和他們互動的經驗。從小到大，妳沒被任何人背叛、傷害或戲弄過，也從沒丟過臉。我每天看盡人的靈魂，除了獲得喜悅，很多時候也令我害怕，我多希望妳不必經歷這些。」

她口氣活像夏綠蒂的婚姻破裂已成定局。夏綠蒂不禁說道：「我的婚姻還沒結束，艾爾維也不是什麼無情的惡棍，他只不過忘了告訴我繼承條件。這是非常令人遺憾的疏失，但我們會處理。我明白愛不會一夜之間忽然生成，但我認爲他至少在乎我，我也在乎他，非常在乎。我們已同住將近三年，每天在同一張床上醒來。我開始接受不孕症治療時，他還說過愛我。」

奧古斯汀夫人仔細端詳她。「也許妳說得對，他很愛妳。若眞在乎妳，他會處理好這件事。」

她們繼續邁步。夏綠蒂心頭翻騰著擔憂與焦慮，眼底再度浮上一股熱氣，她趕緊摀住嘴。

奧古斯汀夫人張開雙臂。

夏綠蒂最後一點心防驟然瓦解，她投進溫暖的懷抱，哭了起來。

「我的甜心、我的寶貝。一定會沒事的。」奧古斯汀夫人抱著她，聲聲安慰。「不會有事的，哭出來就好了。」

當時雖這麼說，但現在可不是沒事，夏綠蒂得告訴艾爾維實情。

人們常說，和一個人住在一起，不知不覺就會愛上對方，果然沒錯，她已經愛上他了。他一直對她很好，現在她正需要他的和善，因爲她脆弱又無助，非常無助。

小徑引領她來到北面中庭。她丈夫坐著，一邊喝早茶，一邊瀏覽文件。艾爾維身高和體型都適中，有種貴族特有的帥氣：五官精緻、線條完美，寬下巴、窄鼻子、藍眼和帶點紅色的棕髮，表情看來有點冷淡。清晨在他身旁醒來時，眼見晨光映照在他臉龐，她往往覺得他好美。

夏綠蒂走上台階。艾爾維起身爲她拉開椅子。她坐下後，把信遞給他。

他讀完後似乎無動於衷，美好臉龐平靜依舊。她本來以爲他至少會有些反應。

「眞不幸。」艾爾維說。

就這樣？不幸？直覺告訴她，在他那沉著的外表下藏著天大隱患。

「我是眞的在乎妳。」艾爾維說。「非常在乎。」他的手越過桌面握住她的手。「夏綠蒂，和妳成爲夫妻十分愜意，不管妳做什麼，不管妳是誰，我都欣賞。」

「很抱歉。」她說。理性層面明明知道不孕症不是自己的錯，又不是她造成的，何況她也盡了最大努力去治療，她和艾爾維一樣渴望擁有寶寶，但依然內疚不已。

「拜託妳別這樣。」他靠回椅背。「妳我都沒有錯，只是命不好。」

他多麼平靜，簡直是漫不經心。若他大聲咒罵或摔東西，反而會讓她好過點。他雖靜靜坐著，但口裡吐出的每個字，都像在步步後退，漸漸拉開彼此距離。夏綠蒂滿懷希望地說：「我們能領養孩子。」

「我相信妳可以。」

她腦中警鐘大響。「你是說『妳』，而不是『我們』。」

他將一份文件推到她面前。「我想過事情可能會變成這樣，所以我自行準備好了這個。」

她看看文件。「婚姻無效？」她的冷靜瞬間瓦解，他乾脆一刀刺死她算了。「都已結婚兩年半，你現在要宣告婚姻無效？你瘋了？」

艾爾維面孔扭曲地說：「關於這件事，之前我們已談過，從結婚那天算起，我有三年時間生下繼承人。夏綠蒂，兩個月前我告訴過妳，我弟弟已經訂婚了。他也會有三年時間生孩子。如果我和妳離婚，還有六個月可以保住繼承資格。妳六個月內不可能懷孕，因此我要宣告婚姻無效，才能重新開始計算下一個三年，否則凱林會搶先一步。總之，他還是有可能贏我，畢竟結婚很花時間……」

這不是眞的。「所以，你打算假裝我們在一起的三年根本不存在，直接甩了我？像丟垃圾一樣？」

他嘆口氣。「我說過了，我非常欣賞妳，但這樁婚姻的目的本來就是爲了建立家庭。」

「我們倆是家人啊，你和我。」

「不是我要的那種家庭，夏綠蒂，我不能失去莊園。」

她渾身發冷又發熱，既驚又怒。「你在乎的是錢？你明明知道，我有本事賺到我們需要的錢。」

他再度嘆氣。「妳幾乎可說是完美無缺，以致我偶爾會忘記妳沒有貴族血統。當然不是因為錢。擁有莊園的人才能統領整個家族，這是我的繼承權，我是長子，大半輩子都在學習如何妥善照顧家族利益，我不會輕易拱手讓人。」

「不過就是一間該死的房子！」她厲聲說道。

艾爾維的沉著化為烏有，溫文儒雅神色不再，聲音也高了八度。「那是我從小到大生長的家，整個家族已在莊園住了十六代，難道妳以為我會眼睜睜看著白痴弟弟奪走繼承權，然後和妳在這破舊的廢墟玩扮家家酒、假裝天下太平？免了，我對人生有更崇高的目標。」

他的話真傷人。「我們的婚姻在你眼中只是這樣？」她低聲問道。「你和我在臥室裡做愛，對你來說只是扮家家酒？」

「不要說得這麼誇張，我們確實快樂過，但現在結束了。」

憤怒夾雜傷痛，溢滿胸懷。昨夜他還愛憐地吻她，彼此相伴入眠。這就是每天早上陪著她醒來的那個人？「艾爾維，你可明白，你現在是在告訴我，除了當繁殖後代的母馬，我對你來說沒別的用處？」

「別把我說得那麼邪惡。」艾爾維重新靠回椅背。「我可是陪妳做了所有檢測和治療，妳一下很高興遇到這個醫生，等等又很興奮遇到那個醫生，我都耐著性子聽妳說。我一次又一次坐在等候室，盡可能撥出時間陪妳。現在，不會再有任何治療了，我只想像個健康的正常人一樣，有個孩子。」

她每次以為不可能更痛了，艾爾維就會把刀子刺得更深，一吋又一吋地愈刺愈深，在早已劇痛的傷口上繼續切割。

「你的意思是我不正常？」

他兩手一攤。「妳可以受孕嗎？不行嘛，夏綠蒂，所以妳有缺陷。」

有缺陷。他真的用這種話形容她。心痛漸漸被怒火取代。「我很好奇，你接下來還會說出什麼『好』話來？艾爾維，你到底可以殘忍到什麼程度？」

「妳可是浪費了我兩年半的光陰。」

兩年半來，她一次又一次失望，還要忍受痛苦的療程，隨著希望日漸渺小，她愈來愈覺得自己是個殘廢。然而，她承受的這一切都不算什麼，他眼裡只有自己。夏綠蒂這輩子不可能有自己的小孩，但在艾爾維眼裡，只有他是受害者。她早該看清他是這種人，早該知道的，她怎麼會這麼笨？「你眞是個大爛人。」

他憤而起身，湊到她面前。「要是當初娶了別人，我現在早就獲得繼承權了。我盡可能努力以文明方式解決，妳卻執意大吵大鬧。夏綠蒂，我需要繼承人，妳沒本事給我。這到底有什麼不好理解的？我不會再任由妳繼續浪費我時間。」

「你說過你愛我。」她還記得他說這話的表情。

「那是因為妳剛開始治療時需要鼓勵。天啊，夏綠蒂，妳不會這麼天眞吧？還是其實妳很笨？」

他的字字句句重重甩了她一耳光。心底的黑暗面蠢蠢欲動，張牙舞爪準備掙脫箝制。她趕緊築起心防，試著將它壓下。

「不妨打開天窗說亮話，我娶妳是為了妳的治癒力，因為孩子也會遺傳到。此外，也為了妳沉著的儀態。妳很迷人，又受過高等教育，我知道妳絕不會害我當眾丟臉。除了這幾點，妳這人無聊透頂。」

她覺得空氣變得厚重而沸騰，像是滾燙的膠水。她喘不過氣。

「妳成為貴族還不滿三年，我的家族可是搭第二艦隊來到這片大陸，當時他們已經有了頭銜。」

黑暗在她心底翻騰，乞求她釋放。

「我父親是伯爵，母親婚前是女爵。而妳父親只是廚師，母親是女侍。妳怎麼會認為妳的地位可以和我相提並論？是我大發慈悲施恩於妳。夏綠蒂，是我的求婚抬舉了妳的身分，現在只能怪妳自己沒這個命。妳就高尚地接受現實吧，還有，我想道個歉是必要的。」

他的刀已刺得太深，直達她深藏心底的黑暗。心防頓時瓦解，黑暗一溜煙跑了出來，從裡到外把她團團包圍。「你說得對，現在你就坐下來，向我道歉。」她的口氣充滿威脅。

艾爾維瞪著她。「妳沒資格命令我。」

魔法從體內逸出，裹住她的雙臂，一圈又一圈纏繞她的身軀，像許多條色彩濃烈的深紅小河，而且紅得發黑。她從沒見過身上出現紅色魔法，倒是看過無數次淡金色的治癒魔法。至於這又黑又紅、狂暴深沉的玩意兒？不，從未出現過。那麼，這就是舉世唾棄的魔法。

艾爾維張大嘴巴。「妳不會這麼做。」

「你這智障，我能毀掉你全家。我是治癒者，隨便挑種疫病，你們家就會在第十六代終結。」

魔法從她身上竄出，如同進擊的毒蛇狠咬他一口。艾爾維倏然一驚，滿臉困惑。她感到魔法刺中他，在他喉嚨切割，一陣突如其來的狂喜淹沒她。噢，眾神哪。恐懼貫穿夏綠蒂的心，她急速收回黑暗魔法流，把那股力量壓下去。她讓它嘗到一點甜頭，小小地咬一口罷了，但它還想要，夏綠蒂只能竭力壓制。

艾爾維開始咳嗽，愈咳愈劇烈，一手摀著嘴。血從他指縫溢出，在皮膚上留下鮮紅色溫熱痕跡。

他想要起身，但才剛站起便僵住。

她赫然發現自己恨他，傷害他令她快樂無比。魔力在她體內流動，陰森可怕卻又令人愉悅。魔法懇求著再來一次。

不，她不能放任它胡來。

「坐下。」

他跌坐回去。

「你會拿到婚姻無效文件。」她說。「不過，你在我這裡住這麼久了，既然不想當我老公，我就把你當成房客。你得付我這段期間的租金、伙食費、服飾費、禮物費，以及僕役的服務費。既然你身無分文地踏進這樁虛假的婚姻，現在也給我身無分文地滾蛋。」

這個代價算小，總之她不能讓他就這樣拍拍屁股一走了之，心底的憤怒不容許她輕易放過艾爾維。她一定要得到象徵性的補償，要是沒有，魔法可是會強行介入，索取它應得的代價。

「我沒那麼多錢。」他說。

「我懶得理你的財務問題。」她說。「這幾年你都靠我金援，現在別想占了便宜就跑。我會請律師擬一份明細，你得全額給付，否則我會逼你進行公開道歉儀式。」

他臉上血色盡失。「妳會得到想要的金額。」

「把錢捐給黎明之母慈善團體。」這筆錢將用來治療兒童，這場惡夢至少還有這點益處。

魔法乞求著再咬艾爾維一小口。夏綠蒂握緊拳頭，不讓它得逞。「現在，爲了你是頭無情無義的畜生，向我道歉。」

「我道歉。」他木然地說。

夏綠蒂凝聚心神，魔法裹住她手臂，金色的治癒之光明亮耀眼。「手伸出來。」

他把手放在桌上，只見手指不住發顫。她五指箝住他的手腕，努力抗拒心頭嫌惡。今早兩人才在同一張床上醒來，她躺在那裡，揣想著他是多麼英俊，她很樂意生下他的孩子。但同一時間，他卻暗自盤算著那份婚姻無效文件的條款。這種文件要律師擬定，通常很花時間。艾爾維想必前陣子就已開始準備，但她依然不願相信他會這麼冷酷。

她甩開紛擾心緒，專心治療他喉嚨內部的傷口。不久，傷口癒合，她鬆手，立刻撩起桌巾擦手。

「你可以走了，等慈善團體通知我收到你的捐款，我再把你的東西送過去。」

他一躍而起，狂奔離開。夏綠蒂坐在內院，形單影隻，這棟房子再也沒有家的感覺，她覺得茫然，不知道接下來該怎麼辦。黑暗的魔法流捲曲纏繞著她，她感到魔法饑渴難耐，正在對她頻頻招手，渴望獲得餵養。

她現在終於明白，爲什麼要上那些永遠上不完的課，還要聽沒完沒了的指示。老師們曾說，運用治癒天賦來害人會讓治癒者上癮，但沒提爲什麼。傷害前夫讓她感到愉快，好想再做一次。

夏綠蒂，不要變成舉世唾棄之人。

規則沒有例外。黑暗魔法會浮現，它帶來的喜悅將耗盡她的生命。她會隨著黑暗的誘餌進入輕率的深淵，期盼迎接陶醉的時刻，但等到的往往只有痛苦。她是正在倒數計時的炸彈，不管要付出多少代價，她一定要控制魔力。

夏綠蒂癱坐在椅子上。選擇少得可憐，或許她可以回加納學院，從此隱遁。不行，學院的人都知道她婚姻出問題，她不可能回去，他們的憐憫一定會把她逼瘋。

她可以隱居在這座宅邸，希望這種與世隔絕的生活，可降低用魔法為惡的誘惑力，但她已經不想再當夏綠蒂・德・奈伊了。德・奈伊女士是個愚笨又天真的女孩，被一張帥臉和永遠幸福快樂的承諾沖昏了頭。她曾以為，歷經多年訓練和公職生涯，她有資格獲得純粹的愛，對方會單純喜歡她這個人，彷彿愛是種權利。如果繼續待在這裡，她就得面對鄰居和朋友，還要費心解釋為什麼婚姻突然作廢。不，這也不是好主意，尤其是艾爾維為了尋找下一任妻子，勢必會在彼此共同的社交圈中打轉。

想到艾爾維，魔法又開始在體內翻騰。夏綠蒂環抱自己。傷害他的感覺實在太美妙，她想像他生病的樣子，也許稍微給他一點教訓無傷大雅，不要太激烈就行。夏綠蒂知道艾爾維婚前的住處，他至今依然擁有那棟房子，而且很可能會回去。如果他再娶，或許她會讓他那嬌滴滴的快樂新娘稍微安靜一點。這種念頭恐怕會一直啃食她，直到磨光她的耐性，接著她就會動手。這是錯誤又邪惡的行為，她明明很清楚，但此刻她心灰意冷，內心傷處又痛得要命。她不知道自己還能控制這股衝動多久，最好躲得遠遠的，以免貴族、艾朮昂里亞，還有艾爾維遭殃。

她想起塵封多年的往事，有次她奉命治療一支軍隊，還記得當時感應到一種強烈的魔法屏障，似乎有道看不見的牆分割了世界。她看著他們一個接一個穿過那道牆，痛苦地面孔扭曲。她為其中一位治療傷口時隨口聊了幾句。對方告訴她，他們隸屬一個叫作「鏡」的組織，專門從事機密的反間諜活動。那人說，他們去到外界，那個地方的魔法很弱，名叫邊境。由於當時對方已陷入精神錯亂，要不是她感應到隱形牆像一道緊迫的魔法屏障聳立在面前，她可能會置之不理。

既然這個名為邊境的地方魔法微弱，那股黑暗力量的拉扯或許也會減輕，就算它真的占了上風，她製造的傷害應該也不會太大。

問題是，她能不能找到這個地方？

□

艾麗歐諾・崔頓靠回搖椅椅背，啜了口冰茶，手中的細長玻璃杯看起來就像水仙花的花心。春天暖陽照耀著門廊，艾麗歐諾微微一笑，舒適地癱在層層破爛衣服裡。在長達一百零九年的生命中，這幾年她尤其多愁善感，今天的暖陽讓她感到生命特別美好。

草坪外有條路直通向遠方，另一邊的邊境聳立著濃密林木，由魔法滋養。空氣中飄著樹葉和春花清新的香氣。

梅蘭妮・朵芙陪在艾麗歐諾身旁，她已不是年輕姑娘，此刻她正舉起玻璃杯對著陽光瞇眼細看。透過玻璃，太陽成了一條螺旋狀的金色細線。「高品質玻璃杯，是從異境來的？」

「嗯，它用魔法維持冰茶的溫度。」在邊境這種魔法微弱的地方，玻璃的效用依然不減。它不像說明書保證的那樣，可以讓冰塊永遠不融化，但至少能撐五、六個小時。更何況，說眞的，有誰五個小時還喝不完一杯冰茶？

「是妳那幾個孫子、孫女送的？」

艾麗歐諾點頭。玻璃杯是特等快遞送來的，直接從艾朮昂里亞送到她手上，盒子上面還有坎邁廷伯爵的封蠟。在數不清的禮物堆中，這是最近收到的一件。她的長孫女蘿絲精挑細選了這幾個杯子，還寫了一張貼心的便箋。

「妳什麼時候要搬過去？」

艾麗歐諾挑高眉毛。「想甩掉我？」

「拜託。」那位巫婆猛搖灰白的頭。「妳孫女嫁了一個多金貴公子，兩個孫子幾個月以來不斷求妳搬過去，但妳到現在還坐在這裡，像雞蹲在堆肥上面。要是換作我，早就搬了。」

「他們過他們的生活，我過我的。我去那裡能做什麼？兩個孫子整天上學，喬治十三歲，杰克十一歲，蘿絲有婚姻要煩惱。我在那邊連一個自己的地方都沒有，在這裡則有兩間房屋。」

「坎邁廷伯爵會買一間房子送妳，他可是住在城堡的貴族啊，老太婆。」

「我從沒接受過別人的施捨，以後也不打算這麼做。」

「唔，還是那句老話，要是換作我，早就搬了。」

「哦，但妳就不是我啊，對不對？」

艾麗歐諾對著冰茶一笑。兩人的友誼長達四十年，梅蘭妮半世紀以來老是對每個人嘮叨，數落他們當初應該如何生活。年紀愈大，她變得愈直言不諱，幸好艾麗歐諾不是敏感的人。

說實話，她很想念他們。蘿絲、喬治和杰克，她想念她的乖孫，想得要命，有時候愈想愈心痛。但是她想到自己並不屬於異境，她去過那個地方，也樂意再度造訪，但那不是她的家。當地魔法很強，她也許可以活得更久；然而，這名叫邊境的地方才是她歸宿，置身在魔法強大的異境與毫無魔法的殘境中間，她是崔頓家的一分子，也是完完全全的邊境人。她熟悉這座小鎮、認識每位鄰居，包括他們的孩子與孫子。她還擁有一點魔力，當地人對她尊敬有加。她若威脅要詛咒某個人，大家都會起身並洗耳恭聽。如果在異境，她頂多是蘿絲的附屬品。

她安慰自己，孩子遲早要離家，這種事難免會發生，現在的情況本來就是應該的。

一輛卡車隆隆地駛過庭院，珊卓拉．韋克斯坐在駕駛座，染成金色的頭髮亂成一團。

「蕩婦。」梅蘭妮細聲細氣地說。

「是啊。」

珊卓拉探出車窗外，對她們揮手，兩位巫婆露出笑容，也朝她揮手。

「妳有沒有聽說她有個『朋友』住在麥肯附近？」艾麗歐諾問道。

「嗯。她丈夫前腳剛走，她後腳馬上跨過邊界，進入殘境。怪的是她不管待在那邊多久，魔法始終有用。應該要有人通知她老公麥克。」

「妳別插手。」艾麗歐諾警告她。「不關妳的事。」

梅蘭妮扮個鬼臉。「我在她這年紀時……」

「妳在她這年紀時，女人應該穿著保守的連身束衣，而不是這種傷風敗俗的馬甲。」

梅蘭妮噘著嘴說：「告訴妳，我都穿連身襯裙。」

「唔，那妳還不算標新立異。」

「材質也是人造絲。」

有個女人跌跌撞撞繞過轉彎處，身子不太穩，每跨一步都晃一下。她把金髮盤在頭上，臉龐沾了些塵土。

「那是誰啊？」梅蘭妮說著放下玻璃杯。

兩位巫婆認識的人加起來就等於整個東門區，艾麗歐諾非常肯定，自己從沒見過這人。女人身穿毛織品，留著異境的髮型。若是殘境來的，一定會穿牛仔褲或卡其褲，腳下不是有跟的鞋就是帆布鞋。她則穿著靴子，走路的樣子很怪。

女人搖搖擺擺，忽然往路邊倒下。

艾麗歐諾起身。

「別去。」梅蘭妮阻止她。「妳不知道她的底細。」

「她只是個半死的人。」

「我有不好的預感。」

「妳對每件事都有不好的預感。」

艾麗歐諾走下門廊，快步趕去。

「我會被妳氣死。」梅蘭妮喃喃抱怨，跟在她身後。倒在路上的女子慢慢翻身坐起，她很高，但瘦得要命，艾麗歐諾立刻想到她這是餓出來的。看起來不是少女，像三十歲左右的女子，但以艾麗歐諾的標準來看，她依然是個小姑娘。

「親愛的，妳還好嗎？」艾麗歐諾叫道。

女子望著她。沒錯，百分之百是異境來的，而且很有錢，漂亮臉蛋沒有絲毫皺紋，想必曾備受呵護，現在卻憔悴不堪。因爲沒得吃，瘦得下巴都尖了，一張臉還沾滿泥土。

「我中彈了。」她平靜地說。

天啊！「哪裡？」

「右大腿。只是皮肉傷。」女子望著她，艾麗歐諾在她灰色眼眸中看到絕望。「拜託妳，我只想要一點水。」

「艾麗歐諾，妳別想把她帶回家。」

蘿絲遠在天邊，眼前滿臉泥巴的女孩長得也不像她，但不知道爲什麼，艾麗歐諾卻在陌生女子臉上看見孫女的影子。她抓起女孩的手說：「試試看站起來。」

「妳一定會後悔得痛哭流涕。」梅蘭妮沒好氣地抓起女孩另一隻手。「來吧，靠在我身上。」女子掙扎起身，倒抽一口氣，細細的聲音裡透著痛苦。她雖然高，體重卻輕得離譜。她們扶她上階梯，每次只跨一小步，進屋後來到備用的床。艾麗歐諾拉下女子的毛褲，只見大腿上有個紅色小彈孔。

「梅蘭妮，拿急救箱來。」

「在拿了，在拿了。」巫婆走進廚房。

「子彈出來了嗎？」艾麗歐諾問道。

女孩點點頭。

「妳怎麼會中彈？」

「有個男孩……」她的聲音微弱。「手斷了，我本想替他療傷，結果他父親開槍射我。」她的聲音充滿訝異和憤怒。

治癒魔法非常罕見，幾乎一輩子沒聽說過誰有這本領。艾麗歐諾不禁深鎖眉頭。她這種人跑來邊境幹什麼？

梅蘭妮拎著急救箱在門口現身。「既然妳可以替人療傷，爲什麼不自己把腿上的洞治好？」

「我沒辦法治療自己。」女孩對她說。

「我覺得妳在撒謊。」梅蘭妮說著把急救箱遞過去。

女孩抬手輕輕拂過梅蘭妮布滿歲月痕跡的手臂。一道淡淡金光在她的指尖勃發，接著沒入梅蘭妮的皮肉，那些暗沉的肝斑隨即消失。

艾麗歐諾倒抽一口氣，梅蘭妮則僵立不動。

女孩的嘴角牽起一抹弧度，笑容中帶著淡淡哀傷。「我可不可以喝些水？」她的腿還在流血。

「梅蘭妮，幫她倒水。」

「妳把我當什麼？僕人？」梅蘭妮轉身再度進入廚房。

艾麗歐諾打開藥用酒精，從急救箱拿出紗布，在上面倒了些酒精，再將紗布壓在傷口上。女孩抽搐了一下。

「妳是異境來的，對吧？到邊境做什麼？」

「我非離開不可。」女孩說。「本來有匹馬，還帶了些錢，後來都被偷了。我本想在路上多少賺一些，但沒有人要請我治病。我只是想幫助這個人的小孩，結果他對我開槍，他竟然對我開槍！這是什麼瘋狂的鬼地方？」

「這就是邊境。」艾麗歐諾把一些消炎藥膏擠在傷口上。「我們對外人不友善。」

梅蘭妮端著杯子回來，女孩接過後，迫不及待地狂飲幾大口。「謝謝妳。」

「誰對妳開槍？」梅蘭妮問道。「他長什麼樣子？」

「高個子、紅頭髮……」

「臉長得像鼬鼠？」梅蘭妮問道。

「我倒覺得更像白鼬。」女孩虛弱地說。

「是馬文。」艾麗歐諾和梅蘭妮異口同聲地說。

「他是我們這帶的傻瓜，疑心病很重。」艾麗歐諾接著說道。「這傢伙無法安分坐在教堂內，因爲他一直在天花板上搜尋不懷好意的黑色直升機。」

「直升機是什麼？」女孩問道。

「很大的金屬裝置，頂端裝上螺旋槳，殘境的警察搭乘直升機飛來飛去。」

「殘境又是什麼？」

「唉，要命。」梅蘭妮嘆道。

「妳以前待的地方叫異境。」艾麗歐諾說。「妳越過一條邊界才到這，那是道魔法屏障，對吧？」

「對。」

「唔，所以說妳現在已來到邊境，這地方介於兩個世界之間。邊境的另一邊還有另一道魔法屏障，越過它後就是另一個世界，就像異境，只是沒有魔法。」

「所以它叫作殘境。」梅蘭妮說。「如果妳進入殘境，它會消除妳身上的魔法。」

「沒有魔法是什麼意思？」女子問道。

艾麗歐諾繼續處理傷口。那顆子彈打進女子大腿外側肌肉，穿透過兩吋的皮肉而出，比擦傷還嚴重些。幸虧馬文槍法不好，就算有群大象正面朝他衝來也打不中。艾麗歐諾問道：「妳叫什麼名字？」

「夏綠蒂。」

「夏綠蒂，妳先睡一下，不用擔心，這裡很安全。妳可以住下來，傷好一些再走。這裡沒有人會開槍打妳，我們之後還有很多時間可以討論殘境和直升機。」

「謝謝妳。」夏綠蒂低聲說。

「不客氣，親愛的。」

女孩閉上眼睛，呼吸慢慢平穩下來。艾麗歐諾將傷口處理完畢。

「妳又替自己弄來一隻折翼小鳥。」梅蘭妮說。「而妳一心想知道喬治在哪抓到牠的。」

「妳看她，我怎麼能丟下她不管？」

好友搖搖頭說：「噢，艾麗歐諾，但願妳知道自己在做什麼。」

隔天晚上，艾麗歐諾坐在自家門廊上，喝著異境玻璃杯中的冰茶，凝望邊境的燕子飛來飛去地啄食蚊子當點心。

身後的紗門開啓，夏綠蒂裹著毯子來到門廊。她頭髮很亂，臉色依舊蒼白，但眼眸清澈。

「好些了？」艾麗歐諾問道。

「是的。」

「過來陪我坐。」

女孩小心翼翼地落坐，想必傷口還在痛。

「腿覺得怎樣？」

「只是一點擦傷。」女孩說。「抱歉，我睡得不醒人事，都是因爲震驚過度和脫水。」

「拿去。」艾麗歐諾把餅乾盤子推到她面前。「妳看起來有一陣子沒吃東西了。」

夏綠蒂拿起一片餅乾。「謝謝妳幫我，眞不知道該怎麼報答。」

「別客氣。」艾麗歐諾說。「妳從哪裡來的？我是說異境的哪個國家？」

夏綠蒂頓了一下。「艾朮昂里亞。」

「我孫女嫁給艾朮昂里亞人。」艾麗歐諾對她說。「他是坎邁廷伯爵。」

「南境執法官。」夏綠蒂說。

也許她認識蘿絲。「沒錯。妳認識他？」

「沒見過。」夏綠蒂說。「只聽說過，這家人挺有名的。」

她望著樹林，看起來精疲力竭，嘴部肌肉顯得疲乏鬆弛，憂傷的雙眼也泛著黑眼圈，艾麗歐諾想了想，種種跡象顯示，她應該有一段不堪回首的「過去」。然而，她不像逃亡的罪犯，比較像逃離某種可怕事物的犧牲者，孤身一人，意志堅決。艾麗歐諾也見過孫女流露這種神情，往往都是在缺錢，或是兩個弟弟發生緊急事故時。那模樣彷彿是在說：「人生又擺了我一道，但我會想辦法度過。」

「那麼妳打算上哪兒去？」艾麗歐諾問道。

「沒有特別要去的地方。」夏綠蒂說。

「唔，妳哪兒也不用去。」

夏綠蒂張嘴想要回話。

「免談。」艾麗歐諾說。「我孫女留下一間屋子，我本來打算租出去，但一直找不到信得過的房客，就怕屋子被破壞。現在屋裡布滿蜘蛛網，只要妳不怕用肥皂水和掃帚，應該能讓整個地方恢復原狀。妳可以在那裡住一陣子，如果想行醫也沒問題，只要把妳好好介紹給本地人認識就行了，這裡有這裡的規矩。」

夏綠蒂瞪大眼睛看她，一臉震驚。「爲什麼？妳根本不認識我，我說不定是罪犯。」

艾麗歐諾啜口冰茶。「坎邁廷伯爵第一次在邊境現身時，我很不高興他來訪。夏綠蒂，我孫女相當特別，天下的祖母都覺得孫子女獨一無二，但蘿絲是眞的與眾不同。她心地好，聰明果決，自我鍛練多年，和那些貴族的頂尖好手一樣，學會了施展白電光。還有，她很美，她母親已過世，父親……」

艾麗歐諾欲言又止，最後嘲弄地撇了撇嘴角。

「我這一生做了一些不好的選擇，不曾愼選結婚對象，還養了一個拋棄親生骨肉的兒子。約翰丟下蘿絲和她兩個弟弟，沒有留下一塊錢。蘿絲十八歲就被迫姊代母職照顧年幼的弟弟。她就這樣困在邊境，每天去殘境做可怕的工作、努力撫養弟弟。我多麼希望她擁有美好的一切，卻只能眼睜睜看著她被生活一點一滴消磨。後來德朗．坎邁廷出現，承諾給她一切，他會愛她、照顧她，也會照料喬治和杰克。我警告她，這人美好得不像是眞的，但她依然決定和他走。事實證明我錯了，現在她過著公主般的生活。丈夫很愛她，最近因爲兩個弟弟都大了，他們正在考慮生小孩。」

夏綠蒂臉龐閃過一抹痛苦神色。艾麗歐諾立刻明白，原來她是爲了逃離破碎婚姻，或是夭折的孩子才跑來這裡。可憐的姑娘。

艾麗歐諾微微一笑。「夏綠蒂，我孫女現在過得很快樂，我希望她擁有的一切，她都有了。當初她離開時，我曾擔心她打不進貴族的圈子，但她婆婆適時介入，帶她進入上流社會。我不是公爵夫人，但現在我也有機會幫助別人。因爲家庭蒙受恩賜，所以我想報答上天。我們崔頓家幹過很多勾當，海盜、巫婆、流氓……但是從來沒有人敢指控我們不懂感恩。一個家總要有些準則，即使在邊境也不例外。需要的話，妳儘管住下來，不用客氣。」

第一章

三年後

理查・馬爾在林中狂奔，脅下的傷口被深色血液浸濕，看起來接近黑色。不妙。他的肝臟可能受傷了。恭喜啊，他對自己說。你總算要害自己喪命了，竟然還是外行人下的手。家裡要是知道，想必會「引以爲傲」。

他萬萬沒料到，只爲引他入圈套，對方居然處心積慮地派一個下流胚子性侵親妹妹。理查再怎麼見多識廣，仍被險惡的人心擺了一道。爲了「答謝」胡狼・圖林助他發現自己的疏忽，他送對方身首異處的大禮。但不幸圖林有六個同夥，儘管都是缺乏訓練的膿包，他還是被其中一人刺傷。

許多樹幹從眼前飛掠而過，巨大的艾朮昂里亞松木如桅杆般聳立。他的呼吸變得不穩，時而痛苦地喘氣。炙熱痛楚啃噬他的脅下，每跑一步就像被咬一口。

遙遠的號叫響遍林間，這群奴隸販子豢養獵犬，偏偏理查沿途滴著血，很容易被發現。他陷入困境，找不到出路。

身旁的樹木看起來搖搖晃晃，時而模糊，時而清晰。他的視力愈來愈糟了。理查甩甩頭，繼續掙扎前進。他非趕去邊界不可，邊界以外就是邊境。眼前的異境樹林向四面八方無盡延伸，邊境是他唯一的機會。並不是邊境人會基於好心而伸出援手，他生來就是邊境人，深知在這個中間灰色地帶，人只能靠自己。不過，很多邊境人都有疑心病，這種人往往有槍，而且常常手癢。若看到一群武裝奴隸販子在自家土地上橫行，基於原則問題，他們勢必會朝這些人開槍。

一陣暈眩襲來，理查只好先靠著樹幹休息。他抓著芳香的樹皮穩住身軀，手指沾上樹汁。他努力要周圍的樹木停止旋轉。拜託，控制一下吧。可不能就這樣死去。至少要光明正大地戰死，而不是躲在松樹下，因爲流血過多而死。

樹林忽然化作一潭充滿雨水的灰色沼澤。理查聞到刺鼻的沼地藥草味，混合著污水的惡臭。這味道他走到哪都認得出來，因爲他一輩子都泡在裡面。他奔過爛泥地，來到被柏樹圍繞的空地。地上有許多大洞，看起來像血盆大口。他察看第一個洞，發現一具孩童的遺體，那蒼白瘦弱的身軀趴著，漂在兩呎深的棕色水面……

理查搖搖頭，趕走記憶。樹林再度出現。他已開始出現幻覺，眞是好極了。他起身離開樹幹，繼續前進。

遠處傳來另一陣狗叫聲，西邊的聲響更大。想必那群人分成兩邊搜索。這些傢伙雖然怯懦，卻有豐富的追蹤逃跑奴隸的經驗，而且還是個中好手。

灌木叢忽然到了盡頭，他看見腳下出現溪谷，但爲時已晚。他踩踏的松針開始挪移，山丘邊緣下陷，他滾下邊坡，撞上一棵樹。肋骨發出撞擊聲，劇痛侵襲脅下。

他奮力起身狂奔，把泥巴踩得嘎吱響。有人追上來，在那些地洞間穿梭，手裡握著劍，張嘴大喊，頭髮被雨水打濕，全貼在頭上。理查揮出一劍，對方身軀隨即一分爲二。另一個奴隸販子從左邊衝來，理查揮出第二劍，對方的頭立刻從肩上滾落，掉進旁邊地洞。紅色鮮血從斷掉的脖子大量湧出，灑在爛泥地上……

一陣痛苦猛地襲來，理查驟然回神，狠命一咬牙，手腳並用，像笨拙的學步嬰兒掙扎起身。一股隱約而熟悉的壓力侵襲他的皮肉和內臟，他跨出一步，魔法牆開始碾軋感官。邊界到了，他雖然看不見也聞不出，但它緊緊壓迫著他，彷彿有隻隱形手正按著他的肚子。他終於趕到邊境。

一個毛茸茸的龐大身軀滑下溪谷，理查回身拔劍，細長劍身映著陽光。裂狼犬站在坡上，向前衝刺，一百七十磅的肌肉裹在濃密黑短毛裡。理查傾身向前，左手握住嵌在劍柄圓球上的超音波發射器。這是弟弟送的禮物，卡爾達有一次參加殘境的觀光團，在途中弄來的，只是不知是買還是偷來的。這裝置在異境也管用。奴隸販子的狗痛恨它，理查便經常拿出來用。他從不會殺這些狗，畢竟牠們只是奉命行事。

三個人在溪谷上方現身，一個男人瘦得像皮包骨，另一個男人身穿皮衣皮褲，手裡抓著狗鍊。還有一位是高大的肌肉女，目光十分凶狠。他們是奴隸販子的斥候。嗨，各位。

眼看裂狼犬就要來到面前，牠邁開大腳狂奔，體格強壯勇猛，從小就受過完整訓練，可以殺完狼群後再找路回家，動作一氣呵成。還有五十呎。三十呎。

理查緊捏一下發射器，對人類來說，超音波頻率已超出聽力範圍，但對狗敏感的鼓膜卻是種傷害。

那頭野獸頓時停步。

「逮住他！」抓著狗鍊的奴隸販子叫道。「上！上啊！」

裂狼犬露出一排大牙。

理查再捏發射器，持續按著開關幾秒，放送令大狗痛苦的音頻。

狗開始哀鳴，大步走到旁邊，在理查身後兜圈子。

站在訓練師右邊的瘦皮猴大聲咒罵，掏出腰帶裡的槍。奴隸販子是群懷抱投機主義的惡棍，雖然大多擁有勉強夠用的魔法，足以在異境或邊境生存，但無法讓他們事事順心如意。於是他們以殘酷手段和殘境走私來的武器當作改運利器，盼望透過奇襲得勝。

奴隸販子將槍口對準理查。這傢伙很年輕，有一頭金髮，他那種歪斜的握槍姿勢完全不合格，讓理查看了很頭痛。

「白痴喔，我們應該活捉他。」訓練師說。

「我操他的規定，兄弟。」黑色槍管瞄準理查的臉。「我現在就殺了他。」

「他是不是學徒？」理查振作精神問道。

「什麼？」女子瞪著他。

「他是不是還在受訓的廢柴？」理查朝持槍男子瞥了一眼。「你這個笨蛋，起碼也把槍拿好。要是你真的不會拿，乾脆讓給會的人。我頂多能忍受被訓練有素的人渣槍擊，可受不了廢物。」

持槍男氣急敗壞罵道：「你去死。」

槍聲炸開，響徹林間。

理查使出電光，將魔法化為一片防禦屏障。半透明的白魔法滾滾而出，瞬間在他面前形成半圓護盾，恰好擋下子彈。就算在身強力壯的平時，他也只能撐一下子，但只要算準時間就行了。他本來只能施展藍電光，但異境強化了他的法力。

奴隸販子再度咒罵並開槍，接連扣扳機。轟、轟、轟。

理查配合槍的擊發頻率施展電光，永遠比子彈射中他還早一步扔出保護盾。白色屏障顫動，讓那些子彈失了準頭。

轟、轟、轟。

一聲淒厲的狗吠夾雜在槍擊聲中，接著槍發出清脆的扣扳機聲，但子彈已經打完了。

理查轉身，發現背後那隻狗倒地。白痴居然射中自己的狗。武器的破壞力一旦高於使用者的智商，就會出現這種結局。

「你到底幹了什麼好事？」訓練師看著在草地上痛苦喘氣的狗，只能乾瞪眼。「這算在你頭上，休想叫我從口袋掏出一分錢替你付罰金。」

「該死。」持槍男把槍塞回腰帶。

「早該警告你。」女子說。她是三人當中最高的，精瘦身材顯現她也是老練的鬥士。「子彈傷不了貴族。」

他可不是什麼貴族，差遠了。理查暗自估量三人的能耐。「到目前爲止，你們打死自己的狗，浪費十二顆子彈。還有什麼高超的格鬥技巧可以向我炫耀？」

「我們得衝下去逮他。」女子說。

另兩位奴隸販子望著他，但沒人採取行動。

「不行。」訓練師說。

「這主意不好。」持槍男附和。

「噢，你們這兩個愛抱怨的窩囊廢。」女子搖著頭。「看看他，比你們大十五歲，而且站都站不穩了。我還沒到他面前，說不定他就失血過多翹辮子了。」

理查故意晃了一下，以他目前的情況來說不是難事。他要引誘三人一起進入攻擊範圍，因爲他又開始覺得眼前的樹林在晃動。

「我要下去。」女子說。「你們知道，不管回去後得到什麼額外獎賞，我都不會分給你們。」

她開始奔下斜坡，持槍男轉頭吐了口唾沫後跟上。訓練師望著理查，猶豫很久才拔腿追趕他們。

女子抽出劍鞘裡的細長劍，訓練師則揮舞短柄斧頭，第三位奴隸販子也拿起棍子。

理查拚命保持站姿。上衣被鮮血浸透，一滴血滴了下來，落在松針上，接著又一滴……

女子發動攻擊。她人高馬大、動作俐落，搭配堅定的步伐，長長的手臂也占盡優勢。但就在電光石火間，理查已看清她的意圖與全身動作，隨即施展魔法。一條致命的線圈住他的劍緣，他上前一步，躲過女子的猛攻，抬手一揮，朝她臂膀砍出殘酷的一劍。魔法裹住的劍身割開肌肉和骨頭，宛如鋒利剪刀剪破衛生紙，斷肢立刻掉落地面。

她還沒能發出尖叫，理查的劍已沒入訓練師胸膛，直接刺中心臟，一扯再一轉，然後抽出，劍尖沿著身側掠過，順勢插進第三個奴隸販子的鼠蹊部。

女子終於痛喊出聲，他快手一揮砍下她的頭，接著旋身給了瘦皮猴的喉嚨致命一擊。

三具身軀紛紛倒地。

理查覺得頭暈，雙腳發軟。他單膝跪地，把劍插進地下，當作拐杖使用。本來只要三招就能解決，他卻花了五招。「眞丟臉。」他喃喃自語。兩滴鮮紅液體濺到綠葉上，是他的血。周遭灌木叢也沾上大量血液，有些是他的，有些是三個奴隸販子的。

狗在他身旁哀鳴。理查定睛一看，發現一雙棕眼正默默望著他，眼神中充滿懇求。

「抱歉，小朋友，我幫不了你。」

理查勉強起身，跨著踉蹌的腳步，朝邊界邁進。

魔法覆蓋他，不停擠壓，彷彿空氣忽然變得沉重而黏膩。他的身體尖叫抗議，總覺得自身有一部分魔法被剝奪了。進入邊境已是他的極限，他嘗試跨進殘境過，差點死掉。讓他成爲頂尖劍客的魔法是唯一支柱，雖然此刻覺得自己快死了，但只要繼續前進，終究會熬過去，一隻腳跨出去，擺在另一隻腳前面，這樣就行了。

一步。

又一步。

魔法以尖利的舌頭舔噬他的皮肉，不久壓力頓時消失，他通過了。

周遭森林晃動，樹木退到一旁。理查踉蹌前行。寒冷掠過皮膚，他的腿部肌肉發顫，費力地支撐全身重量。耳朵像有團棉花塞住，緊接著出現深沉而強烈的噁心感。他半盲地踩過灌木叢。

眼前出現一片空地。奴隸販子們已成了路倒屍，被他的劍送上黃泉路。他在地洞間急速穿梭，一個又一個死去的孩童以晦暗無光的雙眸回應他。

「蘇菲！蘇菲！」

「在這裡！」姪女的聲音聽來好微弱。

「妳在哪裡？」地洞塞滿倒在泥水裡的小孩。他一個又一個察看，慌亂地來回狂奔。這裡發現一具屍體，那裡又有一具屍體。但她就在這一帶的某個地洞裡，他一定要找到她。

眼前開始發黑，他拚命以意志力突破黑暗，勉強看見林中有一條土路，比兩道輪胎痕跡還不明顯，而且中間還長了草。他無法肯定，那到底是真的，或是殘存的記憶片段。

黑暗再度籠罩。

理查咬緊牙關朝那條路爬去。事情還沒結束，他不會就這樣死去，他還有任務。

被雨水打濕的空地與周遭的柏樹映入眼簾。

「救我！」蘇菲叫道。

他跌跌撞撞地跨過奴隸販子的屍體，搜尋她的聲音。

「救救我！」

他很想告訴她，我在努力了。親愛的，我已經在找了，撐住，等等我。

黑暗朝他後腦重重踩了一腳，世界登時消失。

□

夏綠蒂看看廚房中島上的食品雜貨，整理得差不多了，只有一大包牛絞肉還沒處理。她拿刀將它分成五等份，每份夠她應付一頓晚餐，吃剩的還可當作隔天午餐。接著她用塑膠袋分裝絞肉。

她第一次請邊境的婦人去殘境採購食品雜貨時，對方買來一大包牛絞肉，夏綠蒂連包裝都沒拆就將它放進冷凍庫保存。很不幸，她後來發現，一旦用微波爐解凍肉類，剩下的要再次冷凍可不安全，最後她只好扔掉一半。算是學到一次教訓。

在邊境生活，她要學的很多，烹飪只是其中一項。以前在加納學院，職員會爲她準備餐點，後來有了自己的家，她便雇了廚子。一想到往事，她只能嘆氣。親自下廚前，她從未眞心感謝過廚子科林。艾麗歐諾送她食譜，如果照著食譜煮，成果還算過得去，有時甚至挺可口的。她具有多年調製藥劑的經驗，培養了純熟技術和高度專注力，但要是手邊剛好少了某些配料，想用別的來替換，就會淪爲大災難。幾星期前，她看著艾麗歐諾做香蕉麵包，不過就是「抓一把麵粉」和「撒上少許肉桂」，接著「加入香蕉泥，直到看起來很恰當」。夏綠蒂明明老老實實地寫下每個步驟，等到她自己嘗試這道食譜，最後只得到一條鹹味石頭。

不只如此，教訓還多著。比如說要保持謙遜、要簡單過生活。體內的黑暗魔法已沉睡許久，這正是她樂見的。

明亮陽光透過敞開的窗戶照進來，把廚房的長方形地板照得暖熱。這是天朗氣清的好日子，空氣中飄著春天與忍冬花的氣味。她終於忙完，打算到外面，坐在門廊鞦韆上讀書。當然要來上一大杯好喝的冰茶。嗯，茶會很合她口味。

「夏綠蒂，妳在不在？」熟悉的聲音從前面門廊傳來，是艾麗歐諾。

「也許在。」夏綠蒂微笑說道，將最後一份牛絞肉用塑膠袋包好。

艾麗歐諾像陣風般捲進廚房。她外貌看起來六十歲左右，但去年她曾不經意提到：一百一十二歲生日對女人來說不是什麼難以忍受的壞事。她的衣服是多層次布條，亂中有序，非常乾淨，甚至散發一股淡淡薰衣草香。她的灰髮蓬鬆雜亂，上面點綴著大量小飾物、細枝和乾香草。在這頭稻草窩中間還放了小咕咕鐘。

夏綠蒂很擔心艾麗歐諾。認識三年以來，這位老婦人的健康狀況正慢慢走下坡。她愈來愈消瘦，肌肉也不停減少。四個月前，她在結冰的小徑上滑了一跤，跌斷髖關節。夏綠蒂雖然治好它，但畢竟能力有限，只能讓她身體恢復到目前狀態。換作是孩童，他們有無窮的發育潛能，她甚至能讓斷掉的手指或腳趾再長回來。但艾麗歐諾的身體已瀕臨油盡燈枯，骨頭也相當脆弱，想調理到可以再度生長，事實證明這非常困難。

老年也算是無藥可醫的疾病。邊境人和異境人都會以魔法延長壽命，但總有那麼一天，連魔法都無能為力。

咕咕鐘忽然傾斜。

「它快掉了。」夏綠蒂說。

艾麗歐諾嘆口氣，把咕咕鐘拿下來。「它就是不肯老老實實待在那裡，是不是？」

「妳有沒有試過用別針固定？」

「我什麼都試過了。」艾麗歐諾掃視擺滿肉類和蔬菜的中島，這些東西全部分成剛好的大小分量，以塑膠袋包裝或存放在夾鏈袋中。「妳眞是強迫症患者，親愛的。」

夏綠蒂笑起來。「我喜歡把冰箱整理得井井有條。」

艾麗歐諾打開冰箱，眨了眨眼睛。

「怎樣？」夏綠蒂向後微傾，想要看懂這位樹籬女巫到底在看什麼。她冰箱沒什麼好看的，裡面有四層鐵絲網，每層都貼著整齊的標籤，那是以油性奇異筆在白膠帶上寫成的：牛肉、豬肉、雞肉、海鮮，以及蔬菜。

艾麗歐諾以手指輕敲最近的一張標籤。「妳已經無藥可救了。」她找了張凳子坐下。「夏綠蒂，妳有沒有單純爲了好玩把東西弄亂過？」

夏綠蒂搖頭，藏起一抹微笑。「我喜歡有條有理，這樣才會讓我有安全感。」

「安全感再多一點，妳身上恐怕就會長出根【註】來了。」

夏綠蒂笑了。這話不假。

「妳和蘿絲會處得很好。」艾麗歐諾說。「她和妳一個德性，什麼東西都要搞成這樣。」

她倆的對話中幾乎都有蘿絲。夏綠蒂壓下笑意。她並不介意當蘿絲的替身，很久以前她就明白，在艾麗歐諾的標準看來，和蘿絲一樣等於是最高評價，夏綠蒂願意把這句話當成對自己的讚美。

「我是來找妳幫忙的。」艾麗歐諾宣布。「因爲我是個自私鬼。」

夏綠蒂挑高眉毛。「有什麼可以為您效勞的，巫婆大人？」

「妳對處理青少年的青春痘在不在行？」艾麗歐諾問道。

「青春痘是身體功能正常運作的反應。」夏綠蒂開始把各種包好的食材放進冰箱，堆成整齊的小塔。「我可以治療，它會消失一陣子，但之後還是會冒出來。」

「一陣子是多久？」

夏綠蒂撇撇嘴說：「六到八週左右吧。」

艾麗歐諾舉起手說：「成交。我有個朋友叫桑妮・魯尼，她有兩個孫女，都很乖。黛西二十三歲，多莉十六歲。父母已經不在好一陣子。母親死了很久，父親也在六個月前過世。黛西在殘境有不錯的工作，因此多莉和她住。她今年秋天要到殘境上新學校，但是她的臉亂七八糟，黛西說這害她『壓力超大』。她們從保養和清潔下手，但都沒用。現在她們就在前院，希望妳能幫忙看一下。治療費由我負責，我知道妳兩天前剛替葛藍治過胃病，雖然很不想來問妳，但妳是她們最後的希望。」

這話她早聽過了。夏綠蒂把最後一袋放進冰箱，洗了手再擦乾。「那就過去看看吧。」

兩位女孩站在草坪邊緣。黛西個子矮小，看起來超重了六十磅，有張圓臉、棕色大眼，還有神經質的笑容。多莉的外貌則剛好相反，從她的年紀來看，那瘦弱的身軀幾乎可說是發育不良。她半隱在姊姊身後，緊身牛仔褲鬆鬆垂下，上半身的運動背心原本是貼身設計，此刻卻在風中微微飄動。臉上

編註：此處是個雙關，這裡原文為：「If you were more any grounded, you'd sprout roots.」，ground作為動詞時有「使落地」的意思。

的妝結了塊，厚厚的遮瑕膏使她看起來毫無血色。要不是她和姊姊有相同的巧克力髮色和大眼，夏綠蒂絕對猜不到兩人是親姊妹。

兩位年輕女性都沒上前。這棟屋子外圍著一圈素面小石頭，各顆之間都保持幾呎距離，而黛西和多莉就站在石頭圈外面。這些石頭當初是艾麗歐諾擺下的，所以對她不起作用。

「妳把她們留在結界石外？」夏綠蒂細聲問道。

「這是妳家啊。」艾麗歐諾也細聲回答。

夏綠蒂走過小徑，撿起最近的石頭，魔法開始咬她。拳頭般大的石頭組成結界，以魔法牢牢固定在地面。它們連結起來，形成一道保衛整個住家的魔法屏障，效果比任何籬笆都好。邊境不是太平之地，異境有執法官，殘境有警察，但在邊境，結界和槍就是居民唯一的防禦。

「過來吧。」夏綠蒂邀請她們。

兩名女子快步來到屋前，夏綠蒂將石頭拋回原位。

「嗨！」黛西伸出手，夏綠蒂和她握了一下手。「很高興認識妳。多莉，快打招呼。」

多莉立刻躲在姊姊身後。

「沒關係。」夏綠蒂對她說。「我需要妳先把臉洗乾淨，那邊走到底就是浴室。」

「來，我帶妳去。」艾麗歐諾提議。

她露出笑容，多莉便隨著她上了台階，進入屋內。

「非常感謝您願意見我們。」黛西說。

「不用客氣。」夏綠蒂說。

「天哪，眞是難爲情，我很抱歉。」黛西不安地頻繁變換站姿。「只是我們已試過所有保養品和處方，現在他們說剩雷射是唯一選擇。我是會計，收入還可以，但沒那麼有錢，妳明白吧？」她不安地笑著。

夏綠蒂想起來，自己每次都逃不過這種溫情攻勢。他們總用一雙不安的眼睛，乞求似地望著她，彷彿她是他們所有禱告後獲得的唯一應許。她不自覺想伸出援手，總是如此，可魔法並非萬能。

黛西又露出難爲情的笑容。「崔頓太太說妳可能累了，無論如何，很感謝妳願意見我們。」

「不用放在心上。」夏綠蒂微微一笑。「我們倆何不一起過去廚房？」

她們來到廚房，坐在中島旁。夏綠蒂倒了兩杯冰茶。黛西坐在椅子邊緣，像隨時準備跳起來逃走。

「這裡以前是蘿絲的房子。」黛西說。「我死黨的姊姊和蘿絲是高中同學，我在畢業慶典看過她施展電光。眞是瘋狂，純白色的光，邊境沒有人可以施展白電光。妳會不會電光術？」

在邊境，幾乎人人都有一種魔法才能，有一些很實用，另一些沒什麼用，但是只要接受適當訓練，再勤加練習，每位有魔法的人都能施展電光。它是純粹的魔法流，看起來像光帶，有時候也像閃電。電光愈亮、顏色愈淡，魔法就愈強。最強的電光是純白色，可以輕易把人體砍成兩半，宛如刀劃過溫熱的奶油條。它是致命武器，夏綠蒂看過電光造成的傷口，還看得非常仔細。

「我不會施展電光。」夏綠蒂說。因爲用不著，她沒學過。「我沒有那種才能。」

黛西嘆氣說道：「那是當然，抱歉，我不該提起蘿絲。」

「我完全不在意。」夏綠蒂說。「艾麗歐諾老是提起她和她的兩個弟弟。」

黛西開始躁動。「那麼妳是怎麼認識崔頓太太的？我猜，妳們是朋友？」

艾麗歐諾不只是朋友，這位老太太可說等於她的家人。「我剛來邊境時，人比較靠西邊的地方，也就是里奇附近。當時我只離開馬一會兒，想放鬆一下，然後就有人把馬和錢偷光了。」

「這就是邊境的待客之道。」黛西嘆氣說道。

「我本來打算找工作，但沒人要付費請我治病。我從這個村落走到那個村落，只想找到一個安身的地方，抵達東門區時我都快餓死了。身上沒錢、無處可去、衣服又破又髒，真的是走投無路。艾麗歐諾在路邊發現我，把我帶進屋裡。她接納我，還幫我找來第一個客人。我出去替客人診察時，她一定會陪著，在我診療時和他們聊天，我欠她很多。」

她對艾麗歐諾不只是單純的感激。老太太非常想念孫子、孫女，以致有股強烈衝動，甚至可說是一種需求，非得找個人來照顧不可。夏綠蒂想到，這和自己總渴望治癒某種疾病或治好某個斷肢一樣，兩人心意相同。

艾麗歐諾拉著多莉的手從浴室出來。女孩整張臉全是大片嚴重的紅色腫塊，這是囊性痤瘡，看得出遲早會留下疤痕。

「坐吧。」夏綠蒂提出邀請。

多莉順從地坐在凳子上。艾麗歐諾在中島上擺了面小鏡子。「也許妳用得上。」

「臉轉過去看著妳姊姊，可以嗎？」夏綠蒂手指拂過多莉左頰上的硬腫塊，魔法包覆她的手，一股穩定的金色光流閃爍。

「好漂亮。」多莉低聲說道。

「謝謝。」

「會不會痛？」

「不，完全不會。現在，轉回來直視我，對，就這樣。」

光流穿透皮膚，找到那些被感染的細小毛囊。魔法拉扯著夏綠蒂，這是種奇異的感覺，彷彿她的部分生命力正被吸走，轉換成治療的魔法流，不至於造成痛苦，但習慣前讓人有點害怕和不舒服。夏綠蒂閉上眼睛，一度只看見黑暗，接著魔法開啓連結，眼前浮現多莉臉部皮膚的剖面。她看見毛孔、毛幹與破裂的毛囊壁，膿水正從毛囊壁中流出，進入眞皮層，連帶感染附近的毛囊。此外，她也看到嚴重發炎的皮脂腺。

夏綠蒂稍微推進，檢查多莉的皮肉，魔法完全滲進臉頰組織。她張開眼睛，眼前浮現的仍是在多莉臉頰內部運作的魔法，幾乎像正同時透過兩對眼睛看透其中變化，她可以自由選擇想看哪一邊。

夏綠蒂將皮膚深層的神經末梢痲痹。「直視我。」

多莉的臉頰開始收縮，十多處毛孔開始流出膿水。

多莉眨著眼，訝異地說：「不會痛耶！」

夏綠蒂撕開酒精棉片的包裝，抽出來擦拭多莉的臉頰。「是不是？我說過不會痛。」

她專注修復受損組織、清除感染物。多莉臉上的腫塊開始顫動，漸漸消失，化爲健康的粉色皮膚。

黛西驚喘。

最後一顆青春痘也不見了。夏綠蒂收回魔法流，拿起鏡子舉到多莉面前。

「哎呀！天啊！」女孩摸摸乾淨的左臉。「老天，通通不見了！」

夏綠蒂心想，這就是她做這一行的原因。她撥開多莉遮住臉頰的髮絲。治好疾病時那油然而生的輕鬆自在，讓她再怎麼辛苦都值得。

「這不會永遠消失。」夏綠蒂提出警告。「六到八週後可能又會復發。現在來處理右臉，我可不希望妳兩邊不平衡——」

門前忽然傳來一陣尖銳刺耳的煞車聲。

「會是誰啊？」艾麗歐諾說著起身。

「我看看。」夏綠蒂走出紗門，來到門廊上。

肯尼．喬．歐格里特跳下破舊的雪佛蘭皮卡車，站在草坪邊緣。他今年十六歲，雖然有著寬闊的肩膀，體型卻偏瘦弱，是夏綠蒂頭一批病患。當時他爬上松樹鋸樹枝，以免它某天掉下來砸到母親的屋子，不幸的是他從樹上摔下，除了跌斷兩條腿，鏈鋸也掉在身上，撞傷了肋骨。這樣已經算命大了，本來很可能更嚴重。

肯尼臉色很蒼白，夏綠蒂直視他雙眸，發現當中蘊含恐懼。

「怎麼回事？」夏綠蒂叫道。

他跑到皮卡車尾端，降下後擋板。「我在科克家的路邊發現他。」

有個人躺在車斗，他的皮膚和衣服上的深色皮飾相比，簡直像雪花石膏一樣白。身上流出的鮮血已聚成一灘黏稠紅色液體。

夏綠蒂奔下小徑，穿過結界石，上了皮卡車。魔法立刻從雙手湧出，送進對方體內，再回到她手上。眼前閃現出他體內的情形：腹部最先被刺傷，接著右半邊肝葉發生撕裂傷，大量內出血已造成出血性休克，再不急救就沒命了。

夏綠蒂湊近他身軀，讓魔法泉湧而出。它纏繞著她，把她和瀕死之人以一股光亮渦流連結起來。她儲存的能量漸漸枯竭，宛如魔法強行逼出生命力。她引導魔法流深入受損的肝臟，魔法進入門靜脈分支，金光從內部照亮血管，脆弱的器官組織看起來宛如紅珊瑚。她開始讓器官內壁再生，將充滿爆發力的魔法送進肝葉修復損傷。

他的體溫和血壓再度下降。

夏綠蒂將更多魔法注入受傷的組織中，試著幫助這副身軀脫離休克。她遇到阻力，但仍用魔法留住生命力，拒絕向阻力屈服。他不會就此死去，他哪裡都不去。死神要帶他走，可夏綠蒂搶下所有權，現在他是她的了。她無法創造新生命，但會竭盡所能爲他人的生存奮鬥，死神無用武之地。

他心臟像受傷的鳥兒一樣細微顫動，心跳隨時都可能停止。夏綠蒂以魔法包覆他的心臟，用一圈魔法流托著它，再用另一圈魔法流爲他修補各個傷口。他的每次心跳都和她產生共鳴。

心臟跳了一下。

別放棄。

又跳了一下。

陌生人，別放棄。

肝葉的傷癒合，血壓漸漸穩定。終於等到這刻，夏綠蒂接合受損的肌肉，並加速新血生成。

我救回你了，你今天不會死。

這人的呼吸也平穩下來。她替他加速血液循環，看著他體溫漸漸上升。夏綠蒂燃燒他體內貧乏的脂肪，以便增生血球。能用的脂肪量很少，他全身上下幾乎只有肌肉和皮膚。

他體溫已接近正常，心跳也變得強而穩定。

她繼續觀察了他一會兒，確定對方已脫離險境。這人有強健的身軀，他會好起來。

夏綠蒂慢慢鬆開他，一次放開一點，直到完全斷開連結，才跌坐在椅子上。她覺得頭暈，雙手沾了血，鼻子有點癢，她以手背摩擦癢處，覺得茫然又不眞實。

那人躺在她身邊，脈搏平穩。她大口吸氣，像剛瘋狂地全速衝刺那樣喘不過氣來。熟悉的癒後疲乏令她癱坐著，肌肉也發痛，但這種疲勞感持續一分鐘就會消失。在學院時，若是治療像他這樣嚴重的急症患者，通常得臥床休息整天，但現在她並沒有每天治療病患，還沒到被搾乾的地步。

她再次打敗死神，滿心輕鬆自在。又一條生命從終點被搶救下來，這個人可以活著回家，她促成了這樁美事。看著他胸膛平穩地起伏，令她由衷地高興。

這人頭髮顏色很深，幾乎是黑中透著藍色，還帶有光澤。髮絲散落在頭部四周，襯托出整個臉型。他臉色不再死白，或許他並沒有她以爲的那麼蒼白。多年訓練已影響感官，讓她能立刻察覺患者身上傷病的特徵，有時候魔法也會改變她的視覺，讓她能迅速正確診斷。這人的皮膚其實是明顯的古銅色，看來他除了天生膚色偏黑外，還曾在陽光下曝曬。他輪廓如雕刻般分明，有著寬而結實的下頷，鼻子平常一定很完美，只是現在鼻梁腫了一大塊，很有可能是舊傷的緣故。深色短鬍髭沿著下頷竄出。嘴不寬也不窄，嘴唇看起來很柔軟，額頭很高。體格雖然一級棒，但眼角細紋暴露了年齡。歲數至少和她差不多，或許還比她大上幾歲，可能三十五、六歲左右。皮膚和衣服沾滿泥巴與血跡，頭髮也亂成一團，即使如此，他仍散發一股優雅的氣質。

好個英俊的男人。

他的睫毛顫動，夏綠蒂湊過去，心裡無比擔憂，魔法在她指尖閃耀。照理來說，此刻他應該昏迷不醒，畢竟傷勢嚴重的身體需要所有精力來幫助復元。

那人張開眼直望著夏綠蒂，兩人的臉只有幾吋距離。他眼睛顏色很深，帶著聰慧的神色，使得整張臉看起來完全不同，立刻把帥度提升到令人無法抗拒的等級。「蘇菲。」他說。

他神智尚未完全清醒。「沒事了。」夏綠蒂對他說。「好好休息。」

他的眼睛鎖定她。「好美。」他喃喃說道。

夏綠蒂困惑地眨眼。

「這聲音我認得。」艾麗歐諾爬上皮卡車，接著叫道：「理查！我的天，發生什麼事了？」

理查想起身，脈搏隨即飆上危險級別。

「不行！」夏綠蒂拚命按住他，他奮力掙扎，壯得像匹馬，魔法依然環繞著，將他包在金光織成的繭當中，因為他動來動去，提高治療的困難度。理查不知道，但此刻身體全靠她的治癒力在支撐。夏綠蒂說：「我得讓他躺下，他還不能移動，否則傷口又會裂開。」

「是誰這樣對你的？」艾麗歐諾問道。「理查？」

理查用力推夏綠蒂，把她整個人抬起。她發現新癒合的傷口漸漸裂開，魔法的支撐力正在減弱，她感到他的傷勢又開始惡化。

理查閉上眼，頹然倒下。夏綠蒂湊過去察看，發現他已失去意識。

艾麗歐諾轉頭對男孩說：「肯尼，幫我們把他挪進屋裡。」

肯尼咕噥了一聲。魔法突然襲來，依附在他身上。他伸出手，把理查整個人拎起來，像拎幼兒一樣輕輕鬆鬆。夏綠蒂把結界石拋回原位，四人進屋。

「往哪邊？」

「右邊有間客房。」夏綠蒂推開門。

肯尼將理查放在備用床鋪上，轉身說道：「我得回去找我媽了。」

「親愛的，謝謝你。」艾麗歐諾說。「代我向你母親問好。」

肯尼點個頭，走了出去。

夏綠蒂就著床邊跪下。理查的脈搏依然平穩，很好。「妳怎麼會認識他？」

艾麗歐諾嘆口氣說：「我以前見過他。他堂妹嫁給我孫女婿家收養的人，我們算是親戚。」

親戚，是了。「他是貴族嗎？」

「不是，他目前住在異境，但和我們一樣都出身邊境，來自沼地。我第一次看見他時，也以為他有高貴的出身。但並沒有，他就是邊境人。」

「蘇菲是誰？」他的妻子？也許是姊妹？

艾麗歐諾聳聳肩說：「親愛的，我也不知道。但不管是誰，一定是他很重視的人。我能告訴妳，理查劍術高超，上回我去異境時，他正在教我孫子們戰鬥技巧。把他害成這副模樣的人，八成已掛了。」

夏綠蒂引導魔法流過理查全身。她相信對方劍術高超，他沒受傷的部位強壯而有彈性，這是經年累月的鍛練造就的。他血壓依然太低，身體遲早會補齊失去的血液，但可能要好一陣子，她不想賭。

剛才他清醒時，說她很美。

夏綠蒂知道自己頗具吸引力，不過當時他正神智不清，所說的話不能當眞，但不知道為什麼，她還是放在心上。夏綠蒂在邊境生活時，不再碰觸感情，畢竟有個艾爾維就夠了。獨居幾年後，她差不多已忘記自己是女人。一個陌生人隨口說出的兩個字，竟能觸動心底深處的兒女情懷。想起他說出那兩個字的情景，她便沒來由地開心，彷彿有個一直很想要的禮物，不料竟是由他送來。這人永遠不會知道她的心事，但她確實心懷感激。

夏綠蒂起身，拿起手機。

「妳要打給誰？」艾麗歐諾問道。

「路克。理查需要輸血，愈快愈好。」

「我們是不是該先離開？」黛西問道。

艾麗歐諾用一根手指抵著嘴唇。

「喂？」路克應道。

她打開擴音功能，手機對著耳朵實在麻煩。「我是夏綠蒂，我需要A型RH陽性血。」她花了幾星期才學會殘境的醫療術語，多虧幾本醫學書，她終於克服了障礙。魔法滑過理查血管時，她已弄清楚他的血型。

這位急診醫療人員一會兒才開口：「我可以幫妳弄到兩袋，五百美元。兩品脫，非買不可。」「我買了。」

「二十分鐘內，在路的盡頭和我碰面。」路克說完便掛上電話。

「五百？」黛西瞪大了眼睛。

「簡直是攔路搶劫。」艾麗歐諾說。

「他是邊境唯一的血源供應者，除非我們採取人對人輸血。」夏綠蒂聳聳肩。「只是花些錢罷了。」反正她隨時可以再賺。

「妳希望我們離開嗎？」黛西再度提問。

「我得去找他拿血，如果妳們不介意等一下，我回來後可以再幫多莉處理。」她已經累了，可是總不能讓多莉頂著半邊光滑半邊爛痘的臉回去。

黛西不悅地噘嘴，多莉拉拉她的袖子。姊姊只好嘆口氣。「我們等。」

「那妳們儘管自便，不必拘束。」夏綠蒂說。「冰箱裡有茶和點心。我大概半小時後回來。」

女孩們便自行前往廚房。

「多謝妳幫他這個忙。」艾麗歐諾說。

「那兩袋血能幫他復元，像妳說的，他是親戚，也算一家人。」夏綠蒂微笑說道。她從架上取下醫學辭典，中間挖空處藏著存款。她拿起一疊二十元鈔票，數了五百元出來。「妳能不能看著他？」

「當然可以，夏綠蒂，帶把槍過去。」

「只是一段路而已。」

艾麗歐諾搖頭說道：「妳永遠不會知道有什麼在等著妳，我有不好的預感，帶著槍以防萬一。」

夏綠蒂取下牆上的步槍，裝上一輪子彈，然後抱了一下艾麗歐諾。

「我馬上回來。」

「沒問題。」

夏綠蒂走到外面，穿過草坪，跨進卡車。這輛車原本是蘿絲的，夏綠蒂直到去年才終於學會駕駛它。它不像艾朮昂里亞四輪馬車優雅，但窮人沒資格挑三揀四。

她轉動鑰匙，發動引擎。理查的臉對她來說有股莫名吸引力，不知道是因爲他帥氣的陽剛味、他炙熱的眼神，或是因爲他覺得她很美。不管是什麼，既然已爲讓他活下來投入了生命力和金錢，她就一定要看到他再次張開眼睛、聽見他說話。最重要的是，她要他平平安安地康復。

五百元能換來這樣的成果，其實挺划算的。

第二章

艾麗歐諾檢查理查的脈搏，結果很平穩。夏綠蒂是奇蹟製造者，她自己卻無知無覺，眞是個可憐姑娘。要是換作別人，早在錢堆裡打滾了。沒人比病童的母親和老婆瀕死的丈夫更心急、更不顧一切，連最後一塊錢也會掏出來給你。但夏綠蒂只會收他們一點錢，且擺出她根本沒做什麼的謙卑姿態。

她在異境一定受過傷害。就像曾經折翼的鳥，不願再冒險嘗試飛翔，夏綠蒂刻意避免獲取財富和聲譽，好像在躲著什麼。但從沒提過自己在躲什麼人，也沒解釋原因。艾麗歐諾嘆氣。好吧，對她這個孤單老人來說，能在邊境爲夏綠蒂提供安全的藏身處，她就心滿意足了。

敲門聲引得她回頭，她發現黛西和多莉站在門口。

「我接到工作的電話。」黛西說。「公司要我回去。我可以今晚再帶多莉過來嗎？妳覺得夏綠蒂會不會介意？」

「我認爲她應該不會介意，妳去吧，工作比較要緊。」艾麗歐諾微笑說道。

「謝謝。」黛西說。

「謝謝。」多莉也附和。

多莉眞是個可愛又害羞的小姑娘。「不用擔心，夏綠蒂很快就會幫妳把臉清乾淨。」

「我們是不是需要妳才能移開那些石頭？」黛西問道。

艾麗歐諾心想，這就是住在殘境的毛病。黛西對魔法一無所知，也不想和它扯上任何關係。她答道：「不用，那些石頭只是預防外面的人進來，妳若在裡面，就可以自己移開它們，或直接跨過去。」

「謝謝！」黛西再次說道。姊妹倆動身離去，艾麗歐諾聽見紗門關上的聲音。

她看了下時間。夏綠蒂已經出門二十分鐘。她身上的魔法太強大，無法穿過邊界進入殘境，因此可能會待在路的盡頭等待，就在邊界旁邊，直到路克過來把血袋給她。

微微的不安在心頭躁動，這是討厭的預感消逝後的殘留物。艾麗歐諾無法分辨，究竟是魔法在出聲警告，或是自己到了疑心病狂發作的老年時期。年紀大真可怕。但若是魔法在警告，同樣讓人覺得不妙。不管怎麼說，夏綠蒂應該會坐在卡車裡，而且會鎖上車門。她帶了步槍，對她來說只有一點用處。並不是這位姑娘不懂得自我防衛，而是她缺少艾麗歐諾孫女剛強的心。蘿絲鋼鐵般的意志力引領自己走過人生的困境，至於夏綠蒂，雖經歷過大風大浪，但不像邊境人天生就是壞胚子。這正是她與眾不同之處，也是艾麗歐諾這麼喜歡她的原因。艾麗歐諾也不是在東門區誕生的，夏綠蒂的存在令人想起久遠以前，另一個更溫和的地方。

艾麗歐諾幫理查撥開遮臉的髮絲。「理查，蘇菲到底是誰？」

他沒回答。這名字有可能代表任何人，例如理查的妻子、情人或姊妹。艾麗歐諾不清楚他的事，兩人只見過一次面，倒是令她印象深刻。他身上總自然散發沉靜高貴的氣質，他弟弟浮誇又充滿魅力，喜歡開玩笑，理查則流露嘲諷而尖銳的機智。話不多，即使偶然妙語如珠，態度仍一本正經……

「崔頓太太！」尖叫聲驟然響起，高分貝的嗓音中充滿驚恐。是多莉。

艾麗歐諾奔到門前，看見多莉站在結界外，整張臉因恐懼而扭曲，彷彿戴著歪斜的面具。她又叫道：「崔頓太太！他們抓了黛西！」

艾麗歐諾匆匆奔過草坪。兩隻腳，跑快點。「誰？誰抓了黛西？」

「幾個男人。」多莉揮舞雙手。「他們有槍，騎著馬。」

一陣悲泣的長號破空傳來。艾麗歐諾後頸寒毛頓時豎起。她抓起一顆石頭，把多莉拉進保護圈內。「進屋，快！」

多莉朝門口奔去。艾麗歐諾放回石頭，跟在多莉身後穿過草坪，登上門廊台階。

一陣馬蹄聲引得她回頭，只見一位騎士沿路策馬馳來。他剃了光頭，身穿黑皮衣，馬鞍上掛著腳鐐、手銬，長長鍊條被陽光照得發亮。

是奴隸販子。

艾麗歐諾驟然驚覺，像被狠狠抽了一鞭。她急忙衝進屋裡，關上門，上了鎖。

多莉瞪大眼睛看她。「怎麼回事？」

「噓！」艾麗歐諾移到窗前，透過窗簾細縫向外窺視。騎士在附近停下，調轉馬頭，想要騎上門廊。結界石顫動，逼退馬兒，騎士差點摔下地。他怒瞪著屋子，手指伸進嘴裡吹出口哨。

更多騎士尾隨而至，與第一位會合。他們穿著深色衣服，一臉冷酷。有些人身上有刺青，有些人則畫上彩繪圖樣，還有些人頭上戴著人骨。他們帶來六隻裂狼犬，這群雄壯殘忍的生物圍繞著馬匹。左邊有個帶疤的男子貌似拳擊手，長長金髮編成辮子。他策馬上前，把一具身軀拋在地上。是黛西。老天，她臉色像紙一樣白。

一群人圍繞草坪。一個、兩個、三個……在她視線範圍內，一共十六個。

艾麗歐諾的心直往下沉，看來這些人異常凶殘，絕不留情。

「妳們發生什麼事？」她低聲問道。

「我們沿路走向車子，黛西正在皮包裡找鑰匙，那個金髮男忽然騎馬過來踢了她一腳，而且直接對準她的臉踢！」多莉尖聲說道。「她一倒下就叫我趕快跑，所以我就跑了——」

金髮疤男把黛西往前拖。

「先別說話。」艾麗歐諾低聲說。

「撿起來。」男子高喊。

黛西臉頰鮮血淋漓，她朝最近的石頭伸出顫抖的手，碰到石頭後試著拾起，但魔法一陣震動，她立刻尖叫著縮手。奴隸販子狠狠踢向黛西肚子，她痛喊一聲，全身縮成一團。多莉忍不住悲號，艾麗歐諾趕緊摀住她的嘴。

隊長殘酷刺耳的聲音響起：「我們不想要妳們，也不在乎妳們，只想要藏在屋裡的那個男人。這位黛西說她打不開結界，既然她都試過了，我願意相信她。那麼，要不要照辦，就全憑妳們決定。把我要的人交出來，我立刻走，就這麼簡單。」

十六個大男人實在太多了。如果只來一、兩人，甚至四人，艾麗歐諾還有辦法應付。她可以放他們進來，然後逐一詛咒，但十六個真的太多了。艾麗歐諾飛快轉著各種念頭，看來她得向外求助。

「妳有沒有帶手機？」她低聲問道。

多莉從口袋抽出手機。

「打給夏綠蒂。」艾麗歐諾低聲說。「號碼是二二七二〇一三〇。」

多莉顫抖地撥了號碼，把手機遞給艾麗歐諾。

「我是夏綠蒂。」夏綠蒂的聲音聽來很平靜。

「妳在哪裡？」艾麗歐諾低聲問道。

「路的盡頭，路克遲到了，我才剛拿到血。」

「別回來！」

「為什麼？艾麗歐諾，怎麼回事？」

「我要妳去魯尼家。切進左邊第二條岔路，然後走到底。告訴麥爾康‧魯尼，我們家來了一群奴隸販子，共十六人，他們要抓理查。告訴魯尼，他欠我人情，何況他還有個漂亮女兒，想必不希望這群人把他們家當作下個目標。如果他懂得為自己著想，就會立刻集結民兵，把這些惡棍趕出邊境。快去，夏綠蒂，立刻過去。」

電話那頭傳來嘟嘟嘟的訊號聲，艾麗歐諾將手機還給多莉。

「妳們只要出來移開結界石。」奴隸販子喊道。艾麗歐諾透過細縫窺探，發現對方已抽出刀子，巨大而彎曲的刀身在陽光下閃閃發亮。「妳們知道接下來會發生什麼事。」他叫道。「我是個愛好和平的人，不要逼我。」

□

夏綠蒂急速駛過彎道。奴隸販子？這沒有道理。早在幾世紀前，奴隸制度在艾朮昂里亞和殘境已遭到廢除，完全不合法，但艾麗歐諾口氣透著清晰真實的恐懼。

她得盡快趕到魯尼家。東門區沒警察，若小鎮遭受威脅，邊境人有時會組成民兵團抵禦外侮。

樹木從車旁飛掠而過。快，她命令，卡車，快一點，再快一點。

□

「聽我說。」艾麗歐諾抓住多莉骨瘦如柴的肩膀。「他們會傷害黛西，我們無能爲力。因爲結界的緣故，我無法對他們施法，如果我們開槍，他們就會殺了黛西。」

「她是我姊姊！」多莉細聲應道。「如果我們把那個人交給他們——」

「那他們會把我們全殺了。親愛的，他們在撒謊，這些傢伙是愛撒謊、邪惡、糟糕的混帳。我們得在這裡等幫手趕過來。」艾麗歐諾抱住她，雙臂緊摟著女孩瘦削的肩膀。「不管聽到什麼，或看到什麼，都不能到外面去，我們只能等。」

「抓著她。」奴隸販子說。

黛西不停啜泣。

艾麗歐諾把多莉轉過來面對自己。「不要聽，摀住耳朵。」

「最後一次機會，移開石頭，大家相安無事。」

艾麗歐諾屏住呼吸。

「好吧。」奴隸販子說。

黛西忽然尖叫，尖銳的嗓音中充滿痛苦。

艾麗歐諾冒險看了眼窗外，只見金髮奴隸販子的拇指和食指正捏著蒼白而血淋淋的東西。黛西在兩個人的箝制下，不停扭動。

「一隻耳朵。」奴隸販子宣布。「接下來輪到手指。」

□

「我們得走了。」夏綠蒂盯著麥爾康．魯尼，對方足足高她八吋。

他們置身在鬧哄哄的魯尼家中，矮胖的海倫．魯尼正用手機撥出一個又一個號碼，按照名單逐一聯絡。她兩個兒子則忙著把武器堆在門廊上。夏綠蒂趕到後，他們的大兒子和女兒便立刻分頭通報鄰居，現在許多武裝男子已在屋前集結。

「妳先聽我說。」大塊頭湊到她面前。「她們待在結界裡面很安全，何況艾麗歐諾是個強悍的老太太。她自己可以應付。十六個男人一定帶了大批火力，我們當然不能冒冒失失跑去，一定要準備周全，不然的話，乾脆自己拿把刀抹了脖子還比較省事。」

「她們現在獨自待在屋裡！」夏綠蒂看見十幾個人已準備動身。

「不會有事的。」麥爾康說。

她直視對方眼睛，明白再吵下去也無濟於事。他會執意按照自己的步調，否則就什麼也不做。

「再一個小時，我們就可以出發了。」

「一個小時？」他瘋了不成？明明可以半小時內把全鎮的人都找來並準備妥當。

「不會有事的。」海倫．魯尼說道，她還拿著電話抵著耳朵。「只是要一點時間把大家都找齊，就是這樣，不會有問題的。」

夏綠蒂腹中翻騰，陣陣噁心感不停傳達相反意見。

麥爾康拿下牆上的獵槍。「妳很幸運，現在的東門區和六年前比起來已完全不同。如果是當年，妳根本找不到援手，但現在大家都會來幫忙。」

他轉過身，寬大的背部對著她。夏綠蒂忽然明白，這群邊境人在故意拖延。誰都不想和十六個武裝分子起衝突，因此他們慢吞吞地行動，盼望事情會自動解決。

夏綠蒂深吸一口氣，決定摘下邊境治癒者謙遜的假面具。她抬高頭，以冰冷而明確的命令口吻說：「魯尼先生。」

他轉過身，滿臉訝異。他以爲找上門來的只是住在那條路上的夏綠蒂，沒料到她可是夏綠蒂・德・奈伊女爵，加納獨一無二的頂尖治癒者。她在他面前昂然挺立，氣勢十足，眼中閃耀強勢的魔法，屋裡的人瞬間安靜下來。

「你太太有骨質疏鬆症，你則是前列腺肥大，還有，就像你太太和我說的，你小兒子其實沒罹患注意力不足過動症，他只是甲狀腺機能亢進。如果你希望全家的毛病能治好，現在就別拍我肩膀，別叫我這顆可愛的小腦袋別再操心。馬上給我集結這批人，跟我過去，否則，天可憐見，我會讓你跌進地獄。你覺得目前的病痛夠糟了，但等我出手對付你，你才會知道什麼叫悲慘。現在就出發。」

□

懷裡的多莉全身僵硬。「不要看。」艾麗歐諾低聲說。

黛西瘋狂扭動，用盡全身力氣抵抗。「不要！不、不、不……」

兩個奴隸販子把她壓在地上，將她的手固定在人行道邊緣。

刀鋒閃現，黛西狂喊，無言而痛苦地尖叫。

「左手小指。」奴隸販子預告。「妳有沒有打算結婚？接下來我要剁無名指了。」

多莉開始掙扎，企圖掙脫艾麗歐諾的懷抱。

「停下！」艾麗歐諾拚命抓住她，但小姑娘像野獸一樣暴躁，忽然變得力大無窮。艾麗歐諾好不容易抓緊她，多莉卻連連踢打，使得兩人背過身抵著窗戶。

槍聲響起，玻璃碎裂，有個東西打中艾麗歐諾肩膀，深入骨頭。她忽然失去力量，雙手滑落。多莉立刻推開她，奔向門口。

「不！」艾麗歐諾叫道。

多莉衝出門外，來到草坪。

艾麗歐諾奮力拉開門。「站住，多莉！」

一陣熱燙刺痛襲上艾麗歐諾的胸膛，她不覺向後仰，摔在門廊上，半邊身子被木欄杆擋住。呼吸忽然變得困難，空氣吸起來有股苦味。她恍然明白自己中彈了。她開始凝聚魔法，但它來得好慢，像冷掉的蜜糖一樣凝滯。

多莉已經跑到結界石邊，一回頭發現艾麗歐諾中彈倒地，她驚恐地瞪大雙眼。

「妳叫多莉是吧？」疤男說。「不用看她，看我這裡。這是妳朋友？還是姊姊？看來是姊姊。」

「妳只要打開結界，他們就會殺了妳。」艾麗歐諾叫道。

「我向妳保證。」奴隸販子說。「沒有人會殺妳。」

魔法繼續緩緩繞著艾麗歐諾流動。不夠多，還不到勉強可用的程度。她明白是自己太老又太虛弱，魔力都快耗光了。「不要聽他的！」

「多莉，妳想不想回家？」奴隸販子問道。

艾麗歐諾試著起身，但雙腿不聽使喚。

「拿開結界石，一切就結束了。」奴隸販子說。「妳和姊姊可以回家，我甚至可以把她斷掉的部位給妳。有沒有看到？」他舉起一截血淋淋的手指。

多莉嚇得後退。

「不行！」艾麗歐諾叫道。她聲音變得粗啞，鮮血染紅了門廊地板，她赫然發現那是自己的血。

「我說射殺她。」奴隸販子說。「難道要我親自出馬？」

子彈從艾麗歐諾身旁呼嘯而過，嵌進周圍的木欄杆中。

「住手！」多莉高喊。

金髮奴隸販子立刻舉手。槍聲停止。

「看到沒？我會爲了妳停手，我這人也可以講道理。妳不要聽她的。」奴隸販子說。「她是個自私的老太婆，妳要做對自己和姊姊有利的事。移開石頭，我們進去逮到要的人，然後大家各走各的。否則，我還會再剁點什麼下來，也許是妳姊姊的嘴或是鼻子，她就只能一輩子毀容了。」

多莉木然站在原地。

「把她壓在地上。」奴隸販子說。

他們把黛西翻過來，讓她仰躺。他湊過去，手上握著刀。

「不！」艾麗歐諾叫道。

多莉抓起結界石拋到一旁。魔法保護圈就此消失。

哦，妳這笨小孩，妳這個笨得要命的孩子……

疤男身旁的大塊頭上前，跨過無效的石頭，反手一推多莉，她便倒在草地上。

兩聲槍響破空傳來。艾麗歐諾晃了下，發現疤男舉起冒煙的槍管。黛西的後腦血淋淋地一團亂。

她不動了。

多莉慘叫，聲音絕望而淒厲。

非救多莉不可。艾麗歐諾咬緊牙關，她雖老了，但她可是樹籬女巫。

大塊頭走向多莉。

艾麗歐諾孤注一擲，將魔法迅速聚攏。

「別管她。」隊長說。

蘿絲，我很抱歉，真的很抱歉，多麼希望還能見妳最後一面。

「這可是免費的貨。」

「你沒看見她的臉嗎？寇桑，做事前先想一想。誰要買臉爛成那副鬼樣子的貨？要是你給她頭上套個布套，可以操她一次，但沒人會想買。你要有點生意頭腦，買家才不買醜女。去門廊上宰了老太婆，把獵人從該死的屋裡拖出來。」

多莉坐起身，睜大雙眼。

最後一絲魔法圍繞艾麗歐諾，這是她僅存的能耐。

大塊頭的槍口已經對準多莉。

艾麗歐諾射出魔法，它掠過草坪，擊中持槍的大塊頭，再擴散到周遭三人身上，像一群黑蝙蝠包圍他們。

「快逃！」艾麗歐諾高喊。「多莉，快跑！」

多莉向後爬，一翻身站起，橫過道路，奔進林中。

四名惡棍倒地，全身痙攣，但隊長和另外三分之二奴隸販子仍站在原地。她的施法範圍變小了。

金髮隊長衝上門廊。「妳這個老娼婦。」

多莉總算逃開了，至少這孩子倖免於難。

奴隸販子掏出皮套裡的槍。「該死的賤人。」

艾麗歐諾怒瞪著他。看來，她會死在這裡，在這門廊上一命嗚呼，但她會拉他陪葬。艾麗歐諾吐出一口血，開始唸咒，把僅有的魔力注入咒語，召喚出根植於生命最底層的魔法。死咒絕對無藥可醫。「我詛咒你，你不會看到今天的落日……」

「去妳的。」他舉起槍，黑色槍管瞄準她。

她心頭浮現溫馨的畫面，她抱著兩個孫子，喬治在右邊，杰克在左邊，他們身旁開滿鮮花，而蘿絲在對面陽光下的花園裡對她招手。「……你到死前都會痛苦不已。」

最後一個字從她的嘴逸出，連同她的生命一起帶走。世界頓時消失。

□

夏綠蒂瞥一眼儀表板，時鐘顯示十二點十五分。她已在外將近一小時。臨時民兵團在她表明立場後，十分鐘便上路。三輛卡車載滿武裝民兵，行駛在她前方，兩旁還有六人騎馬跟隨。

已經浪費太多時間。*求求妳，黎明之母，求妳保佑，不要讓事情無法挽回。*

帶頭的卡車忽然加速，第二輛也照做，夏綠蒂皺起眉頭。

她前方那輛卡車上的人全看著右方。夏綠蒂向前傾身，想看清擋風玻璃外的情況。

她忽然看到樹梢出現濃厚黑煙。

糟了。

她猛按喇叭。

卡車隊加速疾駛，夏綠蒂握緊方向盤。拜託，快點！

樹林向兩旁分開。

大火已吞噬整棟房屋，橘紅色火焰如洶湧的浪濤竄出屋頂，焦黑木梁宛如骷髏的骨骼。門口已被火吞沒，屋內火勢猛烈，火舌纏繞門廊柱子，吐出陣陣黑煙。橘色火舌從各扇窗戶鑽出，舔舐牆板。

夏綠蒂急踩煞車，一把推開車門，奔過草坪。熱浪襲捲而至，將她逼退，她抬起手，試著遮蔽眼睛。灰燼在她周圍盤旋。

草地上有幾具屍身，四名武裝男子的身體扭曲，臉像是戴著怪異可笑的面具。她全身泛起雞皮疙瘩，忽然覺得又熱又冷。

一陣尖銳的哭泣聲吸引她回頭察看。只見黛西趴在草坪邊緣，頭上有個濕漉漉的紅洞。多莉則癱在屍身旁。

夏綠蒂釋出魔法，拋向兩個女孩，開始檢查……多莉沒受傷，臉上有點小擦傷，但沒大礙。黛西已經死了，完全氣絕，無可挽回，體內連一點生命力也沒有留下。

夏綠蒂感到渾身冰冷。她太慢了，她們向她求救，但她來得太遲。

多莉坐在姊姊身旁的草地上，雙手沾滿了血，臉上全是淚水和泥土，早已泣不成聲。女孩的痛苦像根刺扎進夏綠蒂的心，滾燙而尖銳，令她招架不住。她已無能爲力，任憑她魔法再強、本事再大，現在也派不上用場。

海倫．魯尼跳下車，站在多莉身邊，伸手想抱她，她卻用力掙脫，繼續大哭。黑灰色的灰燼落在她臉上，她哭個不停，彷彿想把整顆心與所有痛苦從哭聲中擠出去。

「甜心，艾麗歐諾人呢？」海倫問道。

多莉指著大火。

夏綠蒂回身，驚見一具焦黑的人體倒在門廊上，看起來頂多像燒焦的皮囊。

夏綠蒂的世界驟然停頓。

她無法動彈，只是盯著那具燒燬的殘破屍身。艾麗歐諾……艾麗歐諾死了。怎麼可能？夏綠蒂拒絕接受事實。不到一小時前，艾麗歐諾還朝氣蓬勃地活著，她還活著，當時她邊走邊說話，現在卻死了，而黛西也隨著她一同死去。

艾麗歐諾再也不會笑，再也不會接住從頭上掉下來的咕咕鐘，再也不會對她說蘿絲和孫子的事，這些都再也不會發生了。

「那個人呢？」海倫問道。

「他們把他抓走了。」多莉啜泣著說道。

海倫俯身，湊到多莉面前，低聲說了幾句話。麥爾康則彎腰，手伸向那四具屍體。

夏綠蒂的腦海閃過一個念頭：我要趕快行動。她需要做點什麼，或說點什麼，但她就是辦不到。她只是站在原地，困在令人痛苦的迷霧中。

麥爾康・魯尼越過草坪，朝夏綠蒂走來。她看見他的嘴在動，卻沒有聽見聲音。

屋頂幾根梁木忽然塌下，發出巨響，接著落進一大團爆炸的火花裡。夏綠蒂驚跳起來，聽力瞬間恢復，她聽見麥爾康低沉的嗓音說：「……奴隸販子。」他對她晃晃手中的幾副枷鎖。「我在那些屍體身上發現這個。已經十年沒見過這些傢伙，他們一定是發動突襲。看來他們開槍轟掉黛西的頭，又射殺艾麗歐諾，帶走妳們的朋友，還放火燒掉房子。多莉藏在樹林中，目睹整個經過，可憐的孩子。房子沒幾分鐘就毀了，這是棟老屋，就像火柴一樣，火勢一發不可收拾。他們騎馬來，除了地上躺的這幾個，估計還有十二人，也許更多。」麥爾康朝那幾具屍體呶呶下巴。「那是艾麗歐諾的傑作，人們叫它困死咒，因爲人會被鎖死在原地，最後扭曲變形。這位老太太可說法力無邊。」

她的嘴終於可以努力擠出幾個字：「爲什麼會這樣？」

「奴隸販子淨幹這些勾當，他們搶劫我們這種小鎮，擄走小孩和美女，再把他們賣去異境當奴隸。這位名叫理查的朋友，想必惹毛他們了。」

理查……奴隸販子把他抓走了。她腦子像生鏽般轉得好慢。她來不及救艾麗歐諾和黛西，但是還有一條命可以救。「我們得立刻追趕他們。」

麥爾康搖頭。「奴隸販子卑鄙下流，他們有個習慣，達到目的後就會走人。這位理查老兄，和我非親非故，說眞的，他甚至不是從小在本地長大的鄉親。激怒這些傢伙就像捅了馬蜂窩，憤怒的蜂群追來這裡尋仇，既然他們已經離開，這件事就算結束了。妳好好看看，他給妳們招來多大厄運，要我說，他被他們抓走，妳剛好眼不見爲淨。」

夏綠蒂震驚地瞪著他。原來他早就打定主意撒手不管，說這番話時神情透著堅決。麥爾康．魯尼，這位壯碩的大塊頭，長得像公牛卻膽小如鼠。看來他會一走了之。

「這些混蛋傷了四條人命。當初艾麗歐諾收留我，她殷勤待我，讓我的人生有了第二次機會。現在他們殺了她，還燒掉她的遺體和房子。」她提高音量。「他們還殺了二十出頭的黛西，她十四歲的妹妹目睹全程，你們就這樣算了？」

麥爾康緊閉著嘴。

夏綠蒂的視線越過他，落在那群邊境人身上。他們的表情寫滿愧疚和哀傷，沒人敢和她對望。

天啊，她後頸寒毛全豎起來。他們竟然一致贊同麥爾康的意見，大家打算就此離去，假裝這起恐怖事件從未發生。她早知道邊境人人自掃門前雪，但這次呢？這次實在太殘忍了。

「艾麗歐諾在這裡住了一輩子。」夏綠蒂指著焦黑屍體說。「她遺體還在那裡悶燒，難道你不明白？如果我們不出手阻止這些人，他們會再來。看看多莉，看看她！」

大家只低頭望著自己的腳，或是草地，不管看哪裡都好，就是不看她，也不看那個正在呼天搶地的小女孩。

「追上他們只會害更多人喪命，沒人承受得了失去親人或小孩。」麥爾康靜靜說道。「我們會找地方安置多莉。唉，眞要命，看來海倫不會放她走，我猜她會跟我們回家。妳也應該一起來。」

夏綠蒂望著他，因爲看著黛西和艾麗歐諾都令她傷心。她心中的哀傷已快滿出來，苦澀得令她無法招架，幾乎要窒息而死。*噢，眾神啊，蘿絲和兩個弟弟得知道這件事。她該怎麼告訴他們？抱歉，我來不及趕回去？抱歉，我裝作沒這回事，跑去別的地方生活，放任這群人渣繼續製造不幸？*

「我們可以撥個房間給妳。」麥爾康柔聲說道。「俗話說，人愈多愈熱鬧。夏綠蒂，不會有問題的，事情一定會解決。妳幫過這裡那麼多人，我們會幫妳找個新地方住下，別擔心。妳認爲呢？」

她心中翻騰著痛苦、悲傷、震驚和內疚，已經超過負荷，她非做點什麼不可。

奴隸販子自以爲可以魚肉鄉民，而他們也會繼續橫行霸道、燒殺擄掠、傷害孩童。他們會殘害這些人的生命，一如粉碎她愜意的小天地。現在他們大搖大擺地揚長而去，不曾遭受懲罰，還帶走她的傷患，而她甚至不明白這一切爲何會發生。他們會傷害理查並折磨他，還很可能會殺了他。

得有人挺身而出。如果這些邊境人不願站出來，那麼就只有她，沒別人了。

夏綠蒂的意識進入內心深處，探查被深藏、緊閉的漆黑境地，並在當中找到一點紅光。她試探地稍微連結，一陣渴望隨即淹沒了她，暗黑魔法饑渴難耐，拚命想破繭而出，想蠶食鯨吞、肆行殺戮。

恐懼像枝箭穿透她的心，她差點想要退開。如果她釋放魔法，勢必無可挽回。一直以來，她多麼努力地約束自己，可以說就快成功了。

夏綠蒂看看多莉，再望望她臉上沾滿灰燼的淚痕。

「多莉！」

少女抬起頭。

夏綠蒂守住那一點紅光。「親愛的，我沒辦法讓黛西起死回生，但是，我可以確保不會再有另一個女孩像妳一樣被他們傷害。我要他們血債血償，我向妳保證，他們絕沒機會再奪走別人的姊妹。」

多莉的臉抽搐幾下，接著又哭了起來。

「夏綠蒂？」麥爾康問道。

夏綠蒂深深吸氣，點燃紅光。

「妳有沒有在聽我說話？」

紅光與黑暗在她體內勃發，纏繞成飢餓而憤怒的烈火。

她望著麥爾康，她知道自己臉色一定很可怕，因爲麥爾康嚇得倒退一步。夏綠蒂轉過身，大踏步走過草地，向著卡車前進。

「如果妳堅持要去，就只能孤軍奮戰！」麥爾康叫道。

她繼續步行，魔法在體內熊熊燃燒。

「妳這樣做艾麗歐諾也不會回來！他們會殺了妳！夏綠蒂？夏綠蒂！」

她逕自上了卡車，發動引擎。體內的火焰竄出來，化爲多道憤怒的深紅色火舌，纏繞她全身。

這些混帳絕沒機會再傷害任何人，她一定會辦到。

第三章

人若發現自己陷入困境，一定會花時間評估整個情況，尤其是在驟然醒來驚覺自己不能動時。

理查張開眼睛。

先觀察一下四周。首先，他發現自己被關在籠子裡，在黝暗的老樹林中，隱約可見一個平台加上許多鋼條，看一眼便知是鐵籠，好個令人痛苦的事實。第二，他的手被反綁在背後。第三，沉重的鐵鍊縛住他雙腿，另一端將他和籠子底部的鐵環鎖在一起。第四，有條更厚重的鐵鍊把籠子固定在馬車上，還繞了好幾圈，彷彿整個籠子的重量壓在車上還嫌不夠穩固，得額外加強。綜合以上四點，結論是：他成了奴隸販子的俘虜，他們生怕他會長出翅膀，拖著重達三百磅的鐵籠飛上天去。

他想不起來自己怎麼會被關進籠子裡，一定是不知何時挨了打，因爲他的臉很痛，很可能受傷了。會覺得嘴上有泥土，大概是某人用靴子踢了他，才沾到靴上的土。此外，根據那股難聞氣味來判斷，還有人刻意在他胸口撒了泡尿。奴隸販子眞「迷人」，他們向來有獨門待客之道，且樂於拿來「款待」客人。

他脅下的傷不痛了，最出乎意料的是，他居然還活著。

他怎麼可能還在呼吸？哪怕肝臟受傷後，他立刻奇蹟般被傳送到外科醫生的手術台上，也只會被判定傷勢太重，回天乏術，致命傷則是肝臟那一刀。然而事實是，他不但無法就醫，還在野外狂奔了幾小時，這只會讓傷勢更重。

他記得自己倒在路邊，倒下後再到被關進籠子，中間一定發生過什麼事，但他記憶模模糊糊的。

不知道爲什麼，他總覺得和蘿絲的奶奶艾麗歐諾有關，兩人從前有過一面之緣。另一段記憶慢慢浮現，當中有個金髮灰眸的女子。她的臉很不清楚，但他還記得深金色眉毛下的眼睛有多美麗而熱情，在模糊記憶中，那雙眼睛會發光，他看見眼底深處滿滿的擔憂，那令他心動。多年來，不曾有人那樣看著他。這是段美好的回憶，他不由得懷疑，這不過是自己歷經殘酷血腥的人生後，渴望幸福快樂的大腦自行幻想出來的產物。

除非，眞的有人治癒他，因爲身上的傷全不見了，刀子製造的刺傷可不會自動消失。這讓灰眸女子的渾沌印象有了幾分可信度，但治癒魔法極爲罕見且被高度重視的。想在邊境找到擁有治癒魔法的人，根本不可能。如果你是異境不疼、殘境不愛的倒楣鬼，地獄般的邊境就是你的唯一歸宿。有這種天賦的治癒者會被異境視若珍寶。

想了半天毫無頭緒，他找不到自己還活著的合理解釋，只好暫時拋開這問題。當務之急是先解決眼前的牢籠和周圍的奴隸販子。

他無法判斷自己到底昏迷多久，但也不可能太久。他們正穿過異境的樹林，強大魔法不停流動。進入了森林，處處都是由魔法餵養，又受艾朮昂里亞土地滋養而異常挺拔的粗大樹幹。在此背景下，這群騎士走在難以辨認的小徑上，顯得如此渺小。馬兒拖著他和沉重鐵籠，只能緩緩前行。

理查逐一看去，有幾個新來的人，但有一半是他認得的，都是漂浮在人類這大陰溝中，最具代表性的人渣。記憶喚起這些人的名字、簡介及弱點，他曾下苦功鑽研這批人的背景，其中有些來自一般家庭，有些是天生的精神病患，其他則既貪心又愚蠢。眼前這批人，大多隨身攜帶刀和步槍，衣服與裝備破舊骯髒。但他沒看到裂狼犬，也沒聽到牠們的叫聲，那些狗都跑哪去了？

□

夏綠蒂跨出卡車。雜草叢生的土路已來到終點，前方就要轉進林中小徑。邊界在她面前若隱若現，從骨子裡就能感受到它的存在，這是種怪異而令人不安的壓迫感，威脅著要抽光她的氣息。

奴隸販子已越過邊界，被騎士踐踏過的灌木叢依然低垂。她看見地上有些蹄印，還有寬闊車輪壓出的兩道深溝。他們有馬車，不是以魔法驅動的現代無馬四輪車，而是由馬拉的舊式車子，某些鄉下地區到現在還在使用。痕跡穿過邊界，所以她也得照著走。上次穿過邊界時，總覺得魔法彷彿被悉數剝除，這讓她差點打退堂鼓。

夏綠蒂深深吸口氣，跨了過去。魔法攫住她，擠壓她的器官，就像要擠出身上全部鮮血。壓迫感節節進逼，驅使她前進，每跨一步都要動用所有意志力。她額頭冒出汗水，再跨一步，再一步。壓迫感碾壓她，夏綠蒂彎下身，必要時她甚至能在地上爬。

再一步。

忽然間，沉重的負擔消失了。魔法再度充盈全身，身體再次復甦。雖然很不合理，但她確實感到自己像朵盛開的花，迎接燦爛朝陽。如果她有翅膀，一定會舒展開來。她緩緩吸氣，就是它，夏綠蒂慣於操控的熟悉強大力量，終於回到身上了。在邊境生活的這幾年，魔法只剩一半，她已忘記這種感覺有多美妙。

她始終不明白，艾麗歐諾為什麼不願意搬去異境……

艾麗歐諾。

她得繼續趕路，根據估計，她至少落後奴隸販子半小時，說不定更多。眼前是艾朮昂里亞綿延不絕的古老森林，小徑一分爲二，該選哪條路？右邊，還是左邊？

夏綠蒂就地跪下，試著找出蹄印。然而經年累月落下的松針遮蔽了地面和小徑，過往行人留下的痕跡模糊難辨。小時候出於好玩，她向學院裡的斥候老兵學過追蹤術。但這麼多年過去，她從沒把這件事當眞，現在已差不多忘光了。

左邊灌木叢下忽然傳來費力的哀鳴聲，她轉過頭，發現一雙棕色狗眼正盯著她，牠有張黑色大嘴。

夏綠蒂僵在原地。

狗兒低下大頭，發出另一聲細細悲號。夏綠蒂聞到血的味道，她的治癒者直覺像是狠狠挨了一鞭，頓時銳利起來。體內的黑魔法瞬間消失，宛如被扼殺了。

「放輕鬆。」夏綠蒂蹲下，朝狗兒接近。「別緊張。」

狗兒側躺著，痛苦地喘息。

她伸出手摸牠。

狗兒嘴巴抖動，露出閃亮的尖牙。

夏綠蒂停下動作，手伸在半空中。「如果你咬我，我就不幫你了。」狗兒聽不懂，但從她口氣就能判斷意思。

她緩緩伸手過去，狗兒張開嘴，朝她的手咬過來，可是撲了個空。牠太虛弱了。

「你要是健健康康的，一定會咬斷我的手指，嗯？」

夏綠蒂碰觸狗的皮毛，將金色魔法流送進毛茸茸的身軀中。這是隻公狗，血壓很低，有顆子彈貫穿腹部，看來有人朝牠開槍。

「這世界充滿可怕的人類。」她對狗兒說，開始修復傷口。子彈打中胸腔，經過左肺，從側腹穿出。從傷口的狀態和失血多寡判斷，牠大約在五、六個鐘頭前遭到槍擊。

夏綠蒂接合受損的組織，重建肺葉。

狗兒湊過來舔她的手，只是飛快地舔了一下，彷彿爲自己的虛弱感到羞愧。

「因爲沒那麼痛，你就改變主意了？」她封住傷口，愛撫牠後頸，摸到尖尖的項圈。「你不會再當奴隸販子的走狗了，對不對？」

狗兒起身，眞是頭龐大的野獸，如果她和牠站在一起，牠可以把腳掌放在她肩上。

夏綠蒂站起來。「你的主人呢？」

狗兒看著她，朝空中嗅一嗅，轉向右邊。

看來也只能朝右走。

「那就這邊。」夏綠蒂說完，跟著狗兒走上小徑。

□

馬車輾過樹根，嘎吱作響。

「這趟路眞遠。」一個刺耳聲音叫道。沃沙克・寇溫是老練的奴隸販子，理查認爲，這也難怪他能累積十多次突襲經驗。圖林原本答應出賣沃沙克，想必他們倆早就串通好，一同設下陷阱，等到理查在圖林派來的手下中殺出一條血路，沃沙克就帶著部下跳出來，將理查甕中捉鱉。

「在這裡紮營吧。」沃沙克說。

「這裡離邊界只有兩小時路程。」一位紅髮高個子叫道。理查不認識他，想必是新來的傭兵。奴隸販子要定期補充人力，因爲理查一直在削減他們的人數。

沃沙克騎著馬，進入理查的視線範圍。這人身高一般，全身似乎只有骨頭和肌腱，身材精瘦，但孔武有力，而且耐性十足。他不是最快或最壯的人，可一定能走得最遠。他的臉布滿疤痕，至於是怎麼弄的，他自然會編造整套光榮史，但絕口不提眞相。其實他是在綁架奴隸時，被一個馬夫用乾草叉劃傷臉，那次的綁架行動當然宣告失敗。

沃沙克把頭髮染成淡金色，再綁上辮子，成爲他的金字招牌，令人對他印象深刻。這是奴隸販子的慣常做法，他們利用服裝和各種個人特質，努力凸顯自己，虛張聲勢，好讓別人更怕他們。恐懼正是他們常用的武器，人可以對抗敵人，但沒本事對抗惡夢。

沃沙克對紅髮男說：「米爾黑，我有升你當副手嗎？」

米爾黑心虛地低下頭。

沃沙克的副手賽倫可能已經死了，否則沃沙克早就會衝上前把米爾黑拉下馬，將他打得血流如注。嗯，有意思。

「既然沒有，那就別再多嘴。」沃沙克說。「我想聽你意見的話，自然會把那些話從你嘴裡打出來。」他打量其餘騎士。「爲了讓你們這群智障少操點心，我可以告訴你們，後面沒人追來。他們是邊境人，一群自掃門前雪的傢伙，誰都不想吃子彈。我們已整整二十小時沒休息，我很累，現在就開始紮見鬼的營。」他轉向一位年紀稍長的獨眼龍。「黑鴉，從現在起，你做副手，盯著他們紮營。」

黑鴉有寬闊的肩膀，是個飽經風霜的壞蛋，他大吼：「快給我動起來！」

理查認爲，沃沙克挑中這位副手合情合理。黑鴉較年長，經驗老到，且不遺餘力地挑起恐懼。若他的眼罩和體格還不能令人畏懼，那全身沉重的皮件和掛在烏黑馬尾上的人指骨頭，一定會嚇得人屁滾尿流。

沃沙克撥轉馬頭，視線落在理查身上。「可憐的小東西，醒醒。你這裡沾上了東西。」這位奴隸販子摸了他左邊嘴角一下。「這是什麼？噢，那是我靴底的屎。」

笑聲哄然響起。

理查微微一笑，露出牙齒。「很會善用你的幽默讓人開心嘛，左撇子。」

沃沙克臉抽了抽，他立刻握緊韁繩。「獵人，你給我乖乖坐在籠子裡。等我們抵達目的地，我開始切你關節時，你就會像鳥一樣高歌了。」

「什麼？我沒聽清楚。」理查傾身向前，目光對準沃沙克。這位奴隸販子眼中閃過一抹懼意，理查看得清清楚楚。「沃沙克，你靠過來一點，別像個怕爸爸拿著皮帶的小男孩，龜縮在後面。」

沃沙克以馬刺踢了馬腹一下，馬兒跳起來，他立刻騎走。懦夫。這些人大多是殘忍邪惡的膽小鬼，勇者不會半夜綁架孩童，也不會爲了賺點酒錢，就把他們賣給變態。

騎士紛紛下馬，其中兩人把馬繫在離理查很遠的地方。其他人則取出鞍囊中的帳篷。這些帳篷採灰綠相間的迷彩設計，一邊縫上紅色「科爾曼」字樣，想必是殘境的商品。幾個奴隸販子把樹枝堆高，一名黑髮男子拿起瓶子，往樹枝澆了些液體，再點燃火柴丟過去。烈焰迅速竄升，看起來像朵橘色蘑菇。那人連忙退後，揉著發燙的臉。

「帕韋爾，你眉毛還在不在？」黑鴉叫道。

帕韋爾朝營火啐了一口。「這玩意兒很燙，不是嗎？」

有位奴隸販子走到籠子旁邊。他很瘦，有一頭骯髒棕髮和慘白的臉。他爬上馬車，打開籠子頂端的小門，寬度僅容一個碗通過。接著他把一根長柄勺伸進水桶中。

理查耐著性子等待。他的嘴很乾，幾乎可以嚐出水的味道。

奴隸販子把長柄勺伸進小門。「爲什麼喊他左撇子？」他低聲問道。

「他爸每次喝醉發酒瘋，要毆打他之前，都會喊他左撇子。」理查說。「因爲他的右邊睪丸一直沒有降下去。」

奴隸販子把長柄勺伸過去，理查喝了三大口美味的水，那人將勺子取出，拴上小門。

奴隸販子開始準備宿營。營火上方擺了個鍋子，兩隻兔子已經剝好皮，並剁成肉塊下鍋。沃沙克走來面對鐵籠在營火旁落坐。他傾身撥弄炭火，理查則打量這人被金髮覆蓋的頭頂。人的頭蓋骨其實很脆弱，只可惜理查雙手被縛。

爲了活下去，他得耐心等待時機。理查相當肯定，奴隸販子打算把他帶去黑市，否則沃沙克早把他吊上樹梢了。他咧嘴一笑。等他脖子折斷，沃沙克可能會刺他屍身幾下，再丟進水裡，然後拿去火烤。這是爲了預防他沒死透。

奴隸販子的首領當中，想必有人知道部下都怕獵人。爲了鼓舞士氣，決定把他當商品賣掉，而不是直接宰掉。爲了混進黑市，理查已奮鬥一年，但他可不想被這群人直接送去。時機一定會自動浮現，他只要張大眼睛，仔細辨認，再好好利用就行了。

要是失敗，接下來遭殃的就是蘇菲。這個念頭令理查滿心恐懼。

復仇是一種傳染病，起初給了你堅持下去的力量，但它如癌症般，會慢慢從內部吞噬你。等你終於摧毀目標，自己也變成一具空殼。接下來，目標的親人開始追殺你，冤冤相報，永不停歇。他十七歲便明白這道理；那天，仇家的子彈轟開父親頭骨，血霧濺上市場的攤位。失去的已無法彌補，再多死亡都無法讓父親重生。當時理查已經是戰士與殺手，事後他繼續殺戮，但不是爲了復仇。他殺人是爲確保家人的安全，讓下一代再也不必遭受失去父母的痛苦。他拚命戰鬥，是爲確保大家平安。

但他終究失敗了。

蘇菲昔日的模樣在理查腦海中重現，她曾是風趣、美麗而無懼的小孩。泥濘的沼澤閃過理查眼前。他終於在某個洞裡找到蘇菲，發現她站在奴隸販子的屍體上，對方已被她殺死。理查拉她出洞時，她眼中燃著懼意和忿恨，一般十二歲孩子絕不可能出現這種神情。她雖在奴隸販子手中活了下來，但再也不會是從前的蘇菲。

理查曾盼望時間治癒一切，但反而愈來愈糟。他眼睜睜看著她轉變，卻無能爲力。蘇菲當初的恐懼和忿恨全化爲自我厭惡，當她拜託他傳授劍術時，他認爲她只是想轉移注意力。以前蘇菲從未認眞上過武術課，她不接受父親或姊姊的指導。理查以爲她很快就會厭煩，但他錯了。

她的自我厭惡持續加重，最終化爲鋼鐵般的決心。每天早晨，蘇菲拿起劍來找他練習，臉上總流露堅決神情。他快沒東西可教了，蘇菲遲早會自認已學得夠好，就開始持劍獵殺。到時他一定無法阻止她，所以必定得搶在她前頭。他這麼做不是爲了復仇，而是伸張正義。這世界辜負了蘇菲，讓奴隸販子這種人存在；他也辜負了她，害她當年落入他們手中。他只希望讓蘇菲重拾對世界和對他的信心。

有個女人忽然從林中走出。她很高，大約五呎八吋，皮膚蒼白。褪色的牛仔褲濺上許多污泥，紫色T恤採低圓領設計，領口黑黑的一圈，可能是土或煤煙。她把金髮鬆鬆地挽在頭頂，小巧的嘴唇豐潤飽滿，眼睛則又大又圓，下頜線條柔和，看起來很柔弱。五官美麗而精緻，但表情冷若冰霜，且流露出反常又令人毛骨悚然的平靜。

兩人視線交會。理查身上每個細胞都發出警訊。距離太遠，他看不清女子的眼睛顏色，但他敢說一定是灰色。

原來她是眞的。

理查頓覺驚恐，腹部緊縮。妳跑來這裡幹什麼？快逃，趁他們還沒發現，趕快逃。

談話聲驟然停歇，奴隸販子個個瞠目結舌。

黑鴉拾起步槍，趴下瞄準前方。

「這才是我說的，免費的貨。」沃沙克坐在倒下的樹幹上喃喃自語。

「附近又沒有城鎭。」黑鴉低聲說道。「她從哪裡冒出來的？照我說，不如立刻斃了她。」

「急什麼？」沃沙克向前傾身。「她身上沒槍也沒刀，要是她會電光，早把我們打得落花流水了。」

「我覺得不妙。」黑鴉說。「她搞不好和他是一夥的。」

沃沙克看看鐵籠。理查轉過頭，和他對望，這位首領便聳聳肩。

「獵人是異境來的，至於她，穿著牛仔褲。但若他們倆是一夥的，那他看見我把她操到腦子都掉出來，一定會很高興。」沃沙克扯開嗓門。「嘿，親愛的！妳迷路了？」

女子沒有答話。她依然望著理查，那副神情彷彿告訴他，她並沒有迷路。不，她是刻意找來的，而且早有預謀。她怎麼找得到這地方？

「妳從哪來的？」沃沙克問道。「告訴我，妳家人會不會擔心妳？」

女子依然默不作聲。

「她是個啞巴。」有人下了結論。

「不會說話的美女，天哪，價碼可以翻倍。」沃沙克咧嘴大笑。

六個奴隸販子一起縱聲大笑，表示欣賞。

「我覺得不妙。」黑鴉又說一次。

「這種人我見過一次。」帕韋爾朝營火吐口唾沫。「她是遊魂。」

「什麼意思？」年輕的奴隸販子問道。

「邊境人或殘境人。」沃沙克說。「他們有時不小心穿過邊界，進入異境，然後被困住。因爲自身魔法太弱，所以就回不去了。最後邊界把他們擠出，可他們已不大對勁。人還在，但魂飛了，他們就這樣走來走去，直到餓死。」

「異境的魔法太強了。」帕韋爾揮手驅趕耳邊的蚊蟲。「才一下子就把他們腦袋煎熟。」

「我覺得——」黑鴉三度開口。

「是，我們知道，你覺得不妥。」沃沙克擠眉弄眼，微微一笑。「別擔心，小甜心。」首領叫道。「我們會好好疼愛妳，過來坐我旁邊。」他拍拍身旁的圓木。

女子動也不動。

「來嘛！」沃沙克對她眨眼。「沒關係。」

她朝他們走來，帶著一種天生的優雅。

理查望著她。她就坐時，匆匆瞥了理查一眼，他發現那雙眼睛底下透著機靈和聰穎。不，她腦子根本沒被魔法煎熟。但沃沙克說對了，她沒帶武器。就算她是電光術士，這些人也太過分散，還來不及全部撂倒，她恐怕就會被人槍殺了。他得設法離開這該死的鐵籠。

「拿小狗用的枷鎖給我。」沃沙克說。

帕韋爾將總長十二呎的枷鎖遞給他。奴隸販子用這種東西鎖人，鍊條長度剛好夠奴隸到灌木叢中方便。沃沙克拿起鐵銬，鎖住女人的腳踝，鐵圈剛好位於她鞋子上方。他將另一枚鐵銬鎖在自己的腳踝上。「好了，就和結婚一樣。」

女人面無表情，旁人猜不出她到底知不知道剛才發生了什麼事。

沃沙克湊到她身旁，拂去她優雅長頸後方的一綹髮絲。「眞是個好女孩。」

理查盼望身邊有一把劍或刀，哪怕一根釘子也好。只要有個讓他附加電光的武器，他第一招可切斷鋼柵，第二招就能砍掉沃沙克的手指。看見他碰觸女子，簡直像看到她肌膚沾上穢物。

沃沙克鬆開手。「要是妳再年輕十五歲，價錢就能翻倍。」

「那樣的話，她不就只有十歲？」右邊一個年輕人問道。

「應該是十五才對。」沃沙克說。「她吃得很好，但你們再仔細看。看到了吧？她沒有嬰兒肥，但也沒有皺紋，嘴唇依然飽滿，只是臉看起來並不青澀。買家喜歡年輕貨色，她看來有點年紀，大概三十了。她還是値幾個錢，但我們的交易是這樣：只要超過二十五歲，就過了黃金階段。其中一些賤人到了三十歲，就和醜老太婆一樣，這要看她們有沒有被摧殘過。」

女子木然坐著，視線鎖定面前的營火。

沃沙克湊過去，仔細檢視她的臉。

「早就說過了。」帕韋爾說。「那裡面空空的，沒人在。」

「這也不是什麼壞事。」沃沙克說。

理查恨得牙癢癢的。一個女人要有多大勇氣才敢兩手空空走進奴隸販子的營地，放任他們囚禁自己。他們接下來會怎麼對她，她非搞清楚不可。理查見過美女待在奴隸販子營地的下場，他們會輪番性侵她，到時理查什麼忙也幫不上，只能無助地袖手旁觀。他雖然見過很多可怕的情況，但沒一次像現在這樣，被關在鐵籠裡，雙手還被反綁。

他好想大叫，好想衝上去撞鋼柵，但他動彈不得。

她一定要有打算。拜託，不論是天上哪位神，請保佑她已做好打算。也許她早就計畫好，等他們都睡著後，再拿刀抹了沃沙克的脖子。但事後她也別想活命，難道她想同歸於盡？

沃沙克半轉過身，望望理查，手故意滑下女子的背部。「獵人，她是你朋友？」

理查心頭燃起熊熊怒火，他想像把沃沙克剁成肉塊的情景。「不是。」

「獵人，我敢說你沒半個朋友。是不是都被我們殺光了？或者單純因爲你是個混帳？」

魔法輕拂過他皮膚，這股流動微乎其微。理查強迫自己安坐不動。魔法再度輕觸，輕柔地咬了他幾口，慢慢吸去他的生命力。他凝神注意，感到有多道魔法流正四處流竄，纏上每個奴隸販子。他開始回溯，發現源頭來自那女人，兩人視線頓時交會。

女人表情平靜，但眼神熱烈，與他四目相交後隨即移開視線。魔法流獨掠過他，去找其他倒楣鬼。

他對魔法出奇敏感，這都要歸功於悠久的家族遺傳。他不知道女子在打什麼主意，不過無論是什麼，他可以幫她轉移這些人的注意力。

「不妨來聊聊你的朋友。」理查說著，在僅有的活動範圍內盡可能隨意靠坐。「杰洛米・雷格斯、查德・古力、黑無、伊殺貝爾・沙貝吉、打手兄弟、安吉羅・克羅斯、傑曼・寇塔、卡曼・夏普、暴風狼和朱力士・瑪干提。」

沃沙克氣歪了臉。

神祕魔法流在奴隸販子之間來回纏繞，他們的臉龐雖流露憤怒與恐懼，理查卻看不出魔法對他們有什麼影響。剛才流經他周身的魔法太細微，無法造成任何傷害。也許她需要更多時間。

理查繼續數算，把那些名字敲進奴隸販子的腦袋。

「安博斯・克拉伯、歐韋爾・方、拉奧・鮑迪。還有我的最愛，胡狼・圖林。沃沙克，你這些朋友呢？或者，該說他們是你的『黨羽』？因爲像你這種低階生物，根本沒朋友。恕我口誤。」

女子專注地盯著火焰，也許她的魔法沒用。

理查暗自咒罵。他冒險激怒這些傢伙，現在他們活像一群對他虎視眈眈的雜種狗。若他繼續挑釁，恐怕遲早會被槍殺。他得趕快逃離這牢籠，以免他們殺了他和女子，但他實在想不出逃脫辦法。

理查裝作滿不在乎地聳了聳肩。「要不要我繼續數？你想不想知道他們臨死前是什麼樣子？」

「我們到底對你做了什麼？」沃沙克咆哮。「強姦了你老婆，還是綁架了你孩子？到底是什麼鬼？」

「你們販賣人口，不走正道。像你們這種人不該存在，本身就是錯誤，所以我決定跳出來糾錯。或者，搞不好我只是無聊，偏偏要宰掉你們這群笨蛋又很容易。」

沃沙克高聲咒罵。

魔法愈來愈強了。不管它有什麼作用，總之女子還在施法。他最好引發衝突，只要他們打起來，就沒閒工夫注意別的事情，好比某些細微的變化。理查挑了張熟面孔，暴躁又神經質的達瑞爾・朗，一點小事就會暴跳如雷，眞是完美人選。

「達瑞爾？」

高瘦的黑髮奴隸販子嚇了一跳。

「兩星期前，我殺了你兄弟。」

達瑞爾變得畏縮。

「每次我了結你們當中某個人，都希望對方更有種一點，但你兄弟死得不像個男人。我打算砍下他的頭時，他說如果我放過他，他願意設計陷害你。但我還是殺了他，因爲我不用他幫忙。你看，達瑞爾，我早就把你們的底細摸得一清二楚。我知道老人的事，也知道穀倉的事，我知道你們倆割斷那老人喉嚨前都幹了什麼好事，也知道你們爲什麼要放火燒掉那個地方。」

達瑞爾僅有的一點自制力潰堤。他撲向鐵籠。「我要宰了你！我他媽要宰了你！」

黑鴉一甩槍托，打中達瑞爾的臉，硬生生擊退了他。暴躁的奴隸販子被撞倒在地，滿臉鮮血。

「誰都不准碰那個敗類！」沃沙克吼道。「上面命令我們把他帶去黑市，哪怕得打爆你們的腦袋，我也在所不惜。」

沒人敢開口反駁。

「我們已經逮住他了。」沃沙克指著籠子。「他被鎖在裡面！能做的也只有動動嘴皮子，就讓他吠吧。誰敢碰他，我就宰誰。還有誰有話要說？」

一開始負責生火的帕韋爾坐在左邊，忽然咳起嗽來。

沃沙克轉頭看他。

帕韋爾旁邊的人也咳了起來。

帕韋爾又咳了一陣，比剛才劇烈。

「你們倆以爲這樣很好玩——」話還沒說完，又被一陣帶有痰音的咳嗽打斷。沃沙克氣急敗壞嘶吼：「搞什麼鬼？」

空地對面又有人咳嗽，接著一個又一個。

「全都給我閉嘴。」沃沙克大罵。「我說不准咳！」

咳聲頓時停歇。

帕韋爾一臉費力的樣子，看來他正努力忍住咳嗽。

沃沙克指著他說：「你給我節制一點。」

帕韋爾咬緊牙關，一股衝動湧上來，他用力壓下……不料咳嗽聲還是爆開，甚至伴隨一股紅流。鮮血從他鼻子和嘴角泉湧而出，這位奴隸販子就地趴下，嘔個不停。一團又濕又軟、血淋淋的東西從他嘴裡掉出來。

沃沙克抓起槍。

營火對面的另一人也倒下，還一邊嗆咳，一邊流血。所有人紛紛抄起武器，察看四周。

「媽的，這是怎麼回事？」沃沙克吼道。他聲音忽然一頓，接著打了個噴嚏，赫然發現手掌一片紅，上面還有很多小肉屑。

許多奴隸販子倒下，像被隱形鐮刀同時砍倒。沃沙克急急轉身，瘋狂地左看看，右瞧瞧。

「那個女的。」黑鴉跪倒在地，沙啞地說著。「就是她！」

沃沙克回身面對她，只見她還坐在圓木上。

「賤人！」金髮奴隸販子撲過去，卻在半途中倒下，又一陣嗆咳襲來。

黑鴉掙扎起身，舉起步槍。

那隻熟悉的裂狼犬跳出灌木叢，朝黑鴉狠狠撞去。步槍發出巨響，一顆子彈胡亂射向空中。狗兒咬住黑鴉，他慘叫一聲，在地上扭了幾下就不動了。

一股半透明的黑暗力量閃動紅光，繞著女子周身打轉。另一股相同的魔法流則從反方向纏上她。她緩緩轉身，望向沃沙克，看著他連肺都咳了出來。

理查看見那雙眼睛，她的凝視令他寒到骨子裡頭。她的虹膜散發冷光，展現出強大法力。女子起身，兩股黑暗的魔法流擴大，然後相撞，深紅色光芒猛地閃現。魔法流漸漸分開，化爲十幾條細細的觸手，像進攻的蛇般射了出去，狠咬住奴隸販子首領。

沃沙克慘叫連連，雙膝落地，最後整個人倒下。

「救我！」

地上躺了一堆人，但沒有人動。

沃沙克想起身，腿卻不聽使喚，無法支撐身體，於是他再度癱軟，還咳出血來。「妳要幹嘛？」

她沒有回答。

沃沙克大聲喊叫，全身發顫。「妳要不要錢？我有錢！」

女子沒有說話。

「妳要什麼？妳到底想怎樣？」

「你殺了黛西。」她的嗓音因竭力控制怒氣而發顫。「你還殺了艾麗歐諾。」

所以，理查記憶中出現了蘿絲的奶奶，不是在作夢，也不是幻覺。悔恨驀地襲上心頭，不管直接或間接，總之他害得旁人無辜喪命。兩個男孩一定會傷心欲絕。

他暫時拋開罪惡感，把它和其他事所引起的罪惡感關在一起。

沃沙克在地上蠕動。「我恨妳們，我他媽的恨死妳們。我會再次下手，連那個皮包骨小賤人都該一起宰了。」

黑魔法觸手從她身上疾射而出，刺中首領。他渾身戰慄，喉嚨發出咕嚕咕嚕聲。

「艾麗歐諾就像我母親，你害我的人生殘缺不全，你還殺了一位年輕女性。她本來有美好前景，你卻殘忍地結束了它。現在，她妹妹終生都要活在姊姊慘死的陰影中。」女人面如冰霜地說。「我要你自己嘗嘗這些痛苦的滋味，我要你在死前受盡折磨。」

沃沙克揮舞雙手，好像她揮鞭打去，而他想伸手阻擋。

她望著沃沙克，一臉痛苦。理查不禁好奇，她爲什麼沒慢慢折磨其他奴隸販子，考量到他們的惡行，瞬間死亡也未免太便宜這些人了。

沃沙克戰慄地吸進最後一口氣，隨即靜止不動。空地中瀰漫著腐臭味，理查頻頻作嘔。沃沙克的屍體已開始腐敗。

黑魔法流漸漸萎縮，剛才還像群凶猛的龍，現在則化爲寵物蛇，在女子皮膚上遊走。

她走上前，足踝的鐵鍊牽動了另一端沃沙克的腿。這位奴隸販子的骨頭散開，腐肉紛紛墜落，傾刻間她便不再受制於他。她繞過地上屍首，朝理查走去，姿態美麗而恐怖，宛如死亡天使。

她朝籠子伸出手。

兩人隔著柵欄對望。

她的眸子和他記憶中一模一樣，散發魔力的光芒，美得令人心碎，但這次，他沒在眼眸深處看見擔憂。這座牢籠已然易主，是福是禍還沒定論。

理查盤算幾種可能，結論是，以下三個假設一定會有一個成眞：她可能會殺了他；或者自顧自走開，留他慢慢等死；又或者會放他出來。想脫離這副慘狀，活著走出去，唯一的希望就是說服她。他一定要活下來，完成未竟的任務。

黑魔法流開始舔舐鐵籠的柵欄，金屬條發出陣陣紅光。理查趕緊振作精神。他從她眼神看得出來，自己的下場究竟是脫離牢籠恢復自由，或是被鎖在裡面活活餓死、渴死，就看他會不會說話了。

□

那些人全死了，無一倖免。眼看他們瞬間慘死，那種舒爽感令人難以置信。夏綠蒂體內的黑暗在高歌、歡慶，她自己卻渾身發顫，滿心厭惡和驚恐。身後空地橫七豎八倒了一堆屍體，她一想到便痛苦不已。

她可是用上所有意志力才能安靜坐著，暗中吸取他們的生命力，一來讓他們的身體衰弱，二來挪爲己用。她想過，同時快速撂倒所有人是最保險的做法，最後她終於成功感染每個人，並運用他們自身的魔法，在他們體內培養疾病。這群人一開始毫無所覺，等到魔法加重病勢，一發不可收拾，在感到痛苦的瞬間便要了他們的命。這群人罪有應得，不值得同情，但她只想要他們償命，無意延長折磨。既然這些傢伙不容於世，她索性三兩下解決掉。

唯有首領例外。基於某種原因，她故意慢慢折磨他至死。他屈服於疾病後，她監控他的身體狀況，看著他倒在地上，她說不出有多滿足。這襲來的感受使夏綠蒂驚恐萬分。在她開始沉醉於他的痛苦前，得盡快了結一切。

人死光了，魔法卻還牽引著她，在腦中低語，求她繼續施法。她將魔法鎖進意志力構築的牢籠中，逼它就範。她的行爲已違背治癒者誓言，但她不是失心瘋的劊子手，還沒到那地步，她仍能控制魔法。

理查湊到柵欄邊，黑髮落下來，遮住臉龐。夏綠蒂見他靠近，差點想要退後。

夏綠蒂注意到，他氣色還不錯，這是穩定的生命跡象。他身體很強健，正以驚人速度復元。臉沾上泥巴，還有些瘀青，衣服散發一股尿臊味。看來這群惡棍不但毆打他，還羞辱他，但不構成任何威脅。他並不在意，就像一般人在外趕路時，遇到一點小雨，決定不予理會。他不覺得丟臉，沒有怯懦或崩潰。那眼神明白告訴她，他正在暗自盤算。他像隻被鎖住的老狼，只是暫時克制獸性，正等待最佳時機。他身上散發危險氣息，夏綠蒂累積多年經驗，治療過多少充滿危險性的傷患，包括軍人、特務和間諜。直覺警告她，離這人遠一點。

理查張開嘴。

夏綠蒂的心狂跳，她立刻提高警覺。

「妳是眞的。」他沒頭沒腦地說。

什麼？「我是啊。」

「我在籠裡醒來時，還以爲是一場夢。」

她不知道該怎麼看待這句話。「我發現你時，你已經神志不清。」

「是妳治好我的傷？」

她點頭。

「謝謝。」

她強迫自己在一堆袋子上落坐。奴隸販子的狗走過來，躺在她腳邊，介於她和籠子間。理查好奇地挑高眉毛。

「艾麗歐諾死了。」她說。「他們殺了她，還殺了一個叫黛西的年輕女生，又燒了我的房子。」

「我很遺憾。」他說。

他口氣非常眞誠，出乎夏綠蒂的意料。

「是你帶來這場惡夢。」她說。

理查點頭。「沒錯，雖然不是我的本意，但責任在我。」

「我只想知道爲什麼。他們爲什麼要這樣對我們？」

理查調整一下姿勢，雙手依然反綁在背後，夏綠蒂這才想到，他的手一定很痛。

「這些人是奴隸販子，他們突襲異境和邊境孤立的聚落，有時連殘境都不放過。他們綁架男人和女人，將受害者送到海邊的祕密地點，再用船運走。俘虜被帶去黑市，在拍賣會上賣給最高出價者。奴隸制度已廢除三百年，但他們的生意做得很大。」

「怎麼會？如果買賣奴隸違法……」

「邊界的貴族一直很缺軍人和建築工人，礦坑老闆需要礦工，許多非法使用魔法的法師，也需要受試者。還有其他人，呃，當妳看到有錢人懷裡摟著年輕漂亮的小姐，妳會去問她是自由之身嗎？」

「眞野蠻。」

理查的眼神不容懷疑，「妳會很訝異的，有很多『僕役』都從黑市買來。」

他說得沒錯。她從沒想過去問別人，他們的隨從是不是奴隸，她只單方面認爲不是。

「奴隸販子將自己塑造成傳說。」他說。「他們身穿黑衣、豢養裂狼犬、騎黑馬。半夜神出鬼沒，把人類當穀物收割，再燒掉聚落，最後像鬼魅般消失無蹤。」

「就像夜驚發作。」她說。一群敗類。

理查點頭。「他們想成爲惡夢，只因對抗別人容易，對抗心底深處的恐懼卻很難。他們無法無天，當自己是獵殺綿羊的狼。他們大多其實沒什麼本事，但不管本事大不大，每個人都緊抓著幻覺不放，一來沒別的本事，二來只能拿殘酷當武器。所以，如果妳要聽實話，我能告訴妳，他們殺了艾麗歐諾和黛西，再燒燬妳的房子，是因爲他們淨幹這些事，沒特別針對誰，也沒預謀。他們根本想也不想就動手了，畢竟這就是他們的謀生方式。旁人的性命對他們來說一文不值，他們是奴隸販子。」

他的長篇大論只會讓夏綠蒂更憤怒。「那你呢？」

「我獵殺奴隸販子。幾個月來，我已殺了數十人。他們把自己當成狼，於是給了我獵人的稱號。他們不喜歡我。」

「看得出來。」

「我出了差錯，他們終於逮到我，正想把我帶去黑市公開處決。」

原來如此。難怪奴隸販子在他失去意識時，沒有重傷他，只是把他打得鼻青臉腫，爲的是讓他看起來沒那麼可怕。可見他們眞的怕他。如果他們是夜驚，理查就是傳奇殺手，想殺死傳奇人物，一定要盡可能公諸於世，否則沒有人會相信。

「他們還有沒有餘黨？」夏綠蒂問道。

「多得是。」理查皺起眉頭。「不管我殺掉多少，永遠有更多跑出來。」

奴隸販子多得是，也就代表更多黛西和艾麗歐諾會死於非命，還有無數個多莉，只能趴在他們的屍身上痛哭。會有很多人像夏綠蒂，生命出現大缺口，留下自己孤零零的，不知該怎麼修補缺憾，不知該如何走下去。體內的魔法開始沸騰，儘管體能就要耗盡，但她還是想怒吼。爲什麼這種事一再發生？是誰允許它不斷出現？這些傢伙眞以爲沒人能阻止他們？但她有本事，剛才她也辦到了，而且她會繼續下去。事情還沒完，她還沒成功。

「再多告訴我一些。」夏綠蒂說。

理查搖頭。「我不要隔著柵欄說。」

她向後靠坐。「我不知道放你出來是否恰當，不曉得你會做出什麼事。」

他迎上她的目光。「女士，我向您保證，我對您無害。」

「這話出自獵狼者的口中。」

「妳拿我當危險人物，卻讓奴隸販子的狗躺在妳腳邊，牠的牙齒可是沾滿人血。」

「我比你還早認識這隻狗。」

他對她露齒一笑。「彼我隔牢籠，焉得相知乎？」

夏綠蒂呆呆地眨眼。他引述了《囚犯之歌》的詩句，這是艾朮昂里亞文學的巔峰之作。此刻，她坐在一堆髒袋子上，四周空地布滿屍體，面前有個人自稱是連環殺手，忽然對她引述哲學名著中的佳句。這一定是場離奇可笑的夢。

「我也不能就這樣走掉，把你丟在籠裡。」她說。

「我認爲妳不會。」理查說。

「你憑什麼這麼肯定？」

「妳治好我的傷。」他說。「我還記得妳當時的眼神，相信妳不會放任一個人慢慢等死。」

他把她底細全摸透了。沒錯，不管這人多麼危險，把他丟在這裡活活餓死，確實有違她的原則。

「如果我打開籠子，你會回答我的問題。」

「必當竭盡所能，據實以告。」

「放你出來前，還有件事要說。我這裡有傷寒、瘧疾、猩紅熱、伊波拉、肺結核……先告訴我，你喜歡哪一種？除了這些，我還有別的。」

「在哪裡？」理查問道。

「我身上有未活化的病菌樣本。爲了治病，總要先摸透疾病本身，有時爲了接種疫苗，免不了要故意被感染。理查，如果你妄想攻擊我，我會了結你。還有疑慮的話，不妨看看周遭。」

「我一定會努力記住，片刻不敢忘。」

夏綠蒂起身。既然白髮奴隸販子是副手，身上可能有鐵籠鑰匙。她在遺體旁蹲下，忍著惡臭翻找他的衣服，俐落地把口袋的東西全掏出來。有錢、子彈……「沒有鑰匙。」

「多謝費心，但是用不著鑰匙。」理查說。「我只要一把刀和自由的雙手就行了。」

她從奴隸販子腰間的刀鞘抽出刀，穿過柵欄空隙伸進籠裡，切斷綑綁他手腕的粗繩。繩子斷裂後，他立刻活動肩膀，然後伸出手。

也許會後悔，但她無法扔下他不管。夏綠蒂把刀放進他手中，理查輕彈刀身，她感到魔法從他身體注入金屬裡，沿著刀鋒蔓延開來，化作一條發白光的細線。

理查朝腳上的枷鎖砍去。

金屬應聲落下。

她見過別人集中電光，把人劈成兩半，但沒看過這樣削鐵如泥的神技。

理查劈砍籠門的鎖，刀子一揮鎖便落地。他推開門，閃身而出，忽然晃了一下，趕緊靠著馬車穩住身軀。夏綠蒂現在才發現，他比自己高了將近六吋。她以爲他會就地坐下，但他堅持站著，只是看起來相當吃力。

夏綠蒂忽然明白他爲什麼不坐下。她回到袋子上落坐，理查果然立刻席地而坐，背靠車輪。眞可笑。理查不是貴族，但擁有貴族的紳士風度，他在異境養成了根深柢固的習慣，女士未就坐，男士絕不會自顧自坐下。

「妳有什麼問題？」他問道。

「告訴我，你和奴隸販子有多少牽扯。」她說。

「妳和南境執法官熟不熟？」理查問道。

「德朗・坎邁廷伯爵？他是蘿絲的丈夫。」夏綠蒂說。「艾麗歐諾常提起他，我從未見過他，但知道他們家有哪些人。」

「南境執法官辦公室對抗奴隸販子多年。」理查說。「但成效不彰，奴隸販子組織嚴密，像這樣的成員只是最低階的。他們雇用貨運員、會計、掮客和衛兵，陣容日漸龐大。十年來，南境執法官多次領軍圍剿他們，但都失敗了。不知道爲什麼，這些傢伙每次都能掌握突襲的時間和地點。」

「有人在背後罩著他們。」夏綠蒂猜道。

「此人想必位高權重、人脈極廣，還能介入國家部門內部工作。一年多前，德朗找我談，他說外面需要一個不受他辦公室管轄、能夠自由行動的人。問我願不願意接下這份差事，我答應了。」

「爲什麼？」

理查頓了一會兒，眼神黯淡下來。「我們家是邊境來的，基於私人理由，我要那些奴隸販子不得好死。總之，這理由給了我強烈動力。」

她感覺得到，這件事藏著傷痛。理查有過極不公平的遭遇。她很想知道是什麼在驅使他，但他的眼神明白表示，他不會回答這種問題。至於蘇菲，不管這人是誰，想必和他不願透露的事情有關。

「我花了八個月蒐集情資、召集值得信任的隊友，又花了四個月追殺奴隸販子。我研究他們，然後殺死他們。雖然居於絕對劣勢，我卻能在野外屠殺這些傢伙。我趁他們睡著時出擊，摧毀營地。四個奴隸販子首領死在我手下，但沒有用，他們永遠找得到人遞補。我知道，我得爬上這條食物鏈頂端，把首腦給砍了。爲此，我非找到黑市不可，那裡是販賣肉票的地點。上次突襲時，我得到一張地圖，上面標示著奴隸船的停靠點，但它以暗碼繪製，我無法破解，得找出解碼線索。」

「所以你就淪落到這個鐵籠裡？」

「我和一個人交涉，不愼中計。」理查說。「這次是我失算，以後絕不會再犯。他們追捕我，我逃了，雖然知道邊境是我最好的脫身選擇。但很不幸，當時我神智不清到根本不知自己往哪走，也無法在抵達時警告當地人。」

他向前傾，低下頭。這個鞠躬一定能讓貴族領主們感到與有榮焉。「很抱歉，害妳遇到這種事。我一定會讓他們血債血償，我也只能這樣彌補妳。」

他這是要結束談話走人了，看看她會不會就此放過他。不，免談，她才不會善罷甘休。內心的傷口太痛，那場大火的記憶還太鮮明。「還有別的方法。」夏綠蒂說。「我要跟你一起去。」

「不可能。」他斷然說道。

她振作精神，把從小到大累積的傲氣全用上，以睥睨姿態對他說：「閣下，你誤會了，我不是在徵詢你同意。」

「我道歉。那麼，我應該給妳個忠告，對於妳剛才的威脅，我不會輕易就範。」

狗兒抬起頭，齜牙咧嘴。

「理查，你不是我敵人。」夏綠蒂說。「我不想殺你，只想了結這事。」她指著他身後的鐵籠。

他嘆氣，這是夏綠蒂第一次看見他流露疲態。

「或許，我該解釋得更清楚一點。剛才我說過，要找到解碼線索。」

「對。」

「胡狼．圖林是奴隸販子的二首領，他有個妹妹。一個月前的某天，她在酒館爲客人端酒時，被沃沙克用酒瓶重擊頭部，那傢伙甚至在眾目睽睽下硬上了她。此外，她鼻子被打扁，下巴也脫臼。我曾見過她，但這女人挨打後，我幾乎認不出她。那次遇襲使她身受重傷，臉上的傷還算最輕的。」

夏綠蒂看向正在分解的屍體。那傢伙再也不能硬上任何人了，她心頭忽然充滿可怕殘酷的狂喜。

「街頭巷尾瘋傳著圖林想報仇，但不敢直接單挑沃沙克。我便接近他，提供報仇機會，雙方也談妥了條件。」

他口氣透著嘲弄，彷彿在描述自己居然蠢得跑去下水道游泳。

「我們達成協議，他賣給我解碼方式，我幫他除掉沃沙克。我們照約定在林中碰面，一手交錢，一手交暗碼，不料他的六名手下竟暗算我。」理查露出微笑，笑容冷酷，不帶一絲幽默。「圖林的聰明機智令我震驚了好一會兒，他居然故意安排自己妹妹被性侵。」理查頓了一下。「這是他親自擬定的計畫，事前和沃沙克串通好後下手，就爲了誘我上鉤。這人心地如此歹毒，簡直令人髮指。」

夏綠蒂聽得都快吐了。「後來呢？」

「我把他砍成兩截。」理查傾身向前。「德朗當初找上我時，曾說這任務會把我消磨殆盡，他沒說錯。他之所以選我，有很多原因，主要還是我沒什麼好損失的。現在家族已不需要我，老婆也離開了，而且我沒有孩子。」

昔日的傷痛再度浮上心頭，她也沒有孩子。「我很遺憾。」

他愣了一會兒，沒料到她會出現這種反應。「謝謝。」

兩人陷入尷尬的靜默。

理查清清喉嚨，繼續說：「我刻意選擇這條路，一開始，我以爲自己已經很世故，其實沒有。一路走來，我見過的暴行足以嚇壞大多數人，我自己也幹過幾次，因爲我得和敵人一樣殘酷無情。這件事沒有慈悲或憐憫的餘地，也不容回頭。它會改變人，萬一結束後我活了下來，不知道是否還能過正常生活。女士，要搞清楚，我是怪物，不要跟來。這是條不歸路，不適合善良與理智的人。」

「那麼，適不適合剛剛才執行大屠殺的凶手？」她問道。「像我這種一口氣殺了這麼多人的凶手，又有什麼好對策？」

理查只是搖頭。「回家吧，女士。」

「我家已經燒光了。」

「這是一群殘忍的惡棍，想一想，妳若要追殺他們，妳自己得變成什麼樣子。」

他根本不明白。「看看你周圍的屍體。」她低聲說道。「我來邊境是爲藏起自己的魔法。身爲治癒者，我有責任控制魔法，不讓它傷害任何人，但我受不了，決定逃離。我得找到一個會削弱魔法，又沒人認識我的地方。我被一個人傷得很重，不知自己能不能控制情緒，能不能壓下復仇衝動。於是我獨自前往邊境，快餓死時，艾麗歐諾發現我。理查，是她救了我，讓我重新開始。我過得很滿足，至於這——」她朝眾多屍體揮手。「也已歸於沉寂。後來，他們殺了她，還殺了黛西。」

她忽然住嘴，費力吞了口唾沫。「黛西才二十三歲，理查。二十三歲而已。她的人生剛起步，他們竟然毀了她，也傷了她妹妹的心。我每次閉上眼睛，眼前就浮現多莉趴在姊姊遺體上痛哭的情景。我無法擺脫這個畫面，無法就這樣撒手不管。」

「妳一定要努力試試。」他說。「仇恨會把妳生吞活剝。」

「這無關仇恨。」她搖頭。「我是爲了阻止他們。你一心想警告我這條路多麼危險，但我已經走了一段。你有沒有聽過治癒者誓言？」

「本人謹此宣誓，視人體爲神聖之軀。」他引述當中幾句。「吾將竭盡所能、魔法與所學，致力於保全人命、治療疾病、減輕痛苦。吾謹此宣誓，運用魔法或專業技術時，秉持不傷害人之原則。不開不必要處方，不受虛榮心、知識或激情所支配，不強行改變自然界對人體之原始設計。」

「你怎麼知道這個？」

「我有個親戚是領有合格證照的醫師。」理查說。

「後面還有。」她接著唸道。「如出於傲慢心，以致違背誓言，願在同業之慈心下自首。願接受彼等批判吾可恥之行徑，一旦定罪，願停止執業。如出於刻意行爲，以致違背誓言，吾深知此舉乃自我背叛，令師長蒙愧，令學生遭疑。如淪落至此，願吾之名爲識者撻伐，吾之容爲恥辱表徵，吾甘願歸於虛無，爲世所遺忘，或爲失敗與軟弱之例證，至此，吾將成爲舉世唾棄之人。」

他耐心等待結論。

「我是領有合格證書的治癒者，畢業於加納學院。今天，我用魔法殺了許多人，還殺得很高興。」她說這些話時，總覺得嘴裡有股腐爛的味道。「我的人生已經完了，你到底明不明白？爲了幹這件事，我賠上自己的一切，因爲身爲貴族與人類，我有責任在這種癌症繼續傷害別人前剷除它。」

她指著那堆死屍說完這番話。他們倒在那裡，發出的無聲控訴，是她墮落的證明。

夏綠蒂回頭面對理查。「我的行爲，後果由我自己承擔。反正我也沒什麼好損失的。我需要你的知識和專長協助，但不管你參不參與，我都會繼續下去，奴隸買賣不消滅就絕不停止。如果你願意和我結盟，就能從中獲益，而我也一樣。想想看，我會多有用，別浪費我的犧牲。」

□

理查向後靠坐。她正望著他，等他回答。

他好說歹說勸她離開，但從她冰冷眼神和防備姿態看來，她全身都在對理查說「不」。他不清楚她的底細，只知道彼此有共同目標。

她美麗動人，容光煥發。理查依然記得她眼中的擔憂，現在，相同的憂思正逼她走上訴諸暴力的不歸路。表面上看來，只有傻瓜才會拒絕她。她和他一樣受悲劇性事件驅使，也和他一樣不會被敵人收買。不同的是，自己殺人要用劍，對方卻能空手殺掉數十人。她就是死神，難得遇上這麼強大的幫手，又主動邀他結盟。

然而，轉念一想，與他爲伍一定會毀了她。理查不知花了多少力氣，才讓蘇菲不受這會吞噬靈魂的可怕重擔影響。他不容許自己對這女人說「好」。

「這種事妳多久可以幹一次？」他指著滿地屍身問道，故意拖延正面回覆。

她皺著眉頭說：「過程很複雜。我爲你療傷時，以自身儲存的魔法加速你身體再生。我自己受傷時，處置方式也一樣。至於將病原體導入人體內，其實只要一點魔法，但若想在極短時間內讓疾病致人於死地，這種反常的速度就需要大量魔法和控制力。爲了一次殺這麼多人，我讓他們全都染病，接著把他們被搾乾的生命力挪到自己身上。這麼做風險很大，要是我投入太多，也會賠上自己的命。但一來我很憤怒，二來我從沒用魔法殺過人，所以決定冒險試試。如果經過充分休息，再加上天時地利配合，我明天可以再做一次。」

「要是沒有時間休息，妳會不會冒險？」理查問道。

「只要動機夠強。」她說。

看來她把目標看得比命還重要，這一點他最好牢記在心。她很可能會過度壓榨自己的能力。

「如果目標的規模比較小呢？」

她聳聳肩。「感染單一目標輕鬆多了。」

「妳現在還能不能治療？」

她伸出手，拂過他的臉頰，讓細小金光穿透他的皮膚。理查隨即感到臉上的疼痛消失。

「瘀傷還會不會痛？」她問道。

「不會了。」雖然明知閉嘴是上策，但他還是忍不住開口。「妳的本領……這是種恩賜。妳再考慮一下吧。」

她的口氣流露淡淡苦澀。「太遲了。」

「妳能控制魔法嗎？妳能否駕馭它？」理查得顧慮所有可能性。

「可以。」她說。「我施法時，要有強烈意圖，還要求高度專注力。我不會因爲睡覺時作了惡夢就害你染上重病。」

「妳有沒有家人？有沒有能讓妳『自願』去做違反意願之事的人？」只要有這樣的人能讓她自動放棄，理查絕不會輕易放過這個機會。

「沒有這種人。」

「妳有沒有敵人？」

「有一個，他叫艾爾維・里瑞明，是我前夫。他很怕我，而且只要逮到機會，一定會報復我。此外，我剛才把魔法和專業技能拿來殺人，已違背治癒者誓言。如果我的行蹤被國家發現，艾朮昂里亞就會抓住我，處死我。要是你不想看見這種事發生，以後我施法時得躲起來，不能輕易露面。」

他終於詞窮，沒問題可問了。

「還有一件你需要知道的事。」她說。「我無法治療自己，如果我受傷，只能按照一般方式治療，除非找到另一位治癒者。」

看來，她眞的打算全心投入這件事，不管他參不參加，她都會去做，但有了他，她的存活率會大大提高。她雖有強大魔法，人卻不堪一擊，這次得以全身而退，純粹是運氣好。要是理查就此一走了之，這隻小白兔遲早會因爲誤入叢林，遭人槍殺或打昏。她已救過他兩次，上一次把他從鬼門關拉回來，這一次將他從籠中放出來。無論他多麼不願意目睹她變成自己這種冷血殺手，他都該保護她。

理查伸出手。「改變主意的最後機會。」

「不了。」她握住他的手。

「我有幾個條件。妳得聽命於我，要是我叫妳在某個地方等，妳就只能等。要是我說去殺誰，妳就得殺。妳還得搞清楚，我們的目標比妳的命更重要。如果妳同情心氾濫而危及任務，我可能不會心軟。如果妳膽敢阻撓我，我會直接滅了妳。」

他等她回答，暗自希望這番話能嚇阻她。

但她一臉堅決，毫不猶豫。「同意。」

兩人握手。

「我叫理查・馬爾。」

「夏綠蒂・德・奈伊。」她嘆口氣說。

這是貴族的頭銜。她之前提過，但就算沒說，從她的言行舉止也看得出來。出身高貴與否其實沒有任何益處，他自己就是活生生的證明，雖然他是邊境雜種，但屢屢被人誤認爲貴族。他受過幾年教育，單憑夏綠蒂優雅高尙的氣質和姿態，就能看出她訓練有素。

兩人的手握了半天，禮節命令他立刻鬆手，儘管不樂意，他還是強迫自己放開。

「就從這些屍體開始。」理查說。「沃沙克身上應該有暗碼的複本。還有一件事。」

「什麼事？」她挑高眉毛問道。

「那隻狗。」

「怎麼樣？」

「妳別想讓牠跟著我們。」

夏綠蒂對他挑眉質疑。

「牠是裂狼犬，生養來就是爲了獵殺野狼，既然主人是奴隸販子，牠一定受過追殺人的訓練。在妳眼前的可是重達一百七十磅、奸詐邪惡的掠食動物。」

「很高興聽見你誇牠聰明。」夏綠蒂對狗微微一笑。「理查，這隻狗要和我們在一起。」

他無奈嘆氣。

夏綠蒂從袋子堆上起身。理查見她垮著肩膀，明白剛才的施法已令她筋疲力竭，於是決定暫時不和她爭論。

「那就如妳所願。」理查把自己的刀子遞給她。「我們要割下這些屍身的衣料，與其翻找每個口袋，不如直接劃破來得快。一旦確認目的地，我們就要長途跋涉並騎馬，妳行不行？」

夏綠蒂抬起頭，神色凜然，傲氣逼人。「我當然行。」

第四章

夏綠蒂心想：牛仔褲確實好處多多。舉例來說，跨坐馬鞍時可以好好保護大腿，只可惜對她劇痛的核心肌群沒有幫助。她兩年半沒騎過馬了，雖然姿勢和平衡感依然很好，但終究騎了整整八小時，胯下和臀部痠軟又疼痛。先前爲了對付那群奴隸販子，她在短時間內耗費過多魔法，幾小時後開始嘗到苦果，除了頭發昏，眼睛也一直想閉上。

「快到了。」理查低語。

「我沒事，請別擔心。」

想想他不到二十四小時前差點沒命，比起來她的狀況還算好。

他們在艾朮昂里亞的薩基公路並排騎馬。四周有高聳橡樹，長鬚般的苔蘚從樹上垂落。太陽已落下許久，月亮在夜空中閃耀生輝，道路沐浴在銀色月光下。黑暗躲藏在樹林間，林中傳來怪聲，先是低沉的呼嚕聲，接著是掠食者遙遠的咆哮，再來是嚙齒動物的尖銳吱吱叫，還有大型貓頭鷹爲了將獵物嚇出來，發出的可怕叫聲。一路跟著他們的狗兒在灌木叢中潛行，身軀雖龐大，行動卻異常安靜。

他們搜過沃沙克的袋子，在飯盒夾層中找到暗碼表和另一張地圖。理查忙著解碼，夏綠蒂則負責挑選最好的馬匹，再搜尋有用的武器。地圖標示的集合點位於大型海港城基里納北方，上面還寫明了集合日期和時間，就在後天晚上十一點。他們集齊物資時，理查也剛將幾件搜刮來的古怪皮衣全塞進鞍囊中，然後兩人便立刻上路。

此刻，理查忽然放慢騎速。

「怎麼了？」

「我的傷口痛起來了。」他說。

她以魔法探查，隨即發現他的傷並沒有比幾個小時前嚴重。他故意裝痛，其實是想藉機讓她休息，她又累又感激，原本不想辜負他的心意，但只能照實說：「很感謝你，但請不要爲了我特別寬容。我自己會想辦法撐過去。」

「再趕幾哩路就到了。」他說。「妳有沒有去過基里納？」

「沒有。」

「這座城市宛如吵雜俗艷的大蜂窩，我們到時會進入大鍋區，那是艾朮昂里亞最危險的地區之一。被稱爲大鍋，是因爲這裡匯聚了最卑劣的人性，並被熬煮到渣滓浮上表面才停止。」

夏綠蒂輕笑幾聲。她沒料到自己犯下大屠殺罪行後，居然還笑得出來。但是，身上的痛已超過極限，此刻她只覺得輕飄飄，一切好不眞實。「你眞是浪費了好才能。」

「我是個失敗透頂的詩人。」他說。「十四歲時，我寫了首描述生命蒼涼，還有我肩上所揹負重擔的長詩。我弟偷走詩，在家族聚會時大聲朗誦。那是我此生第一次，也是最後一次惹得全族大笑。」

笑聲不斷傳來，夏綠蒂聽見自己發出歇斯底里的聲調，但她無法控制。

理查見狀便讓馬兒止步，然後翻身下馬。

一股熱氣從眼底竄出，她非得盡快控制住自己不可。

理查接過她的韁繩，把兩匹馬牽進樹林中。夏綠蒂滑下馬鞍，全身肌肉和骨頭都在抗議，四肢頻頻發抖。眼前矗立著高大的白楊樹，她繞到樹後，坐在地上環抱著雙腿，整個人縮成一團。這姿勢是她小時候犯思鄉病的習慣動作。

一切都完了。夏綠蒂，如果妳站穩一點，就可以長出根來。但她再也無法立足於世間。幾年來的磨難、自我放逐和吃過的這麼多苦，如今都白費了。她殺害許多人，親手扼殺他們的性命。這樣可怕的事居然令她感到喜悅。至於艾麗歐諾的死，她根本無能爲力。艾麗歐諾已經離世，且死前必定備受折磨。我很抱歉，我眞的很抱歉。

夏綠蒂咬著下唇，試圖阻止湧上的思緒。

噢，黎明之母。爲什麼事情會錯得這麼離譜？她暗自祈禱：拜託，求求妳，讓這一切變成一場惡夢，求妳讓我醒來。我只想趕快醒來，求求妳……她願獻上一切，只求逆轉這二十四小時發生的每件事。只要能挽回艾麗歐諾和黛西，只要能保護多莉，她什麼都願意犧牲。可憐的多莉，從此無依無靠。奴隸販子毀了這女孩的一生。上一刻還擁有姊姊和大好前程，下一刻便失去一切，徒留悲傷。眼底的熱氣化爲淚水潸潸流下，濕了她的臉頰。胸口痛起來，她低聲啜泣。驟然間，她再也控制不住，淚珠滾滾而下。

一道黑影從樹叢間冒出，那隻狗來到她腳邊趴下，舔著她的腳踝。她把頭埋進膝間，像小孩般哭泣。

拜託，拜託讓我醒來。

她哭了又哭，明知無人傾聽，仍在腦海中不斷祈求。這眞是天殺的不公平。爲什麼？爲什麼她們非死不可？她都已經解決了謀害她們的畜生，但事情依然無法挽回。這是痛苦和死亡的無盡輪迴，她被困在裡面，滿心憤怒、傷痛和無助。

哭泣漸漸轉爲抽噎。沒有安慰劑、藥膏或藥錠能讓事情出現轉圜的餘地。人死不能復生，世上沒有東西可以逆轉她們或她的痛苦。

最後，連抽噎也停了，疲憊籠罩著她。

她覺得好孤單，非常徹底地感到孤單。她抬起頭，直起身子，這才發現肩頭披著一塊布。不知何時，理查把自己的斗篷披在她身上，她竟沒注意。

「謝謝。」她拉緊斗篷。他曾說自己殺人不眨眼，渾身也散發著危險氣息，但此刻舉動卻充滿善心。

他在夏綠蒂身旁坐下，倚著粗糙的樹幹，側面輪廓襯著撒滿月光的夜空。若在不同情況下相遇，或許她會怕他接近。然而，現在她麻木無感、情緒受到嚴重打擊，沒力氣窮緊張。

「我猜，你正在後悔帶著我。」她說。

「在做出決定的那一瞬間，我就後悔了。」

她的自尊心受了傷。「我不會變成你的負擔。」

理查轉頭面對她，黑眼透著滿滿關心。「我從沒把妳當成負擔。」

「那爲什麼後悔？」

他再度抬頭對月。「我們這行，有些殺手天生具備掠食者的本能。我是其中之一，但妳不是。」

他鐵定忘了她剛殺死十幾個人。「爲什麼？難道因爲我是女人？」

「不，這和性別沒多大關係。我姑姑是我生平見過最高明的殺手。總之，有些人生來就是當殺手的料，至於其他人，生來就適合養護，這種人男女都有。妳的本能驅使妳主動幫助別人，我的本能則驅使我終結生命。」

她不屑地哼了一聲。「你又不瞭解我。」

理查微微一笑。即使他全身髒污、沾滿塵土，依然帥到不行。這人傲慢、掠奪成性，但很帥。

「身為殺手，我們學會辨認同類，身上散發危險氣息的人便是對手。」

「我沒有危險氣息？」夏綠蒂靜靜問道。

他再度微笑，這次帶著淡淡哀傷。「哪怕是最平和仁慈的人，被逼急了也會變得危險。我並沒有質疑妳的能力，但是妳確實沒有與生俱來的攻擊性，也沒有天生殺手的掠奪性。至於我，剛好和妳完全相反，我這輩子都是個攻擊性強、掠奪性強的殺手。最近幾個月的經歷像鬼魅般糾纏著我，我很清楚前路危機四伏，也知道對妳來說會很辛苦。妳現在一心想排解哀傷，但這只是前菜而已，主餐都還沒上。妳眞的不願改變主意？只要妳一句話，我很榮幸護送妳回邊境。」

「不用。」

「妳是否認為邊境人不願意接納妳回去？」

她嘆氣說道：「他們倒是願意，但我不能就這樣回東門區。奴隸販子包圍我家時，艾麗歐諾打電話通知我。我開車趕去鄰居家求助，他們找來二十人，個個都帶了槍，但只是站在原地不動。」

「沒有人想動手。」理查說。「他們可能想拖到奴隸販子閃人。這很常見。」

夏綠蒂轉頭面對他。「沒錯。艾麗歐諾一輩子與他們為鄰，幫助過很多人，他們卻拋下她，任由她死去。當我拜託他們追殺這群混帳時，沒人敢看我。我不能回去，反正我已下定決心。不曉得你是基於什麼動機，但我有正當理由，請你尊重我追求公理正義的原則。」

「恕我失禮。」他說。「我不會再提這件事。」

夏綠蒂用袖子抹臉，接著起身。理查也站起來。

她將斗篷遞過去。「謝謝你的斗篷。」

「別客氣。」

理查抓住轡繩，讓她踩著馬蹬上馬。接著他把轡繩交給她，自己也跨上馬鞍，兩人繼續趕路。

半小時後，森林漸漸向兩旁退去。夏綠蒂停馬。眼前出現廣闊草原，及腰的草叢蔓延到底，是一片泛著珍珠光澤的海，浪花在深黑色無盡蒼穹下拍打著海岸。往左方看去，海中居然矗立著幾座高塔，簡直不可思議。塔身由淺灰色石頭打造而成，呈三角形，轉角都很平滑。每座塔頂鑲著藍綠色的金屬海浪，沿著淺灰石牆向下延伸出幾股金屬細流，遠望宛如網狀爬藤。月光在金屬上閃耀，與平靜海面反射的光輝相映成趣。這幾座高塔呈半圓形排列，將大部分城市包圍起來，彷彿巨大的消波塊。

「這叫基里納之牙。」理查說。「當颶風來襲時，高塔會射出魔法屏障來保護整座城，以抵擋驚濤駭浪。」

「這座城市看起來好像有一半泡在海裡。」

「大約三分之一。整座城有四通八達的運河，因此漲潮時，海水會直接漫過基里納，流進鹽沼中。鹽沼裡的這些草只是騙人的，它們底下不是堅固地面，而是沼澤淺灘，爛泥上面只有一層淺水。此處非常適合角龜生長，牠們可以長到五呎長，單靠半邊嘴巴就能咬斷人的大腿骨。幸好，牠們動作慢，也很少冒險跑到馬路上。繼續趕路？」

夏綠蒂點點頭，他們便騎過公路，朝城市前進。她現在看得到高塔間的景象，仗著居高臨下的優勢，城內一目瞭然，遠看像一鍋由屋頂、陽台和明亮舊旗幟組成的大雜燴。正如理查先前的形容，這是個大蜂窩，骯髒而混亂，充滿陌生人。她心頭隱隱覺得不安。從這裡望過去，城市實在太大，人又太多。當年在學院時，她曾幻想將來雲遊四海，但離開後，反而一頭栽進婚姻和家庭中。

至於現在，她在夜裡騎馬朝著鬧哄哄的城市前進。身旁還有個男伴，一下手持削鐵如泥的劍砍殺敵人，一下又彬彬有禮。這太不眞實了。

「我弟說，殘境在一模一樣的地點也有座城市。根據他的說法，那裡的居民對海盜著迷到病態的地步。」理查說。

她發現他聲音聽來有種奇特的安慰。「就是偷走詩的那個弟弟？」

「很不幸，就是他。」

「他做什麼工作？」她想繼續聊，便隨口問道。

「他是『鏡』的特務。」

夏綠蒂轉頭面對他。「他當間諜？」「鏡」是艾朮昂里亞的情報與間諜組織，在和鄰居路易斯安納公國的冷戰中，它是國家最重要的武器。「鏡」都在檯面下活動，特務的光榮事蹟爲人津津樂道。

理查扮個鬼臉說：「只要東西沒釘死在牆上或地上，都會被他偷走。他還會騙人一起幹荒唐的勾當，而且他有種獨特天賦，賭博時一定會贏。要不是被『鏡』網羅，他早就進監獄了。」

他嫌惡的口氣聽來虛僞。夏綠蒂說：「你其實很以他爲傲。」

理查露出一抹燦爛笑容。「非常以他爲傲。」

「我從沒去過殘境。」夏綠蒂對他說。「我試過，但身上的魔法太強。」

「我也沒去過。」他說。「我還試過跨越邊界，差點死掉。邊境就是我的極限了，眞想去殘境看看。」

「我也是。」

殘境的小玩意兒令她著迷。有些東西在異境也有類似的，好比微波爐，但是保鮮膜和手機對她來說就很新奇。當初獲贈德．奈伊宅邸時，她曾爬上閣樓，發現裡面塞滿前屋主在旅途中蒐集的奇物，她熱愛一一檢視那些被遺棄的珍寶。每件物品都是小小的新發現，宛如重現當初的冒險。後來在邊境生活，她參加過幾次以物易物的聚會，那感受就和在閣樓時所體會到的一樣。她很少交易，但陪艾麗歐諾去挖寶很有意思。艾麗歐諾會挖出許多殘境的奇特小東西，往往令夏綠蒂眼睛一亮。

哀傷刺痛她的心。夏綠蒂呆望著前方的城市。她一定要阻止這些人，讓他們後悔曾踏進東門區。

「有沒有什麼計畫？」她問道。

「奴隸販子的船明晚會靠岸。」理查說。「預計接一組人員和奴隸上船，人員至少十名，奴隸則有十二至十五名，通常都是青少年、青年人。若沒看到人，船可能不會靠岸。我們非搭上那艘船不可。」

「因為它的目的地是奴隸市場？」

「對。就和一般做生意一樣，由管理委員會負責買賣奴隸。每個奴隸販子首領都不知道委員會有哪些成員。」

「你好像很了解他們的底細。」她說。

「只要你威脅一個人，拿他當陣前炮灰，他沒有不招的。」理查說。「奴隸販子不知道委員會的身分，但知道只要奴隸都上了船，就會被載去一個島。艾朮昂里亞沿海共有六十七座島。奴隸在黑市被賣掉，買賣則由記帳員主持並記錄，他受委員會直接管轄，一定知道他們的身分和長相。」

「那麼，我們上哪去生一組奴隸和奴隸販子？」她問道。

「我打算找傑森・派瑞斯談合作。」理查說。

「那是什麼人？」

「大鍋區最邪惡的黑道老大。」

自從看見基里納，夏綠蒂心頭便隱隱覺得不安，此刻它索性以雷霆萬鈞之勢衝上來。「啊。」她勉強用輕快的口氣說。「那我就安心了，我還以爲要做什麼危險的勾當。」

□

理查沿著大鍋區鯊魚販運河的木棧道行走，夏綠蒂與他並肩而行，裂狼犬則跟隨在幾步之後。右邊兩層樓房形成大片延伸的牆壁，由各種建材打造，從石材到廢木應有盡有，每層樓都搭著飽受風吹雨打的褪色雨篷。這些雨篷掛在木棧道上方，恰好遮蔽了雨水和日曬。時間已晚，那些懸在鍊條和繩索上的各色燈籠不但沒趕走黑暗，反而製造更多陰影。

房屋後方還有更高的建築聳立，使得運河看起來像從人造大峽谷底部流過的河。水的顏色宛如奶茶，一點也不不透明。運河邊點綴著許多小碼頭，上面有許多橘綠相間的鮮艷旗幟，這些形狀像船帆的旗子從頂樓一直延伸到地面。

空氣中有股苦澀鹹味，還有海草、黑煙的味道，以及大鍋區特有的混雜氣味，包括焚香、烹肉、酒精揮發、致幻毒品「酥麻」的惡臭，加上魚內臟永遠退不掉的腥臭，聞起來令人困惑又有點噁心。

他們走過方形小碼頭，看見一具屍身臉下浮在水面上，隨著水流頻頻撞上木架。他身旁的夏綠蒂驟然停步，一會兒後才繼續前行。

恐怕她從沒來過這種地方，就算來過，理查也無從得知。這是極爲污穢的人性下水道，她顯然不屬於這裡。換成堂妹瑟芮絲進入不熟悉的地方，手一定會摸著劍，如掠食動物般邁步。至於德朗的妻子蘿絲，則會保持最低限度的警覺，隨時防備。夏綠蒂呢？她只是悠閒漫步，懷著胸有成竹的氣勢，表情有點淡漠，彷彿正在花園中閒逛，傾聽閨密稍微煩人的嘮叨，不容別人質疑她爲何在此現身。她強迫自己融入當地，哪怕看見浮屍，也只是暫停一下，像在觀賞路邊的奇花，看完了便繼續前進。

她曾接受非常紮實的訓練，即便到了這種地方，儀態依然完美無缺。夏綠蒂一定受過高人指點，這位導師擁有古老血統，深諳禮儀規範。理查看得很清楚，畢竟他也曾接受相同教導，儘管他只是可憐的邊境鼠輩。他的導師是瑟芮絲的外公，老人年輕時遭到路易斯安納公國放逐。理查敢打包票，如果弗納外公還在世，對夏綠蒂一定讚不絕口。

究竟是誰傷透她的心，害她拋下一切，逃去邊境？

□

黎明之母啊，水面竟然漂著死屍。

一陣寒顫竄過夏綠蒂背脊，混合著厭惡、恐懼和不安，令她驚恐不已。她明明殺了一堆人，現在看見一具屍體不該這麼提心弔膽。但不知道為什麼，這具孤零零的浮屍像垃圾一樣被丟在這裡，沒人在意，她看了卻差點吐出來。

「說說這位黑道老大。」夏綠蒂這麼說，只是想趁著胃還沒背叛她，還沒把所有東西都吐在木棧道之前，先轉移注意力。

「傑森・派瑞斯在殘境的小山城出生。」理查說。「家裡很窮，因此，高中畢業後便加入海軍陸戰隊，這是殘境的精英部隊。他在外國打過仗，四年服役期滿後便決定退伍。回家後，他什麼工作都做不久，還在很多公司做過勞力活，不是被解雇，就是自己辭職不幹，總之，沒一家公司待得住。」

「為什麼？難道從軍沒有讓他學會遵守紀律？」

「喔，他是個嚴守紀律的人。」理查聳聳肩。「對於什麼人值得付出忠誠，他也非常清楚。他遵守士官和軍官的命令，因為他們是前輩，而他也夠聰明，知道他們會努力確保他活命。在他心中，他們有資格對自己下令。至於那些民間雇主，他覺得根本不值得尊重。老闆們對他這種態度不以為然，於是傑森發現自己常常被炒魷魚。他一直自食其力，忽然間需要寄人籬下，靠親友接濟。這令他氣惱。某個夜裡，發生酒吧鬥毆事件，他怒氣失控，重傷了一人。有個親戚把他帶去邊境，遠離牢獄之災。他才剛習慣魔法，奴隸販子就攻進聚落。在他們看來，傑森身體強健，簡直是上等貨。雖然他們擊敗了他，但只要逮到機會他就反擊，證明自己是個難纏的俘虜。沃沙克拚命要擊垮他，可就是辦不到。後來傑森被帶去黑市，賣給開採石榴石的礦場。一個月後，我突襲礦場，在地洞裡發現他。那是我第二次行動，如果當時對他有更深入的瞭解，我可能不會這麼乾脆就把他拉出洞外。」

「他不想回家？」

理查撇撇嘴說：「不想。他只是問最近的城市怎麼走。我便載他一程，然後在基里納分道揚鑣。他開始自稱傑森・派瑞斯，並聲稱這座城市將納入他麾下。如果妳想知道他在打什麼主意，不妨告訴妳，他把這裡當成初次接受軍事訓練的地方。一年過後，現在他擁有妳看到的這一切。以前大鍋區由幾位黑道老大聯手管轄，他們立下許多規矩，因為各自有家眷，也要考量商業利益，因此誰都不願壞了規矩。可是傑森沒這些顧慮，他打垮他們，接收所有地盤。只要覺得有必要，他隨時隨地都能不擇手段殺死任何人，毫不留情，絕不後悔。」

「為什麼還有人願意跟隨他？」他這種人遲早會被自己人推翻。

理查搖頭說道：「傑森沒有喪心病狂，他為人歹毒，但不會毫無理由地胡亂殺人，下手前也會想好對策。他的手下都怕他，不過他們也清楚，只要遵照他的命令去做，就能確保生命安全，還會得到獎賞。他尊重實力。有時他很迷人，但不管他說什麼或有多歡迎我們，都別相信他或是他的副手米可。事實上，那棟建築裡的人都不能相信。傑森靠的是一身魄力和肌肉，米可則是他的智囊，這顆聰明的腦袋總能想出好計策，創造驚人的滅敵數據。」

理查停步，身邊的夏綠蒂也停下來。無盡的牆壁綿延至此，看來搖搖欲墜。雨篷歷經風吹雨打，原本嚴重生鏽，現在連鏽斑也褪為悲慘的淺橘色。原先釘在牆上的木頭，現在橫七豎八地鬆脫。

「為什麼要停下來？」夏綠蒂低聲問道。

「我們被幾個衛兵盯上了。」他說。「對街屋頂上有一個，還有一個在右邊船上，正上方的陽台也有一個，正在偷聽我們談話。等等這些人就會向傑森回報，我們只要在這等，看他要不要見我們。」

夏綠蒂湊近問道：「萬一他不見呢？」

「那我就過去敲門。」理查說。

身後的房門開啓，有個女人現身，她穿著難看的紅色裙裝，綁著紅頭巾，伸出曬黑而發皺的手，對他們揮了一下，接著她便消失在屋內的幽暗之中。

「我們受到邀請了。」理查微笑說道。

「沒錯。」

「請跟我來。」

他大步走過狹窄走道。狗兒則跟在身後。夏綠蒂最後一個進門，負責殿後還是什麼的，反正她也不熟軍事術語。她跟著狗走上一段又暗又窄的樓梯，接著穿過走道，進入另一扇門。眼前出現寬闊的房間，以熟悉的異境提燈照明。燈的形狀酷似發光的精緻花束，掛在挑高天花板附近的窗戶間。昂貴地毯鋪在光亮木質地板上，一路鋪到石造壁爐前。室內中央有張茶几，周圍擺了幾張淺色皮革軟椅。

有個人懶散地躺在最大的椅子上，灰衫的布料被寬肩繃得很緊。胸膛寬闊，肌肉發達的雙臂露在束腰上衣的短袖外。身高一定超過六呎，和魁梧身材相比，椅子顯得狹小。頭髮被細緻剃成多道寬窄不一的線條，從額頭一直延伸到後頸，呈現出條狀髮根與淺褐色光滑頭皮交錯的視覺效果。

他的五官搭配陽剛寬下巴，原本會很英俊，有種幫派老大的氣勢，但很可惜，左臉被一條大疤破壞。夏綠蒂暗自診斷，認為這是燒燙傷，且並非直接被火燒。經她研判，不是被蒸氣燙的，就是電光魔法造成的，而後者可能性較大。那條疤上面縱橫交錯著深深線條，可能是熱源外有鐵柵之類的東西。看來這位正是傑森・派瑞斯，她本來以為對方年紀較大，可眼前的他看似只有二十五、六歲。

在黝黑皮膚襯托下，這人的眼睛綠得嚇人。他細細打量理查一番，接著目光停在她臉上。他眼神聰明伶俐，強勢而具威脅性，當她迎上他視線時，只見他眉頭皺得老高，或許他以為她會嚇得畏縮。

這人身邊站著一個女孩，身材乾癟，與他的壯碩成為對比。女孩看起來大約只有十七、八歲，實在太年輕，不該來這種地方。她的臉很光滑，膚色比他黑一點，僵硬筆直的髮絲遮住臉龐，看來抹了很多髮蠟。她穿著合身牛仔褲，灰色長袖運動衫上印著紅色「哈佛」字樣，想必是殘境的衣服。

「獵人。」傑森的聲音低沉而洪亮，態度從容。「我倍感榮幸，妳覺得呢？米可？」

米可沒有說話。

「看吧，她也很榮幸。」傑森攤開大手，略帶嘲諷地說。「你聞起來有股尿味，看起來還更糟。」

傑森的目光移向夏綠蒂，明亮眼眸瞬間睜大。「理查，你有女人了，還有一隻狗。你們在哪登記的？我會買一台烤麵包機送你們。」

「那是她的狗。」理查說。

裂狼犬朝傑森露出大牙。

「那麼，偉大的獵人有什麼地方需要我們效勞？」

理查的手伸進袋中。

米可傾身向前，緊迫盯人。

有個人拿著十字弓走進來。

理查取出沃沙克染成金色的辮子，拋給黑道老大。傑森在半空中一把抓住，細細端詳。「何時幹的？」

「大約十個鐘頭前。」

「他的手下還有活口？」

「沒有。」

傑森瞥向拿十字弓的男子，把髮辮拋到空中。一枝箭「嗖」一聲插進對面牆壁，牢牢釘住辮子。

黑道老大轉向理查。「你幫我帶來這麼好的禮物，獵人，你想要什麼？」

「今晚十一點，有艘奴隸船會停靠在城市北方，它是來運送一組奴隸和奴隸販子的。」理查說。

傑森傾身向前，眼神頓時充滿掠奪意味。「船會把他們載去黑市。」

「沒錯。有個小問題，奴隸販子都死了，也沒能抓到半個奴隸。如果能找到某個有手下的人，那此人就能帶著他手下，頂替原先這批奴隸販子。」

黑道老大微微一笑，令人不寒而慄。「但願我們認識這樣一個人。」

理查聳聳肩。「這人或許會變成有名望的高貴之士，還會很有錢，更重要的是，他是剿滅黑市的功臣。」

傑森挑高一邊眉毛。

「這座島的保全措施主要對付逃跑的奴隸和憤怒的客戶，他們不會料到有幾十名武裝分子打上門來。這是大好機會，好處有三：奴隸交易的金額、仲介的萬貫家財，還可以報仇。」

「太冒險了。」傑森說。「我們不清楚當地的防禦有多嚴密。當初我被他們拖去賣時，已經半死不活，沒力氣觀察，只記得看見很多衛兵。」

「『不入虎穴，焉得虎子。』」理查引述了一句名言。

夏綠蒂想了想，發現「冒險」這說法太含蓄。這麼頑強的黑道分子都對理查的計策猶豫不決，而理查居然暗中謀畫，根本沒對她提過。完全順從是一回事，沒有完全發揮她的能力則是另一回事。等兩人獨處時，她一定要挑明這點。

「你要分多少？」傑森問道。

「不用，我只要記帳員，而且要活口。」

黑道老大仔細盤算。她感覺得到傑森舉棋不定，可能是誘因不夠。他們得設法提供誘因，好讓局面對他們有利。但他們又能拿出什麼？黑道老大會對什麼東西感興趣？當然是錢。不過夏綠蒂懷疑，就算她傾家蕩產，恐怕也不足以說服他冒險搭上自己和手下的命。

夏綠蒂的視線停在對方臉上。那道疤像烙印般刻在他皮膚，想必每天早晨照鏡子時都很難熬。

「你這道疤怎麼來的？」夏綠蒂問道。

傑森轉頭對她說：「沃沙克送的禮物。當時我逃出貨倉，本來打算游泳離開，但失敗了，沃沙克命手下把我拖到船的鍋爐旁，要給我個教訓。」他朝她露齒而笑。「我這人就是學不乖。」

「你願不願意讓我爲你除去疤痕？」夏綠蒂問道。

傑森挑高眉毛。「妳有辦法？」

「有。」人體最容易治療的就是皮膚。

傑森考慮了一會兒。「謝了，但我還是打算留著，它已經成了我的一部分。」

米可湊到他身邊，低聲說了幾句話，表情顯得急切。

傑森皺起眉頭。「沒錯，但就得把它弄得舊一點。」

米可又低語了幾句。

傑森想了想，接著說道：「如果她能治好我的疤，我還能獲得所有洗劫黑市的收益，那就成交。」

「她替你治療前，要先休息和吃飯。」理查說。

他們自顧自討論她的事情，好像她不在場。

傑森盯著理查。「你覺得我這裡看起來像假日飯店？」

「八小時不受打擾的休息時間，加上門鎖堅固的房間、乾淨衣服、食物，以及乾淨的洗澡水。」理查說。「這些是我們的條件。」

傑森嘆了口氣。「好吧，但若到中午，我的疤還沒治好，你們兩個就要在六呎深的地下好好『休息』，絕對保證超過八小時。」

□

夏綠蒂跟著理查和一位持劍的女人走上樓梯，進入另一個狹窄的走道，女人在一扇門前停步，將門打開。理查跨進室內，夏綠蒂和狗隨後走進這間小套房。整個地方打掃得一塵不染，牆壁的木嵌板顏色淡到接近金色。幾扇大窗都裝上綠色窗簾，整體看起來確實像高級飯店。地上擺了張大床，亞麻布品和床罩是吸引人的淺黃色，床上還擺著兩疊衣物。右手邊有另一扇門，通往小巧的浴室。

只有一個房間和一張床，傑森以為他們倆是一對。

狗兒一屁股坐在地毯上，不停嗅著地板。理查關門、上鎖，再上一道沉重的大木栓，彷彿這扇門是古堡入口。

他的皮膚已變成土黃色，臉髒兮兮的，衣服散發可怕惡臭。還能站著，恐怕是靠最後一絲體力在支撐。

「我不介意稍後用浴室。」夏綠蒂說。

理查微微低下頭。「我也不介意。」

她交疊雙臂。

「妳答應過要聽我的。」他說。

「洗澡的命令和任務無關。」

「夏綠蒂。」他聲音透著疲倦。「我不要先洗。」

他呼喚她名字的聲調令她驚異。他的口氣就和初見時誇她美麗一樣，讓她心頭小鹿亂撞。這是種最不可思議的感受，混合了不安、訝異與歡愉，沉浸在滿心激動中。但這實在不合理，她全身沾滿血污；不只如此，他才剛見識過她大開殺戒，之後她還搜刮了屍身的口袋。經歷這一切，他心頭最不可能有的就是浪漫念頭，而她也一樣。

「理查。」夏綠蒂堅決地說。「你身上的味道好可怕，拜託，可憐可憐我的鼻子。」

「妳有權先使用浴室，剛才提議幫他除疤，眞是高招。」

「多謝，但我非常樂意等。」

理查盯著她。兩人陷入僵局。

夏綠蒂說：「既然你注意到我的表現，能不能打個商量？下次你想到連黑道老大都猶豫的計畫時，至少事先讓我明白重點，只要知道大概就行了。我雖然沒有你應付黑道的本事，但好歹也是頭腦健全的女人，不過當意料之外的事發生時，我的反應很慢。我明白你習慣當獨行俠，但我保證在擬定計畫時，我會是好幫手，而且如果我事先知道你的打算，能提供的協助也比較多。殘境人都怎麼說？把我當成你的什麼？共鳴門？」

「共鳴板【註】。」他聲音有點啞。

「沒錯。」

理查露出極古怪的表情，一分震驚，兩分惱怒，三分根深柢固的禮節則讓他壓下其餘情緒。「女士，還有什麼要吩咐的？」

「有，如果和別人談話時你我都在場，希望你可以偶爾考慮一下我的存在，容我替自己發言，別把我當空氣。若能做到這一點，我會非常高興。」

理查咬緊牙關。夏綠蒂耐心等待，想看看他是否會爆發。

「下次我們要和殘暴又喪心病狂的傢伙說話時，我會努力提醒自己。」他說。下次你要是再不改，我可不會呆呆站著。「多謝你讓步。」

「不客氣。」

他對她鞠躬，藉此宣洩排山倒海的怒氣。要是這把怒火能當作燃料，足足可讓小船航行跨越整片海洋。很好。她索性回敬，行了個屈膝禮，但因爲人太疲憊，只不過微彎膝蓋，卻差點腿軟摔倒。

兩人一同直起身子。

「使用浴室的問題還沒解決。」她說。

他從口袋掏出達布隆。「正還是反。」

「正。」她奪走硬幣。「我來丟。」

「妳不相信我。」

「是你叫我別相信任何人。再說，我可沒有逢賭必贏的弟弟。」

她拋出硬幣再接住，把它放在手背上。

「反。」理查笑道。「我贏。女士，浴室是您的了。」

指控他作弊非但不合邏輯，還很愚蠢。夏綠蒂只好拿起屬於她的那疊衣物，走進浴室。狗兒隨即跟上。

「不行。」她斷然說道，然後關上門。門外傳來一陣失落的哀鳴。

裡面是艾朮昂里亞式沐浴間，有個大蓮蓬頭就裝在頭頂上方。她轉開水龍頭，大量熱水如瀑布般傾瀉而下。她脫去衣服，跨進水流下方。

乾淨水流灑在夏綠蒂身上，她微彎著腿，身上的肌肉沒一處不痛，淋浴也洗不掉濃濃睡意。她洗頭髮時已開始恍神，彷彿是別人在操縱她的身體，而不是她自己的意志力。若動作再不快點，恐怕還

編註：共鳴板（sounding board）是一種用來把講台上發言者的聲音反射出去的器材，又有檢驗建議與想法是否可執行的「測試人」、「建議者」等意思。夏綠蒂因爲不熟悉殘境用語，將「板」誤說成「門」。

沒爬上床就昏倒了。她洗掉全身髒污，用毛巾包著頭髮，再以大浴巾擦乾身體，最後拿起整疊衣物最上面的一件。

□

理查聽見浴室傳來模糊的字眼。他早累癱了，全身不聽使喚，況且浴室門很厚，隔音效果良好。不過他很肯定，高貴的夏綠蒂・德・奈伊女士剛剛罵了聲混蛋。

鑑於她才嚴正表明過立場，聽見她咒罵也沒什麼好訝異的。兩人成為夥伴還不滿一天，他就已遭到對方狠狠訓斥。他恭賀自己：還不是你自己該死的錯，都是你要帶著她。

狗兒原本在浴室門口，忽然起身走來，在他身邊重重坐下，像一大袋馬鈴薯落地。牠舉起兩隻毛茸茸的前腳，朝理查露出整片胸膛。

「不會吧？」

狗兒殷切地看著他。好吧。理查伸出手，摩挲那片皮毛。他身上的味道糟到不能再糟了。幸好奴隸販子不希望商品受損，所以只訓練裂狼犬追蹤和看守奴隸，沒用來殺人。除了眼神和牙齒嚇人，裂狼犬終究只是狗，眼前這隻毛茸茸的蠢傢伙好像渴望有人疼愛。

理查搔搔狗兒的肚子。其實他不知道自己為什麼沒事先把計畫告訴夏綠蒂，或許是習慣使然，畢竟他已經一個人這麼久了。現在她因為這樣就怪罪他，把他當成失禮的孩子般訓斥，這可不在他計畫內。她若是受不了，得自己設法克服，他不想再理會。事實上，他打算等夏綠蒂跨出浴室，便立刻對她說清楚，以免將來發生誤會。

門緩緩開啓。

「我們的主人還挺幽默的。」夏綠蒂說著跨出浴室。

她的頭髮梳理過，整齊潮濕地披在背上，身上穿著淺粉紅色寬鬆短袍，長度只到膝上幾吋。這件袍子走頹廢風，質地完全透明，使得曲線一覽無遺。從她脖子的優雅弧度，到隆起的胸部，只靠幾道褶子遮掩，身材若隱若現。再往下是柔軟的小蠻腰，接著是漸寬的臀部……

他看得目不轉睛。成年後的歲月就此消失，一筆勾銷，彷彿不曾存在，他又變回少年，是個呆笨的傻子，張著嘴看她，移不開視線、發不出聲音，除了發愣，無計可施。

他想要她。她是一場春夢。

結論：這絕不是眞的。他要不是還關在籠裡，要不就還倒在路邊等死。在進入來世前，發燒的大腦最後一次嘲弄他，爲他編織一場綺麗幻夢。

夏綠蒂臉頰隱隱浮現一抹淡粉色。

別看了，你這個傻瓜。

理查閉上嘴，強迫自己轉身拿起床上整疊衣物。「看來妳是對的，傑森確實有幽默感，希望我出來時不會只纏著皮腰布。」

他朝浴室走，逼自己看向別處，不要盯著穿過室內後爬上被窩的夏綠蒂。

理查站在蓮蓬頭底下，身體靠牆，雙手抱頭，讓水流沖擊後腦和背部，按摩疲憊的肌肉。他闔上眼，心頭浮現夏綠蒂。*鎮定一點，你是她從籠裡救出來的囚犯，全身髒兮兮，沾滿血和尿。*她可憐他，又治好他的傷。她不知多年來他不曾見過這麼善良的女人，可對她來說似那乎只是舉手之勞。

她舉止優雅，相貌美麗，男人要不是死了，不會對她毫無反應。他在鬼門關前走了一回，此刻身體正在歡慶自己還活著，但休想他會順從慾望。夏綠蒂信任他，他絕對不會輕易辜負。就算她主動推開浴室門也不行，不過夏綠蒂應該不會這樣，畢竟她剛經歷過傷心欲絕的慘劇。只有卑劣分子才會趁人之危，他絕不容許自己害她一早醒來便懊悔不迭。

理查關上心門，將海綿塗滿肥皀泡，仔細擦洗全身，直到身上沒任何異味，只剩清爽皀香。他現在的狀況就連站著淋浴都有些費力，剛開始沖水時，他一度想就地坐下，再也不起來。但若眞倒在浴室，夏綠蒂一定會來察看，接著發現他赤身露體癱倒在地，那才叫慘劇。

傑森拿這些衣服來是故意的。這傢伙既聰明又敏銳，他根據他們的肢體語言推測，兩人雖結伴旅行，卻並不親密，所以藉機捉弄他。若他有計分的習慣，這一分自然是由傑森・派瑞斯奪得，不過理查對這種鉤心鬥角的伎倆毫無興趣。

他的衣物是樸素的異境風格服裝，深灰色內褲、束腰上衣，以及棕色棉褲，看起來還算合適，能撐到他買新衣。他離開浴室，看見夏綠蒂躺在床的一邊，全身縮在被子底下。她半闔著眼，理查不知道她是睡著了，還是正透過睫毛看他。

理查拾起先前擺在門旁的劍，整個人靠著門坐下，盤起雙腿，劍靠著肩。歷代祖先都曾這樣過夜，當中許多人甚至被驚醒後立刻抄劍禦敵。若傑森忽然失心瘋地決定打擾他們休息，他會奉陪到底。

「理查。」夏綠蒂說。

「嗯？」

「你擔心我們活不過今夜？」

沒必要撒謊。「我寧可保持警覺。」

「你要不要毛毯和枕頭？」

他只想去床上和她一起躺著。但就算眞的上床去，你能做什麼？你已經累得眼前一片模糊。「不了，謝謝，我習慣這樣睡，很舒服。」

她動了一下。「謝謝你。」

「謝什麼？」

「謝謝你守著門，還有帶著我。」

他有好多問題想問，想知道她從哪裡來、爲什麼逃到邊境，還有前夫如何傷害她。然而疲倦排山倒海襲來，他閉上眼，隨即進入夢鄉。

第五章

夏綠蒂清醒時，陽光已照進窗內，近午的細緻白光為淺黃色寢具增添了一抹微微的桃紅色。

理查站在門邊，裸露背部正對著她。他已換好黑長褲，手上拿著白襯衫。背上肌肉硬實有力，把古銅色皮膚撐得鼓脹，好像吸飽了炙熱陽光，現在全身噴發著熱氣。體型像掠食動物，精瘦、強壯而結實，展現完美平衡。他體內潛在的暴力令人畏懼，卻又引人注目。她多想伸手撫摸他的背部，沿著肌肉輪廓探索。這完全是種肉體的慾望，是種不受理智約束的身體需求。兩人有著天壤之別，那威武的男子氣概令她渴望親近。

理查舉起雙手，穿上襯衫。皮膚底下的肌肉不停伸縮，寬闊肩膀肌肉隆起。她看得十分入迷。昨夜，她縮進陌生人的被窩，忽然有種大禍臨頭的感覺，這才想起她置身黑道分子的屋內，在這城市最可怕的深處。若傑森・派瑞斯意圖殺害他們，隨時都能出手，且不必顧忌法律制裁，根本沒人知道他們進了這間屋子。恐懼節節升高，眼看就要爆發成極度恐慌，不料理查來到門前坐下，背靠著門守夜，消除了她的不安。她百分之百肯定，任何人或武器都不能越過他來傷害她。這是自私的想法，但她深知他到早上都不會離開，於是閉上雙眼，睡了香甜的一覺。

昨夜她跨出浴室時，見到他那副目瞪口呆的樣子，只要是女人都不會錯認他的心意。後來她也透過半閉的眼簾悄悄看他。理查從浴室出來後，皮膚變得潔淨，頭髮濕漉漉的。她知道自己不應該，還是忍不住盯著他。理查是力量的化身，她則覺得自己好脆弱，儘管明知事實並非如此。此外，她剛經歷過可怕的劫難，忍不住想提醒自己，目前她仍以最本能的生活方式過活。然而，思來想去，她還是不打他的主意了。第一，這種事就是不能做，不行用這種方式，何況他們才認識兩天。第二，理查已挑明過自己辦事迅速確實是因爲沒有牽掛。若貿然做出這種事，一定會招來他的憎惡。

兩人目前的心理狀態都不適合。人要是沒什麼好損失的，通常會出現瘋狂舉動，至於她，還得聽從理智的規勸。

理查忽然轉過身。

夏綠蒂明明記得他有張帥臉，卻還是嚇了一跳。他那睿智而熱烈的眼神逮到她的失態，她只好拚命提醒自己，千萬不能結巴。

「早安。」理查說。

她畢竟經過多年訓練，開口時已能保持聲調平穩：「早安。」

「傑森的手下送來替換衣服。」他邊說邊指向椅子上的一疊衣物。「都是舊衣，或許沒妳平常穿的那麼好，但我們不能引人注意。穿著新衣在大鍋區走動很可能會遇害，我們應該盡量避免這事發生。」

他傷勢不輕，應該睡久一點。「你起來多久了？」

「不久。」

「請靠過來一下。」

他走到床邊。夏綠蒂坐起身，把被子拉到胸前。她抬起手按著他脖子，隨即感受到他皮膚的熱度，夏綠蒂心頭頓時一陣小鹿亂撞。他頭髮和身體散發淡淡肥皂味，是香料和柑橘氣味混合的清香。

得了吧，她都三十二歲了，應該可以管好性慾。夏綠蒂連忙收斂心思。魔法從指尖逸出，鑽進他的皮膚。兩處傷勢幾乎痊癒，體溫也正常，有點脫水，脈搏微快。事實上，她碰觸他的瞬間，脈搏忽然加快速度。她告訴自己，那是當然，畢竟他親眼目睹她殺了十六個人，因此她碰觸他時，他自然會提高警覺。夏綠蒂放下手。

「可以頒給你健康證明書了。」她說。

「很高興聽到這個消息。」

他望著她。日光穿過窗簾間隙，在他臉上繪出亮金色條紋，爲皮膚裹上一層金光，眼睛也呈現鮮艷的紅棕色色調。他五官帥氣，身軀強壯結實，整個人散發的危險氣息令他更加迷人。夏綠蒂看著他，仔仔細細地端詳，深深覺得他實在非常出眾。

她可不能這樣痴迷地盯著他。兩人都有任務在身，沒閒工夫搞深情款款或釋放魅力那一套。

「我們一直沒有討論計畫。」她說。

「很簡單。」理查說。「我們假扮奴隸販子和俘虜，登上那艘船，前往黑市。接近港口時，妳可能需要殺掉所有船員，必須迅速安靜地完成這件事，才不會驚動岸上的人。」

「傑森的手下會不會開船？」她問道。

「他向我保證他們都會。不管傑森多糟糕，這人辦事能力很強，又有效率。這是個海港城，他的手下有很多以前都當過船員。船靠岸後，我們就讓傑森和他的殺手去做他們最擅長的事，我們趁機去找記帳員。一定要剿滅整條奴隸販子食物鏈的高層，若想成功，就非找到記帳員不可，而且得留下活口。一旦從他口中查出高層的身分，我們立刻上路。」

她又得殺人了。當初執意跟來，她已明白自己等於簽下生死狀，現在面臨緊要關頭，她可不能神經兮兮地排斥這件事。「這計畫很妥當。」她說。「你希望我殺的船員，大概有多少人？」

「他們的船很可能是迅速、容易操作又不引人注意的類型。我敢說不是雙桅帆船就是四桅帆船，這表示最多能搭載十五至二十名船員。這樣對妳來說有沒有問題？」

這很難回答。「沒有，沒問題。」她對他說。

理查直起身子。「我到門外等妳。」

他拿起劍，走出門外。

當初，她發現心底出現邪惡的魔法紅光時，便已明白結果會如何。她的治癒者生涯已結束，今後只能當個舉世唾棄的人，不但難熬，也得不到同情和溫暖。不過，她覺得反正也沒多少時日。她告訴自己，一切都值得，只要不再有其他孩子像多莉一樣，因為親人被奴隸販子奪走性命而痛哭，她再怎樣都值得。

□

桌上躺著一具屍首，是個男人，看起來大約比傑森大十歲，膚色倒是和他一致。屍體的臉頰也和他一樣有道疤，而且形狀完全相同。

看起來這人剛死不久。是競爭對手，還是宿敵？最有可能是路人甲，只是剛好和傑森・派瑞斯很像。夏綠蒂悄悄呼出一口氣。這是她自己選擇的路，她會想辦法應付這種場景。

理查靠著牆，雙臂交疊。黑道老大坐在屍身旁的椅子上，米可也倚著牆，活像理查的影子。她曲起一邊膝蓋，只用單腳支撐身體。她是個怪女孩，人很安靜，小臉蛋很沉著，但總給人一種捉摸不定的感覺，好像只是在等待刺殺某個人的絕佳時機。

屍首臉上的疤看起來是新傷口，呈現鮮紅色，而傑森的疤則超過一年了。

「你要怎麼讓它看起來像是陳年傷疤？」

「我們有位死靈法師。」傑森說。「她來處理。妳幫我治療時，要不要準備一些東西？」

夏綠蒂搖頭。

疲乏的後遺症還在發威，積聚在她骨骼中，但她的復元程度已出乎意料。要是昨天治癒了十六人，那她會動彈不得地癱在床上。但現在，她覺得……煥然一新。整個人如釋重負，彷彿卸除肩上的重擔。眞是諷刺。

奧古斯汀夫人的教誨猶在耳邊，她說：*治療是神聖的犧牲，傷害是自私的濫用*。

夏綠蒂想了想，重擔其實並未卸除，她只是拿魔法失衡造成的壓力去換掉殺人的心頭重負。

「所以說，妳會治癒術，這是一種特別的才能？」傑森問道。

「是。」

「算是一種可學習的魔法。」

夏綠蒂點頭。「是的，電光也可以學習，並透過練習提升，哪怕是殘境人也學得會，只要他們身上有一點魔法。治癒術很有效，但你得天生具有這項能力。」

傑森望著理查問道：「你施展的劍法是電光，是嗎？」

理查點頭。

傑森回頭看她。「我在這裡看過很多怪異又無用的魔法，但從沒見過他使的那種劍法。我要他教我，但他不肯。」

「你會用它來傷人。」理查說。

傑森咧嘴笑道：「啊，老傢伙，你這話好傷人。」

理查抬眼看天。「我已讓你在這個可憐無害的城市裡逍遙，我爲基里納的殺手感到遺憾，若是教你電光，我看他們一個也別想活命。」

「我不用電光就能宰掉他們。」傑森摸摸疤痕。「趕快解決這件事吧。」

陽光透過天花板附近的窗子照進室內，夏綠蒂把椅子拖到光線明亮的地方。「請坐。」

傑森坐下。夏綠蒂上前，左右轉動他的臉，仔細檢視陽光下的疤痕。這是二級燒傷，波及網狀眞皮層，這裡屬於深層皮膚，負責爲身體緩衝各種外力。她以前治療過更嚴重的傷勢。

夏綠蒂舉起手，讓魔法的金色光芒滲進他皮膚。傑森完全靜止，令人望而生畏的灰眸動也不動。燒傷面積很大，她全心修復組織。身體受傷時，專門負責的細胞就會跳出來救援，殘境醫生稱它爲「纖維母細胞」，學院的治癒者則稱它作「縫合細胞」。它們會進入傷口，開始分泌膠原蛋白，在血塊裡移動，直到固定下來，讓傷口癒合。整個過程耗費的時間受很多變因影響，如果拖太久，纖維組織就會增生。要是疤痕出現在器官上，最後纖維化，很可能會致命。

這道疤痕與一般皮膚一樣含有膠原纖維，但正常情況下，這些纖維應該呈交叉狀，這裡卻互相平行。她得先軟化已硬掉的組織，再大費周章將膠原纖維注入皮膚，讓它盡可能回復正常的交叉狀。這是種既耗時又講究手法的工作。治療臉部疤痕要求無比精準的眼力，否則左右兩邊很容易不平衡。整個房間、理查和傑森，一切彷彿都消失了，只剩下眼前受傷的組織，她專注地重新將組織排列組合。

夏綠蒂專心到忘我的地步，一陣模糊說話聲傳來，彷彿隔著一道牆。

「你的疤就要治好了，但你卻找來一具相似的屍體。」理查說。「爲什麼忽然要詐死？」

「我最近被『鏡』盯上了。」她的病人答道。

「你幹了什麼事？」

「很多，沒一件好的，但也沒犯到這些特務頭上。他們暗中監視我，我不喜歡。」

「我早就警告過你了，傑森。」理查說。

「老傢伙，少對我說教。」

「你擴張得太快，殺了太多人，暴力會吸引注意力。」

傑森嘆氣說道：「假如你沒注意到的話，我就很成功了。」

「五人幫快被你氣得口吐白沫，一心要把你丟進海底餵魚，洛克則懸賞你的項上人頭，現在連『鏡』都在監視你家。你所謂的『成功』真是令人煩惱。」他忽然微笑，以不屑的口氣模仿某個人說話：「『我覺得那個詞不是你認爲的那樣。』」

顯然他正在引述只有他和傑森才知道的句子，夏綠蒂則摸不著頭腦。

傑森露出燦爛笑容。「哈，她又不是公主，你卻巴不得當個稱職的護花使者。」他問夏綠蒂：「妳怎麼受得了他？」

「他爲了保護我的安全，可是抱著劍、倚著門睡。」她告訴傑森。「別動。」

終於恢復到令人滿意的程度，夏綠蒂收回魔法，退開一步。

傑森的臉看起來好極了，可以列爲她的得意之作。夏綠蒂感到如釋重負，原來她還能治病療傷，沒失去這項技術或魔法。直到現在她才發現，自己一直害怕殺人後的代價是魔法被削弱。雖明白不至於淪落到無法醫治的地步，但她還是怕控制力或精準度會受影響。

治療後的疲乏感擁上，令她頭暈目眩。傑森摸摸臉龐。那道疤讓他顯得蒼老，但現在夏綠蒂終於能看清他的面容，這才恍然，原來他還很年輕。

米可上前，遞給他一面鏡子，傑森照著自己的臉，訝異地瞪大眼睛。

「魔法之手。」他說。「這是非常珍貴的才能，幾乎要讓人遺憾自己沒能擁有它。」

「你敢動她一下，就準備和你的手說再見。」理查漫不經心地說。

傑森望著她。「妳替我工作，我會把妳照顧得更好。」

「不要。」

「知道嗎？理查的問題是，他不懂如何對待女人。要找到對的方法，女人就像馬。」

黎明之母啊，別再讓我遇到這種人。「怎麼說？」

「想馴服一匹馬，得給牠吃蘋果。想套上馬勒，要先讓牠熟悉妳的氣味，再給牠吃蘋果。就這樣不時給點甜頭，不用多久，就算妳不理牠，牠也會緊跟著妳，等著吃好料，最後牠就會讓妳騎了。」

唔。

理查像道暗影，輕巧地靠著桌子，姿勢雖然一派悠閒，嘴角還掛著笑容，眼睛卻死盯著傑森。夏綠蒂想到，他這副模樣就像狼在打量獵物。

傑森微微一笑，露出整齊的白牙。米可靠著牆，翻了個白眼。

「我只想說，這裡有很多蘋果。」黑道老大說。「妳該仔細考慮，將來妳一定會喜歡我的蘋果。」

夏綠蒂湊到他面前。「傑森，對你說這種話的人，一定不是朋友。女人不是馬匹，也不是貓狗。我們是人，你愈快想通，就愈不用擔心早上起來發現喉嚨插著米可的刀。」

傑森瞪著她。

「若問我想怎樣，我只想毀掉奴隸交易，和你調情一點都不吸引我。你是長得挺帥，但還太嫩，而且過於自大，想必床上工夫不會好到哪去。騎過很多馬，不一定就是好騎士，頂多證明你好壞不分，不知道哪匹是好馬，不然就是不懂得珍惜。你的年齡對我來說太小，再過十年，你好不容易長進，我卻又太老了。所以，請不要再提這件事。」

牆邊傳來尖細的聲音，竟是米可在竊笑。

傑森火冒三丈地轉過身，直瞪著她。

她還是止不住笑。

黑道老大眨眨眼，回身對夏綠蒂說：「有人要當心了，那種話會讓妳的喉嚨開個大洞。」

「我看是有人不知道，治好的傷還是可以逆轉。」她對他說。「要不要問問沃沙克的看法？」

理查大步走來，站在她身旁。

「妳和他一樣瘋。」傑森咆哮。

「你總算明白了。」理查說。

「就算我們洗劫黑市，你們也得到想要的消息，又能如何？」米可忽然問道。「就憑你們兩個能做什麼？奴隸販子有幾百人。」

理查撇撇嘴。「我知道，真的很遺憾。我本想給他們幾分活命機會，但人生有時就是不公平。」

「你已恢復以前的美貌。」理查對傑森說。「願望實現了，就想過河拆橋？」

傑森起身，拉起兜帽遮住臉龐。「老傢伙，我還記得和你的協議，我這人向來說話算話。你說那艘船午夜靠岸，確切的地點在哪裡？」

「野鴨灣。」

「那麼，晚上十點在野鴨灣北邊兩哩處等我。」

他說完便走出去，米可跟隨在後。

「接下來呢？」夏綠蒂問道。

「我們進城去。」理查說。「我在這裡有線民，今晚用得著他們。」

□

夏綠蒂和理查沿著運河邊行走。她心想，陽光下的基里納看起來並沒有比較好，且依然惡臭不堪。不過，至少那具死屍已經不見，或許是被潮水捲進海裡了。他們把狗留在傑森家，夏綠蒂原本不以為意，但理查說，萬一牠咬了人，傑森恐怕會把他們這兩個主人丟進運河，於是他們將狗鎖在遠離廚房的某個房間裡，留了一根大牛骨給牠啃。

理查轉進夾在許多房屋間的窄巷，空間勉強容納他們並行，盡頭是一處被高牆圍繞的小庭院。院子右邊接上另一條較寬的巷子，有三個人堵在巷口，看起來不太友善。

夏綠蒂覺得喉嚨緊縮，脈搏加快，心頭有股沉重壓力。她吞了吞口水，但緊迫感不肯善罷甘休。看來一場惡鬥在所難免。

她告訴自己，這只是生理反應，只是恐懼罷了。昨天，怒氣和憤慨令她麻木，但過了一夜後，這層防護已然瓦解。她重新意識到自己還活著，恐懼油然而生。

夏綠蒂挺起肩膀，不願放任恐懼橫行。

站在最前面的男子身材高大結實，是個光頭，蒼白頭皮上有深色渦紋刺青。嘴異常寬大，露出一口兩吋長的尖牙。此外，每個指節還都套著帶刺的金屬條。

他身上的魔法拂過夏綠蒂，像一把沙子摩擦她皮膚。熟悉的噁心感瞬間將她淹沒，恐懼如尖刺般扎進心裡。這人曾接受違禁魔法改造，路易斯安納公國有個稱為「手」的祕密組織，成員幾乎都經過改造。她曾處理相關病例，被改造的人會變得更強、更快、殺傷力更大。他們人性泯滅，幾乎不可能恢復原狀。

夏綠蒂接著觀察鱷魚嘴的兩位同夥。左邊那位比較高，手裡拿著短狼牙棒，棒子前端嵌著拳頭大的金屬球。右邊那位身形乾瘦，想必動作更快，他的武器是雙刀。雙刀男脖子上有片紅疹，這是性病惡化的徵兆，通常是和感染者在沒防護措施下發生性行為，才遭到傳染。

三人當中，被改造過的鱷魚嘴男擺出最具威脅性的姿態。夏綠蒂感到體內的魔法蠢蠢欲動，它打了個哈欠，伸伸懶腰，像一隻剛睡醒的貓緩緩起身，舔了下尖牙。用病毒感染他們太慢了，她只能直接發動奇襲，試著癱瘓他們的器官。

「那個牙齒很怪的男人被違禁魔法強化過。」她對理查低聲說明。「雙刀男則是鼠蹊部腫脹。」理查眨眨眼。「多謝，我會納入作戰考量。」

她不曾直接傷害過任何人。以病毒感染倒是有，但除了那次拿艾爾維開刀，她從沒嘗試直接導致內出血這種手法。她舌頭嘗到淡淡銅金屬味，這是腎上腺素勃發的徵兆。

鱷魚嘴發現自己的血盆大口沒獲得預期效果。「你們迷路了。」他以深沉的聲音說道。

理查繼續走路。夏綠蒂跟在後面，體內的魔法暗潮洶湧。

「不用擔心，我們三個會替你和你身邊的賤人指路。」

「各位眞是好心。」理查說著忽然出手。

前一秒他還在夏綠蒂身旁，下一秒手刀已砍中鱷魚嘴的喉嚨。對方向後倒，理查把他拉過來一轉，摺倒了他。老大的身體還沒落地，理查已踢中狼牙棒男的膝蓋，骨頭「喀」一聲斷裂，腿骨朝反方向彎曲，身軀隨即倒下。他手中的狼牙棒被理查抽走，理查轉身面對雙刀男，出手就是一陣急攻，招招重擊。雙刀男的頭、腹和鼠蹊部無一倖免，他重摔在地，身軀縮成一團。

鱷魚嘴奮力起身，大張著嘴，伸出雙手，朝理查撲過去。理查打歪他的右臂，再揪住他手腕猛力向下拉，用狼牙棒的柄抵住他脖子的神經叢，一拳打中他下巴。

大塊頭身軀不穩，喝醉似地揮舞雙手，拚命想保持直立，最後只能頭暈眼花地癱坐在地。

夏綠蒂嚇得摀著嘴。

一切來得太快，她根本來不及出手幫忙，只是站在那裡呆望。她的治癒者天性很快跳出來進行檢傷分類：一個喉嚨受傷；一個膝蓋後交叉韌帶斷裂（至少有一部分）；一個骨頭完全斷裂，可能伴隨著股骨踝前側陷進脛骨平台前側。理查踢得很重，同時傷及大小腿骨，甚至讓兩根腿骨重疊。完全斷裂就等於要她這種高明的治癒者治療，或是接受韌帶移植。因爲一旦韌帶完全斷掉，任何外科手術都無法接回。除了這些，還有兩個腦震盪，一個中度，一個重度。外加一個脖子扭傷、一個手臂扭傷和多處瘀傷，最後是三個人的自尊心嚴重受損。這一切在不到五秒內發生，而他甚至連劍都還沒拔。

理查走過來，朝她伸出手。夏綠蒂嚇得六神無主，只能握住他的手，由他攙扶著跨過那幾具身體，走入巷子。

她命令自己：快説話，説話能讓妳看起來有自信。她可不能讓理查發現自己被他嚇到。得表現出鎮定自若的樣子，因爲他要的是臨危不亂的夥伴。「我還以爲傑森有顧好他的地盤。」夏綠蒂發現自己的聲音很正常，她本來以爲聽起來會發顫。

「他們搞不好是他的手下。」理查說。

「什麼意思？」

「妳剛才害他顏面掃地。」理查說。「這是他表達不爽的方式。」

「我想，你打算要說，這就是我替自己據理力爭的下場。」他眞敢這麼說就試試看……

「我確實認同，但這說法不太準確。他接管大鍋區後，我已造訪本地四次，他每次都會爲我準備大驚喜。最難對付的是一個厄基尼安女人，我們對戰了整整三分鐘，我一度以爲自己會死在她手下。」

他們之間似乎存在著愛恨交織的複雜關係。傑森很欣賞理查，夏綠蒂從他臉龐和神情就能看出，他一心盼望獲得理查認可，卻也同時恨透了對方。「傑森對父親有心結，是不是？」夏綠蒂問道。

「是。」理查嘆了口氣。

「既然如此，你這人體美膳雅就很好用了。」她說。

「什麼意思？」

「美膳雅食物調理機，這是殘境的一種機器，你把蔬菜放進去，按下一個鈕，就能把菜切碎。」

理查皺起眉頭。「爲什麼妳會需要切菜機器？刀子不是比較好用？」

「可以節省很多時間。」她解釋。

「是嗎？」

「呃，用完後要清理，正好耗掉切菜省下的大部分時間。」

「所以，妳的意思是，我是個沒用的傢伙。」

「那台機器其實很好用！」

「而且，顯然我還很難清理。」

她打量他臉龐，發現他眼中閃著狡黠的光芒。他這是在故意捉弄她。唔，誰怕誰……「考量到昨晚的爭執，我想，你還眞不是普通的難清理。」

「對於妳的指控，或許會有種反駁方式，聽起來沒那麼下流。」他說。「但我就是想不起來。」

兩人已經走完半條巷弄，有個流浪漢坐在骯髒的人行道上，用破布裹住駝背的可憐身軀。油膩灰白的長髮糾結成團，遮住臉龐，那身破衣發出一股刺鼻的爛魚味。他看起來年紀很大，神情疲憊，臉上沾滿污垢。由於卡了太多層髒污，夏綠蒂幾乎看不見他的眼睛，一會兒後才發現他瞳孔呈現乳白色，看來患了白內障。

乞丐舉起杯子，對理查晃一晃。

理查看看乞丐，表情沒變，神色卻轉爲陰沉。他彎下身，在杯裡扔了一枚硬幣。「第三根基里納之牙。」理查的音量只比呢喃再大一點。「兩小時後，帶上你弟弟。」

乞丐收回杯子，垂下頭。

理查直起身子，一把抓住夏綠蒂的肘彎。他力道雖小，但夏綠蒂明白自己不可能掙脫。理查拉著她遠離乞丐，沿著巷子繼續前進。

「別回頭看。」他低聲說。「那是喬治。」

回頭察看的誘惑力實在太強。「喬治・崔頓？艾麗歐諾的孫子喬治？」

理查點頭。

她的心跳得好快。應該有人告訴男孩們艾麗歐諾的遭遇，畢竟她是他們的奶奶，他們有權知道實情。可轉念一想，她喉嚨便開始緊縮。她該怎麼說？這個打擊勢必沉重無比，無法減輕，會令他們悲痛欲絕。夏綠蒂是成年人，眼見艾麗歐諾的遺體遭到火焚，就像在她生命鑿了個大洞，當中塡滿哀傷、愧疚與憤怒。他們倆還是孩子，又和艾麗歐諾親近了一輩子，他們怎麼受得了？艾麗歐諾是兩個孩子的避風港，除了姊姊，就只有奶奶給他們無條件的愛，永遠不會遺棄他們。她讓他們的世界更安穩，如今安穩的假象就要被揭穿了。夏綠蒂用力吞了口唾沫。她一定要設法找到最恰當的說法。

她忽然想到喬治坐在污穢的路邊。「喬治爲什麼穿得像乞丐？我還以爲坎邁廷家已收養兩個男孩？」

「他和他弟現在爲『鏡』效力。」

他們是間諜？不會吧？「理查，喬治才十六歲，杰克應該只有十四歲。」

他瞥了她一眼。「所以？」

「他們不會太小？兩個都還是少年。」

「大人很容易小看孩子，偏偏有些孩子沒有他們認爲的那麼幼稚。」他說。「我和喬治一樣大時，已經殺過兩個人，還親眼目睹我父親在市場被人爆頭。夏綠蒂，妳十六歲時在做什麼？」

記憶中的情景浮現眼前，遼闊原野上充滿哀號的人，血腥味混合邪惡魔法劇毒的惡臭，還有遠處城鎮起火後飄來的煙味。

「十六歲時，我在綠谷大屠殺事件中治療傷患。」

「喬治的喬裝是爲了——」

前方有個男孩忽然奔進巷子，不慎踩到垃圾滑了一下，穩住身子後朝他們衝來。他留著紅棕色平頭，長得很帥，深色眼珠透著興奮與狂野。夏綠蒂在照片中見過這個男孩……是杰克！

「快跑！」杰克大叫。「快跑！快啊，喬治！」

他身後出現一群怒氣沖沖的人，手中揮舞刀子和棍棒。

乞丐喬治縱身躍起。「你幹了什麼好事？」

「他在那裡！」帶頭的人大吼。一顆石頭從他們頭頂呼嘯而過，打中建築的側面後彈開。

「跑！」杰克叫道。

群眾間射出一道藍光，有人施展了電光，不妙。

杰克跳上六呎半空中，千鈞一髮之際躲開魔法光帶，再藉由牆壁的反彈力道衝向他們。

「嗨，理查。嗨，美女！」杰克迅速掠過他們身邊。

理查抓住夏綠蒂的手。「我們得閃人了！」

他們拔腿狂奔，跟著杰克在鵝卵石路面上飛跑。喬治咒罵一聲，朝背後的群眾丟了一個東西，後面響起爆裂聲。夏綠蒂回頭察看，發現巷子瀰漫著濃濃白煙，那些人開始嗆咳。

藍色電光從煙霧中射出，打中鵝卵石。群眾中有人正在瞎扔魔法，看來這座城市全是瘋子。

他們跑回先前經過的庭院和窄巷，來到木棧道上，繼續沿街前進。傑森的巢穴閃過眼前，夏綠蒂跑到肺部火辣辣地疼。

左邊有個木造小碼頭。「往右！」理查高喊，聲量太大。他忽然縱身跳進黑水中，把夏綠蒂也拖了下去。微溫的水瞬間吞沒她，她喝了一大口鹹水，差點嗆到。天曉得這裡頭有多髒。

夏綠蒂拚命踢腳，浮上水面，吐掉嘴裡的水。理查把她拉到碼頭下方，有兩人也在一呎外跳下水。一會兒後，喬治和杰克在他們身邊浮出水面，四人縮在碼頭底下，背靠著牆，身邊全是污穢的泡沫和垃圾。

暴民紛紛衝上木棧道。夏綠蒂屏住呼吸。

「他們向右跑了！」有人叫道。「去蘆葦巷！」

上方出現一陣靴子踩踏聲，碼頭木板地面的水珠紛紛掉在他們頭上。

喬治活像某種又濕又髒的生物，他狠瞪弟弟一眼，用拇指做了抹脖子的動作。杰克咧嘴一笑。一隻死魚從深處浮出水面，恰巧就在夏綠蒂身邊。真噁，她只能硬著頭皮輕輕推開它。幾個落後的人響起最後一陣腳步聲，不久群眾的聲響逐漸遠去。理查涉水走到左邊，敏捷地沿著牆面行進。夏綠蒂則讓孩子們先過，自己殿後。

十五分鐘後，他們涉過兩條運河，這才爬上木棧道。杰克猛甩身上的水。髒水從喬治那身破布中直往下流，連頭髮都在滴水。他依舊死瞪著弟弟，臉色非常難看。如果瞪視有溫度，杰克早就變成一根燒完的火柴棒了。

夏綠蒂大口吸氣，只盼吸到一點新鮮空氣，但什麼也沒有。她濕透的衣裳聞起來像腐臭海草，鞋裡全是水，左腳腳指下方卡著黏黏的東西。

理查悄悄鑽進另一條巷子，她跟過去，腳步有些笨拙，還一直發出咯吱聲。兩個男孩隨即跟上。接下來的十分鐘無人開口，直到理查在一間倉庫前停步。小小木門開啓，有個女人走了出來，剛好站在他們正前方。她拎著一桶血水，往運河裡潑去。

*真是好極了，妙極了。*一找到安全藏身處，她一定要叫他們立刻坐下，並馬上檢查大家是否有被病菌感染。

理查拉開那扇木門，不忘掃視木棧道，以防追兵襲來。

夏綠蒂側身走進去，面前出現大型健身房。男男女女脫去衣物，大汗淋漓地踢打著沉重沙包。有對男女看來肌肉線條分明，正在蘆葦墊上練拳；另一對男女擺好架式，高舉雙手，站在沒有繩索的木造競技場上。這些強壯身軀營造出鬧哄哄的場面，有小沙包斷續而快速的搥打聲，有較重的沙包被人腿狠踢的重擊聲，還有粗啞的吼聲，以及有節奏的呼吸聲。

夏綠蒂上前一步，所有活動瞬間停止，整個空間陷入死寂。眾人不約而同看著她，表情不太友善。

不妙。她趕緊抬頭挺胸。杰克在她身後深吸一口氣。

理查穿越走道，大步走到她身前，對滿屋的敵意渾然不覺。

一位發福的中年男子離開競技場，走向查理，步伐不疾不徐。他黝黑的臉龐橫過一道疤痕，離左眼僅一線之隔。右耳垂有一半不見，舊傷邊緣參差不齊。夏綠蒂想了想，那半邊應該是被咬掉的。

萬一苗頭不對，她會立刻把孩子們推到門外去，然後擋住門。至少她能替他們爭取幾分鐘。

理查和胖子在室內中央面對面停步。對方的眼神十分冷峻。

要來了。

胖子忽然伸手抱了理查一下，然後轉身回競技場。拳擊聲和悶哼聲再度出現。理查對三人點點頭說：「去後面的房間。」

夏綠蒂暗暗發誓，私下獨處時，她一定要揍他一拳。不，她不能這樣，訴諸暴力是不對的。不過，這可以看作是自我防衛。如果這趟旅程害她丟掉小命，凶手一定不是奴隸販子，而是理查這種老是不愛說清楚的毛病，害她嚇得心臟病發作。

□

理查關上巴洛健身房後方房門，接著環顧四周，有張桌子、兩張長椅、一個加裝冷凍設備的水槽，還有一個體重計……就這樣。巴洛有兩個房間是選手上場前的暖身房，這是其中一間。

他心跳漸漸平穩下來。歷經長久以來的等待、策劃和觀察，他始終按兵不動，只有遇上少數刺激危險的場合，例如今天，不得不在劍鋒上討生活、與敵人鬥智，這時他才會覺得自己活著。心跳加速時，世界彷彿變得更明亮，體驗變得更深刻，他愛死了這一切。

「理查！」

他轉頭察看。

夏綠蒂面對他，束腰上衣緊貼身軀，顯出好身材。盤得整整齊齊的髮髻此刻已鬆脫，髮絲遮住了臉龐。原本超然而端莊的姿態蕩然無存，彷彿有人把一隻優雅的貓從頭到尾仔細打扮一番後，忽然往牠身上倒了桶水。她表情揉合震驚、憤怒，以及惡向膽邊生的暴力傾向。

理查拚命裝作認真嚴肅的樣子。「女士？」

夏綠蒂張開嘴，又闔上，然後再張開……

要是他敢笑出來，她說不定會宰了他。絕不誇張。

「交代。」

她似乎瀕臨崩潰或尖叫邊緣，最好別再刺激她。「膠帶確實好用。」他附和。

夏綠蒂高舉雙手。「我好想揍你。」

理查差點就要彎下腰大笑起來。這些年來，他身上貴族的習氣早就被粗野的暴力取代，他這才後知後覺想到，一定是跳進運河這件事惹到她。噢，都是他害她面子掃地。「我也知道那條河不太乾淨，但當下別無選擇。」他稍稍卸下正經的面具，露出微笑。「我向妳保證，不會有事的。在妳還來不及發現之前，我們就會回復溫暖和乾燥。」

「我才不甩那條該死的河！理查，簡單的交代！比如『這裡很安全』、『他們不會傷害我們』，或『他是老朋友』。」她揮舞雙手，做出劈砍動作。「什麼都好！不然我剛才還以為我們會挨打。」在這裡挨揍？在巴洛健身房挨揍？難道她以為他會把她帶去什麼危險的地方？「妳當然很安全，是我帶妳進來的。」

「也是你把我帶去傑森家，然後你還抱著劍睡。」

哦，她眞的要挑這節骨眼找碴就對了。理查上前一步。「女士，我向您保證，您在這裡非常安全。如果任何人膽敢對您動手，就會失去那隻手，健身房每個人都明白這一點。」

夏綠蒂握緊拳頭。「喔！」

「我只是想澄清。」他雖然明白應該到此為止，但她居然認為他會笨到害她身陷險境，他氣得要命，簡直不敢相信。「那麼，妳希望我隨時報告，我們現在很危險或者很安全。妳到底明不明白？我不是每次都有機會事先說明。」

夏綠蒂跌坐在長椅上。「遇上這種情況，我至少可以安心一點。」

理查愈發忍不住脾氣。「看妳這麼震驚的樣子，或許妳有時候得自己判斷。舉個例子，如果我們要逃離一群暴民，那就表示我們很可能有危險。」

夏綠蒂的目光比刀子還銳利。「你再嘲笑我，我就用乳頭狀瘤病毒感染你。」

她還眞懂得威脅人，這女人到底是怎麼回事？「麻煩說明一下，那是什麼東西？」

「瘤。」喬治說。

他提醒自己，絕對不能笑。「我道歉，請讓我交代清楚，彌補這個過錯。我們在這很安全，巴洛是老朋友，他的拳擊手都認識我，我們可以在這裡安心交談。」

夏綠蒂垂下頭。

喬治一把抓起蓬亂的濕假髮，朝弟弟扔過去。杰克閃開，假髮「啪」的一聲打中牆壁。

「智障！」

「我？」杰克眨眨眼，表情就像天眞無邪的天使。

「就是你！」喬治的眼眸白光迸射。「兩個星期了！我花了兩星期監視派瑞斯，全被你搞砸了。你就只要躲在一旁盯著他的手下，結果你到底在搞什麼？」

杰克聳聳肩。「我偷了一條魚。」

理查憋住笑。如果他和卡爾達每次像這樣吵架時，他都能得到一枚達布隆金幣的話……

喬治瞪大藍眼。「爲什麼？」

「我餓啦，而且很無聊。不過主要還是因爲餓了。」杰克雙手一攤。「聽我說，我拿了一條小魚，那個人就開始鬼叫，我就拿魚賞他一巴掌。他自己沒站好，跌進水果堆，又不能怪我。我笑他，他們就衝出來追我。」

喬治臉上的怒火瞬間炸開，變得冰冷果決，聲音忽然平靜下來。「你惹得這一大群人來追你，爲什麼還朝我這邊跑？」

杰克張大眼睛，眞誠神情下藏著濃濃嘲諷。「因爲你需要洗澡。」

喬治脫下破布裝，丟在地上。他在破布裝裡穿著灰黑相間的束腰上衣與長褲。理查心想，他這身衣服選得好，身軀既能緊緊包覆在衣物中，又能活動自如。理查認識他的這幾年間，他已從孩子長成大人。喬治的身材雖不到高大的程度，但兼具肌肉精瘦、動作迅速與訓練充足等長處，使他成爲能夠輕易取人性命的高明劍士。

「我整整兩週泡在那條巷子裡，忍受雨水和酷熱，有些人經過時會踢我一腳。現在你居然說這一切是因爲我需要洗澡。」

「水對你有好處，眞的，看看你，髒得要命。」

「唔。」喬治說。

「你到底知不知道你身上的味道多可怕？」杰克皺皺鼻子。

「我本來就應該很臭，因爲我在扮演乞丐，你害我暴露底細。」

「你的底細早就暴露了。」理查說。「派瑞斯已經知道『鏡』派人監視他。」

「聽見沒？」杰克說。

「那是另一回事。你毀了我兩週以來的成果，就因爲你覺得無聊。現在我會被撤銷任務，其他人會取代我的位置。」

杰克聳聳肩，不太有把握地說：「那好啊，現在是夏天，你就只知道工作，說不定這樣一來，我們反而有時間找樂子。」

「我要宰了你。」喬治平靜地說。

又一個理查熟悉的情緒。這種時候一定要讓他徹底發作，不能隨便停止，否則會惡化。

「男孩們。」夏綠蒂開口。「我眞的覺得現在不適合——」

杰克的虹膜閃過黃色光芒。他小喬治兩歲，但已經和哥哥一樣高，肩膀甚至更寬，身上也開始長出強健肌肉。這與他的變形者血統有關。當然，有利就有弊，身爲變形者也有幾個缺點。

杰克對喬治比劃。「來啊。」

喬治揮著手臂撲了過去，杰克上前迎戰。喬治半途忽然改變攻勢，一躍而起，朝弟弟的胸膛踢了一腳。杰克飛出門外，落在健身房地上。

踢得好！

夏綠蒂看得目瞪口呆。

喬治大步來到門邊，神情堅決無比。

「喬治！」夏綠蒂叫道。

他輕巧地轉身，優雅地鞠躬說道：「抱歉，女士，不會耽擱太久。」說完便走出去。

夏綠蒂望著理查。「你爲什麼袖手旁觀？」

「他們還年輕，本來就愛打打鬧鬧。」他說完便爲她拉開門。「他們現在就把這件事解決，以後誰都不會再提起，總比一直拖著要好。」

夏綠蒂嘆口氣，站起身，走進健身房。

兩個男孩的打鬥橫跨全場，他們朝對方猛烈地拳打腳踢，不停格擋、旋轉和跳躍。其他人紛紛停下活動，看著他們倆。杰克的力氣和速度明顯占上風，但喬治下過一番苦功，他的動作非常確實，這是因爲長時間的苦練，而杰克則是憑直覺出招。喬治在杰克的狠踢下滑出大老遠去，理查發現杰克的直覺很少出錯。但什麼都比不上苦練。不過，自從堂妹的變形者丈夫威廉接下教育杰克的責任，親自教導他格鬥術後，這孩子就有了顯著進步。

喬治翻身跳起，一個猛撲，突破了弟弟的防禦，雙手箝住他臂膀。理查判斷，喬治準備使出一記漂亮的北方三點拋飛技。杰克則嘗試以突襲下腹技回敬（這是威廉的手法），但喬治的攻勢銳不可擋，何況他已牢牢抓住弟弟。眼看他使出絆倒、翻轉、拋飛，三個動作一氣呵成，杰克被喬治狠狠摔出，飛過半空，接著背部著地。

哎唷。理查的臉揪成一團，深表同情。杰克一定痛死了。

喬治跳過來，對杰克施展十字固定技，把他壓得動彈不得。在場所有拳擊手報以熱烈歡呼。

理查身邊的夏綠蒂再次畏縮。對治癒者來說，看見這種場面想必很難受，他便柔聲安撫：「他們出手都很小心，好比這招是用來箝制對手的行動，如果喬治向右轉九十度才出手，杰克就不是背部著地，而是脖子了。」

她投給他高深莫測的一瞥。

他忍不住繼續解釋：「意思是，喬治本來可以直接讓杰克跌斷頸椎……」

她舉起手。「理查，別再安慰我了，你愈講我反而愈不舒服。」

「別傻了。」喬治對杰克的手臂施加壓力。「你沒戲唱了。」

「我只是在休息。」杰克咬牙切齒地說。

「你輸了。」喬治說。

兩人陷入僵局。杰克死不認輸，而喬治再怎麼怒氣沖天，也不可能扳斷弟弟的手。理查上前打算分開他們，不料夏綠蒂搶先一步。

她大步走過去，蹲在兩位少年身旁。「喬治，夠了。」她輕按喬治緊抓弟弟的手。「我要告訴你們一件非常重要的事，非現在說不可。」

「是好消息嗎？」杰克咬牙問道。

夏綠蒂的臉蒙上哀傷陰影。「不是。」

喬治鬆開杰克手臂。兩個男孩翻身站起。

「來吧。」她挽著喬治，另一手挽住杰克，領著他們回到後面的房間。

「我叫夏綠蒂。」女神啊，根本找不到適合開口的字句。夏綠蒂只能深呼吸。「你們的奶奶或許提過我。」

「妳是我們家的房客。」杰克說。

「對。」她點頭。

喬治傾身向前。「奶奶出事了。」他的口氣並非提問。

「是的。」她終究說出口。「我是治癒者，當時理查受傷，正在躲避奴隸販子，他跑到東門區時失去意識。有人發現他，便將他帶來給我療傷。」她困難地吞了一口口水。「你們的奶奶和我非常親近，她對我很好，是我的好朋友。」

接下來的話卡在喉嚨，她強迫自己開口，字字句句都割著她的心。「肯尼帶理查過來時，她剛好在我家，還有一個年輕女子和她妹妹也在。」

她覺得胸口沉重，疼痛發作，在心裡像大鉛球翻來覆去。喬治和杰克望著她，她多想躲開他們的注視，卻又不能，連自己的聲音都變得奇怪。

「我治好理查的傷。由於他失血過多，所以我出門去買血，我不在時……」

她說不下去，她就是無法說出那些話。

「奴隸販子燒了房子，殺死其中一位年輕女子和你們的奶奶。」理查說。「艾麗歐諾死了。」

她眼睜睜看著喬治露出瞬間領悟的神情。他退後一小步，臉頰抽搐，肩膀垮下來，像剛被利器刺中，想縮成一團，保護傷口。

「不。」杰克說。「家裡明明有結界石，那些該死的石頭明明有一整圈！沒人進得去。」

喬治的眼睛白光迸射，光芒愈來愈亮，像閃電做成的淚水沿著臉頰滑落。他喃喃唸誦殘暴的字句，夏綠蒂感到魔法在他周身湧動，她後頸寒毛紛紛豎起。好強的魔力，像雪崩般一瀉千里。

「停！」她叫道。「喬治，不要……」

魔法膨脹到巔峰，猝然爆開，白光從喬治雙眼和嘴巴射出，他身上每個毛孔都散發著耀眼光芒，全身皮膚發光。艾麗歐諾對夏綠蒂說過，這孩子是死靈法師，卻沒提過他有這麼強大的魔法。

他的腳離地，整個人浮在一呎高的空中。魔法像衝擊波般打中夏綠蒂，她倒抽一口氣，透過自身法力觀察喬治。他像燦爛的燈塔般發著光，魔法凝聚成一束光線，在黑暗中搜尋。

他幽靈般的聲音在夏綠蒂腦海中響起。

「奶奶、奶奶，是我，回答我。拜託回答我，拜託，奶奶。」

他拚命呼喚，急切心情淹沒了她，令她熱淚盈眶。喬治以魔法探查遠方，越過異境，再穿越邊界。本來是不可能的事，他卻辦到了。

「求求妳，奶奶。我好愛妳，求妳回答。」

他的聲音滿溢著愛與希望，令夏綠蒂感動不已，眼淚如斷線珍珠般滾落。溫熱的水氣濕了她雙頰，有人伸手環抱她，原來是理查。他替她穩住搖搖欲墜的身軀。她知道自己應該掙脫，但她需要他溫暖的懷抱，需要和另一個人緊密連結，因爲她在喬治的痛苦中浮沉，覺得自己就要滅頂。

「奶奶……」喬治幽靈般的聲音懇求著。

沒有回答，只有無邊的黑暗。

「拜託，別離開我。」

「拜託……」

喬治身上的光漸漸黯淡，魔法消失，他頹然蹲下，雙腿依舊撐不住，他於是癱坐在地。

「她果然走了。」他的聲音聽來如此幼小。

夏綠蒂輕輕掙脫理查，往地下一坐，摟住喬治。「我很抱歉，非常非常抱歉。」

杰克的皮膚裂開，肌肉瘋狂顫動，皮膚四散，忽然搖身一變，成了一隻站在地上的大山貓。大貓咆哮一聲後，奔出了門外。

理查一躍而起。「我會看著他。」他追隨山貓而去。

喬治只是愣愣地望著門。不管說什麼都無濟於事，再怎麼安慰也沒用，她坐在喬治身邊，默默摟著他，這是她唯一能做的。

□

理查衝出門外時，發現木棧道上空蕩蕩的。他剛才不得不撥出珍貴的一秒鐘，為的是拿健身房備用的衣服，果然還是耽擱了，杰克已經無影無蹤。像他這樣的變形者在社會上不受歡迎，他們的心智和一般人不一樣，不明白人類之間的關係，也不懂行為準則，唯有別人的輕視令他們感受特別深刻，常常被刺激過度而對人類施暴。路易斯安納公國殺死所有變形者嬰兒，艾朮昂里亞則培育他們去做骯髒的祕密活動，用監獄般的軍事學校把他們訓練成軍人。

杰克並沒有和同類一樣，一出生就遭到毒手，反而在充滿愛的家庭中長大，家人寬容接納他的天性。但這裡是基里納，當地人恐怕不太友善，萬一他被人看到，甚至身分被揭穿，可能會遭遇不測。

理查轉身掃視街上的房屋。這孩子動作太快，尤其是變形後有了四條腿。此外，他因爲過度哀痛，思緒紛亂，很容易過於莽撞。山貓是活躍於樹上的大貓咪，會從樹枝上飛撲向下方的獵物。杰克此刻一定想跳上高的地方，以便安心獨處。

運河對面的倉庫太低，商業區的高樓又太遠，而且人太多。那麼，他會上哪去？右邊有個參天聳立的淺灰色基里納之牙。這地方又高又遠又沒人，確實是完美的藏身處。

理查小跑步穿過錯綜複雜的大鍋區迷宮，沿著木棧道來到海邊，再走上延伸到海面的長碼頭。天色陰沉，水面映照著灰色天幕。

理查這輩子失去過很多親人。頭一個是母親，她二十八歲死於動脈瘤。他還記得母親躺在棺材裡的樣子，看起來就像她本人的複製品，只是毫無血色，皮膚非常蒼白。他一度心生懷疑，有了荒唐的想法：難道是有人暗中把母親換成了娃娃？第二個失去的是父親，接下來則是瑪麗莎、穆莉德姑姑，以及伊瑞安……

他多希望能讓喬治和杰克躲過相同命運，可他只能再次眼看孩子們飽受折磨，自己卻無能爲力。

他來到最後一座碼頭的終點，眼見浪濤拍打著遠處的基里納之牙，一座座高塔的石造地基都濺上了白色浪花。正值退潮，沙丘頂端一一顯露。理查決定冒險一試。他跳下水，幸好深度只到膝蓋。

他涉水來到最近的沙灘，朝著最近的高塔邁進。沙灘上有排動物腳印蜿蜒而去，那是貓的腳掌，沒有爪子。腳印一路通往高塔。

基里納之牙有管理員，在塔中輪班站崗，負責觀察氣候，並在暴風雨肆虐期間確保魔法防禦發揮效用。理查邁開長腿飛奔，全速衝刺，大步奔過沙灘。

前方有個大石塊從高塔牆面浮現，大約高於水面二十呎。牆上另外也冒出許多小石頭，呈螺旋狀圍繞塔身，直通向內部。有人從裡面跑出來，眼神狂亂，只見他急匆匆地跳上剛剛浮現的石階。

理查終於來到塔邊。眞是不容易。

管理員涉過水，朝他走來。「塔裡有變形者！」

理查從口袋掏出五角達布隆。「沒有變形者。」

「我看見了！」這位年長者揮舞雙臂。「一隻超大的貓，跟馬一樣大！」說是馬未免太誇張，矮種馬還差不多。理查拉過對方的手，把金幣塞進去，然後直視他眼睛。「沒有變形者。」他再次強調。

那人露出會意的眼神。「我什麼都沒看到。」

「這就對了，我要借用你的塔幾分鐘，之後就離開，到時你再進去就安全了。」

理查走上階梯。

「要是他打破東西，你可要賠！」管理員叫道。「還有，別碰任何東西！」

理查登上石階，彎腰走進入口。有了金子，恐懼立刻消失無蹤，這種轉變眞令人訝異。

塔身內部的螺旋階梯繞著石造中心區盤旋而上，整個空間因窗戶眾多而十分明亮。他爬上階梯，愈爬愈高，在盡頭發現一扇大開的門。

樓上傳來痛苦而野性的呼號，既不是貓科動物的咆哮聲，也不是一般認爲山貓會發出的聲音。介於號叫和悲泣之間，在空中迴盪著，聽來慘烈又野蠻。如果理查和動物一樣，受驚或發怒時頸背的毛會豎起，此刻他早已出現激烈反應。

理查就地坐下，沒必要上前打擾，這孩子要的是獨處。

又一聲號叫傳來，無言的悲號充滿哀傷與自責。

理查背靠著牆。杰克和他都是男人，身為男人，總有一些心照不宣的準則。理查的父親已去世多年，這些年來，穆莉德姑姑負責照顧他和卡爾達。姑姑收養他時，他已接近成年，但失去父親的傷痛依然深刻。他覺得自己被拋棄，滿心恐懼，此外，也因自己當時不在父親身邊而自責。然而，男人的準則只容許他流露憤怒，於是他像瘋了一樣宣洩怒氣。不管是處理卡爾達的偷竊強迫症，或是應付理查的亂發脾氣，穆莉德姑姑始終遊刃有餘。兄弟倆在那段時間都曾走上歪路，幹了些蠢事，只是為了提醒自己還活著。但哪怕面臨人生最黑暗的時刻，他們依然明白自己還有人愛，還有個家。雖然和之前的家不一樣，但他們已相當感激了。

理查三十二歲那年，「手」找上門來。在和這群路易斯安納特務進行最後決戰時，穆莉德姑姑倒地身亡，當時只有卡爾達在現場。理查依然清楚記得，自己趕過去時，只看到她殘破的身軀，他胸口疼痛不已，而卡爾達則面無表情，目光呆滯，彷彿所有情緒都已淹沒在深邃的悲傷之中。兄弟倆不曾談到這件事，葬禮上兩人並肩站立，面如死灰，只因這是應當遵守的禮儀。葬禮後，他們按照沼地人的慣例一起喝酒，接著各自回房歇息。

當時他上樓回到自己的房間，本想讀點書，卻坐在椅子上像個神經質的傢伙盯著空中，最後發現自己哭了。卡爾達一定也哀痛逾恆，但沒人會承認自己躲在房裡悲泣，從此他們再也沒提過當日情景。

這位曾照顧、庇護並指引他們的長輩，當年毅然決然接下父母的責任，如今卻死於非命。但他礙於男人的準則，不能安慰弟弟，儘管他明知兩人都迫切需要安慰。

現在杰克和喬治也失去了愛護他們的長輩，他們勢必也得承受相同的事。杰克跑出來或許是最好的，若喬治想盡情發洩哀傷，那沒問題，畢竟夏綠蒂是女性，她的存在沒什麼威懾性。至於杰克……

另一聲淒涼的哀號貫穿高塔。

等到杰克的情緒稍微平撫，理查會好好和他談談。有些話他非說不可，但願多年前有人對他和卡爾達說過這些話。

理查回想從前，不管他和卡爾達有多不同，兩人終究是兄弟，以相同方式處理自責和痛苦。卡爾達瘋狂著迷於殲滅「手」，即便後來被愛沖昏頭，娶了深愛的女子，也沒動搖過決心。另一方面，理查則對奴隸販子窮追不捨，他的所作所為也許有那麼幾分瘋狂。不，或許不該說是瘋狂，而是狂熱。

「狂熱」這個辭彙由來已久，原意是「受到神啓發」，本用來描述一個人對鬼神著迷。他認為這個意思非常精準，他是十分著迷，但不是對鬼，而是他得撥亂反正。他是眞正的信徒，目標正當，而且義不容辭奉獻心力，從不後悔。但骨子裡的他其實是出於萬般無奈才這麼做。蘇菲先是停止洗澡，接著乾脆不說話，等他試著問她原因，她總刻意逃開，留下無計可施的他。他從沒這麼無助過，哪怕當年妻子瑪麗莎離開時都沒有。

他曾深愛瑪麗莎，全心奉獻自己，但婚後兩年，她選擇離去，粉碎了他的世界。他被打入黑暗的深淵長達數月，最後好不容易爬了出來，他認為這是一次很好的教訓，甚至覺得這經驗讓他再也不會渴望女性的陪伴，從此將踏上槁木死灰的人生。但現在，夏綠蒂出現在他生命中，攪動一池春水，讓他忍不住想要回應，他無法控制。

如果在這一切不曾發生時就遇見夏綠蒂……這念頭很誘人，但蠢得離譜。要是以前就相遇，夏綠蒂恐怕對他不屑一顧。她可是貴族兼治癒者，或許還備受重視，而他只是沒沒無名、沒地位又沒階級的沼地鼠輩，幾乎可說孤立無援。

儘管如此，理查還是忍不住去想她。他嚴苛地下了一個結論：事情往往都是這樣開始的。先是想著一個女子，想知道兩人若在一起會如何，心裡存著許多想望。如果僅是生理方面的渴求，那還可以應付，但他見過夏綠蒂脆弱的一面。他非常清楚，夏綠蒂為了跟著他，付出多少代價。說真的，此舉相當勇敢。理查集多年經驗和訓練於一身，即使大敵當前，都很少感到深刻恐懼。大多時候，他甚至不會焦慮，彷彿靈魂已磨出一層厚繭。或許只是因為，他再也沒什麼可以失去了。

但夏綠蒂完全不同，她沒戰鬥經驗。雖然擅於掩飾恐懼，但理查愈來愈懂得解讀她的心思。當她刻意抬頭挺胸時，就表示她很害怕。他們初次見到傑森・派瑞斯，她有點驚慌。面對三個惡霸挑釁，她相當害怕。等到被一群暴民追趕，她可嚇壞了。但她總是勉強振作，克服恐懼，繼續前行。這般堅決的意志力值得他欣賞和尊敬，她滿滿的愛心也令人著迷，令他渴望親近她。他想更了解她，替她排解憂懼，為她去除讓她不安的人事物。然而，這樣勢必會中斷她的計畫，何況他承諾過，一定會尊重她的復仇使命。

杰克走了出來，全身赤裸，眼睛發紅。

理查把衣服遞過去，杰克接過穿上。

理查起身。「哀傷並不可恥，是人都會這樣，你沒錯，不會因此就顯得懦弱沒用，也不用掩飾。」

杰克偏過頭去。

「你無法預防奶奶遇害，不要內疚或自責，要怪就怪那些真正該負責的人。」

「那些奴隸販子後來怎麼樣了？」杰克沙啞地問道。

「你奶奶當下殺了幾個，其他都被夏綠蒂解決了。」

他們並肩走下階梯。

「我要加入。」杰克說。

「加入什麼？」

「你是獵人，專門獵殺奴隸販子，我也要。」

「你是怎麼知道的？」要是眞有人這麼大嘴巴，他可要生氣了。

杰克聳聳單邊肩膀。「我們偷聽到你和德朗談話。」

「德朗的書房隔音效果很好。」

「再好也防不了復活的老鼠。」杰克說。「喬治想當間諜，什麼都偷聽，這事是他告訴我的。」

眞了不起。德朗和理查爲了預防談話被偷聽，還特別加強隔音，好比啓用隔音符咒，並在深夜裡交談，但兩位少年輕易就破解他們精心安排的祕密措施。多麼令人安慰。如此一想，他並不覺得自己像個徹頭徹尾的智障，一點都不覺得。相信德朗的感覺也和他一樣。

「我要和你並肩作戰。」杰克說。

「門都沒有。」

杰克齜牙咧嘴，以動物的方式流露哀傷。

「不行就是不行。」理查說。「這又不是什麼好玩的冒險活動。」

「但卡爾達就讓我們——」

「不准。」他以斬釘截鐵的口氣結束爭執。

杰克閉緊嘴巴，默默與他並行。他們離開高塔，朝城市前進。

理查心想，看這孩子固執地抬高下巴，這場爭論還沒結束。他們一回去，喬治和杰克就會合力圍攻他。最壞的情況下，他只能請巴洛把他們鎖起來，自己則和夏綠蒂去對付那艘船。

□

「喬治。」夏綠蒂低聲說道。

喬治依然癱在她懷裡，有些躁動不安。她再度檢視他。沒有外傷。剛才有太多魔法瞬間爆發，她不知道喬治是已陷入永久性昏迷，或只是筋疲力盡而稍作休息。

我不該說的。她忽然驚覺自己把心裡的想法大聲說了出來。

「她是我們的奶奶。」喬治說。「我們有權利知道。」

夏綠蒂鬆了一口氣。幸好，他總算恢復知覺。

男孩極輕地掙脫她的懷抱，起身對她伸出手，於是她拉著他的手，從地上站起來。

「理查把家庭看得最重。」喬治說。「就算妳不說，他也會告訴我們。」

「你知道他在做什麼工作？」夏綠蒂問道。

喬治點頭。

「那你應該明白，他會盡全力替你奶奶討回公道，我也是。」

「奶奶很喜歡妳。」喬治說。「她跟我們說了很多妳的事，我們還看過妳的照片。」

夏綠蒂吞口口水。「你奶奶對我非常好。」

「這就是妳和理查結伴同行的原因？」喬治問道。

「這件事說來話長。」夏綠蒂說。「不過你說得沒錯。」

「我們也要加入。」

聽他那不帶感情的口氣，彷彿對十六歲少年來說，殺人是天下最自然的事情。不行，她可不會放任這種事在她眼前發生。

「我們的計畫沒有小孩插足的餘地，就算你去問理查，他也會這麼說。」

「我十六歲了。」喬治說。「再過一年多我就是成人。這件事我非做不可，一定要爲自己討回公道。妳明知我心裡是什麼滋味，而且，妳一定非常在乎她，爲什麼要阻止我？」

「看著我。」她等到兩人目光相對，才接著說：「不行就是不行。我們去做我們該做的事，至於你們兄弟倆要負責看顧蘿絲。我向你保證，奴隸販子一定會爲自己的所作所爲付出代價。我會與他們奮戰，不是他們死就是我死。這是我的戰場，不准你踏進來。」

「沒錯。」理查打開門。

杰克閃身入內。

「你們的姊姊需要幫助。」理查走進室內，關上門。

「她有德朗了。」杰克說。

理查轉向他，忽然沉下臉。夏綠蒂嚇了一跳，差點就要後退。杰克則全身緊繃。

「照顧家人是你們的責任，現在你們兄弟倆就剩下蘿絲這麼一個家人了。是男人就不會躲避自己該負的責任。我說得夠清楚了？」

「清楚得不得了。」喬治說。

「今晚，一艘奴隸販子的船會停在某個祕密地點。」理查說。「你們要躲在附近，看著我們上船，然後把船名告訴你們姊夫。他會派人追蹤這艘船。萬一計畫生變，至少他知道上哪找我們。我願意讓你們參與的程度就只有這樣。」

杰克張開嘴巴。

「說話前先考慮清楚。」理查的聲音沒半分憐憫。「我和我弟弟不同，我的良心可不會對把你們綑起來，再雇用巴洛坐在你們身上，直到我們出海爲止的這件事感到過意不去。」

杰克立即閉上嘴巴。

「我們會聽話。」喬治說。

「明智的抉擇。你願意向我保證？」

喬治毫不遲疑地說：「願意。」

「那就先到外面等。」

孩子們陸續離開。

「你在幹什麼？」夏綠蒂看著他。「爲什麼還是把他們扯進來？」

「因爲他們的奶奶死了，他們覺得無助又憤怒，讓他們象徵性地參與這場復仇大戰，可以幫助他們減輕憤怒。否則的話，哀傷會逼得他們幹出傻事，到時誰也沒機會挽救。」

這顯然大錯特錯。「你打算怎麼避免他們到時偷偷跳上船？」

理查微微一笑。「喬治已經向我保證過，他可是很看重榮譽的。」

原本聰明的傢伙怎麼會突然變得這麼笨？「理查，不知道你有沒有感覺到，這小孩的魔法有多強？如果他這麼在乎奶奶，你所謂的男子漢榮譽感，對他來說只是種模糊的概念，根本無法阻止他投入復仇大業。」

「女士，我與您早已取得共識，您答應過不質疑我的做法。」

「閣下，您的一意孤行，將會以災難收場。」

他又露出微笑，這次有些嘲諷意味。「那麼，到時妳大可以對我說：『我早就告訴過你了。』」

與他爭論簡直是對牛彈琴。夏綠蒂只好打開門，走出室外。

她得牢記自己爲什麼走上這條路，她犧牲自己，造下殺業，只爲了避免遺憾再次發生，她不希望其他孩子也承受兄弟倆的痛苦。她會繼續和理查合作，也一定要搭上那艘船。等到大功告成，那些奴隸販子從此只能留在故事裡嚇人了。

第七章

夏綠蒂輕撫馬兒的口套，心想：黑夜來得好快。她站在橡樹下，裂狼犬坐在腳邊，對著所有太靠近的人齜牙咧嘴。她前方大約有四十人聚集在空地上。月亮躲在碎雲後，一排微弱的長火把插在空地邊緣，是眾人唯一的照明來源。

傑森的手下有一半喬裝成奴隸販子，穿著各種皮衣、皮褲，帶著武器。另一半多是衣著污穢的女子，正忙著把刀和棍綁在上衣與裙子裡；有少數人穿著殘境的牛仔褲，其餘則做異境打扮。眾人都刻意將衣服剪得破爛。一位年輕女子提著一桶血和刷子，在人群中走來走去，隨機往人身上塗抹紅色液體。

理查在某個地方準備著，喬治和杰克已找好方便觀察全局的藏身處，準備執行此次任務。夏綠蒂和理查先前將崔頓兄弟載到半哩外，理查嚴令禁止他們現身，並叮嚀他們務必好好躲藏，兩位少年紛紛表示這方面他們早有經驗。

「眞美啊。」傑森在夏綠蒂身旁說道。

狗兒低聲咆哮，她連忙拍拍牠碩大的黑毛頭。

她沒聽見傑森的腳步聲。只見他穿著蒙頭斗篷，鼻梁和雙頰處有條白漆紋路劃過，眼周則塗上黑色橫條，看起來有些嚇人。

「妳不過去和他們一起？」傑森對著假奴隸販子們呶呶下巴。

「應該要。」她走過去，站在兩位女「奴隸販子」中間。提著血桶的紅髮女子恰好走來，就在她脖子上抹了點血。

「這是什麼動物的血？」夏綠蒂問道。

紅髮女聳聳肩。「不知道，向屠夫買的。」她說完繼續前進。

至少不是人血。

「妳有刀嗎？」一個骯髒的苗條女孩問夏綠蒂，聲音聽起來有些耳熟……是米可。

「我用不著，謝謝。」

「拿著。」米可遞給她一把看來殺氣騰騰的彎刀。「它說不定能救妳的命。」

「那妳呢？」

女孩衝著她笑。「我有好幾把。」

夏綠蒂接過刀，塞進褲腰帶裡，再拉下上衣蓋住。當她弄好後抬起頭，卻驚見有隻鬼魂朝她大步走來。鬼魂有副寬肩膀，身穿墊肩皮夾克，頭髮綁成馬尾，左眼戴著眼罩，牽了匹黑馬。他名叫黑鴉，而且早就被她宰了。她明明親眼看著他在那塊空地死去，還有一堆奴隸販子陪葬。

夏綠蒂的心劇烈跳動，忍不住後退一步。

黑鴉繼續逼進。

沒關係，她能再殺他一次。幾條魔法黑觸手從她身上悄悄滑出。

「夏綠蒂？」眼罩男用理查的聲音說道。

她向來對自己掌控魔法的卓越能力頗為自豪。就在魔法撲過去殺掉他的前一秒，她赫然想通，立刻收回魔法，半途撤銷了對他的攻擊。

「什麼事？」她盡量以平淡的口氣問道。

話說。

「妳還好吧？」他問道。

「嗯。」不，很不好，請你帶我離開這裡。「你變老了。」見理查的臉布滿皺紋，她努力沒話找話說。

「這是液態乳膠。」理查說。「將加工過的樹汁與水混合，大量塗抹在臉上，乾掉時會緊縮，皮膚就會跟著發皺。」

他模仿死掉的黑鴉簡直唯妙唯肖，太不可思議了。

理查湊過來對她說：「我們上岸後，情況會變得混亂，重要的是不能走散。一定要找到記帳員，他是我們通往整個共犯結構頂層的唯一途徑。」

一陣刺耳的口哨聲引得他們回頭，只見傑森已跨上馬背。

「各位卑鄙的傢伙、人渣和惡棍。」他叫道。「注意聽我說！」

輕笑聲在人群中蔓延開來。

「奴隸販子欠了你們每個人一筆債，今晚我們聚集在一起，要登上他們的船，還要洗劫黑市，我們將成爲傳奇人物。」他稍微停頓，微微一笑。「我們要發財了。」

他們報以一陣熱烈的噓聲和悶哼。

他偏了偏頭。「但我們今晚的行動不只是爲了發財。」

「是嗎？」有人故作吃驚地問道。

人群中響起更多笑聲。

「對，不只是爲了發財。看看周圍。」傑森攤開雙手。「快啊，看看。」

大家的頭轉來轉去，看向樹林和夜空。

「今晚，我們是眼前這一切的主宰。今晚，我們會凱旋而歸，用靴子踩碎這些混帳，奪走他們的金錢與生命。」他口氣殘忍無比。「我們要聆聽他們的哀號，聽著他們祈求我們大發慈悲。當把他們劈成兩半，雙手沾滿鮮血時，要好好嗅一嗅血的滋味。還要把他們炯炯有神的眼珠給挖出來。今晚，我們要痛快地活一次！」

整場陷入一片死寂。

「去死吧，耶！」理查以深沉的嗓音叫道。

「耶！」另一個男人高聲附和。

群眾開始鼓譟，揮舞著拳頭。

「他有時會表演得過了頭。」理查壓低聲音說道。

「可不是。」接下來會有更多暴力，更多屠殺，當她的魔法吞噬生命時，也會獲得更多喜悅。夏綠蒂困難地吞了吞口水。她依然清楚記得，殺死奴隸販子帶來的誘人歡愉，想到同樣的事即將再次發生，便牙齒打顫，害怕得無以復加。她連忙咬緊牙關，但這次換膝蓋開始發抖。

「出發！」傑森大吼。

身邊的人紛紛拾起裝備，她卻只想轉身往反方向跑開。

「準備好了嗎？」理查拿著一副手銬問道。

她只好舉起雙手。理查小心翼翼地銬住她手腕。「像這樣扭一下，就可以打開。」

她覺得手銬格外沉重，只能勉強點頭。

理查的手指拂過她的雙手，長年使劍磨出來的硬繭刮過她皮膚。這雙手好溫暖。她抬眼看他，渴望獲得一個令她安心的保證。

理查迎上她目光。「女士，我絕不會讓妳發生任何事。」他說「女士」二字時，就像把它當成一種親暱稱呼。他口氣聽來堅決無比，空地和眾人彷彿瞬間消失，只剩下他們倆，而他拉著她的手，關懷備至地望著她，眼神幾乎能讓人察覺到絲絲溫柔。一個殺手流露如此奇異的感情，她的滿腔憂慮頓時一掃而空。要是能與他並肩同行，被他擁在懷中，就沒什麼能傷害到她。

「現在排成兩排。」傑森叫道。「每排都是奴隸站中間，奴隸販子站頭尾兩側。」

現實如可怕雪崩般襲來，她猛然驚覺自己這樣和他呆站在原地，有多不適合，但她根本不在乎。

「注意安全。」她說。

「妳也是。」

理查鬆開她的手，對狗說：「過來。」

牠有些遲疑。

「過來。」理查命令。大狗起身朝理查走來。理查在牠項圈上繫了條長鏈。接著上馬，來到傑森身旁。在場的女人紛紛站到夏綠蒂和米可後方，排成兩排，開始向前走，「奴隸販子」則騎馬跟隨。

他們沿著小徑跋涉，橡樹漸被沼澤取代，放眼望去盡是整齊低矮的草叢。小徑先向左彎，再向右轉，一路穿過草叢。馬匹跨過充滿泥濘的土地，馬蹄揚起陣陣泥點，夏綠蒂的臉和身體都濺上泥污。

那股焦慮全數回歸。夏綠蒂明知才走了短短幾分鐘，但在彷彿永無止境的廣闊爛泥中蹣跚前行，感覺就像辛苦跋涉過一場又一場惡夢，而終點是死亡。起風了，鹹鹹的海水味頻頻往她臉上撲來。

她想起多莉蒼白的雙眼、艾麗歐諾焦黑的屍身，以及喬治反覆的懇求：「求求妳，奶奶……」

她一定會消滅奴隸制度，不管要付出多大代價。

彷彿過了永遠那麼久，終於來到濕地盡頭，眼前出現沙丘與海草團錯落的地帶，滿地遍布闊葉矮草。如荷花雄蕊般纖細的幼苗從闊葉中伸出，發出綠光，微風拂過時便隨風搖曳，為夜空增添無數燦爛的翠綠色光點。

「千萬別踩到。」身邊的米可說。「那是漁夫設下的陷阱，會燒到妳的腿。」

他們穿過沙丘地帶，終於來到沙灘上。眼前是一望無際的海洋，看起來漆黑又險惡。左邊蜿蜒的海岸形成小小半島，上面的樹林遮蔽了視線。向右遙望則能看見基里納閃爍著青綠色燈光，像水面上的海市蜃樓。

「準備三支火把。」理查說。「一支在前，兩支在後，相隔大約二十呎。」

夏綠蒂右邊有位「奴隸販子」下馬，從鞍囊中取出三支火把，奔到前面，將第一支插進沙中並點燃火焰。

「夜色很黑。」傑森說。

「黑夜對我們有利。」理查說。

第三支火把也燃起熊熊火光。大家耐心地等待著。

狗兒急忙向後退，鏈條迅速擦過她的手。

雙桅帆船的漆黑輪廓悄悄出現在半島後。

□

喬治趴在沙丘上，面前擺著小黑盒。他居高臨下地看著那群假奴隸販子和「俘虜」，他們都在沙灘上等待。遠處的雙桅帆船已下錨。這是艘異境風格的船，六根桅杆呈半圓形立在甲板上，遠看宛如正要展翅飛去的海鷗。桅杆上繫著灰綠色的帆，在寬廣海面上，這幾片帆與天幕融合在一起，使得它不易被人發現。

奶奶已經死了。喬治和她有六個月沒見過面，隆冬時她曾來訪一週，喬治還記得她當時的樣子，就像昨天才見過面。他記得奶奶的笑，記得她身上一直有的薰衣草香。喬治從小就熟悉這股香味，多年後哪怕只是偶然聞到一點，也能讓他平靜下來。

小時候，奶奶天天與他相伴。喬治幾乎不記得母親，她只是一小段遙遠模糊的記憶。對父親的印象則比較深，還記得對方是個魁梧、風趣的人。八歲那年，喬治受邀前往朋友位於殘境的家，朋友讓他挑部電影來看，他一一翻閱那些影碟的盒子，看見某個畫面上有位身穿皮衣、頭戴寬邊帽、手拿著鞭子的男人。電影名稱是《法櫃奇兵》。他讀了電影介紹，明白這位名叫印第安納・瓊斯的奇人，和他父親一樣都是寶藏獵人。

他連續看了這部電影兩遍，或許正因如此，朋友後來便不再邀他去玩。隨著年紀漸長，心智愈來愈成熟，他有了不同看法。不管自己再怎麼盼望，父親都不會成爲印第安納・瓊斯。全家人最需要父親時，卻被狠心拋棄，蘿絲只能被迫挑起撫養弟弟的責任。她結束工作回到家時，往往累得幾乎不能動，有次甚至在廚房一邊削馬鈴薯，一邊打瞌睡。

但奶奶永遠陪著他們，奶奶家就是姊弟三人的避風港。不管喬治闖了多大的禍，或是蘿絲多麼氣他，奶奶那裡永遠有討不完的擁抱、吃不完的餅乾和許多舊書。他身上第一次出現魔法時，有奶奶陪著。當時他才三歲，在院子裡玩時看見一隻母松鼠，牠有條毛茸茸尾巴和一身蓬鬆紅毛。這隻小動物似乎不怕喬治，一直坐在樹上。喬治想摸摸牠，一點一點慢慢接近，一次只跨一小步。快摸到牠時，牠忽然掉下樹幹，就這麼死了。

後來，喬治撿起那具毛茸茸的身體，小小年紀的他還不明白死亡，只知道牠不動了。他希望牠恢復活動力，但事與願違，牠像舊玩具般癱在他手裡。喬治記得當時自己驚慌無比，一度以為他也會像松鼠一樣死去。接著有種力量拉扯他，令他疼痛不已，而松鼠就在這時翻身爬起，張開眼睛看向他。

他嚇得丟下松鼠，拔腿奔過院子，衝上門廊。他一定是沿路尖叫，因為奶奶奔了過來，一把抱住他。他把臉埋進奶奶肩窩，她緊緊摟住他。那安慰聲從記憶中緩緩浮現：「不會有事的，喬奇【註】，這是你的天賦，不用害怕。這是天賦……」

喬治咬緊牙關。六個月前，他再次請奶奶搬來異境。當時祖孫倆坐在陽台上喝茶，奶奶即將啓程回邊境，喬治心頭莫名籠罩著恐懼，重得像條浸了水的毯子。在他心目中，奶奶的模樣就和小時候見到的一樣，但最近幾次碰面，他注意到對方身上出現令人擔憂的改變，而且愈來愈多。她頭髮日益稀疏，皺紋漸漸加深，個子似乎也變小了，種種現象讓他非常擔心。

「拜託妳留下來。」他請求。

「不，親愛的。我住在邊境，那裡是我的歸屬。這個地方雖然很好，但不適合我。」

那天早上，喬治扶著奶奶上車，她和他吻別。

他應該多做點什麼，應該堅持自己的主張，強迫她留下。如果他拚命懇求，奶奶還是會答應。他怎麼會這麼粗心又愚蠢呢？現在她已經死了。喬治不知道奶奶怎麼死的，她是否在那間該死的屋子裡被活活燒死……他緊閉雙眼，不讓淚水泉湧而出。

他回去後得把這件事告訴蘿絲。

雙桅帆船上的水手放下兩艘小船。沙灘上的眾人依然耐心等待。

「我們應該下去。」杰克在旁邊說。

但不能這麼做。馬爾家這兩位兄弟中，卡爾達比較懂得變通，原則保有彈性，強風吹過時會願意彎下腰。但一年來跟著理查練劍，喬治深知對方的個性。理查這人就像風雨中的花崗岩峭壁，剛毅果決，不輕易動搖。理查的眼神明白告訴喬治，這次不能任由他按自己的意思行事。

「鏡」派給喬治的任務已然結束，他搞砸了。傑森．派瑞斯發現他是艾朮昂里亞的特務，身分暴露一事他已發信通知總部。歐文恐怕不會高興，但現在上司的失望並非喬治最在意的問題。他得看著理查和夏綠蒂登上那艘船，然後他和杰克只能被迫回家，像個聽話的乖寶寶。他內心不斷發出悲鳴。

兩艘小船由魔法燃料提供動力，它們離開主船後，迅速掠過水面。殘餘的魔法沿著螺旋槳融入水中，使得船身後方的漣漪散發燦爛的黃綠色光芒。

帆船船尾出現許多細長的綠色電光，原來這艘船正在啓動僞裝裝置。這是當然的。艾朮昂里亞南方艦隊擁有三艘海盜船等級的大船、五艘追獵艦，以及一艘航空支援戰艦。每艘船艦均載著粉碎者加農砲與一大堆致命玩意兒。像這種輕巧快速的民用雙桅帆船禁不起被開上一、兩砲，最好的辦法就是迅速移動，還有不要被發現，因此他們隨時準備好僞裝設備。

僞裝設備要價不斐，想必販賣奴隸讓他們荷包滿滿。一想到此，他再度咬牙切齒。

杰克齜牙咧嘴，壓低聲音怒罵：「別再磨牙了。」

「閉嘴。」喬治低聲回敬。

「很吵耶。」

編註：喬奇（Georgie）是喬治本來的名字。在第一集《邊境玫瑰》中，因為一些特殊原因，讓他有了心境上的轉變，於是幫自己改名爲「喬治」。

「那就摀住耳朵。」

數條彎曲的魔法電光漸漸成形。喬治打開帶來的盒子，裡面有顆玻璃球。他轉開它，拔出邊緣鑲嵌金屬細毛的鏡片，將鏡片塞進眼裡。金屬細毛開始移動並搜尋，最後與神經相連。疼痛瞬間鑽進腦部，彷彿有人把木釘刺進他的眼窩。「鏡」的裝置有不可思議的功能，但使用者得付出代價。他搖搖頭，抬眼觀看，雙桅帆船已變得異常清晰，像他人就站在船邊。他看得到船身的雕刻，還有船上的每條細繩。如果這艘船也遵循艾朮昂里亞海事法典打造而成，那麼船名應會出現在船頭附近。

身邊的杰克抱怨：「我們眞的要像白痴一樣躺在這裡？」

「沒錯，就是這樣。」

電光從船尾射向船頭，沿著船身舞動，照亮整艘船。他等的就是這一刻，視線緊追著電光不放。

「這樣太不對了。」杰克說。

「我們只能按兵不動。」

綠色光點映亮了船名，這幾個深黑字果然寫在船頭，光點漸漸黯淡下去。喬治看清那些字後，不禁倒抽一口氣。

不，不會的，他一定看錯了。

他等著另一道電光出現。

「喬治，呼吸。」杰克對著他耳朵吼道。

電光照耀，再度把那些字映得透亮。還是和剛才看見的一樣。喬治如墜入冰窖中。這艘船跑來這裡，只有兩種可能，但不管是哪種，他都無法接受。

不行，他一定要再看一次。

「你是怎麼啦？」杰克嘶聲說道。

魔法光點在甲板上爆開，他再次看見船名，這已是第三次親眼所見，每個字都像把劍狠狠插進他心窩。

喬治拔下眼中的鏡片。「我們得立刻下去。」

「你剛剛還說要按兵不動。」

「那我現在說我們得下去。」

他滑下沙丘背面，拔腿朝沙灘狂奔。

杰克趕上來，兄弟倆跑到「奴隸」後面。

「為什麼？」杰克的聲音小得幾乎聽不見。

喬治頓了下，衡量杰克的火爆脾氣與知的權利孰輕孰重。若杰克爆發，他們就別想上那艘船了。

但杰克該知道這件事，最好馬上告訴他。

「因為那艘船叫作『無畏的崔頓』。」

杰克嚇了一大跳，有些畏縮。他想了一會兒，終於恍然大悟，想到自己的姓氏和那艘船名之間的關聯，眼中燃起熊熊怒火。「他們殺了爸？」

「我不知道。」

「爸在販賣奴隸？」

「我不知道。」

「他離開我們，在邊境幹壞事，為的是要販賣奴隸？」杰克的聲音已有幾分咆哮意味。

喬治抓住他肩膀。「先別急著下結論，等我們登上那艘船再搞清楚。」

杰克垂下頭，藏起雙眼的變形者光芒，接著用力吸氣。

看來要成功登船，只有一次機會。那兩艘小船得靠得夠近，好讓理查有所顧忌，就算發現他們跑出來，他也不敢聲張，以免被敵人發現。但小船同時得離得夠遠，以免船上水手看見這場小騷動。

喬治深吸一口氣。

帶頭的小船忙著划過拍岸的浪花，上面的船員無暇分神注意其他情況。

就是現在。

喬治向前奔跑，杰克急忙跟上。他們衝進奴隸隊伍中，擠到夏綠蒂身後。

「你們倆在搞什麼鬼？」理查咬牙低聲罵道。

他甚至沒有轉身，這位大哥想必背後長了眼睛。

「計畫有變。」喬治迅速撕開襯衫，扯下一段布料，暫時代替繩子來綁住杰克的雙手。

「回去。」夏綠蒂嘶聲說道。

理查下馬，從皮帶上解下一副手銬，朝喬治走去。他來到喬治面前，居高臨下地狠瞪這個矮他四吋的少年，那殺氣騰騰的怒視足以終結暴動。喬治直接回瞪他。今天，喬治決心與理查對抗到底。

「你保證過的。」理查咬牙切齒地說。

喬治上前一步，聲音幾不可聞，只讓理查一個人聽見。「那艘船叫無畏的崔頓，在坎邁廷伯爵收養我前，我就姓崔頓。過世的奶奶家裡有一幅這艘船的畫。」

他接過理查手中的手銬，只聽「喀」的一聲，他已銬住自己的手腕。「那是我爸的船，要不是奴隸販子殺了我爸，奪走他的船，就是他正在爲他們賣命，那麼他就得爲他母親的死負責。我要搞清楚到底是哪種情形。理查，就算你阻擋我，我也會設法擺脫你。」

□

理查一度呆站原地，對喬治怒目而視。不久他察看喬治的手銬。「不准幹蠢事。」他轉過身，大步回到前面，站在傑森身邊。

喬治終於鬆了口氣。家人在理查心目中占據第一位，他深知為家人報血海深仇多麼重要，也明白一個人有權利為含冤而死的家人伸張正義，可這其實是種賭博。

喬治認為父親不可能替奴隸販子工作，哪怕是他都不會沉淪至此。儘管蘿絲對父親頗有怨言，卻也總是強調，他品行不算低劣，也不熱衷於暴力。沒錯，他是投機分子，頭腦不好又自私，他會自私到甘願為奴隸販子效勞？喬治的思緒一直打轉，不能再繼續胡思亂想下去了。

兩艘小船陸續靠岸，扁平船底刮過沙子，發出微微沙沙聲。有位年長者率先下船，後面跟著四名水手。年長者身材高大、肩膀寬闊，走路時身體有點東倒西歪，其實步伐相當穩，符合一般人心目中水手的模樣。

喬治偷瞄他，注意每個細節。灰眸、剪得很短的骯髒金髮、面容蒼老，或許曾經很帥，但因長期睡眠不足，外加可能酗酒過度，有兩個大黑眼圈，臉頰還有些灰白鬍碴……這是他嗎？喬治拚命回憶，可腦中父親的臉早就模糊難辨。他曾記得，也知道爸的長相，只是歲月流逝，如今記憶已消失。

「黑鴉。」那人說。「沃沙克呢？」

「獵人殺了他。」理查聲音嘶啞地回答。「我們騎馬外出時，他在危洛斯克邊緣地帶遭到槍擊。」

損失慘重。」

「那賽倫呢？」

「也一樣，眼窩中箭，慘不忍睹。」

那人嘆口氣。「本來都是他在幹些慘不忍睹的事情。應該派人去解決混帳凶手，這傢伙害得我們

「會有人解決他的。」理查黑鴉乾咳一陣，往沙地吐口痰。「但我要先聲明，我可不去。」

「我知道了。」那人的視線越過理查，落在眾奴隸身上。「你倒是幹得不錯。」

「還可以。」理查黑鴉表示認同。

也許這人不是父親，也許奴隸販子已經殺了他，派別人接任船長。喬治認爲，父親乾脆死於非命算了，總好過利用他親生母親的死賺黑心錢。喬治暗暗祈求：快說出你的名字。

「我想，這下子要由你代替沃沙克上船了。」那人說道。

「除了我，還有你看到的每個人。」理查黑鴉大聲宣布。

對方挑高眉毛。

理查上前，挺起上半身向前傾，好像準備出拳。「我待在同一組四年了。一開始，他們讓孛斯當這組的首領，後來，孛斯被他自己的老媽槍殺，他們叫卡特接下首領位子。那倒楣鬼中彈後，我去找他們，要求當首領。他們說我沒領導力，把首領位子給了沃沙克。嗯，現在他們該死的領導力已爛在林子裡了。這些是我的手下，我要帶上自己的狼群，讓他們見識見識。」

老水手舉起手說：「好，好，我明白了，說得倒比唱得好聽。我不參與決策，只負責運貨。你想搭便船去島上，就如你所願。把他們都帶上去。」

「帶他們走。」理查大吼。

有條鞭子揮過喬治頭頂。奴隸群開始前進，往小船走去。喬治像牛一般被驅趕。他跟著夏綠蒂移動，覺得身上忽冷忽熱，每個細胞都在顫動，彷彿體溫已達沸騰頂點，汗水浸濕了額頭和臉龐周圍的髮絲。

老水手冷不防看見夏綠蒂。「好貨，我這人就是受不了金髮大胸妹的誘惑。」

喬治閉上眼睛，努力搜尋兒時的丁點記憶。媽有沒有金髮？他拚命回想，在模糊片段中胡亂摸索……他驀地睜眼，想起母親有頭金髮，他很肯定。

但這也不能代表什麼，很多男人都喜歡金髮尤物。

老水手直望著喬治。「漂亮的男孩。不過，他們賣到黑市會不會太老？買主喜歡小一點的孩子。」

喬治的胃酸開始翻騰，身邊的杰克氣得握緊拳頭。這小子用力過度，一滴血從他指間滲出，被綁住雙手的淺色布條吸收。

一定要撐住，別露出馬腳。喬治暗自祈禱。

「這是客人特別指定要的。」理查說。

老水手擠眉弄眼。「我可永遠搞不懂他們在想什麼。」

「只要他們把錢付清就行了。」理查說完又吐了口痰。

喬治爬上小船，杰克跟在後面。喬治死盯著岸上的老水手。快說出你該死的名字。

老水手咧嘴笑道：「你們好，尊貴的先生和女士，我叫約翰·崔頓，今晚是你們的船長。」

一把無形利刃瞬間插進喬治心窩，視線所及全蒙上一片血紅。理智告訴他，這是爲因應血流忽然加速而出現的反應，眼睛的毛細管擴張後，眼前才會變成紅色。但理智發出的聲音遙遠而薄弱，縮在大腦一角，他立刻決定不予理會。奶奶死了，這個爲人子、爲人父的人渣居然爲了賺錢替凶手擔任船長。約翰・崔頓正是負責運送奴隸的人。他拋棄兒女，好讓自己魚肉鄉民，大發利市。他乾脆親手殺死自己的母親算了，這他絕對脫不了關係。

「歡迎搭乘無畏的崔頓號前往島上，你們會看到船邊有許多藍鰭鯊。要是敢惹麻煩，我們會在你們脖子上綁條繩子，再把你們丟下海，藍鰭鯊吃晚餐前喜歡來點追逐前菜。你們聽話，鯊魚就會繼續餓肚子。但就我個人來說，我希望你們不聽話，這樣才有好戲可看，無聊航程總要找點樂子。」

喬治心想，他非親手殺了父親不可。將他繩之以法，這是唯一正確的抉擇。

一陣舒緩心情的魔法流滲進他體內，他感到心跳慢了下來。

「喬治，到我身邊坐下。」夏綠蒂的呼喚像冰冷激流潑向他滿腔沸騰的怒火。「拜託。」

喬治勉強轉身，見到她坐在船底，一隻手按著杰克的臂膀。弟弟垂著頭，棕色髮絲遮住臉龐。杰克每次呼吸都伴隨沙啞的悶哼，他正在拚命控制自己，看來弟弟已瀕臨變形。

他們還有任務在身，必須登上那座島，仇恨只能先擺一邊。喬治覺得雙腿麻木，無法動彈。

一根硬木棒朝他膝窩打來，喬治頓時倒地。

「他媽的給我坐下。」傑森的僞奴隸販子叫道。

「看來鯊魚餵食秀已出現第一位志願者。」喬治的父親吼道。「小子，再敢不聽話，我就親手把你推下船。」

喬治強迫自己在夏綠蒂身邊坐下。她正平靜地望著其他奴隸上船。

「不要急，之後會有時間。」她低低的聲音透著幾分威脅。「不會等太久。」

第八章

夏綠蒂閉上眼，聆聽海浪拍船的聲音。兩小時前，他們進入帆船內部，奴隸在前，奴隸販子殿後。約翰・崔頓做事很謹慎，不管乘客意願，一律把他們鎖在船艙裡。只有理查和傑森待在甲板上。

喬治和杰克在艙壁旁席地而坐。杰克的肩膀原本僵硬緊繃，此刻垮了下來。上船後他始終不曾開口說話，但夏綠蒂看見他宛如野蠻憤怒的生物，虎視眈眈地盯著她。杰克內心住著原始殘暴的東西，他正竭盡全力壓制它。夏綠蒂多想告訴他，自己完全明白這種感受，可直覺警告她，任何離題的話都可能破壞平衡，助長那股原始力量。夏綠蒂治療過變形者，更確切地說，她治療過變形者軍人，這群人來自艾朮昂里亞嚴苛的變形者學校，個個冷酷強悍，幾乎沒有人性。如果杰克在這船艙內失控，那麼大家都別想活命。

喬治也明白事情的嚴重性，於是坐在弟弟身邊保護他。喬治的眼神清晰而堅定，表情充滿哀傷與怒意。他覺得自己遭到背叛，且一心想為奶奶復仇，夏綠蒂一點都不怪他。

她自己的心頭也怒濤洶湧，她抓著它，任由自己沉浸其中，利用它鞏固決心。艾麗歐諾失蹤多年的兒子約翰・崔頓，如今總算現身。她心頭浮現對方洋洋得意的笑容。「漂亮的男孩子。」*他們可是你的小孩，你這喪盡天良的禽獸。他們的奶奶不僅喪命，現在你更是她遇害的間接凶手。*夏綠蒂但願自己能親手掐死這卑鄙的傢伙，但他在上層甲板。取他那條狗命時，她絕對會很滿足。她再度看看兩位少年，沒錯，她非常樂意。

夏綠蒂透過比通風孔還小的舷窗向外看。船一起錨便已啟動隱匿裝置，魔法生成的濃霧籠罩全船，像條毛毯將它包在裡面。用來製造濃霧的小水珠宛如無數微型鏡面，透過反射作用，船身周遭一覽無遺。身處外界的觀測員看不見這艘船，在他眼中，或許船只是海天交界上一塊模糊地帶。這種失眞狀況在白天相當明顯，但到了夜裡，海面瀰漫著霧氣，無畏的崔頓可說完全隱形。遺憾的是，對置身其中的人來說，這層霧相當晦暗，夏綠蒂眼前只有一片濃霧，此外什麼也看不到。

這艘船想必已航行了一、兩小時，船艙內的時間過得特別漫長。

「我好想趕快離開這艘該死的船，我們要如何離開這裡？」夏綠蒂身邊有位金髮女子對米可低聲抱怨。「被關在這裡無法對船員下手，一定要等到上岸，但到時又會引起騷動。」

金髮女子瞪著夏綠蒂。「她是開門的鑰匙。」

瘦削的米可對夏綠蒂呶呶下巴。「妳看起來不太像。」

「外表可以騙人。」夏綠蒂告訴她。

「最好是。」金髮女子齜牙咧嘴。「不然的話，等他們把我從這艘破船移監到奴隸籠時，妳就會是我第一個索命的目標。妳喉嚨很細，一刀割斷毫不費力。」

夏綠蒂的魔法蠢蠢欲動，在心湖表面不停冒泡，回應女子的凶惡口氣。她將它壓下，然後輕蔑地回瞪金髮女子。

女子見狀便抽出藏在破衣內的尖刀。

米可擋住她，噓聲阻止。「別做傻事。」

「妳有沒有看到她的眼神？就像我是陰溝的垃圾，她則是路易斯安納的侯爵夫人。我要割斷她的喉嚨！」

米可手中忽然亮出兩把細刀。「琳達，妳還眞是陰溝裡的垃圾。傑森已擬好計策，妳要是敢搞破壞，就是和我作對。」

「妳很會袒護這個啞巴賤人，該有人讓妳閉嘴了。」

琳達說完便撲過去。米可迴身躲過，刺出一劍，女子立刻倒下，鮮血泉湧。

米可轉過身，一隻手高舉，另一隻手壓低，兩把刀上的血不斷滴落。她掃視全場。「還有沒有人要破壞計畫？」

沒有人敢發難。

琳達在地上扭動，深紅色熱血灑滿周圍地板。夏綠蒂發動魔法探測。外咽喉血管完全割斷，內咽喉血管局部劃傷，大量失血，預估死亡時間兩到三分鐘。熟悉的責任感在她心頭糾結，但只是出於習慣，而非善心。

「要不要我幫她治療？」夏綠蒂問道。

「不用，只不過是少了個神經病。」

「那就給她個痛快吧，她很痛苦。」

米可單膝跪地，手起刀落，琳達隨即停止掙扎。

門忽然開啓，理查在門口現身。時候差不多了。

他對夏綠蒂招手，她便走上前。

「船準備著陸了。」他低聲說道。「船上有十九名水手。」

「船長呢？」她提問時，瞥了眼兩位少年。

兩雙眼睛回望她，其中一雙發出琥珀色光芒。

「他是我們的。」杰克殘忍而嘶啞地咆哮。他身邊的人聞之色變，紛紛退開。

「等到我叫你們再說。」理查吩咐完，回望著她。「只對付水手。」

她抬高下巴。「很好，現在就搞定這件事。」

理查轉身，爬上梯子，回到上層甲板。夏綠蒂尾隨而至。船身劃破青綠色海面與鹹鹹海風，船底幾乎貼著水面滑行，宏偉的船帆在大風中鼓脹開來。魔法濃霧將船尾和兩側船身包覆，只露出船首，透過正前方的小開口，可看到遠處閃著橘色和藍色燈光，那就是他們的目的地。

水手在甲板上活動，有些人坐著，有些人低聲交談。理查讓她貼著駕駛艙板壁，再用自己龐大的身軀遮住她，不讓別人看見。她扶著他被皮衣包裹的身軀，感受結實肩膀傳來安慰人心的力量。兩人這樣近距離站著，感覺如此親密，幾乎像是擁抱。她知道自己想太多了，但她真的很需要一個擁抱。

有個東西刷過她的腳，她低頭察看，原來是裂狼犬靠在她腳邊。

「你希望我多快解決他們？」她低聲問道。此刻她滿腔怒火，面對這群運送奴隸，還要把孩子丟下海餵鯊魚的人渣，她迫不及待要取他們的狗命。

「照目前速度來看，十五分鐘內就會靠岸。他們得對著岸上打燈。」理查說。「碼頭上很可能有大砲，岸上的人會發送口令，船上的人得正確回答，否則對方就會視我們爲敵。等到回答通過對方認可，這些傢伙就是妳的了，盡可能又快又安靜地解決他們。」

「口令來了！」有人叫道。

理查探身察看船首，她也湊過去看。

岸上有個淺綠色信號彈射向空中。夏綠蒂屏息以待。

「如果他們認可船上的回答，就會以綠色信號彈回應，表示我們可以安全進港。」理查在她耳畔低語，溫熱的氣息吹到她臉上。

「打燈。」他們上方的甲板傳來低沉吼聲。「一二、二二、一三！」

魔法竄上桅杆，帆上亮起神祕難解的符號。

夜空出現第二次綠光。

低沉的嗓音喊出一連串航海術語，船員迅速行動，轉動舵輪，調整儀表板上的金屬操縱桿，把帆收起來，桅杆也慢慢豎直。

「就是現在。」理查說。

窮凶極惡的魔法在她胸口翻騰並甦醒。她仔細聆聽，檢視體內現有哪些疫病，直到找到合用的。有個水手經過他們身旁。「嘿，黑鴉，你後面那人是誰？」

夏綠蒂的手越過理查肩頭，輕撫水手滄桑的臉頰。魔法從她體內滲出，形成幾股黑色細流，看起來像章魚觸腳，一一刺進他皮膚。他幾乎沒注意到。在夏綠蒂的撫觸下，他的皮膚分裂，化爲細小白屑，表皮透著魔法的光。微風吹走皮屑，擴散到其他船員身上。那人愣愣地看著她，像被催眠似的，其實生命力正在迅速流失。他臉部皮膚全化爲粉末，彷彿剛把頭埋進一桶銀粉當中。

夏綠蒂的魔法包覆著他，吸取他最後的生命力，接著便撤出。他的表皮化爲粉末後被風吹起，四處飄散。微粒沾上那人的睫毛，他嘆了口氣，身軀軟軟地癱倒。

理查依然擋在她身前。他扭頭察看，水手一個接一個倒下，全部無聲無息，輕輕柔柔。每個人倒在甲板上時，身體都冒出一團帶鱗片的粉屑。

他們都是罪該萬死的惡人，但這麼多人同時斃命，依然令夏綠蒂心痛如絞。她將哀傷深埋心底，用怒氣和堅決層層包裹。事情結束後，有的是時間自憐。

理查露出前所未有的古怪表情，不像震驚，也不似驚恐，倒像是混合了敬畏與訝異，彷彿他不敢相信眼前的一切。

傑森·派瑞斯站在遠遠的另一邊，他轉過身，眼睛瞪大，看著周遭水手像洩氣的氣球般頹然倒下。裂狼犬抬起頭，對著月亮號叫，孤獨的呼號掠過海面，像是在為水手悲悼。

他們上方傳來一聲悶響，有個人從上層甲板摔下來，臉上全是灰白色粉末。理查趕緊撲過去，試圖接住他身軀，以免他落地時發出巨大聲響。但是一陣風襲來，就在那人距離地面四呎處時，身軀忽然化為一團微粒，輕輕拂過理查全身，隨風飄散，沒造成傷害。

理查轉身問她：「這是什麼病？」

「白斑痲風。」她說。這是種非常可怕的疾病，她曾與之奮戰，完全摸透「敵人」的花招和習慣。她用魔法稍微改造了它，以便發動無聲攻擊。理查決定從現在起，絕不隨便讓她碰到自己的身體。她深藏不露的力量讓他下定決心。

「杰克。」理查低聲說道。「告訴大家，船是我們的了。」

「他聽不到。」夏綠蒂說。

「杰克的耳朵很靈。」理查提醒她。

果然沒錯，傑森的手下從船艙蜂擁而出，在甲板各處取代水手原先的位子。大家把倒下的屍首拋出船外，那些身軀一遇到風便碎成片狀。

有人倒抽一口氣，她還看到某些人露出驚恐表情。

傑森對理查說：「替我轉告銀色死神，多謝賞賜，我就收下這艘美船了。」他轉頭對所有人說：「還有你們，別再目瞪口呆了，我們還得把這個寶貝送到岸邊。」

已經無路可退，從現在開始，死神就是她的名號。

喬治與杰克從人群中走出。

「我要你們負責看守你們的父親。」理查說。「有些事只有他知道，還得從他口中逼問出來。如果你們無法接這個任務，現在就說。」

「我可以。」喬治說。「杰克還需要時間發洩。」

「那我只能依靠你了，喬治。這是你最後一次機會，要是我回來時發現他死了，你我都會完蛋。別傷害你爸。」

大男孩伸手，從背後的衣服裡面抽出一把細長劍。「明白，我一定讓他好好活著。」

理查輕拍駕駛艙的門。

「什麼事？」崔頓高聲問道。

「有問題。」理查以原本的聲音說。

門開了，崔頓拿著步槍現身，見到傑森的手下，立刻舉起槍。

強力的黑暗魔法從喬治體內洶湧而出。有個女人衝上前，抓住崔頓的槍。夏綠蒂看見她的臉，幾乎喘不過氣。那是琳達，被割開的喉嚨成了脖子上血紅的肉條，臉上依然濺滿血點。

崔頓用力拉扯，但琳達以肚子抵著槍口。船長情急之下扣了扳機，槍發出一記悶響，聽來就像沒裝上火藥的鞭炮聲。子彈把琳達背部的肉炸成數塊，但這個不死女一把搶下崔頓的步槍，像折牙籤般折斷槍管。

崔頓嚇得踉蹌後退。

琳達把斷成兩截的步槍丟在喬治腳邊。「主——主——主人。」她氣若遊絲地說著，脖子還在滴血。她以無限崇敬的眼神盯著喬治，像忠心的獵犬望著主人。「我愛您，主人。」

她身後的杰克發出咆哮聲，聽來宛如惡夢中的怪物。

喬治的表情沒一絲仁慈。「你好，父親。」他上前一步，把高大船長推進駕駛艙。「參觀一下吧。」

琳達在他身後彎腰進入艙內，然後關上門。

噢，喬治……

「去船頭。」理查說道，手輕按夏綠蒂的手臂。

她跟著他來到船頭，站在儀表板前，所有以銅打造的裝置都有玻璃罩，外面更以魔法保護。

夏綠蒂體內的魔法頻頻呼號，這個怪物暫時滿足了，但還沒吃飽。她愈餵食，它就愈激烈索求。黑暗魔法流纏繞著她，彷彿有了實體，像隻忠心的寵物般敬愛她，它的存在是爲了服侍她，讓她輕鬆自在，舒適愉快。她長年在學院聽見的無盡嘮叨是對的，毀滅不但吸引人，還會自我獎勵，治療則是艱鉅又令人疲乏的工作。

她這次做了新嘗試，不再吸取受害者的生命力來餵養魔法，而是直接殺死他們，靠自身的魔力壯大疾病。偷取他人性命餵養自身魔法，這感覺太美妙，若再經歷一次，她很有可能欲罷不能，她可不想冒這種險。怪的是她雖依靠自身能力，卻不像從前那般覺得被搾乾。這次的殺戮比上回輕鬆多了，想必下回還會更輕鬆。此刻，她宛如站在滑坡邊緣，得努力保持平衡，以免滑下萬丈深淵。

傑森的手下走來，本來打算站在眾人身旁，卻見夏綠蒂身上依然散發著魔法，便在中途停步，保持一段距離。他看看夏綠蒂，再望望儀表板，不自在地變換站姿……

「要不要我退開一點？」她問道。

「好。」那人如釋重負地說。

夏綠蒂向右退開兩步，離開儀表板，面向傑森身邊另外兩名手下，兩人一臉「爲了謀生只能豁出去」的神情。這些平日窮凶極惡的傢伙，見到她都退避三舍。傑森則看來不爲所動，甚至刻意擺出冷酷的撲克臉。其實他心裡怕得要命，但寧死也不願被人看穿。

夏綠蒂覺得好孤單，這就是被放逐的感覺。

「女士。」理查碰了一下她手臂。

她差點跳起來。

理查把自己的手臂伸過去。「容我效勞？」

夏綠蒂扶著他前臂，站在他身旁，忽然發現兩人腿靠得很近，她的魔法也纏繞在他身上。她大著膽子看他，只見他一派輕鬆，甚至對她回眸一笑，宛如兩人正在公園裡閒逛，中途停下來欣賞花朵。她終於覺得自己還有幾分像人。

爲什麼，爲什麼當初自己不答應艾麗歐諾的邀約，陪她去異境探親？如果一年前就認識理查，情況或許會完全不同。他正是她一直以來渴望遇見的眞命天子，身強體壯、値得尊敬，而且待人和善。有個討厭的聲音在心裡碎唸：*別忘了，他也是殺手*。那又如何？她也是啊！

現在相遇已然太遲，他們都在船上，正準備大開殺戒。若執意在這節骨眼編織綺夢，只會耽誤正事，因此她決定不再奢望。

夏綠蒂直視前方，遠處隱約出現一座大島。岸邊有兩個港口，右邊那個有美觀的防波堤，一排切割整齊的大石沒入海中，堤岸邊排滿精緻遊艇和私人船隻。美麗的棕櫚樹葉呈扇形伸展開來，藍色和黃色燈火照亮寬闊道路，一路通往內陸色彩繽紛的住宅區，這些房子全漆成粉彩色，有青綠色、白色、黃色和粉紅色。至於左邊港口，粗糙的防波堤爲拖船和駁船擋住大浪，另一頭接上骯髒破爛的木座港口。

棧道，以及黑暗陰森的街道。左邊更遠處還有座海事碉堡，灰色石造建築矗立在海面上，同時監視兩

「我們這是在什麼鬼地方？」有人問道。

理查以極細微的聲音狠狠咒罵，接著恢復冷靜。「都是我的錯。」

「這是哪裡？」夏綠蒂問道。

「聖納島。」他說。「納男爵不屬於任何國家，他在大陸開拓殖民的時代從艾朮昂里亞手中買下這座島。整個地方簡直是大型豪華度假村，仲夏與秋季都會擠滿遊客。看，北方有豪華港口與商用港口，而我們的目的地則位於南方。我們從基里納出發後，航行時間將近三小時。我曾將這座島視爲黑市的可能地點之一，但後來否決掉，因爲我認爲，在充滿觀光客的島上從事奴隸買賣太冒險。結果，它眞的就在我的眼皮底下，我卻白白錯過了。」

「老傢伙，別太自責。」傑森咧嘴笑道，拍拍理查的肩膀。「誰都有可能被誤導。」

理查回瞪傑森，表情不再鎭定從容，夏綠蒂一度以爲他會扭斷傑森的手，然後拿來打傑森。

她湊到理查耳邊，低聲說道：「如果你要把他摔到地上，我保證會送他一腳，絕對會很用力。」

「多謝。」理查說。「我或許會接受妳的提議。」他口氣聽來眞誠。

左邊碼頭有綠色信號彈射上半空中。

「他們要我們靠岸。」有位年長者對傑森說。

「那就靠岸吧，要小心，我們需要這艘船保持完整，以便到時候離開這個鬼地方。」

那人大聲喊了些口令，船慢下來，以優雅的弧度接近碼頭。

「有座要塞。」傑森若有所思地低語。

「上面設置五座大砲，射程很長，砲彈裝填迅速。」理查說。

奴隸在甲板上排成兩排。杰克站在最前面。

「哪個混帳把小孩排在這麼顯眼的地方？」傑森朝隊伍走去。

「讓他去吧。」理查說。「他已窩在船艙兩小時都沒發作，需要立刻發洩，最好別擋住他去路。」

黑道老大看著理查。「他只是個小孩。」

「他是變形者。」理查爲他解惑。「你從沒見過變形者的戰鬥力，姑且先聽我的。」

原本發出細微嗡嗡聲的隱匿裝置，此時忽然停下。濃霧散開，夏綠蒂覺得自己好像驟然曝光，下意識環抱著肩膀。

鍊條叮噹作響，看來有人下了錨。船變得更慢，小心翼翼地靠近碼頭，幾乎感覺不出在移動。

「等我們上岸後攻下要塞，就把船開到幾百碼以外的海上。」傑森對一名手下說。「我可不想大肆劫掠這座島後，回來只看到一艘沉船。」

三名碼頭工人正在木造防波堤上等待。他們身後有群奴隸販子，顯然是來驗收貨物。有些奴隸販子是女人，要比殘忍，女人可不比男人差。

隊伍從船上陸續來到防波堤，碼頭工人把他們一一接上岸。

「放下舷梯。」傑森說。

兩個人轉動一個大輪子，原本固定的金屬坡道開始朝碼頭降下。坡道接上石地的瞬間，杰克立刻衝下去。後面的女人排成兩排，跟在他後面，雙手依然被綁住。

「你還眞是迫不及待要進奴隸籠啊，小寶貝？」岸上的女奴隸販子問道。

杰克回頭，嘴角扯出一抹活像精神病的笑容。他的臉抽搐，表情窮凶極惡。

一個高大的奴隸販子上前。「過來這——」

杰克驟然旋身，騰空躍起，速度之快，夏綠蒂只看見他手中的刀子從奴隸販子的脖子一閃而過。杰克落地，抓著斷頭上的頭髮，把頭顱拋向其他奴隸販子。

「要命。」傑森說道。

她估算杰克下手的力道，只靠一把刀就割斷粗厚頸子的肌肉和骨頭，想必要力大無窮才辦得到。其他奴隸販子驚呆了，全愣在原地。杰克宛如凶狠的狗魚，一股腦衝進一群小魚當中。鮮血四濺，人們痛呼慘叫。船上下來的奴隸見狀，紛紛掙脫假枷鎖，衝去助陣。裂狼犬也狂奔而至，加入戰局。夏綠蒂本想緊跟著杰克，但他在大屠殺中衝來衝去，她只能偶爾瞥見他的臉，而且還是張笑臉。不到兩分鐘，血洗碼頭宣告結束。八具屍體倒在地上。杰克抖抖身子，奔向黑暗的街道，瞬間沒入朦朧暗影中。狗兒在後面狂追，那些助陣的女人也打算跟進。

「停！」傑森大吼。

假奴隸紛紛停步。

「集合！按各小隊排好，快。」

這群黑道立刻散開，宛如受過軍事訓練，迅速分爲四個小隊。

「第一小隊，進攻奴隸籠。」傑森高聲下令。「把所有奴隸放出來，再放火燒掉現場，誰敢滅火就殺誰。那些放出來的奴隸會到處亂跑，隨他們去，不要跟著他們。第二小隊，突襲營房，把那爛東西燒個精光，能殺多少就殺多少。第三小隊跟著我，我要那幾座大砲，愈快搶下愈好。一旦我們攻下要塞，綠色信號彈會放兩次。第四小隊守在這裡，別讓任何城裡的人接近。每個人都聽好，看見紅色信號彈，代表任務中止，全部即刻撤離。藍色信號彈一閃，盡快趕去信號彈發射地。沒我的命令，誰都不准搶劫，誰要是在我還沒放行前就丟下任務，只顧把東西塞滿口袋，我會親手殺了你。聽清楚沒？」

黑道分子齊聲呼號。

「去吧！」傑森從斗篷底下抽出一把巨劍。「老傢伙，祝你好運，別擋我的路。」

他大步走下金屬斜坡，身上的蒙頭斗篷在風中翻飛。

黑道分子也各自散開。

理查遞給夏綠蒂一件破爛灰斗篷。「我有僞裝，但妳沒有，說不定妳會被人認出來。」不可能會有人認得她，但是也沒必要賭運氣。她穿上斗篷，用大兜帽遮住臉，然後調整斗篷內的急救包。

理查拔劍出鞘，微彎而細長的劍身輝映著燈光。

「該我們上場了。」理查說。「一定要找到記帳員，妳要緊跟著我。」

理查走下金屬斜坡，感受到夏綠蒂就在身後。他雖然永遠無法進入殘境，當地書籍卻能送到他手中，因此他曾大量閱讀殘境的軍事制度。傑森曾在海軍服役，受過小型戰事訓練。隸屬特種部隊，專門以寡擊眾，從敵人的弱點下手，而非正面殲滅主力部隊，這是特種部隊的戰略。傑森一定會按照下列模式出擊：找到這座島的要害，發動殘忍襲擊，讓整個城市陷入混亂，市民無所適從，接著打擊敵人士氣，斷絕島上與外界通訊，最後再剷除一蹶不振的敵人。這人一定會使出最殘酷的手段，而且不可能節制，只不過傑森也沒能力封鎖住整座島。

他們得快一點，趕在記帳員察覺並逃跑前先逮住他。他們需要從他口中套出重要訊息。

理查向左轉，沿著鵝卵石街道疾行。他很想快跑，但夏綠蒂殺了整組水手後，臉色變得死白，一直沒有恢復原先的紅潤，他不想逼得太緊。

無畏的崔頓號上發生的一切，令他魂飛魄散。夏綠蒂的魔法有種恐怖的美，當時他就站在這場寂靜風暴的中心，心裡充滿對超自然的敬畏，彷彿自己也成了神祕事件的一部分。這種感覺無法言喻，唯有親身經歷才能明白，當下他宛如被催眠般，心頭覺得特別寧靜，又有點恐懼，就像獨自走在艾朮昂里亞高聳的森林中，或是遙望洶湧的海洋與醞釀著暴風雨的天際。這次遭遇超出日常生活的極限，他既驚恐又深受吸引。

傑森稱呼夏綠蒂為銀色死神，可以說相當中肯。她集恐怖與美麗於一身。但她也是個活生生，還會呼吸的女人，當他看著她獨自站在船頭，儘管她周身圍繞強大魔法，儘管眾人緊抓著船身，不敢靠近一吋，他還是覺得她好脆弱，好孤單。他一心想保護她，於是當下便付諸行動。

他現在還是很想保護她，即使經歷過這一切，即使目標近在眼前，如果有人給他機會，可以立刻將夏綠蒂送去安全的地方，條件是要他重新經歷半年來的苦日子，他一定爽快答應。但這樣一來，夏綠蒂恐怕會恨他入骨。

兩男一女從小路衝了出來，個個配備精良武器，衣著完全一致，這是黑市的奴隸販子請來的民兵。他們撲向理查。

人與劍瞬間合一，他感到魔法流過劍緣。在邊境時，人劍合一需要時間和精力，但這裡是異境，魔法達到巔峰狀態，瞬間就能完成。電光沿劍身湧出，他身上勃發的腎上腺素提供了純白光芒能量。

第一個人手持實用的短劍朝他刺過來。理查閃身躲開，一劍刺中對方腋窩。劍插進皮肉，削筋斷骨，宛如切開一團溫熱的奶油。他感到微微阻力，知道那代表對方的心臟破裂，於是立刻抽劍，以劍柄圓球撞擊第二人的臉，打得他踉蹌後退。女攻擊者跳過來遞補，揮舞沉重的狼牙棒，瞄準理查肩膀發動強力側攻，意圖讓他再也無法使劍。

理查向後仰，讓狼牙棒從上方掠過，接著揮劍劃過她的喉嚨。他只割開一道淺淺傷口，這就夠了。她立刻血如泉湧，喉嚨發出咯咯聲響，接著便倒地。

理查抓住僅存的攻擊者，把他壓在牆邊，劍尖指著他的喉嚨。對方的眼神告訴他，這人已完全陷入動物般的原始恐懼當中。

「記帳員人呢？」

「在山坡上的房子。」刺客的聲音發顫。「柱子，有白色的柱子。」

理查鬆手，那人隨即狂奔而去。

夏綠蒂完好無缺地站在那裡，呼吸變得短促，表情流露深深挫敗。

「走吧，我們得快一點。」理查對她說。

她趕上來，兩人並肩朝低矮的山坡走去。

「爲什麼我總是只能那樣？爲什麼我只能呆呆站在原地，沒辦法幫你？」

「記不記得我說過？妳缺少殺手的直覺。」他說。「這是種自然反應，遇到危險時，人不是戰鬥，就是逃跑，還有呆站著。」

「你就不會呆站著。」

「因爲我忙著要讓妳對我刮目相看。」他說。「我的努力有沒有用？」

她投給他高深莫測的眼神。也許這個節骨眼不適合說輕浮的話。

路的盡頭是面八呎高石牆，頂端每隔二十呎擺放著一顆小石頭，顏色比石牆的灰色還要淺一些。

「結界石。」夏綠蒂說。

爬牆根本不可能，結界不會讓他們通過。

「計畫改變。」理查轉過身，兩人便一起沿著牆繼續前進，遲早會遇到門或者入口。

右前方傳來劃破寧靜的尖叫聲。橘紅光照亮夜空，伴隨一股濃煙。看來傑森的手下正在放火。

小路轉了個彎，他們順路繞過幾間房子，來到火災現場附近，面前又出現另一道牆。一扇扭曲變形的鐵門倒在旁邊，理查彎身跨進開口，眼前出現寬闊庭院。右方有棟低矮建築，附近一群衣衫襤褸、手持鍊條和石塊的暴民，正和奴隸販子打得如火如荼。奴隸連連出手，憔悴面孔因凶暴怒火而扭曲，衣服破洞露出鞭痕累累的皮膚。他們沒有正式武器，只能像動物般對奴隸販子又抓又咬。

這些人並不是最近剛被抓來賣的奴隸，而是找不到買主的「次級品」，可能被逼著在島上幹粗活，地位比拉車的畜生還不如。任何人都不能被他人如此對待，偏偏他們遇上了，現在終於可以一吐怨氣。誰要是敢擋他們的路，一定不得好死。

正前方有座高台以七組金屬柱支撐，每根柱子頂端特別加寬。奴隸會被枷鎖拴在柱子上，就在寬頂的正下方，以便買主估價。右邊有一扇門大開，另一群人擺好架式，打算死守這扇門。九位身穿皮衣的武裝奴隸販子在一邊，傑森的四名手下在另一邊，兩邊都不願意先攻。傑森的人儘管身手不凡，還一副要拚命的樣子，但奴隸販子畢竟比他們多了兩倍。

理查非進那道門不可。

他抓住夏綠蒂的手，用力一捏。「我們要衝破那道防線，緊跟著我。」

他大步走向對峙的局面，有個奴隸擋住去路。理查把他打倒，隨即衝進雙方之間，一隻手輕握著劍，劍身偏斜。

九個奴隸販子打量他一番，隨即散開。他聽見傑森的手下後退。

站在這裡，盤據在暴力與和平的交界處，這才是他的場子。他是世世代代傳承的戰士，祖上最早可追溯至凶猛的原住民氏族，他們是第一批因爲魔法大災難而逃來沼地的移民，就像他一樣昂然矗立，以劍刃平衡生死。此刻，大局由他掌控，他的內心沉著平靜。

就在這瞬間，雙方的生命交織在一起，這樣的他才算眞正活著。但爲了讓他眞切感受到自己是活生生的，他的敵人就得死。

第一位奴隸販子往右邊移動。理查出招，以外科醫生般的精準，以及長時間訓練造就的速度又刺又砍。他流暢地旋身再停步，劍身朝下。

所有奴隸販子呆看著他。

第二位、第四位、第五位和第七位奴隸販子紛紛倒地，無聲無息，身軀就地癱軟。

剩下的人愣了一秒，隨即一擁而上。理查與時間合而爲一，想也不想便出招，全憑直覺。

他割開胸膛，反手切斷喉嚨，刺中腹部，砍中右邊胸腔下方，再拔出劍，以同樣的步驟割開胸膛，反手切斷喉嚨，向前出劍……然後結束。

一切來得太快，他的打鬥永遠結束得太快。

最後一個奴隸販子的劍停在半空中，再也沒有向前刺中目標。這人中劍後，短短一秒便雙膝跪地，拚命吸氣。夏綠蒂站在理查身後，將正準備射出的魔法收回體內。

她筆直站著，眼睛大張，彷彿與他初次見面，以陌生的眼神望著他。理查想對她說：就是這樣，這才是眞正的我。

他看不出夏綠蒂是訝異或驚駭，還是兩者都有，也或許兩者皆無。他頓時悔恨交加，但又覺得，還是讓她看到自己的真面目比較好。現在不適合擔心這些，他們得盡快行動。理查牽起她的手，兩人奔向那扇門。

「多謝妳。」他對她說。「妳剛才很勇敢，但沒必要，也請妳別再想用魔法幫我，我不想不小心傷到妳。」

她掙脫他的手。「我可不是無能爲力的拖油瓶，理查。」

難道她對他的碰觸反感？他砍斷門上的鎖。「我知道妳絕不會是拖油瓶，但妳已盡了該盡的責任，現在輪到我。保留體力吧，我們之後說不定用得著。」

他們穿過門，夏綠蒂不禁倒抽一口氣。一具屍體掛在柱子上，是個男孩，年齡和杰克不相上下。眼睛被挖出，嘴巴被縫死，鼻子被打斷後，成了一團亂七八糟的肉和軟骨，還有深深的燙傷。脖子掛著一塊牌子，上面寫著：「無時無刻盯著你。」

理查見過這種景象，這是奴隸販子最愛的伎倆，用視覺恐嚇來防堵奴隸逃脫。當初傑森被關在地洞裡，即將被綁上柱子行刑時，就是理查把他救出來。滾燙猛烈的怒火在心頭熊熊燃燒，好一會兒他才稍微平靜。

「他還活著。」夏綠蒂細聲說道。

「什麼？」

「他們殘害他時，他還活著，這些全是死前就已出現的傷。」

黑暗從她體內竄出，理查後頸寒毛登時豎直。

夏綠蒂握緊拳頭。「那些奴隸販子，我見一個殺一個。」

他注意到她的下頷線條和薄薄的唇。她雙眼燃著怒火。他認得這種憤怒，他和它可是老朋友了，想撲滅它只會是徒勞。「那就如妳所願。」理查對她說。「我只想趕快爬上山坡，去找記帳員。」

街道在他們眼前開展，一路通向低矮的山坡，他們並肩上山。

房子離街道有段距離，是一棟宏偉體面的兩層宅邸，兩旁豎立著雕刻圓柱與棕櫚樹。側面拴著一匹棕馬，牠頻頻搧耳朵，不時緊張地看著街道。

理查回頭察看後方，沒發現任何動靜。他們沿途擊斃許多人，路上散落著屍首，當中一半是夏綠蒂的傑作。她殺了一個又一個，一心只想從源頭消滅凶殘的奴隸販子。理查一開始涉入時也是如此，每每看見受害者被凌遲，或目睹奴隸販子的種種暴行，都令他怒不可遏。他見過太多令人震驚的惡行，心裡只有一個念頭：他一定要消滅這些犯下惡行的始作俑者。這念頭成爲勢在必行的精神指標，也是最符合人性的反應。

現在，他也在夏綠蒂身上看見這種特質，她正在努力清除全城的惡棍。理查不會讀心術，但他非常清楚夏綠蒂的想法。她滿心希望自己殺光奴隸販子後，痛苦就會平息。要是沒有做到，她就得自己處理好這五天以來的恐怖回憶，那會把她的心撕成碎片。

理查在歷經數月的追殺後，終於發現這麼做於事無補。這些虐待奴隸的傢伙永遠有接班人，不管他消滅多少個，只要某地的某個富人因爲虐待奴隸變得更加富有，新的奴隸販子就會接棒繼續作惡。夏綠蒂遲早也會明白這個道理，但現在她需要發動攻擊。理查知道世間有各種傳染病，可親眼見到它們同時發威，還眞是上了寶貴的一課。

夏綠蒂走路的樣子有點怪，彷彿雙腳被體重壓得很痛。她緊抿著唇，臉色蒼白，但雙眼發亮，整個人顯得狂熱無比。她一定是過度消耗魔法了，現在只有兩條路，一是她停止施展魔法，慢慢恢復元氣；二是她耗盡魔法，死在這裡。

「差不多了。」理查對她說。「夏綠蒂，別再繼續下去，保持體力。」

夏綠蒂點頭。

他一劍劈向門板，以精準劍法砍斷鎖頭和門，再推開斷成兩半的木門。面前出現大廳，有道階梯蜿蜒通向二樓。

他靈敏地察覺到三個弓箭手躲在傾倒的櫥櫃後方，眼見十字弓箭矢朝他射來，他下意識閃身躲開，隨即發動魔法盾護住全身。幾枝箭矢被盾彈開，他立刻衝上前。

三個弓箭手一起嗆咳。理查躍過櫥櫃，三招便解決他們。

「死吧。」夏綠蒂的聲音聽來已相當虛弱。

他身後的夏綠蒂背靠圓柱，緩緩癱倒在地。糟了。

□

她已耗盡魔法，最後一點光芒在體內微微發亮。要是她將它釋出，僅存的生命力也會消失。她有點心動，幾乎就要撒手。

爲什麼她這麼快就油盡燈枯？她確實耗費大量魔法，但之前不曾疲累，只覺得輕飄飄的，整個人充滿力量。好像身體變成重擔，她與它分家。直到這最後五分鐘，她爬上斜坡，朝這間屋子前進，途中她忽然從輕飄飄的境界跌落現實世界。身體變得沉重，不聽使喚，彷彿皮肉和骨骼的重量變成原來的三倍。她的腳很痛，甚至爲了減輕重量，產生一股嘔吐的衝動。

她以魔法攻擊弓箭手的瞬間，雙腿已失去支撐力。她在施法過程中消耗太多，只能靠著柱子，不然會直接摔倒。

理查趕過來，居高臨下地看她。夏綠蒂瞥見他眼中閃著怒火。

「不准再施法。」他以命令的口吻咬牙切齒地說。

夏綠蒂感應到他體內的魔法，旺盛的生命力就在眼前，她不費吹灰之力便可吸取。她的魔法發出陣陣哀鳴，渴望被餵養。瘟神就是這樣變成的，由於大量耗費魔法，不得不轉而尋找替代能量，於是就近吸取旁人的生命，以便繼續殺戮。

理查湊到她面前，直視她的雙眼。「夏綠蒂！」

她不打算現在就放棄生命。「閣下，不要對我吼，我知道自己的極限在哪裡，況且我還沒有要昏倒或死掉。我不會再用魔法，你得靠自己了。」

一個瘦削的黑髮男子從樓梯後方走出，手上握著劍。

□

那人拿著一把蘇德劍，細長劍身由鋼打造而成。這位年輕人體格健壯，步伐展現完美平衡感，握劍姿勢展露十足自信。看來是個高手，說不定是打鬥專家。

理查拂去劍上的血漬。

兩人互望對方。

劍術大師發動攻擊，理查回身躲開，再向前撲去。他的劍砍中藍色電光牆，瞬間滑開，魔法燒灼著他的手臂。蘇德劍客居然也懂得以電光灌注劍刃，眞了不起，他自認爲這樣一來就能輕鬆取勝。

理查不理會痛楚，旋身發動短促密集的攻擊。蘇德劍客連連閃避，不停跳躍並旋轉。他們穿梭全場，理查一陣猛攻，出擊，出擊，再出擊。他的劍屢屢被蘇德劍彈開，正常情況下，他這把經過電光強化的劍應該會砍斷敵人的武器。

理查不禁讚歎，這人確實不是等閒之輩。

理查結束猛攻，向後退開，他原本的策略是以閃電攻擊取勝，第一輪便採取迅雷不及掩耳的猛攻，讓敵人立刻喪失還手能力。既然這招行不通，他便決定穩紮穩打，依靠力量和御劍術一決勝負。你追我跑這種激鬥模式要滿場飛舞，這向來不是他的強項，但蘇德劍客似乎樂在其中。

對方開始反擊，發動連串快攻。理查一一閃躲，接著撲上去刺出一劍，希望找到一處破綻，可惜未能如願。蘇德劍客用魔法嚴密保護整把劍，使它幾乎牢不可破，他甚至把劍當盾來用。這要求純熟技巧和絕佳速度，而蘇德劍客剛好樣樣具備。

對方佯裝進攻右方，理查便拉開距離，避免上當。他閃身躲避，對方則忽然向前一跳，假動作立刻變成轉身踢腿。理查雖看得清楚，但自知躲不掉，索性一個回身再彎腰，以左肩承受這一腳。對方的腿重重踢上理查的肩膀肌肉，讓他踉蹌後退，宛如被棍子重擊。

蘇德劍客收回攻勢，接著一腳站立，朝空中使出迴旋踢，刻意展現好身手。「我的技術更好。」虛榮。蘇德劍客年輕氣盛，急功近利，一心要證明自己更高竿。*多謝你主動向我暴露弱點。*

「再跳啊。」理查說。「你的舞蹈老師不能親臨現場爲你拍手，但我看得很高興。」

像他這樣跳了半天，大多數人這時已開始累了，但理查認爲這人恐怕不知道什麼叫作累。對方似乎眞的認爲應該把跳躍融入步伐當中。他的劍無懈可擊，劍術也完美無缺，可惜本人有缺點。

理查發現一旁出現微微動靜，便稍微偏頭察看，發現夏綠蒂正靠著圓柱慢慢撐起身。他可不能讓她做出輕率舉動。夏綠蒂自尊心很強，只要身上還有一絲力氣，一定會勉強撐住，看她這模樣，想必早已精疲力盡。如果她以為理查陷入絕境，一定會設法救他。讓她犧牲自己去營救他，這可不在原本計畫內。

理查故意聳聳肩，輕描淡寫地說：「女士，我很快就過去找妳，只要扯下這隻漂亮蝴蝶的翅膀就行了。」

蘇德劍客咬緊牙關，下巴肌肉鼓脹，看來要激怒他並不難。

「不用管我。」夏綠蒂說。

「我先宰他，再來就輪到妳。」蘇德劍客惡狠狠說道。

「我覺得你沒這本事。」夏綠蒂坐在傾倒的櫥櫃上。「他比你行。」

「我比他厲害，也比較快。」蘇德劍客說。

夏綠蒂搖頭，就事論事地說：「他本來就比你行，何況你只是拿錢辦事，而他可是正處在危急關頭。」

她既不激動也不驚恐，只是平靜陳述，卻正中蘇德劍客要害，而且她說得理直氣壯，彷彿勝負已定。可惡，她還眞行，不得不令人佩服。

夏綠蒂毫不懷疑理查的能耐，一口咬定他會贏。理查換了一下握劍的方式，總不能讓人家失望。他伸出左手，對蘇德劍客示意。「來吧，最後一戰。我沒時間看你在這跳來跳去。女士在旁邊等待，我可不想有絲毫怠慢。」

蘇德劍客一躍而起，發動連串速攻，快得令人眼花。理查連續閃過三次攻擊，接著雙手握劍反攻，將全身力量灌注在這記迎頭痛擊上。

蘇德劍客舉劍格擋，但理查的全力猛攻還是令他腳步蹣跚。

理查再次出手，密集攻向對方的劍，逼得那人連連後退。理查的額頭開始冒汗，他耗盡所有體力孤注一擲，就賭對方會自負地反擊。若理查運氣好，這位年輕劍客會不顧一切迎接挑戰。聰明的劍客則會等理查用盡力氣，累得無法出招，再好整以暇地解決他。然而，智慧與青春通常不會是夥伴。

蘇德劍客果然一個猛撲，揮劍擋下理查的攻勢，雙方的電光互相撞擊。兩把劍纏鬥，難分難捨。蘇德劍客扭動身軀，想要抓住理查前腳，打算讓他摔倒。理查用力推開他，對方晃了幾下，失去平衡，理查趁機朝他胸口踢去。

蘇德劍客仰天摔倒，隨即像貓一樣敏捷地翻身爬起。他怒氣沖沖，尖叫著衝過來。理查閃身躲避連續快攻，左閃右躲，終於等到機會，便打歪了對方的劍。他知道牆就在背後，已經無路可退。

他的腳碰到石牆。蘇德劍客一個旋身，動作流暢，彷彿關節是液體。對方刺出一劍，瞄準理查的胸膛，快得令人眼花。理查全憑直覺閃避，以劍硬生生擋下攻擊。雙方的魔法激烈碰撞，藍色對上白色，那人將全身重量壓在劍上，口中發出刺耳嘶吼。

蘇德劍客的劍鋒上移，更進一吋。

理查拚命抵住，雙手用力過度，頻頻發抖。抵擋這位年輕劍客全身的重量，已耗盡他疲憊身軀的最後一點力氣。

再進一吋。劍客的細劍沿著理查的劍緩緩進逼。他只能眼睜睜看著那把劍接近，卻無力推開。劍已來到他的二頭肌，緩慢地劃開肌肉，痛苦燒灼著他。

該死的混帳。

想全身而退根本不可能。就算他可以拚盡全身力量推開對方，也會因爲用力過度而露出破綻，恰巧給了對方絕佳的反攻機會。此外，他的背抵著牆，有再好的身手也施展不開。

蘇德劍客也明白這點，於是得意地咧嘴笑開。

萬一理查敗下陣來，夏綠蒂也會死。到時候任務失敗，蘇菲就會永遠受心魔折磨。他非得殺了這人不可。

要是忍痛代表勝利，不管多痛他都能忍。

理查拋開劍。蘇德劍客的劍頓時失去阻力，向前猛刺，深入理查臂膀，甚至穿入骨頭當中，引起一陣劇痛。蘇德劍客失去平衡，上半身向前傾，理查揮拳重擊他的喉嚨，把他打得往後摔倒，接著搶過他手中的劍，將電光包圍劍身，朝上刺出一劍，正中肋骨。劍鋒深入肺臟和心臟，像利刃切過一顆爛梨。血淋淋的劍尖從蘇德劍客的胸膛穿出，再刺進喉管。

那人張大嘴，訝異的神情讓他看起來愈發年輕……他口吐鮮血，牙齒全被染成紅色。理查伸手一推，蘇德劍客倒下，失去功能的眼珠死盯著天花板。

理查頹然跪倒，試著平穩呼吸。左臂無用地下垂，嚴重受創的肌肉承受燒灼般的痛楚，像有人正往傷口澆滾燙的鉛。他盯著腳邊的敵人。這傢伙才幾歲？二十五？二十八？本來有大好前程，相貌堂堂，才華出眾，現在就這樣死了。多麼可惜。

理查咬緊牙關，檢視傷口。血染紅周圍的皮膚，不停往下滴落。他前幾天剛受過重傷，本來就沒有多餘的血可以浪費。

天啊，痛得要命。他拚命深呼吸，試著轉移注意力。他勉強裝出平靜神色，轉頭望著夏綠蒂。

她癱坐在橫倒的櫥櫃上，肩膀垮下來，背也駝著。「我看看。」

「不用。」她看了一定會試著治療，不能再讓她施展魔法。

「閣下——」

「我說不用。」

「——別像個幼稚的小寶寶。」

小寶寶？

他扯下蘇德劍客的袖子，包住傷口。「好了，我已經包紮妥當。」

「別傻了。」

他拾起劍。左臂像著火一樣，稍微動一下就痛得要命。

「理查，別不理我。你用髒布包紮還在流血的傷口，現在一定感染了。」

他來到她身邊。「我沒事，妳不能再消耗魔法。」

「至少讓我看一下！」

「妳有辦法站起來爬上樓嗎？」

她用力撐起身體，眼中閃現熟悉的冰霜。「就算我沒有魔法，外加閉上眼睛，我的醫術也比你好。你一定要讓我看一下，還得正確包紮，絕不能用骯髒的袖子隨便包起來。頂多花你兩分鐘，之後我們就可以上樓去逮記帳員。或是就照你的意思不管它，然後等著你失血過多昏迷，到時我們都得死，因爲我背不動你，也無法保護你。閣下，你的手，快。」

他無奈地轉身，把左臂挪到她眼前。這總比浪費時間爭執管用。她取出斗篷底下的小袋子，打開袋口，抽出急救包，上面印著殘境熟悉的紅十字。她開啓急救包，拿了個小瓶子遞給他。「喝掉。」

理查咬開軟木塞，把苦澀的液體吞下肚。一陣涼意鑽進體內，來到受傷的肌肉，直接命中痛源。

令人歡欣的痲痺感接著降臨，猶如登上天堂。

夏綠蒂在傷口上倒了些液體，接著開始包紮。「他切到骨頭了。」

「嗯。」

「沒必要老是故作鎮定，我知道這種疼痛難以忍受。」

「要是我在地上打滾大哭會讓妳覺得事情更好辦，那我一定在所不辭。」他終於把強勁的對手解決掉，不但勝利而且活了下來，夏綠蒂也活得好好的。

她大翻白眼。「幸好他的劍非常鋒利，傷口很整齊又乾淨。如果你讓我恢復一、兩個小時，我就可以把它治好。你剛才故意讓他對你一陣亂砍，一定要這樣？」

啊。「沒錯，這是必要的。他是高手，我沒選擇餘地。不過，妳什麼時候變成武術鑑定家了？」

他這番話等於表明自己比對方還遜，這是什麼道理？

「自從我開始以醫治武術高手維生。」

「那麼，下次我再爲了保命打鬥時，一定會詢問您的寶貴意見，女士。」

「若你眞的要問，我會建議你，不要隨便丟掉自己的劍。」

理查差點要大吼，但這樣會嚇到她，只能勉強忍住。好個不可理喻、令人抓狂的女人。

她打上最後一個結，以白色膠帶包裹繃帶。「接下來呢？」

「上樓。」

「很好。」她湊得更近，在他肩膀繫上吊帶。她的頭髮拂過理查的臉頰，慾望驟然襲來，銳不可擋，怒火愈燒，反而讓他更渴望她。

夏綠蒂將他的手套進吊帶，再收好急救包。「如果你保證不會被砍，也不會被別人的劍刺穿某個部位，我就保證不昏倒。」

眞令人高興啊。「這麼大方的提議，我若不答應就是傻瓜。」

他們走上樓梯，步伐慢得令人難以忍受。

「妳眞的認爲我會贏？」他問道。

她轉頭看他，那雙灰眸襯著可愛的臉龐，顯得愈發美麗。「當然。」

理查幻想自己上前一步，用受傷的手擁她入懷，就在樓梯上親吻她。想像中，她的唇溫熱而誘人；想像中，她熱愛這個吻而且熱切回應。

他的腦子貯存許多夢想，但幾乎都已幻滅或捨棄。他叮嚀自己：她正陪著你，她雖然看見你的眞面目，卻依然樂意關心你。趁你還沒失去，好好享受瞬間的美好吧。

他們終於艱難地來到走道，右邊有扇門，門縫底下的地板透出微弱燈光。理查指指門旁的牆壁，夏綠蒂便貼牆站立。

他一腳踹開門，隨即閃到一邊。子彈打中對面的牆，灰泥塊跟著剝落。電光石火間，他只來得及看室內一眼，但這就夠了。有個紅髮女子坐在桌後，身旁站了個高大男子，那人手上有一把殘境的槍。理查抽出皮帶上的飛刀，閃身朝室內投出。刀子沒入持槍男子的喉嚨，他蹣跚後退並摔倒在地。

女子以冷酷而清澈的雙眼死盯著理查。她有張瓜子臉，還有貴族喜歡的高聳顴骨。她把火紅髮絲綁成複雜的辮子，再盤在頭上。穿著按最新潮的樣式剪裁的絲質束腰上衣，在脖子上則掛了塊橢圓形墜飾，上面還串著細金鍊。墜飾是淺色海藍寶石，與理查的拇指指甲一樣大。照她外表看來，年齡和夏綠蒂不相上下。

她身後有兩扇大窗戶，右邊有數排沿牆設置的架子，上面擺滿各種帳簿，左邊牆面上則嵌著白色石灰石大壁爐。桌上有一個魔法計算機，旁邊則是幾疊文件。看來附近已沒有其他武器。
「找到記帳員了。」理查說。「進來吧，夏綠蒂。」
她走進室內，看見死去的槍手，稍微挑了下眉毛，便就近找了張椅子坐下。
「既然你有刀，為什麼不拿出來射樓下的劍客？」
「那只會浪費刀子，他有本事打掉它。」理查對紅髮女子呶呶下巴。「把妳的雙手擺在桌上。」
她照辦。雅緻手指戴著幾枚細細的金戒指，戒指上面嵌著寶石。財富和品味往往不能相伴，但由她的打扮看來，顯然兩者是好夥伴。理查胸中燃起熟悉的怒火。
「妳很富有，或許還受過高等教育。」他說。「說不定畢業於朱利安娜學院。」這所學校對於富有的貴族女子來說是最佳選擇。當初為了替雲雀做最好的安排，理查仔細研究過艾朮昂里亞的學校，各家優缺點他都瞭若指掌，但姪女對他苦心選定的學校不屑一顧。
「是冬學院。」夏綠蒂說。「她上衣顏色和眼睛顏色完全一致，朱利安娜學院的學生更有創意。」
女子挑高一邊眉毛，打量著夏綠蒂，目光最後停在那身沾滿血跡的髒衣服上。理查那股想傷害她的衝動瞬間破表。
「那麼，容我問一句，妳又是就讀哪間學校？」
「我在排行前十名的某間學校接受個別指導。」夏綠蒂的聲音冷若冰川，輕蔑如刀。「別小看我，想和我比，妳毫無勝算。妳在我眼中滿是缺陷，從妳品味不佳到腐敗的道德觀比比皆是。妳讓自己捲進犯罪深淵中，助長了謀殺、強暴和虐童，這種行為不配位列精英。」
這番話幾乎令理查膽寒。
女子變得畏縮，還漲紅了臉。「拜託，省省吧，不必對我唱高調。我們生來就高人一等，妳我都清楚這點。妳只是盲目跟隨主流，當自己是大善人。但我要說，妳這叫故意的無知。我們之所以成爲貴族，是因爲祖先從卑賤的群眾中崛起，成了領主或首長，是百姓仰望的領導階層。這些人全仰賴自身的能力和毅力才有後來的成就。我們是他們的子孫，他們爬上權力高峰，我們繼續保持下去。就這麼簡單。妳指控我犯罪，說我苛待那些人，其實他們只能像動物一樣活著。很多時候，他們被剝奪自由，反而是生平受過的最好待遇。」

夏綠蒂狠狠瞪她。「貴族頭銜是爲了服務人民而存在。就在七條街以外，有個男孩的眼珠被挖出，嘴巴被縫死，他是活生生受到這種殘酷的對待。妳是哪裡有毛病?妳到底是不是人？」

「雖令人遺憾，卻是必要之惡。」記帳員交疊細瘦的手臂。「不過妳說得對，也許我們該任由他和親愛的家人住在垃圾堆中，他的雙親拚命灌醉自己，就爲了忘掉自己有多懶散。每當他的存在讓父母想起自己多低賤，他們就會打他一頓出氣。我們抓這些人來，賦予他們能力，讓他們的生命有點利用價値，不必住在垃圾堆裡，不必硬呑廉價食品，不必用違禁品痲痹自己，更不會動不動就發情，製造一堆和他們一樣的下等人。我們把孩子從糟糕的環境中搶救出來，提供可貴的服務。」

這種論調實在令人不敢置信。

夏綠蒂像是喉頭被堵住，發出一聲嗆咳。

「妳的譴責沒意義。」記帳員說。「整個奴隸事業是由非常偉大又高等的心靈構思而成，妳我望塵莫及。想一想，當貴族買下年輕漂亮的姑娘，她就有機會過更好的生活。如果她夠聰明，就會設法懷上貴族的小孩，藉此提升自己的地位。有一天，我們滿足了一對膝下猶虛的夫妻所下的特別訂單。他們想領養龍鳳胎，年齡要在兩歲到四歲間，還要長得像這對夫婦。妳知道要找到適合的小孩有多難?但我們就有辦法。奴隸制度是種機會，很遺憾妳不懂它的好。」

夏綠蒂和理查不管說什麼，都無法讓這個女人明白事理。

「殺了她。」夏綠蒂說。「你要是不立刻殺她，我自己動手。」

「我們需要她的證詞，還要從她口中套出一些重要訊息。」理查走到桌前。他不知道光憑他們倆，要怎麼扛著一個俘虜走下山坡，回到碼頭。但是眾神啊，他一定會想辦法。

「你們沒必要親自動手。」女子抬高下巴。「我可不像你們這般無知，我非常清楚自己對長矛該負的責任。」

她一把抓住墜飾。

理查驚覺不妙，撲過去阻止。

寶石被她用力擠捏，一道刺眼光芒隨即射進她的下頷，穿過頭部，最後離開她的顱骨。

夏綠蒂倒抽一口氣。

記帳員的身體癱在椅子上，氣絕身亡，頭垂在一邊。整個過程不到一秒。原來她一直戴著「主人的禮物」，天殺的，他應該早點發現。

世界瞬間停止轉動，他感到自己彷彿墜入深淵。

耗費這麼久時間，付出這麼多努力，這個自大的人渣居然自殺了。世間難道真的沒有正義？

說不定夏綠蒂可以……

他轉頭看她。

「死得非常徹底。」她嫌惡地說。「無法逆轉。」

「可惡。」

他左思右想，試著重新評估情勢。灰心喪志向來無濟於事。他覺得自己一直在自欺欺人，哪怕有本事留這女人活口，以他和夏綠蒂現在的情況，根本不可能把她帶上船。就算奇蹟出現，他們眞的排除萬難達成任務，這女人也不會出賣其他人。他提醒自己，還不到絕望的時候，不必這麼快放棄。雖然沒能保住記帳員的命，但至少還有她的辦公室，以及裡面所有東西。

她剛才說「對長矛負責」，理查想得到的長矛就只有它了。「蓋桑，也就是高盧式長矛。」他大聲說道，長矛正是艾朮昂里亞皇家紋章。

「那她如此效忠也就說得通了。」夏綠蒂說。「如果她認爲自己是爲皇室效力，自然無法接受皇家會爲非作歹，否則她的世界觀會崩潰。」

兩人互望著彼此。艾朮昂里亞皇室向來地位崇高，備受尊敬，權力雖並非無限上綱，但國王依然掌管議會，對行政部門有極大的管轄權。皇室受人民愛戴，被奉爲個人榮譽和行爲的表率。這樣的人居然會涉入奴隸買賣，令人不敢想像。

「一定找得到蛛絲馬跡，她既然負責記帳，一定要保留財務報表。」理查大步來到書架前，抽出一疊帳冊，交給夏綠蒂。她開始翻閱，他則檢視整張書桌，最後在抽屜發現一個沒上鎖的木匣。裡面存放著整排項鍊，每條都繫著不同顏色的大寶石。這些項鍊和記帳員佩戴的不一樣，鍊子都很短，與脖子的寬度密合，戴上後無法直接拿下來。

「那就是她用來自殺的工具？」夏綠蒂沙啞地問道。

理查點頭。「這叫『主人的禮物』。」他隨意拾起一條項鍊，上面墜著假紅寶石。「這些都是給年輕有魅力，被當作洩慾工具的奴隸戴的，上面的釦環只能開一次，一旦鎖上，除非剪斷鍊條，否則再也拿不下來。每個墜飾都藏著少量魔法，足以殺死佩戴的人。如果鍊條斷掉，或是寶石墜飾被毀，整條項鍊就會爆炸。這是用來提醒妳，千萬不要違抗命令或惹主人生氣，否則小命隨時不保。這些玩意兒的效果比腳鐐手銬好多了，而且不顯眼。」

夏綠蒂恨得咬牙切齒，理查看見她表情混合恐懼和嫌惡。「我每次都以爲不會再見識到更離譜的事，這個地方卻還是會嚇到我。」

理查驚覺她說得沒錯。他以爲夏綠蒂會變得麻木不仁，但每次出現更殘忍的事證，都會在她心頭製造一道新傷口。他再次盼望自己沒把她捲進來過，一個人能承受的創傷並不多。

「你覺得這會是什麼？」夏綠蒂讓他看一本中間挖空的書。

他心中燃起希望。「裡面藏著東西？」

「沒有。」

剛剛萌芽的一線希望驟然消逝。「再搜下去。」

二十分鐘後，兩人隔著書桌對望。整間辦公室被翻得亂七八糟，他們徹底檢查過每樣東西，就算眞有買賣奴隸的帳目，還是沒能挖出來。

理查雙手撐著桌子，一陣頭暈再次襲來。幾分鐘前第一次發作，他勉強撐過去，但現在又開始暈眩，看來人受了傷就要付出代價。

「理查。」夏綠蒂說。

他轉過頭。

一個渾身血淋淋的人站在門口，頭髮和衣服沾滿血跡與煙灰，眼神透著疲累，手上還拿著沾血的鐵撬。一隻黑色大狗在他身邊不停喘氣。

「杰克？」理查說。

「嗨。」杰克丟下鐵撬，匡噹一聲落地。

「你還好嗎？」夏綠蒂問道。

「很好。」他的聲音悶悶的。「我玩夠了，我們應該趕快回船上，城裡已經陷入火海，火勢正往這邊蔓延過來，那些煙害我喉嚨好癢。」

「我們還不能離開。」夏綠蒂嘆氣。「這裡被我們翻遍了，但就是找不到帳簿，要是空手而回，所有辛苦全白費了。」

「有沒有看保險箱？」杰克問道。

「什麼保險箱？」室內根本沒有這玩意兒，只有一張桌子和多個書架，理查早已敲過所有露出的牆面，尋找可能存在的壁洞。

「在壁爐。」

理查轉頭看壁爐，那是異境常見的石灰石壁爐，但沒有壁爐架。那裡面不只沒有火，還沒有灰，非常乾淨，想必不曾使用過。但這裡是遙遠的南方，壁爐本來就有可能被當成裝飾品。理查走過去，試試那些石頭。「你爲什麼認爲這裡會有保險箱？」

杰克在夏綠蒂身邊的地板上落坐。「因爲沒有煙囪。整個房間瀰漫著這位死掉的女人身上的香水味，我坐在這裡就能聞到。而且，室內有門擋。」

「在哪裡？」夏綠蒂一邊問，一邊撥掉杰克頭髮上的各種碎片。

杰克指著地上，書桌旁果然有個華麗的小門擋。如果壁爐可以像門一樣開啓，門擋所在的位置剛好可以把它卡住。

記帳員沒道理在壁爐這種東西上花這麼多心思，反正她根本用不著。理查敲敲石頭，若眞有暗藏的開關，他也看不到，於是他拾起劍。

「說不定哪裡藏著開關。」夏綠蒂說。

「還要找，太浪費時間。」他凝聚心神，將魔法注入劍身，集中在劍尖。被電光裹住的劍刃愈來愈亮，最後像燦爛的小星星。理查舉起劍，將劍尖插進石灰石，打算先測試看看。劍陷入壁爐中，石頭隨之崩解，順暢得令人訝異。經由測試得知，石頭的厚度約不超過半吋，若裡面藏著保險箱，他可不希望破壞內容物。他單膝跪地，貼著地面橫切整座壁爐，接著起身，在與眼睛同高之處再切一次。

壁爐的正面有半吋被削下。理查退後，削掉的部分崩塌，「砰」的一聲墜地，只見背面是木板和薄薄的石灰石。壁爐原本隱密的內部曝光，露出幾個架子，上面有五本黑色和一本紅色小冊子。

他轉身對杰克說：「幹得好。」

「你眞是個天才。」夏綠蒂抱抱男孩。

理查取出那些冊子，交給夏綠蒂，他的手頻頻發顫。

夏綠蒂打開第一本黑色冊子瀏覽，不禁瞪大了眼睛。

理查則翻閱紅色冊子，檢視那些整齊排列的帳目。在各種投資和付費項目中，共牽涉五個名字，就是他們了，透過販賣人口獲利的幕後主使。包括卡賽德領主，從事進出口貿易的貴族富商。理查在德朗家舉辦的正式晚宴見過對方一面。雪貂夫人，他不知道這是哪號人物，但他會查明。瑞內男爵，又一個不熟的名字。梅鐸領主，退休將軍，戰功彪炳的民族英雄。最後是……

「羅伯・布倫南子爵。」

「國王的堂弟？」夏綠蒂問道。

理查點頭。所以記帳員說的是眞的，她確實效忠長矛。羅伯・布倫南是王位第七順位繼承人，理查從沒想過本案會牽涉到國家最高層。

「你好像很震驚。」夏綠蒂說。

「我只是不明白。」理查靠著書桌。「他含著金湯匙出生，擁有財富和地位，也享有特權，還受過最好的教育……」

他享有的一切對理查來說有多遙不可及。教育是把雙面刃，雖拓展了視野，卻也讓理查痛苦地意識到，自己永遠無法擁有那些機會。有很長一段時間，他覺得自己被困在沼地，明知邊境以外有花花世界，卻無法觸及，像是被鎖在那片沼澤中。他既不是名門出身，也沒有萬貫家財，自然沒機會通過戍守邊界的路易斯安納軍隊。然而，他有頭腦，也受過教育，明白自己的地位有多卑微。如果殺人能打開一扇門，讓他逃出去，他也在所不惜。可是布倫南集所有優勢於一身，每扇門都爲他開啓。

「爲什麼？何必如此？他這麼做就像富翁跑去打劫乞丐。」

「誰曉得。」夏綠蒂說。「也許他覺得犯罪很刺激。」

她的聲音聽來疲憊不堪，理查非常擔憂，他得盡快帶他們離開這裡。

他割下一片薄窗簾，將帳簿包起來綁好。偷竊是犯罪行爲，但買賣奴隸是更可怕的暴行，尤其當中還牽涉到布倫南這個權貴。分明身負重責，本應行使權柄，爲人民謀福祉，現在卻草菅人命。不管布倫南是出於何種病態心理才會插手奴隸交易，理查一定要讓這傢伙付出代價，他會替天行道。這是他對蘇菲的承諾，必定堅持到底。

理查收劍入鞘，將整包帳簿遞給杰克。「這東西非常重要，小心保護。」

男孩點頭。

理查對夏綠蒂伸出右手，她扶著他站起來，身體晃了一下。三人下樓，走出大門，眼前的城市從山腳下擴展到港口邊。城區裡有兩處都出現橘色的熊熊火勢，一個在較遠的左邊，另一個在右邊近處，附近建築都被大火吞沒。四面八方偶爾傳來槍響，伴隨幾聲尖叫。一艘船在港口正中央等待，像一隻優雅的鳥停在黑鏡般的海面上。這一切的上方則是一望無際的夜空，淡色月亮冉冉升起，和平常一樣將月光灑向大地。

理查繞到左邊，來到屋後，看見那匹馬還在。他解下韁繩，交給夏綠蒂。

「我走得動。」

「夏綠蒂。」他本來無意在這聲呼喚中洩露滿心挫敗，但他發現自己還是不小心說溜嘴。夏綠蒂被他口氣嚇到，眨了眨眼。

「拜託，上馬吧。」

她乖乖爬上馬鞍。他牽著韁繩，開始沿街走去，杰克與他並肩同行，裂狼犬奔去前面帶路。理查覺得臉癢得不得了，到岸邊時，他一定要立刻洗掉臉上的僞裝。

「喬治和我爸獨處好久了。」杰克說。

確實令人擔心，但理查對喬治有信心，何況這孩子還要彌補之前的過錯。「他不會有事的。」

「你打算殺了我爸？」杰克悄聲問道。

「要怎麼處置你爸，不是由我決定。」約翰．崔頓死有餘辜，要不是他和兩個男孩有關聯，理查早就把這人渣送進垃圾堆掩埋。但這傢伙的家人既然在場，理應優先由家人決定，理查無權置喙。

「如果你要交給我們自行處理，不要讓喬治接手。」杰克說。「我會爲奶奶復仇，直接殺了他，我才不在乎。我甚至早就不記得他了，但喬治這些年來一直在等他，這對喬治來說太殘忍。」

大家都說變形者不明白人類的情感，但理查認爲，他們可明白了。變形者只是想不透，爲什麼一般人總會掩飾眞正的感受。杰克希望哥哥免除這個棘手的難關。不過就算在沼地這種地方，即使懲罰背叛者是家人的自由，也不會讓小孩去殺父母。

這男孩，不，年輕人望著他，等他回答。

「不用擔心。」他告訴杰克。「你們倆都不必扛這個重擔。」

第九章

「你看起來不錯。」約翰・崔頓坐在駕駛艙另一頭，對喬治說道。「身體強健，完全成熟。我還記得你以前總是病懨懨的，而且常常養小動物，因爲你受不了眼看著牠們死掉。我想，這個障礙你應該已經克服了。」

喬治打量眼前這人。關鍵是得先壓制怒氣，把他當一般敵人來評估。歲月催人老，但約翰至少還很健康。看來他吃得好，身上多了幾斤肥油。空氣中飄著淡淡香氣，稍稍刺鼻，是他的古龍水味。他的衣著質料高雅，剪裁得宜。頭髮經過專家設計，爲五官營造加分效果。結論是，約翰・崔頓是個虛榮的傢伙，樂於投資自己的外表。

在喬治的記憶中，他只是個高大的影子，此外，他很風趣，常常開玩笑。

一想到這裡，喬治不禁怒從心頭起，惡向膽邊生。常開玩笑，沒錯。

約翰被關進來後，有一個半小時沒說話，可能是在等喬治開口。等他控訴「父親，你爲什麼拋棄我們？」以及「父親，我一直在等你回來！」要不是在等兒子露口風，或是等他給自己一個力挽狂瀾的機會。你就慢慢等吧，人渣。

多數人不擅應付寂靜，約翰本來指望沉默能救自己，但事與願違。喬治可不在乎無聲無息，這是很有用的工具，他在「鏡」受訓時，見過訓練人員靠它獲取奇效。約翰終於明白再等下去也沒用，便決定和兒子攀談，刺探他的弱點。喬治曾多次旁聽「鏡」審問犯人，經驗豐富的他早就猜到這場談話最可能的模式：眼前的十六歲大男孩已不是當年被拋棄的六歲病童，約翰會想盡辦法跨越這道鴻溝。

「還記得我離家時對你說的話？」

眞是開門見山啊。

「我說——」

喬奇，你要照顧家人，替我看顧你姊姊和弟弟。

「——替我看顧你姊姊和弟弟。你做得很好，杰克還活著，這已經很了不起。想讓這個奇蹟出現，簡直難上加難。」

你又知道了？你是有多了解杰克？知道他有多憤怒？知道他不明白一般人的想法？還有蘿絲花了多少時間把他導回正軌？你這狡猾諂媚的黃鼠狼，又知道什麼了？你對我們家一無所知，是你自己決定這麼做的。

「蘿絲好不好？」

她爲了生活做得要死要活時，你在哪裡？哦，對了，你忙著搶別人的錢，害許多人悲傷痛苦。

「喬治，你不敢和我說話？」約翰重擊桌面。「可惡，小子，快說，我女兒究竟好不好！」

喬治移到琳達身邊。「你再敢發脾氣，我就要她啃你脖子，慢慢啃，一次咬一口。我把你的頭帶回去時，蘿絲一定會很高興。」

約翰向後靠坐，眼中閃過一抹懼意。他很快掩飾住，但喬治已看見。沒錯，喬治了解這種人，爲了避免皮肉痛和受罰，他什麼都會做、什麼都會說。這傢伙什麼都不怕，就怕被追究責任。

「你不會的。」約翰說。「我記憶中的喬奇不會做這種事，那個喬奇很善良。」

「你記得的喬奇那時還有一個爸爸。」哎，他驚覺自己不該回應，這下中了計，但爲時已晚。

約翰果然眼睛一亮。「你還是有啊。聽好，我知道自己對不起你們三個孩子。我可不是專程爲了販賣奴隸才離家，我是誤打誤撞。」

「最好是。賣奴隸這種事要怎麼誤打誤撞？」

「任何事都有可能誤打誤撞遇上。」約翰攤開雙手。比剛才有勁多了，他很高興找到和兒子共同的話題。「你窮困潦倒時，某天有人在碼頭上問你要不要輕鬆賺大錢，這就叫誤打誤撞。」

好個輕鬆賺大錢，名譽、正直一概不用放在心上，也不用擔心晚上睡不著。

「你向來就只想賺這種錢，不是嗎？輕鬆錢。」

「嘿，我和別人一樣努力工作，只是剛好有段時間運氣很差。」約翰傾身向前。「喬奇，聽我說。不管發生什麼事，我還是你父親。我在這裡混得很不錯，很想回去找你們。我每次都想，只要再幹一票，再多賺一點錢，我就不幹了。但我現在爬上好位子，也早就受夠這群混帳奴隸販子。知道嗎？我們可以把生意搶過來，就你和我。我可以帶著你做，讓你參與家族事業。喬奇，我是個好水手，不妨告訴你，離開岸邊出海是多爽的一件事。放眼望去只有水，海天一色，連綿無際，只有水、風和天空，你會覺得自由自在，可以冒險犯難，探索神祕事物。」

他口才還真好。

「那杰克怎麼辦？」

約翰聳聳肩。「他怎麼辦？杰克是個好孩子，不像同類那樣動不動發瘋。」

「同類？」

約翰挨得更近。「噢，別裝了，喬奇，大家都知道。蘿絲是我的小孩，你是我的小孩，但杰克從來都不是。既然他遺傳變形者血統，他的雙親一定有一位是變形者，但我和你母親的家族都不曾出現變形者。我查過，我父親不是，我母親也不是……」

喬治強壓下咬牙切齒的衝動。

「我父母的父母也不是變形者。至於你母親這邊，三代中也沒人是變形者。你媽不是壞女人，只是不安於室。你想，她對每個來鎮上的混帳敞開雙腿，我知道了作何感想？當然很傷心，我眞的很傷心，可只能接受這個事實。你也該接受事實。你總是去外面把杰克找回來，蘿絲和你奶奶都把這個責任賴到你頭上，但我始終覺得不公平。喬奇，是人難免需要揮別過去，人人都需要。跟我走吧，杰克可以照顧自己。過幾年，等你長了幾歲，我打算退休時，就由你來接棒。這艘船並不是只爲我一個人命名，也是爲你命名。」

不，才不是。喬治直視約翰的眼睛，看見當中蘊含冷酷的心機。喬治驟然明白，一旦他相信這番鬼話，與這傢伙一同出海，馬上就會死於非命。他們不久便會發現，他喉嚨被割斷，身體被魚咬爛，在海上隨波逐流。這是我的親生父親啊！

「多謝，我已經有工作了。」

「哪一種工作？」約翰故意誇張地打量喬治身上的破衣。「看你的樣子，就算有工作也賺不了多少錢。孩子，我無意冒犯，但你能賺更多。你所謂的工作，難道是指和那幫強盜爲伍？那太不好了，既然你是在基里納附近上船，那麼不是黑道家族洛克幫，就是傑森・派瑞斯。一定是派瑞斯，因爲洛克一向獨來獨往，不讓外人插手，我到現在都沒見過他。我說對了？絕對沒錯。派瑞斯是貪婪的鯊魚，這傢伙就是這樣，凶殘的殺人犯。喬奇，你有沒有本事取人性命？這你可要好好想想，因爲要做他的手下，你就得成爲冷酷精明的殺手。」

「我沒有替傑森・派瑞斯做事。」喬治向後靠。

「那你爲誰工作？」

喬治的手伸進袖內，解下綁在前臂的那枚硬幣，拋給約翰。「我替專門獵殺貪婪鯊魚的人做事。」

約翰接住硬幣，當中儲存的魔法爆出火花，刺痛了他的手，他嚇了一跳。硬幣表面開始流動，變爲一面小鏡子。「鏡」的每位特務都有一面這樣的鏡子，有些是戒指，有些則是耳環，還有些鑲在刀把上。喬治則挑了硬幣，因爲覺得很適合自己。

約翰盯著自己在鏡中的倒影，臉上血色盡失，他拋下硬幣，一副被燙到的樣子。

「父親，我目前是位列三等的密探，十四歲就開始從事這份工作。到現在總共出過十二次任務，十次成功、兩次失敗。殺過七人，而且我還是使用雙刃長劍的好手。兩年內我就會完成所有訓練，到時將成爲『鏡』史上最年輕的正式特務。正巧，也是在兩年內，我就會完成布洛席爾學院的學業，當初我是以高分通過入學考，外交使節團已經在等我上任。」

約翰．崔頓盯著他，滿臉震驚。

「所以，父親你看，要是我覺得有必要假扮水手，就會有人爲我準備好一艘船，或者我乾脆自己買一艘。反正我現在已改名喬治．坎邁廷，南境公爵還把我當孫子看待，我根本就可以直接買下整個艦隊。也許規模不大，但夠用就好。」喬治露出微笑，還刻意低調，不讓牙齒露出太多。「我的成就已比你這輩子的盼望還要多，你剛才提的偉大走私生涯，對我來說毫無吸引力，因此，父親，你最好還是閉上嘴巴。我一直在強忍殺你的衝動，實在不想在杰克回來前手滑，一個不小心宰了你。」

有人用指節敲了幾下門。

「進來。」喬治說。

門開了，理查側身入內，小心保護左側身軀。他的左臂被吊帶托著，臉上的僞裝已經洗淨，回復本來面貌。杰克隨後進門，小心攙扶著夏綠蒂。她和理查的狀態剛好相反，看起來就像她自己的影子，臉色發白，精疲力盡，又病懨懨。

「你們遇上麻煩了？」喬治問道。

「有一些。」理查說。「有沒有問題？」

「沒有，只是在和一個死人講話。」

約翰舔舔嘴唇。「我到底對你們做了什麼，讓你們這麼恨我？」

「原定在基里納與你碰面的那群人追殺我。」理查說。「因爲我是獵人。」

約翰嚇得向後縮。

「我後來逃到你母親家。」理查說。「我們是很遠的姻親關係，她當下認出我，試著出手相救。」

「奶奶已經死了。」杰克說。「奴隸販子放火燒了我們家。爸，是你殺了奶奶。」

約翰雙手發抖，費力吞下一口口水。「我不在場。」

喔，不，別想輕易撇清關係。「你沒直接關聯，但間接促成了這事。」喬治說。「你也有份。」

約翰的五根手指耙過臉龐和頭髮。

理查拿起桌上的紙，寫下一些字，將紙條推到約翰面前。「這五個名字，你知道多少？」

約翰看著名單，聲音不帶一絲情緒。「他們被稱爲委員會，所有賺來的錢都流向這批人。梅鐸掌管人力，負責供應奴隸販子。卡賽德是主要投資人，另外兩位的角色我不清楚。整個黑市由布倫南負責運作，我知道的就是這些。我位階很低，如果你們期望我作證，絕對不可能，我還來不及說出一個字，布倫南就會把我割喉滅口，就算我眞的作證，能說的全是謠傳。這些人我一個也沒見過，更沒交談過，我只是按計畫行事，把奴隸接上船，運來這裡，收錢走人。就這樣。」

「我沒話要問了。」理查轉頭對喬治說。「他就交給你了。」

這一刻終於來臨，喬治起身。

「喬治。」夏綠蒂輕聲說道。

他轉頭看她。

「對於你想做的事，要仔細考慮清楚。他是你父親，想想代價。」她的視線越過喬治。「想想罪惡感。」

喬治如大夢初醒，這才想到杰克。弟弟一直希望父親回家，他還小時，常坐在樹下看著馬路，等父親回來。杰克在殘境上小學，只要有人膽敢說爸的壞話，他一定把對方打得血流如注。喬治不在乎雙手染上父親的血，杰克正怒火中燒，也不會在乎，但事後很可能懊悔。杰克的個性比較陰沉，想法經常很負面，有時會愈想愈灰心喪志。再說，他還是個十四歲的孩子。

約翰・崔頓非死不可，得為那些喪盡天良的惡行付出代價，但喬治不願讓約翰的死毀了弟弟一輩子。這人渣不值得杰克自暴自棄，哪怕為他自我厭惡一分鐘都不值得。

「妳說得對。」喬治說。「不值得。我們雇一艘船，把他載回本土關起來。你會被關很久，久到忘記太陽的樣子。」

「照你兒子說的做。」理查對約翰說。

約翰起身。「好吧。」他伸手想揉杰克的頭髮，杰克閃身躲開。

約翰垂下手。「好吧。」

他們走出去。理查帶頭，約翰、喬治和琳達陸續跟上，杰克殿後。

外面的煙臭味侵襲喬治的鼻子。城鎮遭遇大火，橘色火光映在港口水面上。喬治心想，這是場清掃一切的火，也是種警告。理查把傑森・派瑞斯這道龍捲風帶來島上，黑市被焚毀的消息很快會傳開。整個東岸的奴隸販子很快會發現，派瑞斯並非天下無敵，而且他開出的支票可能會跳票。這是個聰明的安排，理查簡直就是天生的策略高手，喬治覺得自己該好好學習。

他身後的駕駛艙被打開，杰克從裡面走出來。

理查過來對杰克說：「我要你幫忙看著夏綠蒂，她已經耗費太多魔法。」

「為什麼是我？」杰克問道。

「因為傑森那幫人全是壞蛋，她孤身一人，又很虛弱。」

杰克看看理查，再望望喬治，不太相信這番鬼話。

「你能不能有一次乖乖配合？不要每次都唱反調？」喬治把頭髮甩到後面。「做就對了。」

「你做啊。」

「跳運河的事我還沒找你算帳。」

杰克低聲咕噥了一句。

「不用擔心。」理查說。「我沒忘。」

忘什麼？

杰克聳聳肩，回駕駛艙。

「上那艘船。」理查指著在旁邊等待的小型平底船。想必這是他們的接駁工具。

一行人上船後，理查坐在船頭，約翰・崔頓在他後面。喬治讓琳達緊挨著約翰，以防他脫逃。大家都坐定後，喬治過去船尾坐下，手按馬達，啓動魔法連鎖反應，船便高速駛向岸邊。航行途中，喬治認為已不再需要琳達，便解除了她的魔法。她慢慢向船外傾身，最後落入冰涼舒緩的深水處，終於得以安息。半分鐘後，船身抵達岸邊，停在柔軟的沙灘上。兩個大人陸續下船，他隨後跟上。

「你還在保護弟弟。」約翰說。

喬治一直壓抑滿心挫敗，此刻終於爆發。「閉嘴，你不瞭解他，不准你說他。就因爲你，奶奶死了，她走了倒好，否則要是讓她知道你現在的樣子，一定會傷心而死。」

約翰深吸一口氣。「好吧，咱們現在就了結這件事。」

理查抽出劍。

「處置他是我的責任。」喬治說。「這是我的家、我的恥辱。」

約翰不禁畏縮。

理查把劍遞過去，喬治接下。細薄鋒利的劍拿在手裡卻如此沉重，劍柄也冰冷難握。他凝聚心神，魔法如液態金屬從手臂流向手指，再灌入劍身，最後沿著劍鋒蔓延開來。劍身閃著白光，這是他苦練多時的成果，現在魔法卻像有了自由意志，主動包覆住劍身。

但他怎麼也舉不起這把劍。

喬治在罪惡感與責任感間游移。舉棋不定讓人心煩，痛下決心更惱人，父親逼得他非選擇不可，令他憤慨不已。難道自己眞的這麼沒用？

「C'est la différence entre lui et toi.」理查用路易斯安納公國的語言對他說。

這就是你和他不同的地方。

「如果你舉起劍，等於容許自己被他的行爲主宰。」理查回復平時的語言說道。「現在的你只是被他的所作所爲激怒，我們殺死的人將與我們永遠連結。如果你取了他性命，等於餘生都將拖著他的屍體前行。在你弟弟和姊姊眼中，你是殺死父親的凶手；你照鏡子時，也會看見殺人凶手。如果他這些年一直和你在一起，從小虐待你和其他家人，那殺了他也許可以洩恨，讓你有重生的感覺。但這傢伙對你來說只是陌生人，你幾乎不認識他，親手殺他不能證明什麼。既然他無權操縱你的人生，你何不做自己的主人？」

理查說得對。殺死約翰．崔頓根本不值得。要是勉強下手，一定會後悔。悔恨會將他鯨吞蠶食，消磨殆盡。若是他極力避免杰克碰上這種遭遇，又何必害自己揹負相同重擔？

喬治吞一口口水，慢慢放下劍。

「下不了手吧？嗯？」約翰微笑。「孩子，我依然是你父親。」

要是約翰認爲刺激他就能對他造成傷害，那就大錯特錯了。「不。」喬治說。「你不是我爸，只是和我媽睡過又逃跑的畜生。」

理查從衣服裡掏出一把槍，是殘境的武器，槍管又大又重。他把槍轉了一圈，將槍托伸向約翰。

「你可以走了，用這防身。」

什麼？

約翰．崔頓幹過殺戮、劫掠和折磨人的勾當，要是把他放了，他一逮到機會就會出賣他們。他把自己的快樂建築在別人的痛苦上，偷竊、傷害並牟利。這一切得現在就做個了斷，好讓他再也沒機會荼毒杰克和蘿絲。

喬治轉頭看理查。

「相信我。」理查說。「這麼做沒錯。」

約翰掂掂槍的重量，向後退兩步。「上子彈了。」

「六發。」理查說。

「很夠了。」

約翰舉起槍。喬治盯著黑色槍管，覺得它簡直和大砲一樣。周遭一切驟然停頓，世界變得異常清晰，所有人事物歷歷在目，他看見父親身後棕櫚樹上的每片葉子，也看到對方太陽穴冒出汗珠，以及眼球的血絲……

保險拴鬆開的聲音衝擊喬治，他宛如被大錘擊中頭骨。他知道子彈即將貫穿自己的眉心，死亡近在眼前。

「你是個白痴。」約翰對理查說。

「他可是你兒子。」理查淡然說道，聲音實在太平靜了。

喬治驚覺自己該採取行動，他應該——

「對啊，說到這件事。」約翰撇撇嘴。「抱歉，孩子，其實我也一直覺得你不是我的小孩。」

約翰扣下扳機，一道白光射出，打進約翰胸膛深處。他無聲地抽搐，像木偶被隱形的線牽動，最後倒在沙地上。

喬治感到身體瞬間跨過生死關頭，並重回自己主宰。結束了，奶奶，都結束了，他不會再傷害任何人。

心頭的大石頓時落地，羞恥感隨即湧現。「怎麼會這樣？」

「這是主人的禮物項鍊。」理查說。「我用寶石代替子彈，他若膽敢開槍，寶石就會炸開，釋放當中的魔法。」

「如果他沒有開槍，聽你的話一走了之？」

「我會把他攔下，取出寶石。」

喬治不知道理查是爲了他著想才說善意的謊言，或眞的會取出寶石。糟糕的是，他根本不在意，反正約翰・崔頓成了一具死屍，單憑這點就讓他如釋重負。竟有這種想法，我到底是個什麼樣的人？

理查伸手攬著喬治。「他活得卑鄙，也被自己的卑鄙害死，他就是這樣的人。」

「我一直在等他。」喬治的嗓音沙啞鬱悶，連他自己都幾乎認不出來。「我等了他好多年。蘿絲在殘境做卑微的工作時，我總是坐在門廊上等她回家，順便假裝我看見爸慢慢走過來。想像他露出燦爛笑容，對我說：『喬治，跟我一起去航海，我們一起找寶藏。』」

喬治眼眶含淚，竭力將淚水逼回去。「他剛才遊說我，要我拋棄弟弟，甚至想殺我。我看見他眼睛深處，像鯊魚一樣冷酷無情。」他好想像小孩一樣大哭大叫。

「他幹的事情，還有他的爲人，都不是你造成的。」理查說。「他是成年人，該爲自己的惡行負責。今天落到這個地步，全是咎由自取。我早知道他會扣扳機，就像我百分之百肯定太陽會升起。」

喬治盯著他。「我應該親自下手的，我應該親手解決……他。」

「你在最激動的時刻有這種感受，那是因爲你在父親身上只看到後患無窮的罪孽，你覺得非常可恥，想要掃除他滿身罪惡，導正錯誤，但是殺了他也無法達成目的。」理查說。

「我小弟背叛整個家族，造成親戚傷亡，包括他的堂表兄弟姊妹、甥姪輩、許多孩子，以及愛他、關心他的人。他和大家有福同享，有難同當，最後卻背叛我們。他是個非常自私的人，當年親眼目睹我們的父親遇害，他受到很大的創傷，誓言報仇，從此滿心仇恨。當他告訴我，他是故意做出那些事時，我望進他的眼睛深處，就像看見陌生人的靈魂。」

「那他後來怎麼樣了？」不知道爲什麼，這問題的答案他似乎非問不可。

「家族逼他參加決定性的一戰，我在現場看到他。他是我弟弟，也是害得全族鋌而走險的罪魁禍首，我覺得這一切都是我的錯。後來我總算明白，那是他個人的選擇。我本來可以殺他，但還是決定走開。雖然這輩子我殺了許多人，但很欣慰自己並沒有對他下手。大戰結束後，我們沒發現他的屍首，所以他現在應該還在某個地方。」

理查彎腰，直視喬治的雙眼。「你父親一手打造他的命運之路，最後被深重的罪孽壓垮。他註定要在此親手葬送自己的性命。喬治，不要悔恨，也不要自責或覺得羞恥。把一切留在這片沙灘上。如果一直放不下，它會毒害你的心。來吧，我們回船上。」

理查帶他回小船，兩人迅速駛過港口，回到帆船上。

喬治默默望著海面。他的心很痛，於是他將痛苦的死結深埋心底，試著讓傷口結痂。

□

理查跨上帆船的甲板，前方的喬治匆匆遁入駕駛艙內。理查轉過頭，遠觀籠罩在大火中的島嶼。橘色火焰燒得正旺，油膩的黑煙柱直衝雲霄。遠處迴盪著尖叫聲，有些飽含憤怒，有些充滿痛苦。左邊有艘船正緩緩下沉，原本是爲了躲避屠殺才冒險出海，但傑森在岸上的大砲才射了一枚砲彈，就命中這艘華麗遊艇，將它擊沉。遊艇配備以魔法操縱的抽水機，勉強撐了一會兒，不過船身依然止不住下沉之勢，優雅別緻的遊艇已開始傾斜，對那些妄想快速逃跑的人來說，無疑是一記當頭棒喝。

地獄想必就是這種情景。

一小隊快艇駛離碼頭，急速掠過海面，魔法驅動的引擎留下透著冷光的淺色尾流。傑森的手下追趕在後。

身後艙門忽然開啓。「理查！」

他轉頭察看。

夏綠蒂怒氣沖沖地朝他走來，任誰都看得出她一臉怒容，好像快要炸出白光。她之前在島上已筋疲力盡，理查和喬治去沙灘才過了十五分鐘，她不可能這麼快就恢復。理查心頭隱隱浮現憂慮，如果她不小心一點，繼續耗費心力會要了她的命。

「你是不是讓那孩子親手殺了他父親？」

她的怒火令他覺得莫名其妙。

「回答我，你這個喪心病狂的禽獸！」

這座宛如地獄的島嶼可能早就把她擊垮。夏綠蒂這時應已敗下陣來，被疲勞和驚恐打趴。但想必是看到喬治傷心不已，才會衝出來對理查興師問罪。理查驟然明白，她永遠不會做出有損體面的事，也絕不會疲累或喪失決心。不管目睹多少具路邊的屍體，她都不能適應，總是要爲此揪心傷神。她高貴的靈魂正是理查缺少而且嚮往的特質，這樣的她並非天真無知或盲目，只是因爲擇善固執，哪怕付出再多代價。

他對夏綠蒂的渴望達到巔峰，這輩子從沒對任何人事物這麼熱切過。與她一同生活想必不輕鬆，但一定可以讓他活得抬頭挺胸。

理查太想要她，想到幾乎心痛。

他幻想船裂開，夏綠蒂站在大洞對面，他站在這邊，兩人之間充滿他這些年來的所作所爲，以及所有他幹過，又被夏綠蒂親眼目睹的勾當。兩人之間有太多障礙要超越，他的美夢永遠只能是一場夢。一旦解決奴隸事件，夏綠蒂絕不願和雙手沾血的冷酷殺人魔在一起，她會選擇能幫她忘掉這個地獄的眞命天子。

「理查，別只是呆站著，你得給我一個交代！」

「約翰・崔頓親手了結自己的性命。」他說。「他的死與喬治無關，喬治只是湊巧目睹過程。這對他來說有好處，很多事因此塵埃落定。」

夏綠蒂凝望他良久，明亮的灰眸彷彿散發銀光。也許他還有一點機會？

「我是喪心病狂的禽獸沒錯。」理查對她說，希冀消弭彼此距離。「但就連我也不會坐視一個孩子手刃親生父親。難道這就是妳對我的觀感？夏綠蒂，難道我在妳眼中就是個無藥可救的怪物？」

她不答，轉身走開。理查閉上眼，大口吸氣，卻吸進聖納島火葬堆的黑煙。好吧，果然沒錯，她就是這麼看待他的。

她很快就能擺脫他了。現在他們已掌握買賣奴隸的帳簿，幾天內事情就可圓滿落幕。

「理查！」夏綠蒂高喊。

他轉過頭。

她站在駕駛艙旁。「你不是怪物，你是我見過最高尚的人，從各方面來說都是。我眞希望……」

他的血流瞬間加速。

傑森・派瑞斯忽然跳上甲板。「有沒有打擾到你們？」

夏綠蒂立刻閉嘴。

天殺的傢伙。他一定要掐死那個智障，再把屍身丟下海。

「有。」

派瑞斯咧嘴笑道：「哦，那太糟了，我們得盡快閃人。」

傑森的手下紛紛上船，垂下許多網子，把戰利品運上去。

「要是能再多五十個人，我就可以占領整座島。」傑森對著燃燒的城市揮手說道。「把它打造成我自己的托圖加。」

那是殘境的海盜專用港口，他在書上讀過。「艾朮昂里亞不會容忍托圖加這種海盜王國近在咫尺，到時海軍封鎖這座島，用和馬車一樣大的魔法飛彈轟炸你，你打算怎麼應付？」

「低頭找掩護？」傑森亮出一口白牙。「我說老傢伙，你的手臂怎麼回事？神勇的獵人這回眞的受傷了？」

夏綠蒂雙腿癱軟，身軀沿著駕駛艙滑落，最後坐倒在甲板上。

理查一把推開派瑞斯，奔過去跪下察看。「夏綠蒂？」

她望著他，眼神清澈。「哎，眞丟臉。」

「妳還好嗎？」

「我沒事。」她說。「覺得自己很丟臉罷了，沒什麼。我不該自不量力，急匆匆就跑出來找你興師問罪。不過應該沒大礙，只是很可能會昏倒。若我眞的昏過去，拜託你別把我獨自丟在甲板上。」

「不會的。」他伸出右手摟住她，夏綠蒂便倚著他，額頭抵著他的臉頰。他不敢相信自己竟然能碰觸她。「我保證絕對不會丟下妳。」

「看看你們倆。」傑森在他上方說。「把自己搞得這副慘狀。也許這件事結束後，你們應該從事一些比較不累的活動。好比舉辦茶會或讀書俱樂部之類的，總之就是你們這些上流市民喜歡的休閒活動。看看我，死了六個手下，搶了整座城鎮，我還好端端站在這裡。看看我的手下，你們累不累？」

「不累！」十幾個人齊聲嘶吼。

「看見沒？和早晨的雛菊一樣清新有活力。」

理查暗自咕噥。這傢伙，總有一天一定要……

夏綠蒂輕撫理查的臉，雙唇擦過他的唇，他瞬間忘記自己身在何方，不知今夕何夕。

「謝謝。」她說。

他呆站在那裡好一會兒，這才驚覺她已沉沉睡去

□

夏綠蒂醒來時，發現自己躺在長椅軟墊上，身上蓋著毯子。這是輛不靠馬拉的車子，她的四周全是光亮的內壁，陽光透進薄紗簾，照得滿室生輝。車廂以光滑透明的仿樹脂材質打造而成，當中包含許多裝置和精密金屬機件，細如髮絲的魔法光流在各裝置間竄動，不時發出微弱而溫暖的黃綠色魔法光，這道光融入金屬機件中，看起來就像人造鬼火。她懶洋洋又舒適地躺在柔軟的墊子上，看著魔法和金屬交互作用，心頭備覺寬慰。她忽然想到自己從不知道這種車子的運作方式，這輩子搭了上百次，卻不曾想過要查清楚。

有人正在看她。夏綠蒂轉過頭，發現理查坐在對面的弧形椅上。他還穿著相同的衣服，全身散發煙味，頭髮亂糟糟，一隻手用吊帶托著。樣子雖狼狽，卻帥得離譜，一雙黑眸溫暖熱情，令人有點心動。

她對昨夜的印象相當模糊，只記得自己累壞了，但還要等理查和喬治回來。喬治回來後，說了些不著邊際的話，她便衝上甲板質問理查，要求他交代清楚自己是否放任喬治手刃父親。一想到他可能

會逼這孩子在罪惡感中度過餘生，她就覺得心驚肉跳。若眞如此，喬治心頭的傷疤再也不可能痊癒。

理查當下直望進她眼眸深處，他站得筆直，背後襯著大火焚燒的城鎭，整個人宛如美麗的惡魔，但他什麼也沒說。接著她向他發火，指控他喪盡天良。他眼神變得好古怪，然後他說，約翰·崔頓自取滅亡，並非喬治下的手。她選擇相信，理查並沒有說謊。

接下來，理查提問，在她心目中，他是否眞的只是一頭怪物。

她本來想說的。他在船頭伸手扶她時，她就想訴說心頭的滿滿感激，想告訴他，自己有多欣賞他挺身對抗惡勢力，還有她多麼希望能早一點遇見他，在她還沒放棄人生的時候。

後來，傑森的手下回到船上，她像個沒用的傻子般幾乎昏倒。雙腿再也不肯支撐身體，她像布娃娃一樣癱倒。活了三十二年，她不曾暈倒過，卻在短短一天內兩度瀕臨昏厥。這也可以算是種輝煌紀錄。丟臉丟到家了。事實證明，她是個糟糕的隊友，但她竟然沒羞愧而死，這還眞詭異。

理查立刻衝上前救她，還記得他摟著自己時，他身上的汗味、煙味與檀香，聞起來濃郁、美好、樸實而強勁，把她領進原本沒資格踏上的境地。她在昏沉下似乎對他說了什麼，可她已不復記憶。

「兩位小朋友呢？」

「在前面。」他說。「他們堅持要駕車。」

「狗呢？」

「和他們在一起。妳記得幫牠取個名字。」

「這是哪裡？」

「再半小時就到坎邁廷莊園。」理查依然用那種熱情溫暖的眼神望著她。「快到了。」

「這麼快？」

「現在都接近傍晚了。」他說。「我們天一亮就離開基里納，整天都在趕路，沒有休息。」

「你有沒有帶著那幾本帳簿？」

他腳邊有個袋子，他拉出紅皮帳冊的一角給她看。

夏綠蒂慢慢理出頭緒。令人驚恐的昨夜已經結束，她可以漸漸淡忘，就當作了一場可怕的惡夢。他們總算找到證據，奮力趕路便是爲了盡快將證據交給南境執法官，到時奴隸買賣就會銷聲匿跡。昨夜她累過頭，外加心靈嚴重受創，沒能及時明白，現在她終於發現一切都已雨過天青。

他們贏了。

她看著理查。「我們贏了。」

「沒錯。」他微笑說道，誠摯美麗的笑容強烈吸引著她，彷彿她只是一小塊鐵，他則是吸力超強的磁鐵。誘惑力來得太快太強，她簡直無法招架，只好用力靠著椅背。她幾乎可以確定，自己昨夜陷入昏睡前，曾吻了他。

「妳還好嗎？女士？」理查問道。

這聲「女士」像柔軟天鵝絨滑過她的靈魂。「沒事，謝謝。」

她等著，但他沒再開口，也沒有要上前的意思。也許他想讓她先坐一會兒，以便神智更清楚一點。她原本以爲理查想要她，但或許是她自作多情，曲解了他的用意。也許兩人之間根本沒共同的吸引力。夏綠蒂搜索枯腸，拚命想找出他深受她吸引的明確證據，卻找不到。原本以爲理查的聲音或眼神會流露蛛絲馬跡，可她對他一無所知，只不過相處了短短兩天，她很有可能誤會了。

夏綠蒂拋開所有教條，主動進入地獄，屠戮無數人命。此刻她對自己深惡痛絕，恨自己變成這種人，盼望有人告訴她，她依然值得被愛，藉此得到安慰。正因如此，她看事情都蒙上了一層浪漫色彩。其實理查早明白表示過，當務之急是消滅敵人。沒錯，他對她總是彬彬有禮，且努力保護她，但他之所以這麼做，全因她是個有用的工具。任何受過異境禮俗薰陶的男士都會以禮相待，因爲她是貴族，也是女性。

她不能再這樣騙自己。她被綺夢擺布過一次，而現在她已看清，美夢這條路上有一堆怪獸和傷心事等在前面。她害自己出了這麼大的洋相，要是理查有腦子（他絕對有），一定不會提起半個字。

她竭力保持鎮靜問道：「你的傷怎麼樣？」

「好多了，女士，很感謝妳好心關懷。」

爲什麼他這聲「女士」聽來偏偏有種疼愛的感覺？夏綠蒂拋開雜念，專心檢視他的傷口。組織再生的情況不錯，但已開始出現發炎跡象，將來勢必會惡化。「等我們到了時，我得再幫你治療一次。」

「何不就趁現在？」他拍拍身旁的空位。

夏綠蒂眨眨眼。理查懶散地躺在座椅上，看起來高大、帥氣又危險，而且正露出微笑。他的笑容有些邪惡，令人心動，不，簡直在誘惑人，彷彿是說：要是她過來身邊坐下，他一定立刻占有她，而她則會非常享受。

控制點吧妳，妳早就不是女學生了。夏綠蒂勉強聳聳肩，故意裝作若無其事，朝他招手，示意他過來坐下。「沒錯，就趁現在。」

理查起身，在她身邊落坐。她聞到一絲氣味，和昨夜記憶中的味道一樣，聞起來濃郁微辣，是檀香混合了煙味。眾神哪，這樣也沒有比較好。

別看他的眼睛或笑容就沒事了。她目光落在理查俐落的下巴線條，還有他的唇……她好想吻他。

哎，要命。

她強迫自己專心應付傷口，卻發現它被緊身背心蓋住。理查解下吊帶。她便問道：「你為什麼又把緊身背心穿回去？」

「既然是和一堆殺人犯一起旅行，在他們面前暴露受傷的手臂似乎不妥。妳看，傑森的手下都像鯊魚，只要察覺到一點破綻，他們馬上就會咬爛妳。」

「脫下襯衫。」

「恐怕要妳幫忙。」

她可以發誓，理查的聲音絕對透著一絲幽默。也許他發現夏綠蒂深受他吸引，覺得很有趣。但以他嚴肅的個性來看，似乎不太可能是在捉弄她；不過話又說回來，但凡事情牽涉到女人，男人往往會出現怪異舉止。也許他正在暗地裡嘲笑她的不自在。

大家正忙著帶她遠離瘋狂之地，她不能再讓思緒像野馬一樣橫衝直撞。他說要人幫忙脫衣服？好吧，她願意伸出援手。夏綠蒂起身，輕輕幫他解下緊身背心，露出裡面的深色長袖束腰上衣。若要充分展露自己的熱切與渴望，她會一把扯下背心，但職業道德不容許她刻意讓傷患感到疼痛。

他的手臂依然藏在長袖裡面，她該不該把這件也脫下來？不聽使喚的腦子浮想聯翩，幻想束腰上衣底下的那副身軀，以及古銅色皮膚下堅硬強壯的肌肉。不，不，絕對不能脫。

「你有沒有刀？」夏綠蒂問道。

他抽出一把刀，將刀柄遞給她。

「好極了。」夏綠蒂接過刀，割開袖子，露出繃帶。她把刀還回去，理查伸手接下時，不經意拂過她的手，她從頭到腳的神經立刻全面警戒。這實在太荒唐了。

她拆下膠帶和繃帶，檢視傷口，幸好血沒有預料中流得多。理查的身體得天獨厚，受傷後總能迅速復元。她輕觸深長的傷口，讓金色魔法沖刷它。理查保持靜止不動。

「我允許你齜牙咧嘴。」她說。

「只要妳保證不告訴別人。」

「我絕不會洩露你的祕密。」

她按著傷口，手指觸摸受傷的二頭肌，將魔法導入，修復受損組織，接合血管，清除所有發炎病灶。她讓皮膚癒合，卻忽然痛苦地意識到，他就坐在自己面前，近在咫尺。她恨不得立刻脫下他的上衣，恨不得撫摸那身古銅色皮膚，恨不得沿著他剛硬的腹部線條向上愛撫，一直來到胸膛。

「好了。」她說。

「多謝。」

傷口上方大約兩吋處，有道醜陋的燒傷疤痕橫過肩膀。疤的邊緣呈一直線，彷彿有人以滾燙的金屬條壓在他皮膚上。

「我可以碰嗎？」

「請便。」

她摸摸疤痕。看這情形，滾燙的金屬條至少在皮膚上待了幾秒鐘。「你被烙印？」

「要這麼說也可以。」

眞野蠻，居然對人施加這種酷刑。「誰幹的？」

「我。」

她不解地望著他。「你烙印自己？爲什麼？」

他嘆口氣。「我肩上有塊刺青，想把它弄掉。」

「所以你認爲毀掉這塊皮膚是清除刺青的最好辦法？」

「當時覺得挺適合的。」

「你肩上到底刺了什麼，讓你非除掉它不可？」

「我老婆的名字。」他說。

「噢。」她退回去。「抱歉，我不是故意要探聽你的私事。」

「沒關係。」他說。「我已經不介意那件事了。當時我還年輕，心中充滿愛，會做可笑的事，好比摘一把野花放在她陽台上，好讓她早上醒來時，第一眼就能看見花。」

她從沒收過男人送的花。艾爾維比較喜歡送具有實用價値的禮物。如果早上張開眼就能看到陽台出現一大堆野花，一定會覺得非常甜蜜。這和他現在的形象完全兜不起來，眼前的他是個無情冷酷的劍客，殺敵效率奇佳，簡直是把殺人當成一門藝術。

「我還寫過很差勁的詩。婚後，我會在家裡各處藏小禮物。」

「理查，我認識你的時間雖然不長，但那眞的很不像你。現在的你……」

「悲慘？聽天由命？」

「實際。」

他對她粲然一笑。「剛不是說了？我當時年輕又浪漫。或是像我弟說的，是個多愁善感的智障。瑪麗莎痛恨沼地，痛恨那裡的一切。我當時非常想要她，便努力成爲她喜歡的樣子，以便贏得她的芳心。這一招果然奏效，後來她嫁給了我。」

「那時她一定很愛你。」妳怎能不愛他？

理查嘆氣說道：「她認為，在那種環境下，我已是她的最佳選擇。沼地和邊境其他區域互不相通，一邊緊鄰殘境的路易斯安納州，另一邊則與異境的路易斯安納公國相鄰，沼地和它們之間全隔著無法通行的沼澤地帶。往殘境的小徑長而危險，古老的沼地家族中，有很多人都無法穿越邊界，因為我們的血液中有太多魔法。再說，沼地與路易斯安納公國的交界處也有公國的重兵駐守。公國知道邊境存在，便將沼地當作流放罪犯之地，讓這些人永遠沒機會跨過邊界回去。沼地的資源本來就有限，路易斯安納公國卻又不斷將人流放過來，導致人口持續增加。」

「聽起來活像人間煉獄。」她坦白說出心聲。

「其實那個地方還是擁有原始的野性美。早晨，霧氣籠罩水面，巨鱷齊聲吟唱，整片沼澤幾乎可說有種空靈的氛圍。我的家族比其他家族……情況好一些。我們人數眾多，擁有土地，而且享有盛名，大家都知道一旦有人得罪我們，我們絕對以牙還牙，精準迅速。」

她相信一定是這樣。整個氏族都是像他一樣的劍客，任誰也不敢隨便招惹。「那你太太呢？」

「她在沼地出生，父親是被路易斯安納公國流放至此的罪犯，母親是本地人。」他湊過去。「知道嗎？我們家族也有一個被流放過來的親戚，他叫弗納，是血統最高貴的貴族。他們全家包括他都被放逐到沼地，我叔叔娶了他女兒。弗納接管我們的教育，我是他最得意的門生。」

原來如此。理查和她一樣，曾受過貴族精英的個人指導，難怪他禮節和舉止無懈可擊。對他來說，住在沼地一定很難熬，雖深知自己出身卑微，但知道另一邊有個永遠到不了的好地方，又是一回事。

「我和沼地大多數男人不一樣，瑪麗莎因而深受我吸引。她從小聽她父親談論豪宅和舞廳，而我是當地最貼近她美夢的一個人。她非常美麗，初見時，我就像盲人瞬間見到太陽般。」他嘴角扯出一抹嘲諷的笑。「卡爾達這傢伙，幾乎不知道什麼叫作停止，也很少考慮後果，往往衝動行事。對他來說，世上一切只有兩種分別：好玩與不好玩。但那些好玩的事往往讓我弟陷入不好玩的境地，比如監獄或是加利福尼亞強盜貴族的城堡。別人眼中的必死之地，在我弟眼中卻充滿機會，可以來場刺激又有趣的冒險。但當我在肩膀刺上瑪麗莎的名字時，卡爾達居然警告我，和她結婚不是個好主意。」

「哇。」

「本來我該聽從他的勸告，但沒有，我還是娶了瑪麗莎。她想要住在沒有沼澤爛泥的乾淨屋子，我便滿足她。她想要穿異境的衣服，我便去找走私商販購買。」

「那究竟是哪裡出了問題？」刺探別人的隱私實在不妥，但她忍不住好奇心。

「她的奶奶過世。」

「她非常悲痛？」有時，家人逝去確實會帶來無法逆轉的改變。夏綠蒂自己就是很好的例子。

「沒有。瑪麗莎的祖父不久前便已辭世，祖母這一走，將所有財產全留給她，足夠她買下前往殘境的通行權，再買幾份偽造文件，就能在那裡展開新生活。」

夏綠蒂有些畏縮地問道：「但你不能去。」

理查點點頭。笑容和眼神中藏著舊傷的影子，她忽然好想摟住他、親吻他，直到那份傷痛逝去。

「她趁我出門去沼澤辦事時離開。我回家時，發現餐桌上有張字條，還有一堆我送給她的禮物。有珠寶首飾、書本，還有婚戒。任何能勾起回憶的東西，那些讓她想起我或這個家的物品，她一件都沒帶走。字條上寫著我是個好丈夫，但這是她離開沼澤的好機會，所以她非把握不可。」

瑪麗莎離開理查？她居然離開這個男人？簡直不可思議。夏綠蒂差點就要搖了搖頭，她願意不惜代價，只要能讓理查送她一束花。

「你有去追她回來嗎？」

「沒必要，因爲她已表明不要我了，我多少還要顧及自尊。我天天把自己灌醉，有一次忽然決定燒掉她的名字。雖然記得這件事，卻不記得是何時幹的，我有好長一段時間天天買醉。」

「你後來有沒有查出她的下落？」

「有。有次卡爾達去路易斯安納時巧遇她，她已嫁給一個商店老闆，對方販售人造池塘和噴泉，讓客人擺在庭院裡。她也在店裡幫忙。他們有三個小孩，兩個是他們親生的，一個男孩是男方上一段婚姻留下來的。卡爾達問我，要不要他去破壞他們的小樂園。當下我赫然明白，哪怕我這輩子再怎麼努力，依然是有缺陷的，因爲我居然在那短短幾分鐘裡，認眞考慮他的提議。不過我最後設法擺脫了這念頭。」理查苦笑一下。「我居然在對妳說自己的悲慘往事，這可不是我的本意。」

「我向你保證，絕對不會洩露半個字。」她說。

「不是這個問題。」

「那是什麼？」

他閉緊嘴巴，嘴唇抿成一條線。

「理查？」

「我不想像個可憐又發狂的傻瓜。」他低聲說道。「到目前爲止，妳見過我殺手的一面，也見過我怪物的一面，現在還加上陰鬱和多愁善感，把自己搞得可憐又可笑。我簡直就是在節節敗退。」

夏綠蒂感到血流加快，只得努力平穩呼吸。「從什麼地方敗退下來？」

「從能力破表、自信十足的境地，那是一個比眞實的我還要好的人。」

他又開始用那種熱切的眼神望著她，眼中透著滿滿的男性慾望。這絕不可能是她的平空想像，事實明擺在眼前。她很想知道，理查對於自己目光傳達了什麼到底有沒有自覺。不，或許他就是沒意識到，才會毫不掩飾。

因爲她的緣故，他希望自己有更好的形象。他想要夏綠蒂喜歡他，剛才還把深藏心底的往事一口氣說出來。夏綠蒂很想說，她明白他的心情，也想與他分享自己私密的事⋯⋯

「我差點謀殺前夫。」這句話就這樣脫口而出。*黎明之母啊！*她是怎麼搞的，爲什麼會提起這件事？她有那麼多事可以說，爲什麼偏偏挑中最不該提的這一件？

理查驀然張大眼睛。

「我眞是蠢斃了。」她難爲情地低聲說。

車子忽然停下。她下意識朝窗外看去，一座美麗莊園矗立在眼前，三層米黃色石造建築，有許多拱形窗，宏偉的淺色階梯一直延伸到綠色草坪上。

喬治打開車門。「歡迎來到坎邁廷莊園。」

他對她伸出手，她便搭著他的手跨出車外。有三人站在階梯頂端等待，當中的男子明顯是貴族，身材高大、肩膀寬闊，還有一副適合上戰場的體格。他的臉散發古典美，金色長髮低低地綁成馬尾，凸顯出剛毅的下巴線條，這也更進一步提升了他古典的氣質。

他身旁的女子想必就是蘿絲。她體態完美，既沒有特別瘦，也沒有過分性感，而是穠纖合度。她的臉很秀氣，外加精緻五官，一雙大眼搭配天生濃密的睫毛。若是夏綠蒂還小，一定會非常渴望擁有這樣的眉眼。蘿絲具有很明顯的邊境人特色，並不是她長得不夠漂亮，或是舉止氣度洩露來歷，而是因爲她的穿著打扮。其實她就只有那麼一點點不同，但對上流社會來說，宛如在脖子上掛著一塊告示，上面寫著大大的兩個字：「外行」。

她的長禮服可能是最新款式，布料相當高級，做工無懈可擊。淺黃色雖然很顯眼，但與膚色不太相稱。髮型就傍晚的居家生活來說太招搖，而且鬈髮的樣式屬於冬天版，而非晚春版。她的打扮似乎更適合年齡稍大的婦女，就是那種德高望重的貴夫人，傲人的成就與名聲使她可以不必理會流行，能夠盡情活出自己獨特的風格。以蘿絲這年齡層的女性來看，還是得走在流行尖端。她很可能沒把心思放在流行上，反而以某位婦女當作模仿對象，或許是伯爵的母親或較年長的姊姊。

坎邁廷家當然有專用造型師，但女人都不喜歡每天聽見別人批評自己的品味有問題。如果艾麗歐諾對蘿絲性格的描述無誤，她不是氣到把造型師辭退，就是只在重要場合才會徵詢對方意見，想來後者更有可能。其實說到底，她並沒有犯時尚大忌，但也不可能成爲時尚典範。

夏綠蒂細細看去，發現伯爵也偏好稍年長的款式。她明白伯爵也看出蘿絲的品味差了一點點，爲了配合她，便調整自己的衣著。伯爵用情之深，令人動容。沉寂已久的心痛驀然刺傷了夏綠蒂的心，這感覺如此熟悉。這對夫妻擁有她一心渴求的愛戀，而她至今仍求不得，只能說蘿絲實在太幸運了。

有個女孩站在蘿絲左側，看起來不超過十五歲。夏綠蒂不得不極力壓下盯著她看的衝動。女孩長得極美，不只漂亮，而是絕美，美得幾乎讓人不敢逼視。她擁有完美的鵝蛋臉，還有令人想一親芳澤的高聳顴骨，以及小巧飽滿的唇。鼻子透著一絲異國風情，鼻梁雖然挺直，但有點不像艾朮昂里亞人的鼻型，眼睛就更不像了。那雙眼又大又寬，不過靠近鼻梁的眼角稍稍拉長，有種神祕感，暗示著不尋常的血統，有幾分遊走於危險邊緣的意味。她美得教人瞠目結舌，還十足吸引人，這比單純的完美臉蛋更重要。一旦她走進人山人海的舞廳，不論男女都會停下來多看她一眼。

那種魅惑人心的美麗看來有幾分熟悉，但夏綠蒂非常肯定，自己與她素昧平生，這是初次見面。理查張開雙臂。

女孩飛奔下樓。

他把她整個人抱起來，夏綠蒂頓時恍然，那種熟悉感是從哪裡來的，原來她和理查有種共通的美。難道他有女兒？不，不可能，他說過他沒有孩子。

「理查。」德朗說。「很高興看見你完好無缺，爲什麼那兩個男孩和你在一起？」

蘿絲的目光越過他們，落在兩個弟弟身上。「發生什麼事了嗎？爲什麼你們的表情那麼奇怪？」

喬治深吸一口氣。

「該來的還是要來，乾脆直說。」杰克說著搶先擠到前面去。

「奶奶死了，爸替那些殺死她的人跑腿。喬治殺了爸，雖然他不承認。」

哦，不。

夏綠蒂直視蘿絲，眼見另一個女人和她當初的遭遇一樣，整個世界瞬間分崩離析。

□

夏綠蒂坐在德朗·坎邁廷書房中的軟椅上，理查則在另一張椅子落坐。女孩像忠實的小狗坐在他腳邊的地上，舉止、衣著與年齡完全不搭。本來至少應該要互相介紹，但每個人都有更重要的事情。蘿絲在屋裡某處努力釐清到底發生了什麼事，兩位弟弟正在替她解惑。夏綠蒂試圖安慰她，但顯然蘿絲此刻不需要陌生人，於是夏綠蒂決定和理查一起留在書房裡。

德朗坐在書桌後，闔上紅色帳冊。「罪證確鑿。」

「那些帳目可以直接往源頭追溯。」理查說。

「確實如此，這一切完全吻合。」德朗的表情轉為嚴峻。她本來以為他會很高興，或許是帳本內容令他震驚過度，或是他目睹妻子乍聞噩耗的慘狀，心情尚未平復。「布倫南任職於內政部，有權監視我的辦公室。他的職責就是監督國內的安全。按照規定，只要出動十位以上執法官，我的手下就得通知內政部。我們還沒趕到，他就已經知道我們準備出擊了。」

德朗忽然沉默下來。

「然後呢？閣下？」夏綠蒂輕聲詢問。

他望著她。「只要主謀不是布倫南，我一定會立刻出動。」

理查傾身向前，注視著他。「數字不會說謊，不妨清查他的帳戶，你會看見那些入帳紀錄。」

「如果是別人，單憑我的名號和職位便可立即取得調閱許可，並且阻絕各方有力人士的質疑。但本案中，主謀是皇親國戚。」德朗說。「他不僅是國王最愛的堂弟，還被當作親弟弟看待。我了解布倫南這個人，他很聰明，掌管內政部遊刃有餘，宛如經營自家事業，而且從不犯錯。」

「如果我根據這本帳冊要求查帳，得用盡全力，再搭上我父母的名聲，才能勉強踏進內政部一步。到時，這本冊子會經過六個人審核，但當中沒一個人想被扣上這頂帽子。布倫南很快就會獲得消息，因為一定有人想巴結他，以便獲邀參加下次的皇家野宴。到時他會派人來質問我這本帳冊的來歷，之後還會衍生出更多問題，我都得一一迴避。」

「就這樣一天又一天過去，清查帳冊的進度將一再延宕，直到他終於願意紆尊降貴，親自前來表達立場，聲明他沒什麼好隱瞞的。我們就算把帳攤開來給他看，什麼也查不到，他會說這是假帳，接著開始上演道歉戲碼，明為道歉，實為展現他的寬宏大量與慈悲心。至於我的下場，輕則被指為過於躁進、急切而且天真，重則淪為因嫉妒心作祟而蓄意抹黑布倫南的敗類。我的信譽將毀於一旦，只能被迫下台，等到我黯然退場，布倫南便能重起爐灶，隨心所欲經營他的邪惡休閒事業。」

夏綠蒂驚愕得目瞪口呆，一句話也說不出來。勝利的喜悅原本就不幾，此刻更直接消弭於無形。

「所以，只能這樣？徒勞無功？」

「也不能這麼說。」德朗說。「至少現在知道主謀是誰，可以更有效地將他排除在我們反奴隸的計畫之外。這次黑市遭劫令他蒙受重大損失，如果我們能持續打擊奴隸買賣，在幾年內破壞他的獲利，或許他終將因爲成本太高而決定結束……」

多莉痛苦而扭曲的臉閃現在她腦海中。「不。」

兩位男士看向她。

「不。」她再次強調。「這樣不夠好。還要幾年？你到底明不明白我看到的慘狀？你知不知道再拖上幾年，代價會有多慘重？」

「夏綠蒂。」理查悄聲說道。他身旁的少女目不轉睛地望著她，眼神充滿戒備。

夏綠蒂連忙探查魔法，發現那些暗流已逸出身體。自制力正慢慢減弱，她趕緊壓回丟臉的東西。

「女士，對於您的犧牲奉獻，本人謹獻上最深摯的敬意與謝意。」德朗起身，向她鞠躬。「我方才只不過是闡明事實。」

「你需要什麼才能扳倒他？」理查問道。

「他俯首認罪。」德朗說。「最好能當著十幾個可靠證人的面認罪。」

這種事永遠不可能發生。她心裡有某個東西開始一點一點消散，或許是希望。

「那我們就得設法替你取得他的認罪聲明。」理查說完便起身，德朗隨之站起，夏綠蒂跟著離座。

「歡迎兩位在寒舍住下。」德朗說。

理查看看夏綠蒂。她微微搖頭。這家人需要獨處，以便同心協力度過悲傷時期。理查和她是外人，何況她也想要獨自面對沮喪，不希望被打擾。

「謝謝，你太客氣了，但相信我們離開會是最好安排。」理查說。「我們之間愈少見面愈好。」

德朗送兩人走出辦公室。

來到戶外，天空已被鉛灰色的濃密雲層覆蓋。一陣風吹動夏綠蒂的髮絲，看來暴風雨即將來襲。她這時才後知後覺想到，自己身上穿的依然是在島上那套衣服。整條長褲血跡斑斑，那是從理查的劍滴下來的。她渾身上下糟透了，到現在還能聞到上衣飄著煙臭味，他們居然願意讓她進屋。

少女站在樓梯上，無聲地凝望理查，表情透著絕望。

他擁抱她，輕吻她的髮絲。「我會待在獸窩。」他交給她一張摺疊妥當的紙。「拿給喬治，別離開莊園，我說不定會需要你們。」

她點頭。

理查走下階梯，朝無馬馬車前進，夏綠蒂跟在他身後。除此之外，她還能上哪去？

門開了，蘿絲從屋裡奔出來。「等等！」

夏綠蒂止步。

「她生前過得好嗎？」

「妳祖母過得很好。」夏綠蒂說。「她常提到妳和兩個男孩，也留著你們送的每件禮物。妳送她的那套玻璃杯讓全鎮的人眼紅，瑪麗・湯金斯差點嫉妒到生病。」

蘿絲眼中閃過一抹煩憂。

「她很健康，我努力替她治療持續性的疼痛。」夏綠蒂接著說。「她在當地很受敬重，生活中最大的煩惱就是，常常搞不定頭髮裡的咕咕鐘，那玩意兒老是掉下來。坎邁廷夫人，她知道妳和兩個孫子都很愛她，之所以待在邊境，那是她的選擇，哪怕來一對野馬也拉不動她。妳祖母從沒把自己當成受害者，雖然我接下來的提議有些冒昧，但我誠心建議，妳也別把她當成受害者。要怪就怪那些殺死她的始作俑者，也要怪我，因爲她需要援助時，我偏偏來不及趕回去。」

夏綠蒂說完便轉身，朝無馬馬車走去。她覺得筋疲力盡，身心都被掏空，一點也不剩。

「德・奈伊女士。」蘿絲叫道。

夏綠蒂再度回頭。

蘿絲對她深深鞠躬，那是異境正式的大禮。「我沒責怪妳，我只怪他們。多謝妳照顧我祖母。」

「不用客氣。」夏綠蒂對她說。她現在只想趕快離開。

理查替她打開車門，她跨進車內。

「車程不會太遠。」他向她保證，接著關上車門。夏綠蒂聽見他上了前面的駕駛座，那裡有控制面板。不久，這輛沒有馬拉的馬車便開始沿著道路行駛。

她提醒自己，理查花了整整兩年才走出來，而她的悲慘遭遇剛發生不到一週。這是她活到現在所度過最痛苦的時期，不過短短一星期，卻像一輩子那麼久。

雨水打濕車身，她望向玻璃窗外，看見一片灰色水霧。雨滴重重打在車頂上，沿著光滑的樹脂車身流下來。她覺得自己就像坐在瀑布內部，全身還能保持乾燥。她遮住臉，哭了起來。壓力將淚珠擠出眼眶，這場無言又無聲的啜泣單純是爲了舒壓，而非出於哀痛。

不久，無馬馬車驟然停下，車門再度開啓，她跳進滂沱大雨中，感謝這場及時雨洗掉她臉上脆弱無助的痕跡。

面前有條狹窄車道，高大樹木羅列兩旁。前方有座房屋蜷伏在雨中，遠看像隻毛茸茸的大熊。雨勢太大，她只能勉強看見漆黑的原木牆和布滿綠苔的屋頂。天空劃過一道閃電，一會兒後，淅瀝的雨聲被隆隆雷聲掩蓋。理查抓著她的手，兩人急速奔過車道，朝房屋前進。夏綠蒂衝上階梯，來到狹窄門廊，理查開了門，她滿心感激地進屋。

第十章

「開燈。」理查說。

牆上的燈頓時開啓，室內籠罩在柔和光線中。這些精緻的磨沙球體掛在木頭上，像一串又一串會發光的葡萄。小屋整體看來既開放又簡單，兩張大沙發面對面擺在中間，旁邊各有一張軟墊椅，這些家具全都是大方而陽剛味重的棕色。一座標準艾朮昂里亞式壁爐正好位於兩張沙發之間，方形石造裝置上嵌著鐵柵與通向戶外的排煙設備，爲壁爐一角平添幾道暗影。

左邊有木梯通往小閣樓，閣樓裡擺著床。木梯下方設著書桌，桌上有幾大疊文件。牆上裝飾著艾朮昂里亞大地圖，上面有許多手繪箭頭，以及理查寫的註解。

右邊牆面最遠的角落有個小廚房，當中裝設具有華麗彩繪的冷凍櫃，還有個小爐子。

理查走過她身旁，劃了一根火柴，丟進壁爐裡。火焰立刻熊熊燃燒，想必他出門前就已經把木柴和火種安排妥當。

長窗提供良好視野，只見戶外森林全泡在冷雨的灰幕中。所有牆面除了窗子，其他部分全擺滿書架，各種形狀和大小的書本羅列架上，時而穿插稀奇古怪的物件。看來他喜歡讀書，她也是。

整個空間令人備覺溫暖又窩心，在冷冷的雨中聽見木柴劈啪作響，讓人更加安心。基於某種奇特理由，她原本以爲這間房子的擺設會非常簡樸，幾乎沒有任何修飾，但實際上看起來舒適誘人。他就這樣讓她走進私人空間，進入他的家。

「要不要毛巾？」他邊問邊遞給她一條綠毛巾。

「謝謝。」她接過來，站在原地，像白痴一樣呆看著毛巾。

「妳要不要先洗個澡？冷凍櫃的線圈溫度極高，剛好用來加熱冷水，所以熱水應該是現成的。」他對她說。「妳進那扇門，就在右邊，櫃子裡有乾淨衣服。」

她終於可以洗淨滿身的聖納島污物。

浴室裡有標準的艾朮昂里亞式淋浴設備。第一滴水落在身上時，夏綠蒂不禁呼出一口長氣。

十分鐘後，她在櫃中搜尋，找出一件過長的束腰上衣，還有條柔軟的毛褲，穿起來臀部有點緊。她用毛巾包著頭髮，走出浴室。理查等她在壁爐旁的沙發上坐定後，這才帶著自己的毛巾進浴室。

望著壁爐火，她試著不去想任何事。要不是累慘了，她會站起來，走過一排又一排書架，拂過那些書背，一一檢視理查的收藏。她想了解他的喜好，想知道他讀過哪些書，但挫敗感籠罩她，像條厚重的毯子將她裹住，而她無力擺脫。

火的熱度溫暖著皮膚，她強迫自己享受清爽、溫暖又安全的片刻，享受這微不足道的愉悅，至少現在不要擔心其他事。她再度抬頭，發現理查已離開浴室，正朝她走來。她扯下頭上的毛巾，擱在一旁。

理查在她對面沙發落坐。最初的幾分鐘，他們無聲對坐，滿室只有柴火的劈啪聲響。

「妳還好嗎？」他問道。

「我們輸了。」她好恨自己這種失敗的口吻。

「只是輸了場小戰役，我的計畫是打贏整個大戰。」

「怎麼打？」她問道。

「現在既然已知道誰是幕後主使，手上也握有五個名字。我們先摸清楚他們的底細，再各個擊破。」他說。

各個擊破？這些可都是財大勢大的貴族，何況當中還有一位國王的堂弟……「你講得好簡單。」

「夏綠蒂。」他悄聲問道。「妳打算放棄？」

「不，我一定要親眼看著這一切結束。我只是……覺得筋疲力盡，還以為這感覺遲早會過去。」

「但並沒有。」

「確實。」她抬頭面對他。「事實擺在眼前，理查，我就是個脆弱的人。不管我有多麼大的決心，一旦發現逃離的機會，就會毫不猶豫逃開。我們找到那幾本帳簿時，我心上的大石頭全部落地，覺得希望無窮。到目前為止，我還沒越界，還能控制自己，絕不去碰魔法的另一面。我曾經窺見人生的新機會，但只是短暫一瞥，早已消失無蹤。」

「那是種力量，並非脆弱。妳這幾天見過這麼多大風大浪，卻還能保有人性，我由衷佩服。」

她搖搖頭。「沒什麼好佩服的。我只是個自私的女人。原本的勝利只是曇花一現，哪怕我勉強開戰，才遇到第一個挫敗就已絕望。你怎能一直繼續下去？我以為你早該灰心喪志。」

「我是啊，但我已經習慣挫折了，只不過這次的失敗讓人受不了。」他頭髮濕掉後看起來接近全黑，髮絲遮住部分臉龐。壁爐的火光在他臉上和身上舞動。「我要非常努力才能擺脫它，再說，我也是個無比自私的男人。」

「怎麼說？」

他看著她。「我想過，這件事一結束，妳就會離去。」

那些奴隸販子和布倫南，以及把他們繩之以法簡直難如登天的念頭，倏地從她心上消失了。他就在眼前，她只要起身，向前走兩步，或者邀他過來，他就會屬於她了。

夏綠蒂抬高下巴。「我這不是來了？就在你家裡。」

理查停止所有動作，這句話抓住他所有注意力。

夏綠蒂傾身向前，用手指梳理金色長髮，讓髮絲垂落肩上，襯著動人的臉龐。理查全心全意凝望她，眼神流露欣賞、饑渴，還有一抹男性的占有慾，熱切目光令她頭暈。

「問題是，理查，你要不要採取行動？」

理查一個箭步上前，一把便將她摟進懷裡。她看見他低下頭，趕緊閉上眼。四片唇輕觸的剎那，她渾身戰慄，卻不是因爲恐懼或興奮，而是極度的渴望。他不必說一個字，雙唇已對她洩露所有心事：他也極度渴望著她，一直抱著希望，但不會勉強她。還有，在他心目中，她多麼美麗。

他的舌掠過她的唇，她仰起頭，張開嘴，讓他明白自己也渴望他。他品嘗她，吻得更深入，以滿滿的需索誘惑她，卻又故意淺嚐即止。她身軀變得緊繃，乳房抵著他胸膛，體內深植的慾望爆發。她忽然感到空虛，只想要他來塡滿自己。理查感應到她的需求，彷彿兩人心靈相通，他將她摟得更緊，表現十足的占有慾。

他的雙手伸進束腰上衣內，愛撫她的背部，手上的硬繭輕輕擦過她肌膚，爲她敏感的背肌帶來陣陣衝擊。她沉浸在他溫暖強壯的懷抱中，忘了言語和自我，只知道不停親吻他，享受單純擁有他的快樂。他的味道混合著檀香和煙味，帶來狂喜。

「好美。」他在她耳邊低喃，親吻她的唇、臉頰與脖子，弄得她幾乎要融化。他的節奏好慢，夏綠蒂忽然恐懼起來，生怕他會改變心意。

「床。」她對他低語。

理查一把抱起她，彷彿她毫無重量。他抱著她走上木梯，來到小閣樓，將她放在寢具上。

這張床好大。

夏綠蒂頓時意識到接下來會發生的事，宛如一副重擔落在心頭。

她費力地吞下一口口水。眼前閃過剛才穿的血衣，她只想忘掉可怕的回憶。現在身上的衣服乾淨清爽，但她依然希望全都脫掉，因爲她知道皮膚上的血跡已完全洗去了。

她開始把束腰上衣往上拉，理查的手隨即挪到她腹部，再移到背後，沿著背部向上移，愛撫那些看似平凡的部位。她從不把這些地方當作敏感帶，現在卻受到一波波慾望衝擊。他親吻她的脖子，爲她脫下上衣，再親吻她的乳房，緩慢而充滿自信地誘惑著她，前夫以前也習慣如此。

她又吞一口口水，忽然退開。

理查停止動作。

她的信心倏然瓦解，眼看自己半裸地坐在床上，只覺得脆弱無助，非常難爲情。

理查也費力地吞下口水。她發現他打算抽身退開，立刻抓住他的手。「不。」

他停下來。

「我想要你。」她對他說。「我……」她竭力想要釐清糾結的情緒。

理查挨著床就地坐下。「有個女人曾對我說，文字可以用來表達。」

「我不孕。」她乾脆開門見山說實話，儘管她覺得難堪。「性愛是爲了孕育下一代，但我渴望被愛。」她的口氣無奈又絕望。「我好怕。」

「怕我？」

「怕親密關係。」她緊張地吞口水。「我需要和他在一起時，完全不同的體驗。」

她親手毀了今晚，她眞的搞砸了，居然把前夫的陰影拉進這間臥室，現在理查莫名其妙揹負這個重擔，非得和她前夫不一樣才行，但他明明不認識那傢伙，也不知道什麼叫作不一樣。這不但不公平，而且很自私，他一定會甩頭就走。

「妳想不想要我？」理查問道。

「想。」他不知道她有多麼渴望他。

理查脫下束腰上衣。衣服底下的身體肌肉起伏，強壯而分明，古銅色皮膚上時而出現淺色舊傷疤。她默默望著他脫下鞋子和褲子，只見他的男性部位已昂然挺立。

噢，眾神啊，它多麼筆直硬挺。

理查坐上床，好整以暇地靠著雕花床頭板，肌肉發達的雙臂擱在床頭板頂端。他精瘦結實的身軀在床單襯托下，透著一分頹廢風格。

「來吧。」他開口邀約。

她張大眼睛，呆望著他。

「妳要不一樣，就自己來，讓它不一樣。」

「我？」

「就妳。」

他讓她主導，她不太確定該怎麼做。

但她決定要來點不一樣的。

夏綠蒂脫掉全身其他衣物，甩了甩頭，讓如雲金髮自然垂落，接著坐在床上。

理查恣意地欣賞她，目光中的渴望近乎凶猛，令她臉紅。他的自制力全盤瓦解，此刻的理查不拘小節、不甩規矩，完全放縱自己。她原本以為他是一塊冰，不料他也可以變成一團火。

方才的難堪煙消雲散，此刻她只覺得興奮。

「我能做什麼？」她問他。

「想做什麼就做什麼。」

想做什麼就做什麼。她抬手愛撫他的胸膛，手指沿著兩大塊胸肌間的凹處來回遊走。他頓時全身緊繃，身軀在她的撫觸下變得硬挺，但他的手依然擱在床頭板上。她覺得好自由，而且……好淫蕩。沒錯，就是這樣形容。

夏綠蒂的手漸漸下滑，輕撫他鼓脹硬實的腹肌，接著再往下滑，掠過肚臍，沿著長滿黑色體毛的大腿根，一路向下。

「理查？」

他的聲音聽來很緊繃。「什麼？」

「你的控制力有多強？」

「妳需要多強？」他的聲音依然緊繃，雙手用力抓著床頭板，連二頭肌都鼓脹起來。

「你的手可不可以一直抓著床頭板？」

「如果妳希望這樣，我可以。」

她的手挪到他的硬挺，輕觸光滑的頂端，他立刻拱起背部回應，身軀稍微上抬。

「那我們拭目以待。」她低喃。

她愛撫他的堅實，然後低下頭，親吻他脖子，粗硬鬍碴刮過她的舌頭。她嘗到一點汗味與肥皂香。理查發出呻吟，她得意地淺笑，再次親吻他的唇和胸膛，輕舔乳頭，一直往下舔到堅硬的腹肌。她腿間瀰漫著明顯濕熱感，她眞的可以爲所欲爲。理查會任由她擺布，她擁有完全的主導權，一想到此，她異常興奮。

她的舌尖沿著人魚線下移，感受肌肉緊繃的力量，彷彿身下壓著堅硬無比的鋼鐵。

她忽然張嘴含住他的硬挺。

理查收緊雙臂，背部拱得更高，把自己和她抬起，床頭板被他弄得吱吱作響。

她開始舔弄，測試他的底限。他全身戰慄，再次呻吟。「妳……妳最好別……別那樣，我已經很久沒做了。」

「我也是。」她跨坐到他身上，乳房離他的嘴只有幾吋。夏綠蒂感到他的硬挺擠進腿間。他望著她，目光宛如熾熱的愛撫。他渾身上下散發性感魅力，從強壯結實的身軀，到被爐火烘暖、又被她愛撫得發燙的皮膚，再到他凝望她的眼神。

她抬高臀部，炙人的硬實瞬間滑進她體內，快感驟然湧上，從體內舒展開來。夏綠蒂驚喘，拱起背部，品味他的深入。緊實的感覺襲來，柔韌、彈性，而且溫暖，她迫不及待，只想索求更多。

「神啊，我要妳。」他嘶吼。

她開始向前律動，在他身上滑動，感覺宛如置身天堂，但她還要更多。

「愛撫我吧。」她低喃。「求求你。」

他挺身坐起，抓著她的臀部，向上迎擊，更深入她。他的嘴找到她的乳房，接著是乳尖，剛剛淋浴過，嘗起來冰冰涼涼的。他的舌頭滑過乳尖，她立刻繃緊全身回應，快感如此強烈，幾乎令人疼痛。他吸吮她，她在他身上顫抖，接著彎身急速律動，關節充滿動力。

他的手滑下她腿間，愛撫敏感地帶，狂喜立刻籠罩她。

「求求你。」她呻吟。「求求你。」

他繼續愛撫她，技巧純熟，力道拿捏得正好，且配合她的律動。快感瞬間加倍，將她推上一層又一層的高峰。她覺得暈眩，但每個動人時刻，每次愛戀撫觸，她都能深刻感受到，彷彿在懸崖上空飛升盤旋。

她的呼吸變成急促喘息。身下的他如此硬挺，身上的每塊肌肉都因出力而緊繃。他吐出男性特有的呼喊，因爲純粹情慾使然，半似嘶吼。這聲音牽動了她深藏體內的女性直覺，她知道他的歡愉和自己一樣強烈。

快感的浪潮在她體內堆疊、撞擊，她朝懸崖一躍而下。她的背脊失去力量，上半身軟癱，眼睛則大張，迷失在至極的情慾中。

理查把她放倒在床上。她親吻他，雙手在他背上遊走。他將她牢牢定住，假裝不准她動，恣意欣賞她的一切，她的唇、乳房，以及豐滿臀部。他的表情顯露深深的男性滿足，她驟然明白，理查已想要她很久，現在終於如願以償。

「我要你。」她喃喃訴說。

「夏綠蒂，妳是不是我的？」

「是。」

「妳不該這樣說，現在妳是我的了，我再也不會放開妳。」

他挺身進入她體內，開始迅速流暢地律動。夏綠蒂融入他的節奏，配合他每次的戳刺，再次渴望登上歡愉的巔峰。她沒閉眼，反而目不轉睛望著他，飲下他每一刻的歡愉。他持續衝刺，全身肌肉因出力而緊繃，強壯的背肌摸起來宛如堅硬無比的鋼索。他在她體內恣意狂歡。不久，她再度高潮，極度興奮的快感一波又一波衝擊她。他的身體變硬，震顫席捲而至，隨著一聲男性特有的滿足呻吟，他將自己完全傾注她體內。

夏綠蒂依然緊抱著他，不願鬆手。理查轉身，把重量挪到床上，兩人相互依偎。她覺得好快樂，快樂到心都要碎裂了。

「以後還能不能像這次一樣？」她問道。

「妳想怎樣都可以。」他說著親吻她的唇。

夏綠蒂閉上眼睛，微微一笑。

□

「你從來沒有說明，為什麼要對奴隸販子窮追不捨。」

理查轉頭望著她。夏綠蒂趴在被子上，依然全身赤裸，而且已完全屬於他。燦爛金髮披在她背上，像真絲打造的瀑布。她的臉、脖子與雙臂有日曬痕跡，但乳房和豐滿臀部潔白無瑕，私密的雪膚一覽無遺，看起來性感無比。她躺在理查身邊，心滿意足，甚至可以說非常快樂，只見她一派輕鬆悠閒，光采煥發的眼眸望著他。理查心想，她的眼睛彷彿陽光穿透灰濛的雨幕。

嗯，她是我的，我的夏綠蒂。

方才他讓她感受快樂，讓她在身下呻吟，索求更多歡愉。只要能力所及，日後他一定會每次都帶她攀上極樂巔峰。

有個細微聲音在心底提醒他：他們可以一輩子像這樣快樂。他可以帶著她遠走高飛，銷聲匿跡，沒人會怪他，只有記憶中那些徘徊不去的鬼魂不會輕易放過他。

理查伸出手，愛撫夏綠蒂的肩膀。

「記不記得坎邁廷莊園有個女孩？就是在樓梯上和我們見面的那位。」

「你們長得有點像，她是你女兒？」

「我姪女。她叫蘇菲。」

「就是那個蘇菲？你陷入昏迷時一心念著要拯救的人？」

他點頭。「我爺爺奶奶有好多小孩，我父親是長子，叔叔葛斯塔夫是次子。我家一直揹負著世仇，在沼地這種地方，每個人都和某人有仇。我們的世仇由來已久，根深柢固。」

「這就是你父親在市集遭到射殺的原因？」

「是的。當時我年紀太小，按沼地的標準來看，還不夠格照顧家人，葛斯塔夫比我更適合。於是，他成爲族長。他自己有兩個女兒，大的叫瑟芮絲，已經嫁給坎邁廷伯爵最好的朋友，小的就是蘇菲。」

「所以，其實你是她堂哥？」

「就血緣來說是的。但我們的關係更接近叔叔和姪女，我的年紀足夠當她父親了。葛斯塔夫常常很忙，有一天，他帶著妻子和瑟芮絲外出。蘇菲跑來找我，她想搭小船去鄰近的病木鎮。因爲再過幾天就是她母親的生日，她想賣些酒，好買禮物。」

重提往事宛如割開心頭的舊傷，他很訝異，即使這麼多年過去，這份傷痛依然深刻。「我的遠房堂妹莎莉絲特陪她一起去，我不覺得有問題，畢竟莎莉絲特是個能幹的年輕女性，而且槍法神準。在沼地，每個人都互相熟識，我們家則是出了名的危險分子，除了仇家，沒人膽敢動我們一根寒毛。再說，當時我們和仇家已許久不曾互相尋仇挑釁，於是我要她們放心出發。」

「她們出門大約二十分鐘後，就被一群奴隸販子盯上。那些人一槍就讓莎莉絲特爆頭，她跌進河裡，蘇菲也跟著跳下去。等蘇菲浮上水面，奴隸販子用槳打她的頭，把她拖上船。」

夏綠蒂挪到他身邊，兩人十指緊扣。

「沼地人從沒聽過奴隸販子，沼地與路易斯安納的邊界是他們進入當地的唯一途徑，但邊界受到軍隊嚴密看守。一定是公國那邊的人把他們放進來劫掠，只是我們一直沒有查出來到底是誰放行，目的又是什麼。兩個女孩沒有回家，當晚，我們在河上搜尋，找到莎莉絲特的屍身，接著開始地毯式搜索整片沼澤，但始終不知道是誰帶走蘇菲，也不知道原因。」

「他們把她帶去哪裡？」夏綠蒂問道。

「關在森林中的地洞。他們特別喜歡抓小孩，抓到後就關進地洞裡。蘇菲說，隔天有個男的爬進洞裡對她毛手毛腳，還企圖強脫她的衣服。」

夏綠蒂眼中燃起怒火。

「蘇菲會電光，她和我們家大多數人一樣受過良好訓練。當時她雖然尚未學成，但依然設法保護自己。她用電光射穿對方的眼睛，把他殺了。奴隸販子爲了處罰她，停止供應食物和飲水。我們足足花了八天才找到她，還記得那裡的營地就和我們昨天看到的一樣，洞裡有半滿的水、許多飢餓的孩童，有些早已死去，有些則離死不遠。我們殺光那群奴隸販子，我跳進洞裡，站在那具奴隸販子的屍首上面，把她抬上地面，我發現部分屍首已經不見了。」

「黎明之母啊，難道是她吃的？」

「我不知道，從沒問過。她不曉得我們什麼時候才找得到她，因此她只能自己設法活下去。後來，她完全變了個人。起先是不願意梳頭，接著也不肯穿好看的衣服。她還認爲原來的名字不好，自己改名叫雲雀。她每天幾乎都待在森林中，完全不說話。她會獵殺小動物，或者找尋動物死屍，把它們掛在林中的某棵樹上，因爲她堅信自己是怪物，我們遲早會把她趕進森林中，放她自生自滅。」

夏綠蒂坐起身。「你有沒有幫她尋求外援？」

「沼地沒有醫院。」他說。「我每次想找她談，她就立刻逃開，好像我也是奴隸販子。我有個堂妹是治療師，和妳不一樣，她有自己獨特的方式，但醫術也算高明。她爲蘇菲診察過好幾次，可生理方面找不到任何問題。蘇菲拒人於千里之外，不過她向來親近母親，因此我認爲，只要她和家人還有連結，假以時日，她會慢慢好轉。只是後來，『手』找了上門。」

「路易斯安納的間諜組織？」夏綠蒂張大雙眼。

「他們想要奪走我家的某件東西。妳還記得我之前提過被放逐的人？就是那位弗納？」

「記得。」

「他姓杜布瓦，這個名字妳有沒有聽過？」

夏綠蒂皺眉深思。「弗納．杜布瓦是路易斯安納公國醫療界大名鼎鼎的科學家，他活躍的時期比我進入醫界還早幾十年。我讀過他的一些著作，他專精於藥用植物。一般人普遍認爲學院的治癒者只會用魔法治療病患，但剛好相反，我們還會研究藥理學、草藥學，以及其他醫生用得著的各種學問……我離題太遠了。你說的就是這個人？」

「是的，他是蘇菲的外公。」

夏綠蒂訝異地眨眼。

「路易斯安納把他放逐到沼地，因爲他觸犯大忌，從事魔法變異術。」

「眞可笑。」夏綠蒂嗤之以鼻。「他們自己用變異術把每個特務變成畸形魔怪，你不會相信他們對人體做的某些改變。」

「我信。」理查對她說。「我自己就殺了不少這種人。」

她湊過去，吻了下他的唇。「杜布瓦和這事有什麼關係？」

「他打造了一個設備，本來打算當作醫療裝置，但它卻把人體變為堅不可摧的怪物。『手』覬覦這個東西，於是派遣一組經過魔法強化的特務進入沼地，由一個自稱史派德的人領軍。他們綁架蘇菲的父母，最後整個家族損失三分之二成員，終於殲滅了這批怪物。」

「蘇菲的父母？」

「史派德把她媽媽熔合了。」

夏綠蒂驚愕無比，宛如被狠狠甩了一巴掌。理查第一次聽見這件事時，反應也一樣。熔合是將人體組織與植物結合，打造出共生的新個體，只留下人的記憶，但意志力完全瓦解。無法逆轉的改變令人受盡折磨，就這樣毀了瑟芮絲和蘇菲的母親。

「葛斯塔夫活了下來。」他說。「因此蘇菲還保有父親。後來，『鏡』將全家安置在艾朮昂里亞，我希望她能就此拋下雲雀時期的一切。她終於脫下破衣，換上洋裝，現在也開始上禮儀課，其他時間則接受訓練。」

「劍術訓練？」夏綠蒂猜想。她對這家人的生活模式已有了初步概念。

理查點頭。「我從沒看過一個人像她這樣努力，她一直在練習。三年前，她對練劍毫無興致。如果當時妳問我，我會說，她頂多只能當個平凡的戰士。而現在，我能教的都教完了。她已經養成殺手的直覺，而且手法殘酷，我很擔心她毫無節制，有某種原因在驅使她。」

「你有沒有想過，她可能是想找奴隸販子報仇？」

「我也不知道。我曾告訴過妳，我有個弟弟，應該說是以前有過，不是卡爾達，是和我同父異母的小弟伊瑞安。我父親過世時，他還很小，當時就站在父親身邊，親眼目睹整個過程，心靈嚴重受創，一直沒有復元。他隱瞞創傷多年，但最後仇恨吞噬了他，我不希望蘇菲也變成這樣。」

「你認爲殺光奴隸販子可以治好她？」夏綠蒂問道。

「也不是，倒是可以讓她放下報仇的執念。她是個好戰士，但年紀還小。若她執意尋仇，小命肯定不保。哪怕僥倖存活下來，尋仇也會對她造成更大傷害。奴隸制度是逆天惡行，不該留到現在，卻偏偏有人一意孤行，我下定決心要讓它絕跡。哪怕無法消滅整個大陸上的奴隸制度，至少能讓艾朮昂里亞倖免於難。蘇菲永遠不必目睹我所見的一切，我不會任那些人的暴行再次傷害她。」他的聲音化爲嘶吼，他急忙穩住。「當初是我讓她上那艘小船，是我對她說：『我覺得應該沒問題，去吧。』」

「你又沒有預知能力。」

「找藉口也不能改變已經發生的事。」

「理查，這眞的不是你的錯，也不是她的錯。我可以帶她去找奧古斯汀夫人，這位是我在加納學院的乾媽，她擅長撫慰人心，她治癒靈魂的本領，就和我治癒身體的本事一樣好。如果世上有人可以幫助蘇菲，那麼非她莫屬，她一定會很樂意伸出援手。」

「但我不知道她想不想接受幫助。」馬爾家從來不走向陌生人求助的路線。

夏綠蒂舉起雙手。「她當然不想接受幫助，任何人十五歲時都這樣彆扭，甚至認爲全世界都在和自己作對。這就是爲何我們需要成年人，讓他們來幫我們做決定。蘇菲或許不想接受幫助，但她需要人幫忙。答應我，事情一結束，不管用什麼方法，你都要帶她去學院。要是我們倆都沒能活下來，她姊姊或蘿絲也該送她去。我會寫封信，你帶著信過去，奧古斯汀夫人會接見你。你保證一定會去？」

「我保證。」理查說。

「我會確保你遵守諾言。」

一陣哀鳴忽然傳進屋裡。

夏綠蒂眨眨眼。「是狗嗎？」

「不可能，先前已經把牠留給兩個大男生了。」理查下床。「我馬上回來。」

他爬下階梯，打開門。一團黑影從他身旁飛奔而過，那玩意兒聞來有潮濕毛髮的氣味，身上還滴著雨水。

「我還以爲已甩掉你了。」理查咆哮。

狗兒猛力搖晃身體，水珠噴得爐火嘶嘶作響。

「他已經認定我們是主人。」夏綠蒂在小閣樓上喊道。

理查拾起她留在沙發上的毛巾，鋪在地上，大狗立刻趴在上面。

理查回到小閣樓，懶洋洋地躺在床上，把她拉過來。「現在該妳了。」

她挑高眉毛。

「告訴我，妳爲什麼想殺前夫。」

夏綠蒂改爲平躺的姿勢，眼睛盯著天花板，嘆了口氣。「遊戲要輪流才算公平？」

「沒錯。」

「我七歲時被送去加納學院，直到二十七歲，除了學院，我沒在別的地方生活過。我讀過很多冒險犯難和浪漫愛情題材的書，我喜歡賣弄風情，還會和男生親熱。」

「眞是嚇到我了。」

「哦，沒錯。我在那裡的最後幾年，已等不及要逃離。我打算去旅行，只要有本事挑戰的冒險，我都要試一試。」她再度嘆氣。「二十七歲那年，因為為國效力了十年，我獲贈一筆土地和房產，以及貴族頭銜。我搬進新家，很快發現，自己從沒有機會知道這個世界究竟有多大。我想去旅行，眞的很想，但新家有很多事要處理，花園也要照料，還有很多好書……」

她張大眼睛看他。

「妳很害怕。」他推測。

夏綠蒂點頭。「我受過各種訓練，也有充分的自信，但我就是無法克服恐懼。就在這時，艾爾維・里瑞明走進我的生命。他是貴族，完美無缺，英俊瀟灑……」

「我已經開始討厭他了。」理查說。

夏綠蒂笑起來，但表情苦澀。「我一心想要談一場戀愛並建立家庭，王子就在眼前，對我呵護備至，我們簡直是天造地設的一對。整件事看起來宛如通往幸福人生的最佳捷徑，我不必再精挑細選，也不用怕被人拒絕，馬上就找到眞命天子，我這個蠢到無以復加的傢伙就這樣嫁給他。他是家族龐大土地的繼承人之一，但在繼承財產前，我們認為他暫時住在我的產業是最好方案。婚後他立刻提到要生小孩，我們試了六個月，我肚子一直沒消息，他愈來愈不安。最後，我終於接受診察。接下來的一年半，我拒絕認命，到處尋找最高明的治癒者。我接受一次又一次治療，那些經歷到現在還會害我作惡夢。我拒絕放棄治療，因為從小到大，學院教導我，只要夠努力，就能心想事成。我讀過那麼多羅曼史，有一本的女主角不孕，但自從遇到眞命天子，不管是出於愛的力量、他的魔法或超強生殖力，還是其他過人的本領，總之最後解決了她的問題，接著她生下超可愛的三胞胎。我始終相信，能夠治癒我的魔法就在下個轉彎處等著我。」

她轉頭看他。「理查，我的不孕已無藥可醫，我這輩子都不會有小孩，這是無法挽回的事實。」

「我很遺憾。」他說。

夏綠蒂有些猶豫。「你會在乎嗎？我永遠沒辦法生下你的孩子。」

她的意思是考慮與他天長地久？理查警告自己，不要過度解讀。兩人來自完全不同的背景，她是貴族，他只是個冒牌貴族，而且名下幾乎什麼都沒有。

「我家現在有十六個成人，以前可是有五十幾個，另外還有將近二十個小孩，大多是單親或失去雙親。」他對她說。「我有一大堆孩子要照顧，我的人生價值不是取決於照料自己的親生孩子。」

夏綠蒂嘆氣，輕撫他臉頰，手指拂過他的唇。「說來好笑，要是嫁給艾爾維前，你問我這個問題，我會給你相同的回答。但婚後不知道爲什麼，生小孩變成我人生中最重要的事。我覺得生命出現殘缺，彷彿不能生育就代表我不是女人。後來，就在漫長的治療中，有一天我忽然發現，艾爾維那麼急著要孩子，全是爲了繼承家產。他和他弟弟在爭奪繼承權，要是能生下一個活蹦亂跳的孩子，他在這場競賽就能一舉衝到終點線，拿下土地、房產和族長的權柄。」

「聽起來很蠢。」*既然有了她，誰還會在乎那些見鬼的土地和房產？*

夏綠蒂聳聳單邊肩膀。「我很天眞，何況我一直在自欺。艾爾維向來十分周到，某些療程他還會陪我一起做，我們攜手走過這趟努力懷孕的旅程，兩人共同面對問題，我以爲這樣會讓我們更親近。說眞的，這件事彼此都有錯。他早該在婚前就挑明立場，而我則不該將他的禮貌和周到誤認爲愛。我想他也受到很大的打擊，後來他漸漸出現強迫症，我們得以特定姿勢做愛，因爲有人告訴他，這樣最容易受孕。他幫我製作排卵表，整件事變得瘋狂，把我們倆打垮。現在回想起來，這一切都讓人覺得……好詭異。」

理查無言地凝望她。她丈夫分明就是混帳。他很想找到這人，把他活活剝了皮。但在這節骨眼撂這種狠話，恐怕不是好主意。

「所有方法都用盡了，我收到最後一則令人絕望的通知，原本以爲他得知後會擁抱我，對我說沒關係，他還是愛我，不料他拿出一份婚姻無效文件給我。」

夏綠蒂苦笑著。「我的世界瞬間崩塌，我想傷害他，而且差點下手，就差這麼一點點而已。」她伸出食指和拇指，比出如髮絲般細微的間隔。

「爲什麼收手？」他問道。

「那樣是不對的。」她直白地說。「我是治癒者，職責是治療，而不是因爲某個人傷了我的心，就要置他於死地。」

這就是她永遠能照亮他黑暗心靈的原因。他一定要牢牢抓住她，絕不能讓她溜走，絕不能搞砸。

夏綠蒂閉上眼睛。「我們這些治癒者的能力就像雙面刃，一面可以延長生命，另一面則縮短生命。我們被規定只能運用延長生命的那一面。這規定如緊箍咒，從邁入青少年階段就開始緊緊縛住我們，它千叮萬囑，要我們絕不可傷人。治療是很辛苦的工作，你會覺得魔法不斷流失，但傷人就很輕鬆，會感到魔法充沛又強大，幾乎令人歡快滿足。在傷害別人時，你完全感受不到自己用掉多少魔法，直到用光的瞬間，你會整個人垮掉，嘗到自欺的下場。」

「妳可以盡量昏倒沒關係，我一定會接住妳。」

她笑了。

他也得意地咧嘴笑起來。

夏綠蒂翻身側躺，凝望著他。「治癒者停止治療生命時，可能出現兩種情況。第一，耗盡魔法並死去。第二……」

她猶豫地說不下去。

「第二是什麼？」理查追問。

「變成瘟神。他們耗損魔法後，明白自己要充實更多能量，於是開始汲取周遭人的生命力，轉爲己用，以便繼續殺戮。他們不再是人類。我第一次殺戮是感染沃沙克和他的手下，由於不確定我有沒有足夠能力殺死所有人，因此我事先汲取他們的生命力。你不知道那種感覺多美妙。」

她的聲音發顫。

「妳一定嚇壞了。」理查猜道。他彷彿聽見後腦有警鐘大響。他幾年前讀過一篇文章，探討類似問題，文中提到，對使用魔法的人來說，汲取別人的生命等於找死。

「沒錯，後來我再也沒有用過這招。一旦開始用，誘惑力愈來愈強，最後會令你招架不住。在記帳員家裡，我已瀕臨極限，當下我感受到你，你的生命力就在那裡等著我擷取，我忽然覺得好餓。」

她輕撫他的臉。「你會不會怕？」

「不會。」他不怕她，只怕她因此受害。

她清清喉嚨，悄聲說道：「有些人會以自己是同業中的佼佼者自居，但我不只是以爲，是一直都知道。我知道自己是當代魔法最強的治癒者。我不會成爲帶原者，而是直接將傳染病散播到全世界，我已成爲活生生的死神。與其一出手就殺掉成千上萬的無辜群眾，我寧可耗盡魔法死去。」

她閉上眼睛。「我根本不該開始的。你得明白，當時我看見你被關在空地的籠子裡，全身都是傷，滿臉憔悴，那些人則悠閒地躺著，像是在野餐，看得我怒火中燒。搾乾他們似乎是唯一方法，而我也照辦了。我知道風險有多高，只是不清楚魔法的力量那麼強。」

「妳只是嚇壞了。」理查對她說。「相信我，我也在場，而且我看見妳的表情。」

「那也不能當作藉口。很多治癒者沒幾年就消失不見，我一直認爲那是因爲他們已油盡燈枯，也許我想錯了。也許他們受到誘惑，誤入歧途，最後被當作狂犬病的狗一樣撲殺。」

「別說了。」他說。「別這樣說自己，妳不會被撲殺，我絕不允許任何人碰妳一根寒毛。」

「理查，要是哪天我迷失了，你一定要阻止我。」她柔暖的唇印上他的嘴，他飲下她的芬芳。「我知道這個請求很過分，但請你答應我。」

這念頭令他心底某個部分歸於死寂，只剩下冰冷。「我會處理。」

既然她提出請求，他會照辦，至少會努力一試。他伸出雙手，把她拉進懷裡，一心希望自己能保護她，不讓她受到任何傷害。不管是人、動物或野獸，他都能一一剷除。然而，人如何和魔法抗衡？他砍不掉也殺不死魔法，如果它要把夏綠蒂帶走，他根本無能爲力。

夏綠蒂擁抱他，貼緊他的身軀。「我們的感情眞是曲折。」

他勉強擠出微笑。「還不知道呢，有可能更糟。」

「怎麼說。」

「我們的硬仗還沒打完，其實，也可以直接放棄。」

「不能放棄。」她說。「要是現在撒手不管，就等於前功盡棄。」

「妳的魔法，是不是正在影響妳？」

「它簡直是獨立的生命體，我把它當作一頭黑暗的野獸或一窩蛇。有時它沉睡，就像現在，心滿意足地潛伏著。一旦我用了魔法，野獸就會醒來，在裡面又抓又扒，想鑽出來。」

「眞希望妳能早點告訴我。」他把她擁得更緊，親吻她的唇，那股滋味眞美好。「我不該拜託妳解決那些水手，也不該讓妳下船，就是這樣。」

「你不用特別強調我該做什麼或不該做什麼。」她微笑說道。

「當然要，妳自己答應過要聽我的話。」

她翻身爬到他身上，一臉淘氣。「偉大的理查大人，要是我反抗你，你會怎麼做？」

「我也不知道，可能會發出男性的怒吼。」他的頭枕著雙手，欣賞她的美。只見金髮披在她左胸上，只露出右胸，秀色可餐的完美乳房點綴著小小的深色乳尖，在柔軟白皙的皮膚襯托下，乳尖看起來幾乎像粉紅色。

她是如此美麗，而且居然願意讓他碰觸，眞令他訝異。他深深覺得，自己和她在這裡纏綿，簡直是宇宙中的某種奇蹟。

「你一直盯著我胸部。」

他挑高眉毛。「當然。」

夏綠蒂靠過去，髮絲像閃閃發光的簾幕般遮住雙乳。她的乳頭壓著他胸膛，涼涼的雙峰抵著他溫熱的身軀。他聞到她潮濕的秀髮散發微微柑橘香。

「理查，你怕不怕愛我會讓你變得軟弱？」她低喃。

「不怕。」她不知道他有多麼想要她。如果現在有人可以保證，只要他放棄使命，夏綠蒂就會永遠留在他身邊，他不知道自己會不會答應。笨蛋，你陷得太快太深了。

不，他不會因爲愛她而變得軟弱，只會變得不顧一切。

「妳是我的。」他說著環抱她。「我不想放妳走。」

她露出笑容，顯得淘氣又性感。

「我是說眞的。」他對她說。「妳逃不掉了。」

理性警告他，希冀兩人有共同的未來，這只會成爲絆腳石，讓他們裹足不前。他們會爲了對方而刻意避開危險，本來兩人都因爲沒有後顧之憂才會走上追殺奴隸販子這條路，但現在情勢已然轉變。他關上理智的聲音，反正它說再多也沒有用。

「也許我不想逃。」她捏住他牙齒緊咬著的下唇，輕輕幫他鬆開，然後放手。眼睛熠熠發光。「我高貴的絕命劍客大人。」

他的硬挺脹得難受，讓他快瘋了。

「我還想要你。」她低語。「可不可以再要你一次？」

他讓她平躺，把她壓在身下。她故意張大眼睛。「嗚，我被困住了，等一下會發生什麼事？」

他低下頭，品嘗她柔嫩的身軀。「我現在就爲妳好好示範……」

第十一章

夏綠蒂清掃小屋地板，將細灰與粉塵掃成一堆。他們在這間房子已待了三天。理查把這地方叫作獸窩，但就算是動物的窩巢也能打掃乾淨。整整三天，他們盡情交談，享受美食和性愛。無拘無束、美妙至極的性愛，她一想到便會露出笑容。

廚房傳來美味的炸肉香，還有食物在熱鍋中滋滋作響的聲音。她不知道理查的早餐菜單是什麼，光憑那味道就讓人食指大動。她發現他好像很喜歡做菜。

門外傳來細微的嘶嘶聲，想必是無馬馬車。兩人正等著車上的人光臨。

「我們本著和平前來。」有個男人在門外高聲宣稱。「請不要射殺我們。」

理查伸長脖子，對外面說：「我弟來了。」

「我去開門。」夏綠蒂說。

她拉開鎖，把門打開。有個三十出頭的男子站在門廊上，抱著一本很厚的皮製檔案夾。兄弟倆有明顯的相似處，一樣的頭髮，只是理查梳理整齊，卡爾達則是任由它亂；一樣的臉，都很帥，下巴都有稜有角，顴骨都很明顯；還有一樣的身高。不過，他們還是有些差異，理查的五官散發貴氣和傲氣，卡爾達的帥則是走痞子路線，搭配閃亮狂野的眼神，以及迷人燦爛的笑容。他給她一種太常笑又太常撒謊的感覺，而理查則很少笑，每個笑容都稀有得像天降大禮。

卡爾達眨眨眼。「妳是誰？」

「我是夏綠蒂。」她對他說。

「很高興認識妳。我說，夏綠蒂，妳有沒有看到理查？那傢伙看起來很陰沉，和我一樣高，但醜多了，而且毫無幽默感。」

「醜多了？」

「呃，或許該說他本人並不醜，但很愛搞憂鬱。他的問題就是想太多，所以無法享受人生。妳有沒有看到他？」

「他在裡面煮東西。」

「煮東西？他最討厭煮菜了。」

卡爾達跨進室內，忽然向左閃身躲開。一把刀從他剛才站的門框裡刺出，要是躲得晚一點就會正中頭部。卡爾達伸出手指，彈了彈刀身說：「是不是？毫無幽默感。」

「你在胡說什麼？」理查挑高眉毛。「看你見到刀的那副表情，明明就歡天喜地。」

「你是誰？你到底把我哥怎麼了？」

有個年輕人跟著卡爾達進門，精瘦身形被考究的外套完美包覆。他的舉止從容優雅，很多貴族拚命學習舞蹈，就是爲了擁有這種氣質。他行走時步伐俐落、風度翩翩，但神態堅定而有自信，不像舞者，倒像是劍客。他留著一頭長金髮，通常這是法師的習慣。五官立體，線條分明，但仍帶著一絲少年的溫柔。他轉身面對夏綠蒂，熟悉的藍眼望著她，那張英俊的臉雖然稚氣未脫，卻已相當引人注意，不出幾年帥度一定破表。

「喬治？」她倒抽一口氣。

「早安，女士。」他接過她手裡的掃把。「讓我來。」

她想連結起當日髒兮兮的頑童和眼前零缺點的貴公子，但徒勞無功，怎麼拼湊都不可能完整。

「真要命，是不是？」卡爾達無奈又嘲諷地搖搖頭。「看看我要應付多麼高水準的對手。知道嗎？只要我帶他出門，二十五歲以下的女人根本不鳥我。」

喬治大翻白眼。

「你已經結婚了。」理查提醒他。

「我只不過是針對假設的情境抱怨。」卡爾達對理查說。「你在煮什麼？夠不夠大家吃？」

「不必擔心，我不會丟下你一個人餓肚子。」理查迅速抖了下平底鍋，一塊煎餅在空中翻面，接著落進鍋裡。

「你能做的就只有餵飽我而已，我可是帶來你要的東西了。」卡爾達晃晃檔案夾。「我老婆爲了你，特地從我們這赫赫有名的間諜組織把它偷來，然後我們抄寫了一整夜，再把它放回『鏡』……」

「他家明明就有一台成像器。」喬治說。「他不到半小時就複製完畢。」

「你這個叛徒。」

卡爾達把檔案夾往流理台扔去。「我永遠嚴肅正經的大哥，這是送你的禮物。」他說完後做了個華麗手勢，指間忽然平空出現一張紙。理查放下木匙，打開那張紙，面無表情地看著。他看了很久，接著便遞給夏綠蒂。

那是理查被成像器拍下的影像，以紙張列印出來，最上面還有「獵人」字樣。照片是在某次對戰中拍的，他剛揮出手中的劍，面前的敵人就要倒下，鮮血濺上他皮膚。他頭髮飛揚，髮絲因急速轉身而舞動，表情看來祥和。

「這是哪來的？」理查問道。

「我當時正在蒐集你要的資料，碰巧經過羅德拉。那是座可怕的城市，我到貧民窟一遊，再跑遍周邊地帶。那些奴隸販子都在傳閱這張告示，你被活逮了。我不知道叫你戴面罩了多少次，爲什麼你就是不聽？」

半小時後，他們吃完理查煎的蛋，卡爾達已說了至少十個笑話，還告訴他們他老婆的趣事，再取笑一下路易斯安納大使。夏綠蒂終於明白，理查每次提到弟弟，表情就會變得有點緊張。兄弟倆的個性南轅北轍。卡爾達遊戲人間，從不甩自制和體面之類的美德，理查則無意耍小聰明娛樂他人，也不想引起旁人注意。

「我認爲，我們應該開始了。」卡爾達說。

喬治展開一大片軟木板。

卡爾達收起嘻皮笑臉。「就趁現在。」

他打開皮製檔案夾，開始將照片貼在軟木板上，共有五張。夏綠蒂感到一陣痛心的懊悔。她依然持續夢見多莉，但現在，當她清醒時，理查擁著她，與他依偎的美好難以言喻。他從沒明說，但不管是凝望或聆聽她，或者彼此帶給對方歡愉，都讓她有種被愛的感覺。她心底逐漸萌生可憐的小小心願，但她恨自己有這種想法，因爲它漸漸腐蝕他們的決心。當初決定踏上復仇之路，就得犧牲奉獻。彼此都明白這個道理，也都已接受，可每個擁有他的時刻對她來說依然宛如恩賜。現在這個小小心願漸漸瓦解，雖令她痛苦得死去活來，卻也如釋重負，而那令人厭惡的恐懼亦隨之而生。

「卡賽德領主。」

卡爾達指著第一張照片。上面的黑髮男子輪廓很深，正回望他們。

「小貴族，來自比較不知名的朵勒家族。他是獨生子，白手起家。大約五年前，他悄悄變賣資產，將錢全投資在黑狼進出口貿易公司。」

「黑狼？」理查皺眉說道。

「這傢伙想像力不太好。」卡爾達拍拍照片。「順道一提，你說對了。身高、體重、膚色和眼睛顏色，每個特徵都符合。要不是鼻子和下巴不對，他簡直可以成爲家族成員。」

「哪個家族？」夏綠蒂問道。

「我們家。」理查說。「我等等解釋。」

「接下來是梅鐸伯爵。」

卡爾達拍拍第二張照片。上面有個年齡較大的男子怒目而視，他相貌粗獷，目光銳利，灰髮剪成平頭，眼窩深陷，一雙眼睛看起來不太友善。

「他是艾朮昂里亞的退伍軍人，曾獲勳章，載譽歸國，受人敬重。他負責延攬新打手，同時也爲奴隸販子招募新血。」

「他藉由延攬新打手，淘汰不適任軍人。」喬治說。「比如說，那些喜歡虐待菜鳥的傢伙，他就把他們調去當奴隸販子。」

「雪貂夫人。」

卡爾達按著下一張照片。那是個接近三十歲的女人，骨架細緻，留著一頭淡褐色鬈髮，眼睛細長，眼眸是因太罕見而顯得珍貴的半透明淺綠色。

「這是另一名投資人。雪貂夫人對女奴隸特別感興趣，她每一季都會挑選幾位女奴，讓她們接受特訓，提升身價。」

「你怎麼知道？」理查問道。

「某次官方宴會時，她在房裡放了張採購單，忘了拿走，被『鏡』找到。上面詳列個人物品，包括爲七個尺寸不一的女人採購線條優美的服裝，以及各種不得體的取樂小玩意兒，還有號稱『助產士剋星』的藥方……」

這些混帳。

「顯然這藥是……」

「用來節育。」夏綠蒂怒火中燒，咬牙切齒地說。「只要劑量夠，它足以破壞子宮內膜，導致女人不孕。」爲了杜絕生養的麻煩，他們乾脆用藥剝奪女奴的生育力。她天生不孕，深知那些女奴蒙受多大損失。要是讓她遇到這個叫什麼雪貂的傢伙，她一定要把對方當成蛆一樣踩扁。

「她說得沒錯。」卡爾達說。「那張清單上的名字有明顯的殘境風格。像是布蘭妮，這名字在本地不常見。還有克莉絲汀娜，這就完完全全是殘境人的名字。」

分析得好。

「爲什麼？」喬治問道。

「因爲克莉絲汀娜是從『基督徒』衍生而來的【註】。」夏綠蒂說。「在殘境，耶穌基督被視爲上帝之子，他的信徒稱爲基督徒。在異境，他被稱爲拿撒勒的約翰，信徒則稱爲拿撒勒人。因此，克莉絲汀娜在異境會改爲由約翰衍生而來的喬安娜。」

卡爾達聳聳肩。「有一點很明顯，清單上的女子不是來自邊境就是殘境。怪的是，安潔莉雅・雪貂沒道理製作這份清單，況且當『鏡』的密探僞裝成僕人，故意把清單當作失物歸還時，雪貂夫人卻

譯註：克莉絲汀娜的原文是Christina，而基督徒則是Christian。

說她從沒見過這張單子。『鏡』只好把它列爲怪事一樁。現在我們發現她和奴隸制度有關，這件事就再也不奇怪了。」

理查盯著一張照片，上面有個溫文儒雅、打扮整齊的金髮男子，他的輪廓分明，髮型顯得過分精巧細緻，眼神有種凝聚力，像掠食動物般虎視眈眈。「這個人呢？」

「奧列格．瑞內男爵。」卡爾達交疊雙臂，表情瞬間變得惡毒。「你不會相信他和誰有親戚關係。有沒有看出他們之間的相似處？」

「史派德。」理查吐出這三個字的表情，活像吃到劇毒。

「是他的表親。怎麼樣？像不像？」

兄弟倆盯著照片，表情不約而同浮現恨意，這會兒兩人看起來眞像雙胞胎。

「就是那個殺害蘇菲母親的史派德？」夏綠蒂問道。

卡爾達點頭。「瑞內是史派德同父異母妹妹的兒子，是他們家族在艾朮昂里亞的分支。由於這層親戚關係，瑞內同時被軍方、內政部和外交使節團列爲黑名單。」

「他現在從事什麼工作？」喬治問道。

「他投身藝術、運動和娛樂界。」卡爾達說。「他走遍全國，擔任榮譽策劃人，主辦慶典及競賽之類的活動。只要有人負責保護他的安全，內政部自然沒意見。看得出他在這行做得很不錯。」

「所以，他會在全國各地遊走。」理查說道。

卡爾達點頭。「我在想，他在奴隸交易上應該是扮演買主、物色人選、清除麻煩等等角色。」

他指向最後一張照片。那是一個四十五歲左右的男子，以淡褐色眼眸凝望世界。他相貌英俊，透著一絲陽剛氣息，這些微的粗獷風更添魅力，簡直完美得很不眞實。他表情威嚴，毫不虛僞做作。唇邊和眼角堆著迷人的笑意，彷彿是在大聲宣告，這人值得你報效忠誠，因爲他是好人，還會做對的事。他的魅力實在太強，連夏綠蒂都忍不住想要報以微笑。

「他是羅伯·布倫南子爵。」卡爾達說。「也是整個人禍的首腦。」

他坐下來。「你打算怎麼進行？」

「我們要得到他的自白。」理查說。「或者至少他能認罪。」

「布倫南宛如敲不開的堅果。」卡爾達的表情轉爲嚴峻。「他除了身爲國王的堂弟，同時還非常有名。仕女對他愛如珍寶，紳士則認爲他是男人中的男人。這人身強體壯、富於魅力，還幽默風趣，他們全都愛死他了。你這下子等於和大眾公然作對。」

「那麼我們就得改變風向。」理查說。

「你哪有那種本事？」

「爲什麼不能直接除掉他？」喬治問道。

「因爲，要是殺了他，整個犯罪集團不會瓦解。」理查告訴他。「不妨想一想君主政治，國王駕崩後，繼任者上位，體制永遠延續。」

「理查說得對。」夏綠蒂起身說道。

兩位男士和一位大男孩立刻起身。

「你爲什麼站起來？」她問喬治。

「因爲妳是女士。」喬治答道。

「沒錯，但站起來的理由是什麼？」

「我也不知道。」

「你之所以站起來，因爲千百年前，每當女子走進有很多男人的室內時，她很容易遭遇不測，美麗或富有的女子尤其要小心。雖然我們的魔法可以取人性命，但就體格來看，男子通常比女子強壯。因此當女子進入室內，認識她的男人紛紛起身，表示他們會保護她的安全。三位剛才的舉動就是在宣告，你們是我的守護者。」

他們望著她。

「現代女性當眾受到攻擊的機率已微乎其微。」夏綠蒂說。「那麼男人爲何還要起身？」

喬治皺起眉頭。

夏綠蒂對卡爾達微笑。「你知道的，不是嗎？」

「我們起身，只因爲女人喜歡這樣。」卡爾達抓住喬治的肩膀。「你不希望自己在女生面前活像個沒禮貌的土包子，如果你站起來，她看到你，或許會過來坐在你身邊。」

「沒錯。法律並沒規定男人應該站起來，但你們還是起身，因爲女人樂於看見自己受到矚目。這個習慣已經深植你們心中，以致於我和理查第一次見面時，他一直等到我坐下才願意落坐，即使當時他已經陷入半死狀態。」

理查清清喉嚨。「說得太誇張了，我頂多就是死了四分之一而已。」

卡爾達扭頭，斜眼看著哥哥。「你在一小時內就講了兩次笑話，你還好嗎？」他悄聲問道。「不會是發燒了吧？」

「我沒事，別一直盯著我。」

卡爾達回頭看看夏綠蒂，再望望理查，接著又回頭看她。

夏綠蒂坐下來，三位男士也落坐。

「君主政治能夠延續，是因為貴族喜歡它。」夏綠蒂說。「大多數艾朮昂里亞人也喜歡它，就某方面來說，這概念非常吸引人。舉例來說，國王的權力比議會或國會小，所以大家能夠推翻他。但我們樂於裝作這個國家依然尚武，由強大的單一指導者領導全民，因此我們過度美化王位與端坐其上的人。」

「還有那些靠近王位的人。」理查補充說明。

「貴族不怕法律。」她接著說。「我也是貴族，我們當中還有人認為法律不能用在我們身上。我們只怕遭到公眾審查。民眾已將皇親國戚當作美德的表率，我們不能擺脫這個形象，否則就等於自揭瘡疤，承認自己從娘胎落地時，悠久的家世並沒有賦予我們高貴的靈魂。」

理查點頭。「島上的記帳員就是最好的例子，她對布倫南忠心耿耿，一提到他眼睛立刻放光。在她心目中，布倫南絕不會做卑劣的事。」

看來大家都有共識。「我們無法對抗體制，但可以敗壞某個人的名聲。」夏綠蒂說。「為了瓦解奴隸制度，我們得逼布倫南承認如此卑劣的惡行，他的行為完全不符合貴族身分，到時社會大眾別無選擇，只能判他出局。他會被當作辱沒家世的異類，只要有他參與的事務，都將被視為不乾不淨。貴族為了洗刷這份恥辱，一定會毀了他。」

「我喜歡妳的想法。」卡爾達說。

理查也點頭贊同。「我同意。社會一定要對他極度唾棄與厭惡，才能引起軒然大波，引爆眾怒。這些蓄奴的主人一定要瞭解，一旦他們的惡行被發現，立刻會成為全民公敵。唯有如此，才能將奴隸制度連根拔起。」

理查起身，走到木板前。「布倫南一手打造這個犯罪組織，讓它成為高效、活躍而且高獲利的生意。但我們不知道他為什麼要這麼做。他根本不需要錢，卻要冒著極大的風險，一旦這件事公諸於世，他將一無所有。由此看來，他一定是基於某種原因，才會被迫鋌而走險，在這件事上投注大量心力。想當初我們對抗『手』，雖然一再受挫，但我們依然堅持下去，直到勝利。」

卡爾達的臉忽然抽搐。「伊瑞安。」

伊瑞安是理查提過的同父異母小弟。「我不明白。」夏綠蒂說。

「我們的小弟投靠『手』，出賣整個家族。」卡爾達說。

「他後來怎麼樣了？」

「消失無蹤。」理查說。

「是理查放他走的。」卡爾達告訴夏綠蒂。「他看見伊瑞安走開，沒追上去。我說過，總有一天我們會後悔。」

「先說布倫南。我們要讓他覺得自己遭到背叛。」理查說。「讓他以為有人要篡位，試圖接管他的生意，就會把他激怒到失控。」

「若要執行這個計畫，你最少需要兩個人。」卡爾達說。「單憑一個人挑起紛爭，太容易被查出。你至少需要兩個人，假裝各自行事。不過，我親愛的哥哥，你的大頭照已被人送到布倫南桌上，所以你不可能假扮這兩人當中的任何一位。」

「我可以。」夏綠蒂說。「他們不認識我，再說，我根本不必假裝任何人。」

「好吧，有一個人選了。」卡爾達說。「但這件事我幫不上忙，奧黛莉也是，因為『鏡』會要了我們的命，何況我們正在待命。卡利斯大公一個月內就要迎娶伊美爾・德・隆侯爵夫人。那個怪老頭為什麼不能找個艾朮昂里亞對象？恐怕我到死也不知道原因。貴族圈裡有一整群老淑女等著要嫁他，但他不要，這頭老山羊偏偏跑去路易斯安納找老婆。」

這位大公向來不按牌理出牌。大約八十年前，羅根・布倫南在位期間，姊妹蘇麗娜・布倫南嫁給北方文蘭國的烏爾里奇・赫康森王公。後來，羅根將王位傳給兒子奧爾瑞德，於是烏爾里奇王公榮升為大公，這頭銜歷來都是由國王家族中最年長的長輩承襲。身為大公，他曾不遺餘力保家衛國，帶領艾朮昂里亞陸軍與艦隊在十年戰爭中取得勝利。國王奧爾瑞德還沒生下子嗣便死亡。由於烏爾里奇是外國人，蘇麗娜無法繼承，改由女兒嘉蕾娜登上艾朮昂里亞的王位。現在王位是由嘉蕾娜的兒子接下，大公既是前任女王的父親，又是現任國王的外公，以及整個布倫南家族最年長的長輩。他老當益壯，且聲名遠播。夏綠蒂曾遠遠見過他兩次，這人身材魁梧得像熊，看起來疤痕累累，明顯受過戰爭洗禮。他最為人津津樂道的是強大魔法、在戰場上所向披靡的本領，還有獅吼般的嗓門。蘇麗娜夫人已過世將近十五年，現在他終於決定再婚。夏綠蒂猜想，或許他不願意孤獨終老。

「艾朮昂里亞和路易斯安納的人都會參加這場婚禮。」卡爾達接著說。「現在『鏡』上上下下全都繃緊神經，嚴陣以待。」

「那會是個揭穿布倫南的好地方。」夏綠蒂大聲說出想法。

「沒錯，但這件事不能交給我。我本來暗示單位指導者歐文，但他立刻否決我的提議。現在你們還差一個假扮的人。」卡爾達說。「你們需要不同的人進行重複的事，騙子都是這樣玩的，一定要各自獨立，從兩種完全不同角度達到相同目標。」

「說不定我——」

「不行。」三位大人齊聲反對。

「你得為自己的將來打算。」夏綠蒂對他說。「我們若失敗，布倫南會無所不用其極地毀掉你。」

「不只如此。」理查補充說明。「你是個名人，又有背景。萬一失敗，你會拖累姊姊、姊夫和弟弟。喬治，你可以幫忙，但絕不能暴露身分。」

「看來我們的運氣用完了。」卡爾達說。

「如果我能變成卡賽德就還有希望。」理查說。

什麼？

「又要搞一次？」卡爾達問道。

「我見過他。」理查說。「模仿他並不難，你剛才也說了，我和他長得很像。」

「我承認，你確實擅長做那些假牙、假眼、假鼻子什麼的。」卡爾達雙臂交疊。「但這可不是半夜在昏黃的酒館和人見面，你長得還是不夠像他，騙不了人的。要是你把那些大便糊在臉上，被舞廳明亮的燈光一照就原形畢露了。」

「藏在我皮膚底下就看不到了。」理查說。

夏綠蒂赫然明白他的意思。「整容手術？」

他點頭。

夏綠蒂凝望相片，試著比較兩張臉。理查的下巴太尖，鼻梁太低、輪廓太分明，還有眉毛太高……不，太多了，太多地方不一樣，絕不可能成功。

「你瘋了，要找誰做？」卡爾達質問。

「迪克特。」理查說。

卡爾達緊皺眉頭。

「誰是迪克特？」她問道。

「他是路易斯安納的叛徒。」卡爾達答道。「曾執行幾次獨具創意的手術，他們正打算放逐他時，他一溜煙逃跑，穿過邊界，奔向艾朮昂里亞內政部的懷抱。你怎麼會認爲他有這種本事？」

「我有權動用坎邁廷與杉汀的聯合帳戶。」理查說。「迪克特需要錢。」

「荒唐。」夏綠蒂對他說。「你居然要把自己的臉交到一個叛徒手上？」

「夏綠蒂說得很對。雖說這人是拿手術刀的藝術家，但你還是會死在手術台上。」卡爾達說。

「不一定。」理查望著夏綠蒂。

不，再過一百萬年也不行。「別想了。」

「夏綠蒂……」

「我叫你不要想！」她憤而起身。「手術刀切割你的臉時，我得一直替你治療。看看你和他的下巴，理查，那代表要切開骨頭，重新塑形。我得讓它以不自然的形狀重新長出，你知道這樣有多難？我曾在重建手術中擔任助理，我很瞭解整個過程，你這麼做等於自殺。我無法保證你能活下來，就算是最樂觀的情況，你也還是會毀容。如果是最壞的情況，那就是慘死手術台上。這太危險了。」

他只是默默望著她。

「理查，這眞的太危險，我不幹。手術刀不小心一滑，或者一個不小心感染，你就再見了。」

「夏綠蒂，妳不用來幫忙，我可以雇用別的治癒者。」他平靜地說。

「那麼，第一，你必死無疑。第二，沒有治癒者願意爲你做這件事，簡直就是自殺。」

「還有沒有別的辦法？」

「我不知道，但反正這辦法行不通。」

「我願意承擔風險。」理查說。

「我不願意！」

「請妳尊重我的責任。」他說。

最後這句話像鞭子一樣抽打她。當初他嘗試阻止她跟隨時，她也說過類似的話。兩人決定在一起後，也講好不讓彼此的感情妨礙使命。要是他們不曾發生性關係，他只是熟人，那麼她頂多針對手術風險提出警告，不至於像現在歇斯底里地想要阻止他。

但他們終究上了床，現在她深愛著他，不管他對她是否有相同的情感。

心裡有句話在還沒說出前便已將她粉碎，但她仍極力穩住，以平靜的聲調，外加一點疏離感，提出她最不想面對的問題：「萬一我失去你呢？」

「不會的，妳是當今世上最高明的治癒者。」

□

理查趴在手術台上，上方有盞手術燈，無菌而刺眼的光照射下來。從這個角度看去，剛好可以細細觀察迪克特。這人是小個子，身形偏瘦，穿著手術袍。他檢查設備和器械時，臉上流露非常專注的神情。他面前有張桌子，上面的成像器有卡賽德的臉，比正常尺寸大兩倍。成像器能完全捕捉一個人的外貌，迪克特可說是這方面的高手。

夏綠蒂站在這位外科醫師身旁，冷若冰霜的美貌簡直銳利得可拿來切割東西。理查從沒看過這麼冰冷的目光。

迪克特的女兒擔任助手，她將最後一條皮帶收緊，把理查的左臂牢牢縛在手術台上。皮帶釦「喀噠」一聲鎖上，他被綑住了。

「簡直是自殺。」夏綠蒂說。

理查對她微笑。

自從理查表明她在意氣用事，夏綠蒂便決定收起所有情緒。她足足花了三天與他爭辯，試著用冰冷而完美的邏輯說服他。兩人坐在壁爐邊烤火時，她詳細說明手術流程。後來她在架上找到一本解剖學，仔細解說手術刀有多容易造成傷害。她還恐嚇他，重塑骨頭後將長期遭受慢性疼痛與神經損傷。兩人做愛時，她刻意令他屏息難忘。總之，她千方百計要給他一個打退堂鼓的理由。

但她不知道，她說什麼都沒有用，反而更加堅定理查的決心。只要能避免她運用魔法邪惡的一面，他願意不惜代價。他已想好計畫，儘管風險非常高，但如此一來，她就不需要殺任何人。關鍵在於他和卡賽德長得很像，他非利用這個優勢不可。他耐心傾聽她的字字句句，也承認她的爭辯完全站得住腳，但無論如何，他拒絕退讓。

迪克特戴上手套，拿著墨條，開始在理查臉上畫線。「女士，您的治癒力有多純熟？」他的聲音溫柔而沉靜，帶著一點點路易斯安納口音。

「我是萬中選一的治癒者。」她斬釘截鐵地說。

「我知道您是一位治癒者。」他說。

「不是『一位』，是『萬中選一』。」她說。

迪克特瞥了她一眼。「要是我不相信，還請您原諒。即使是萬中選一的治癒者，也要等到退休後才有本事行奇蹟。不過，既然我的病人對您充滿信心，想必您還是有些本事。這類手術往往……非常可怕，我要拜託您，等我開口再開始治療，否則您會把我辛苦做好的成果給毀了。」

夏綠蒂以致命的目光鎖定理查。「你要是死了，我就會立刻隨你而去，你別以爲在另一個世界能平靜度日。」

他終於明白，夏綠蒂一定非常痛苦。要是立場互換，今天是她躺在手術台上，而他則被迫眼睜睜看著她的臉被切開，還要忙著擦那些血，難道他就受得了？

「迪克特，請給我們一分鐘。」

外科醫生聳了聳單邊肩膀，和助手走出去。

「你是不是腦袋忽然清醒了？」她問道。「要不要我解開這些皮帶？」

「很抱歉害妳面對這種事，對妳來說一定很不容易。」他無法讓她理解自己這麼做的原因。要是他死了，她絕不會原諒她自己。

夏綠蒂擰緊的眉頭驟然挑高。「馬爾閣下，請你注意。你先是不理會我的意見，現在又侮辱我。我向你保證，看著外科醫生切割人肉，對我來說根本不是什麼新鮮事。不好意思，事實與你的期望相反，你其實沒那麼特別。」

她是眞的氣瘋了。「如果我能和妳立場互換，我會……」

她眼中燃起熊熊怒火。他這麼說可就大錯特錯了。

她伸出手，甩他一巴掌。

「若你我立場互換，我一定會死在這張手術台上。你不顧我意願，把你能否存活下來變成我的重責大任，現在別對我說這種空洞的陳腔濫調。」她轉身背對他，走到他視線外，對外面說：「他準備好了。」

門開了，一會兒後，迪克特重新站在他面前。「幫幫忙，別傷害病人。要是妳眞的覺得有必要打他，麻煩好心一點，打他別的部位，不要打臉。」

「你開始前我會治好。」她冷冰冰地回應。

一根冰冷的針扎進理查的手臂。

「我數到十。」迪克特說。「我要你跟著我數。十。」

「十。」

整個空間開始旋轉。「九。」

「九。」

「八。」迪克特的聲音聽來很遙遠。

「八。」理查喃喃說道。

「七。」

燈光熄滅，一切化爲黑暗。

□

「看著我。」

有個聲音在呼喚，理查在無色無邊的水裡朝聲音奮力游去。他不清楚那是誰的聲音，總之是它把他叫醒，現在他可以動了。心底有點納悶，爲什麼他沒淹死，還有水面到底在哪？不過，這些問題都太渺小，不值得他注意。

底下的黑暗張開血盆大口，朝他襲來，它長長的觸手扭動著，準備捲住他再拉下去。他知道那不是死亡，還差得遠，它是別的東西。他一邊游，一邊感到它的冰冷在水中散開。他忽然明白，那味道像血。

他不怕它，非但不怕，還覺得有些熟悉，彷彿那是他的一部分。

「理查？」

夏綠蒂……他在水中轉身，尋找她的身影。

吾愛，妳在哪？水向四面延伸，無邊無際的透明。

「回到我身邊，理查。」

我在試了，甜心，我在努力，努力找妳。

「快回來我身邊。」

他感到一股溫暖，便轉頭尋找。一道晶瑩金光照亮澄澈的深處，他朝著光的方向游去。

黑暗追上來，冰冷觸手纏住他的雙腿，用力拉扯，但那道光牢牢抓住他，不願鬆手。

「回到我身邊，理查。」

他想對她說：我愛妳，別讓我沉下去。

「快回來。」

他雙手奮力一推，黑暗瓦解，觸手的碎片燒灼他皮膚，留下長長的黑色印記。他知道這些印記永遠不會消失了。他的腳拚命踢水，朝光源游去。

理查忽然張開眼睛，看見夏綠蒂俯身望著自己，雙眼閃閃發光。他想對她說，是她救了他，但痛苦攫住他的嘴，灌進他下頷。

夏綠蒂牽起他的手，親吻手指。他發現那些束縛已經消失。

迪克特倚著裝滿設備的推車，臉色看起來很差。

理查在疼痛中殺出一條路。「手術進行得如何？」

「可以說是我畢生傑作。」外科醫生說。他站起身，對夏綠蒂鞠躬。「很榮幸與您共事。」

「我也是。」她對他說。

迪克特轉身走出去。

夏綠蒂彎身湊到他面前。理查看見她眼中含淚，便張嘴想說話，她伸手按住他的嘴。

「別說話。」她低語，然後親吻他。他在她的唇間嘗到淚水與急切。她擁抱他許久才勉強鬆手，像戴面具一樣換上沉靜表情，他有點希望她不要這麼壓抑。

「你要不要照一下鏡子？」夏綠蒂問道。

「要。」

她朝著被他緊抓的手呶呶下巴。「那你得先放開我的手。」

「不要。」

她對他微笑，找了張椅子坐下。十分鐘後，他終於相信夏綠蒂不會平空消失，這才願意鬆手。她找來鏡子，理查在鏡中看見一個陌生人與自己對望。他依稀看見昔日的痕跡，眼睛還是一樣，或許眉毛甚至額頭都一樣，但其餘部分都成了卡賽德的翻版。

「這不是我。」他說。

「這是你要的。」夏綠蒂提醒他。

「會不會令妳困擾？」

「你是說這張新臉？」

他點頭。

夏綠蒂嘆氣。「理查，困擾我的是你冒著生命危險動手術，我才不在乎你換成誰的臉。」

他恍然大悟，自己真的很愛她，愛得深摯，愛得濃烈，宛如瀕死之人，在人生的最後一刻拚命爭取僅存的時間，哪怕多一點也好。

第十二章

溫暖的唇瓣觸碰她的嘴。

夏綠蒂張開眼。不知何時，她在壁爐旁的沙發上睡著了，馬拉松式療程極耗心神與體力，倦怠籠罩著她。她甚至有種荒唐想法，覺得那股倦怠像毯子蓋住全身，每次呼吸都會被它奪走一點生命力。

理查正望著她。她伸出手，摸摸那張新的臉，尋找感染跡象。幸好，看起來沒有發炎。

「會不會痛？」

「不會。」

迪克特眞不愧爲用刀的藝術家，夏綠蒂與他攜手完成的這個傑作，簡直是奇蹟。理查與卡賽德的相貌離奇神似，但貴族的眼神充滿防備，理查則聰明外露，增添了幾分危險氣質。卡賽德本人看來憂鬱而陰沉，一副厭世樣。但在理查的聰明與毅力加持下，這張臉變得凶猛。不只帥，還很有男子氣概，且強壯勇猛，那是戰士和領袖的相貌。卡賽德的長相明明得天獨厚，卻沒善加珍惜，實在可惜。

「你一定要努力擺脫原來的樣子。」夏綠蒂一邊說，一邊輕撫理查的臉頰。不管他以誰的面貌出現，他都還是她的。

理查抓住她的手親吻。「必要時我會馬上改掉。妳想不想起來走走？」

「要看走多遠。」

「後門，我想請妳和一個人碰面。」

「應該可以。」

夏綠蒂扶著沙發起身，跟隨他往後門走去，途中經過桌子，桌上擺滿整理得一絲不苟的文件和水晶。他們將五人的稱呼改爲貴族奴隸販子，並且花了幾天瀏覽那些文件，現在對這些傢伙已瞭若指掌，就連當事人都沒這麼瞭解自己。經過這番徹底研究後，計畫已然成形。理查整容是第一步，至於夏綠蒂則要和雪貂夫人結交。她很樂意進行這項計畫，她一定會成爲這位夫人的知己，待時機成熟，準備收割時，她會把對方當作惡臭的燭火，一口氣吹熄。

「一旦我化身卡賽德，就無法看顧妳了。」理查在後門停步，從流理台上的水果盤拿了顆橘子。

「我又不是手無縛雞之力。」夏綠蒂對他說。

「話是沒錯，但妳不能公開使用魔法，否則可能被捕。再說妳也沒有格鬥家的反應。」

夏綠蒂沒爭辯。他說得對。她雖然有本事撂倒一批人，但只需要一個普通等級的打手就能要了她的命。她反應確實不夠快，因爲沒有受過專業訓練，當時在島上才會那麼痛苦。

「若能找個保鏢就如虎添翼了。」理查說。

「我可不能帶著保鏢進上流社會。」她對他說。「這個圈子不流行保鏢陪同，更重要的是，訓練有素的打手在貴族面前現身，會激怒包括布倫南在內的五個人。」

「這位不會。」理查說著開門。

蘇菲站在草坪上，身穿藍色寬鬆長褲和白衫，黑髮整齊地綁成馬尾，臀部掛著劍鞘。

「不行。」夏綠蒂說。

理查把橘子拋給蘇菲。女孩旋即出手，快得令人來不及看清，水果已化爲四片落在草地上。她揮了揮劍，甩開上面的橘子汁液。

「不行。」夏綠蒂堅稱。

「只是預防萬一而已。」理查說。「妳帶著女伴本來就很稀鬆平常，她爲什麼不行？」

「因爲我們玩的是危險遊戲，我不要她受傷。」

蘇菲沒有顯出畏縮的樣子，表情依然沉著，但眼中閃過受傷的神情。夏綠蒂頓時明白，這孩子想必常被人拒絕。

「妳們何不先談談看？」理查說完便轉身進屋。

噢，好極了。

這孩子站在那裡望著她，彷彿她是隻飢餓難耐的幼犬，而夏綠蒂手中剛好有一塊牛排。夏綠蒂來到草坪，忍著肌肉的慢性疼痛，對蘇菲說：「一起走走？」

□

理查望著夏綠蒂和蘇菲走進林中，還沒有取名字的狗跟在後面。

他身後響起細微的腳步聲，他認得這聲音。

卡爾達來到他身旁，表情若有所思。「兩個人都很漂亮，那是你最關心的兩個女人。」他口氣透著微微的不認同。

「我想，你來是要告訴我，我又犯了天大的錯誤。」

「不是。」卡爾達擠眉弄眼。「好吧，是。」

理查嘆口氣，揮手示意他說清楚。

「我查過她。」卡爾達說。「你知不知道十精英都是什麼人？」

「就是最早來到艾朮昂里亞的十個貴族世家。」顧名思義，他們是這個國家的精英階層。

「夏綠蒂七歲那年被他們帶走，進了加納學院。她在學校遇見奧古斯汀・艾爾・朗夫人，這位是朗家族的直系子孫，這個家族恰巧就是十精英的其中一家。後來，夫人收養了夏綠蒂。」

「唔。」

「理查，你沒在聽。那是正式收養，所以夏綠蒂的全名是夏綠蒂・德・奈伊・艾爾特・朗。如果國王舉辦晚宴，她可以坐在主桌，就在皇室隔壁的位子。」

理查轉頭看弟弟。

「他們當初並沒有公告這次領養，很可能是想讓夏綠蒂有機會過正常生活。即使在結婚證書上，夏綠蒂的簽名也只有德・奈伊。我猜，她嫁的那個智障根本不知道，但『鏡』的檔案中有她的眞實身分。你知不知道，有多少人寧可冒著生命危險，也要想盡辦法娶到十精英家的女兒？」

關於這一點，他再清楚不過。「你的結論是？」

「在眞實世界中，公主不會嫁給養豬戶。」卡爾達說。「百姓聽見她的名號時，還得起立敬禮。至於你，不過是個邊境人，一隻生活在沼澤中的老鼠。」

「我沒忘。」理查說。「不過，還是謝謝你提醒。」

卡爾達咬牙切齒。「我再提醒你另一件事，當初瑪麗莎離開時，你酗酒了整整兩個月，後來還想跳水自殺。」

「在那段愁雲慘霧的日子裡，我其實沒有要跳水自殺，只是喝醉了，剛好酒又喝完，所以我就去碼頭邊，因爲我記得船上還有一瓶酒。」他是不小心失足落水的，掉下去後才發現，爛醉如泥時想游泳，簡直是不可能的任務。他掙扎半天才回到岸上，甚至因爲力竭昏了過去，最後是卡爾達發現他。

不知道爲什麼，全家都認定他想自殺，不管他怎麼解釋，他們都不接受。

「我只有你這個兄弟。」卡爾達說。「若你按照這次計畫行動，她將在沒有你的情況下進入社交圈。我無意挑毛病，但你不可能鎖住她，她遲早要涉足上流社會。現實就是，她既單身，長得又美，還有個人人稱羨的家族名號。等到她的名號在社交圈中打響，就會有一大堆追求者像鯊魚一樣包圍她，這些傢伙可是衣食無虞的權貴。他們可以爲一個無關緊要的東西囉唆整整十代，他們是非我族類。只要有個年輕英俊的傢伙出現，而且兼具家世與財富，可能就會吸引她的注意力。」

「你是眞的在擔心我。」

卡爾達的面孔抽搐。「瑪麗莎離開時，你還年輕，心底隱約明白，你還有的是時間，人生依然有機會。但你現在長了幾歲，還是被她沖昏了頭。你這人不常被女人迷住，可是一旦陷進去，不是幸福美滿就是落得一場空。」

「你從何時起這麼瞭解我的感情生活？」

卡爾達朝著周圍一揮手。「很明顯啊！你會盯著她看，還會逗她笑。萬一哪天她離開你，恐怕會讓你心碎，這次我說不定無法及時幫你把頭拉出水面。我只是要你現在盤算一下，以免到時措手不及。」

「如果我游泳時要人幫忙，我一定會告訴你。」

卡爾達本想再說什麼，忽然閉上嘴。

「還有沒有？」理查問道。「一次說完。」

「如果你娶了她，你會成爲艾爾・朗家族的一分子。你勢必要取得收養她的奧古斯汀・艾爾・朗夫人同意。」卡爾達從口袋抽出一個小型成像筒，遞給他。「在你採取行動前，先看看這個。」

他說完便走開。

「卡爾達！」

弟弟回頭望著他。卡爾達是眞的擔心他。這個弟弟喜歡把說笑和幽默當作保護，現在為了他通通卸下，一反常態地正經八百，可見有多重視這件事。當初德朗找上理查，希望他接下追捕奴隸販子的職務，理查從未想過，萬一自己失敗，卡爾達會不會受到影響。幾年前眼見家族分崩離析，從此他學會多關心他最在乎的人。弟弟已有妻子，她不但深愛著弟弟，還得到族中倖存者的支持。即便如此，若自己遭遇不測，或灰心喪志，卡爾達絕不會好過。事情到了這地步，理查至少要讓卡爾達知道，做弟弟的為了救哥哥已盡了全力。

「我們一起看吧。」

卡爾達撇撇嘴，轉身回到他身邊，兩人並肩回屋。理查早就想過，夏綠蒂可能會離開他，投入迷人的貴族圈。現在知道她被十精英家族領養，離開他的機率又更高了。

他忽然覺得手裡的成像筒異常冰冷。他進入屋內，走向成像器。這套設備擺在沙發左側的高圓桌上，支架鑲嵌著華麗的金屬裝飾。桌面直徑大約一點五呎，上面覆蓋金棕色金屬殼。他觸摸金屬殼，它便從中分為兩半，各自朝桌子左右側滑下，露出一個精緻的表面，上頭有奇異的圖案。表面散發淺藍光芒，將整片圖案籠罩在柔和光線下。中央有三根直立的金屬叉，看起來就像倒過來的鳥腿，上面嵌著邪惡的鳥爪。

他望著圓筒，心裡很清楚，他壓根不想看這裡面的東西。「鏡」這組織好比喜鵲，熱愛蒐集資訊，有的珍貴，有的無用。不管蒐集到什麼都歸檔，像隻笨鳥，把所有吸睛的小東西全啣回巢裡。很難說他會看到什麼。

那些爪子正在等待。

理查還是想知道裡面到底有什麼。他把成像筒擺進爪子裡，金屬叉便合攏。內部的成像筒發出淡淡藍光，上空出現夏綠蒂的影像。只見她坐在高高的陽台上，年紀看來比較輕，神情也溫柔多了。她把頭髮盤成一圈，像戴皇冠一樣盤在頭頂。穿著淺綠色洋裝，裙襬攤開地，整個人宛如高貴的公主。

有個人站在她身旁，身形纖瘦，頭髮是淺褐色。他穿著非常合身的亮色外套，搭配同色系長褲，以及柔軟的靴子。全身打扮彰顯富貴身分，也代表他請得起好裁縫。

「艾爾維，你這身打扮非常好看。」夏綠蒂說。

「謝謝，妳也美得不得了，一如往常。」

原來是艾爾維，她的前夫。理查瞇眼細看對方的臉，那是鬥士打量對手的方式。理查斷定，這人絕不是自己的對手，除非他是天賦異稟的電光術士。理查在自己和艾爾維身上找不到任何共通處，兩人的相貌也完全不同，或許這正是他吸引夏綠蒂的原因之一。儘管心裡有個自私的聲音說，她爲什麼喜歡他並不重要，但他依然盼望，她是單純喜歡他這個人，而非看上他與前夫的差異。

艾爾維坐在長凳旁的椅子上。「希望妳不會介意我多嘴提問。」

「就算要這樣批評你，也得等你問了。」

「那麼我就開門見山地提問了。爲什麼我們結合要奧古斯汀・艾爾・朗夫人同意？」

夏綠蒂向後靠坐。「我告訴過你我進加納學院的始末了。我很小就離家，被帶來學院，這些年來，我已把奧古斯汀夫人當作良師益友，她的意見對我來說非常重要。你爲什麼這麼在意這件事？」

艾爾維露出笑容。「看來我今天眞是愚鈍不堪。妳對良師益友如此信任，令我敬佩，但艾爾・朗夫人對我的背景展開不尋常的調查……查得太遠了。她要求我提出第一到第七代祖先的檔案。」

「你有什麼不方便透露的？」夏綠蒂問道。

「當然沒有。」

「那就沒什麼好緊張了。」她微微一笑，伸手輕撫他的臉。理查見狀，雙臂肌肉驟然緊繃。

「你過度擔心了，艾爾維。」

「夏綠蒂，妳已經成年很長一段時間，結婚不需要取得她同意。」

「艾爾維，只要某人沒經過奧古斯汀夫人認可，我絕不會考慮和對方建立長期關係，更別提結婚。她就像我母親，我很重視她的看法。」

「要是她不認同我呢？」

「那我只能取消婚約。你要和我在一起，這方面恐怕只能委屈你。」

「我很樂意。」

夏綠蒂露出微笑，影像隨即消失。

「你都看到了。」卡爾達說。「如果你想和夏綠蒂過日子，你就得和奧古斯汀夫人作戰，但這場仗你沒本事打贏。當她詢問你的背景，你要怎麼回答？」

「就說我是沼地來的鼠輩。」理查咧嘴笑道。「我父親也是沼地鼠輩，他的父親，還有他們的父親，一直追溯到家族的源頭，最早有一群老兵移民到大陸上，結果困在沼地，後來和本地人通婚，從那時開始延續血脈。」

「是啊，你應該順便提一下弗納。」卡爾達諷刺地搖搖頭。

「沒錯，我怎能忘記。親愛的夫人，我堂妹的外公是個流亡者，還有個叔叔是變形者，幾位堂兄弟姊妹甚至不是人。我有一小塊地，還有一點點錢，至於我可以在艾朮昂里亞走跳，那是因爲堂妹瑟芮絲嫁了個變形者，他答應為『鏡』效勞十年，換取馬爾家的庇護和公民權。我有沒有漏掉什麼？」

「你說這些話時，應該找夏綠蒂過去，萬一高貴的夫人當場中風，她就可以派上用場。不過，我說，你不是認眞的吧？」

「眞可笑，一個從不知道認眞兩個字怎麼寫的人，居然問我這種問題。」

「我可是對我老婆和家庭安危非常認眞。你到底是怎麼搞的？這件事有沒有穿透你那又厚又硬的頭蓋骨？」

「我其實並不擔心貴族把夏綠蒂拐走。她早就見過那些人，最後還不是選中我。再說，我們還有幾個比奧古斯汀夫人更大的問題要面對。」理查穿過室內，來到書架前，從頂端抽出一本厚重的書，封面有美麗的浮雕。他刻意把這本書擺在最高處，以免被夏綠蒂看到。

「比如說？」

「夏綠蒂可以用魔法殺人。」

卡爾達瞪著他。「這麼說來，她已成了墮落的治癒者。理查，要是他們發現，可是會殺了她。」

「這只是問題的其中一部分。」

「還有呢？」

那本書很重，像一大塊堅硬岩石。理查翻過一張又一張厚厚書頁，找到一篇文章，將書遞給弟弟。這篇文章他讀過多次，字字句句早已刻在腦中。他始終盼望能夠找到不同解讀，可惜事與願違。

擷取別人的魔法轉為己用，俗稱搾取生命力，這個詞源自少數親身經歷者的第一人稱報告。他們把這種現象稱為搾取或偷取目標的生命。事實上，使用者和目標形成魔法回饋的循環，而被搾取的其實是目標的魔力，而非什麼神祕的生命力。然而，既然沒了魔力人體就無法維持生命，那麼當目標的魔法被搾乾，自然也就面臨死亡，因此「搾取生命力」一詞，乍看之下並無不妥。

在搾取生命力的過程中，使用者吸取目標的魔法，將這股能量轉爲己用。由於魔法源源不絕注入，使用者很快就會變得法力無邊，身體也會以最自然的方式散發魔法。使用者散發的魔法一定會比吸收的更多，因而得再吸收比上一次更多的魔法，但接下來又會全部耗盡。吸收與耗盡形成循環，一次又一次擴大規模。循環的時間愈久，就愈難停止。不妨想想，雪球滾下山坡時，滾得愈遠，體積也會愈來愈大。魔法回饋的循環愈久，流過使用者身軀的魔法就愈多，最後使用者淪爲魔力流通的管道，而且失去自主意志。

目前已有許多回饋循環中斷的例子，使用者開始汲取能量，但持續時間非常短暫。這些使用者表示，他們在極短的過程中便經歷狂喜和迷醉，乃因吸收大量魔法所致。毋庸置疑，這會提升中斷循環的難度。簡單地說，竊取魔法會產生快感，形同自我獎勵，以致許多使用者欲罷不能，一旦開始，短短幾分鐘後，他們就再也不想停下來了。

本研究共檢驗十一個回饋循環中斷的例子，當中有九例日後出現再度嘗試的情形。這九位使用者全部泯滅人性，得消滅他們，因爲他們對大眾帶來威脅。作者認爲，使用者第一次在中斷循環後存活下來並非不可能，然而，若想二度中斷循環，已非常人的意志力所能及。

卡爾達抬起頭。「這到底是什麼意思？」

「喬治對你說了多少？」

「我只知道你受了傷，逃進邊境，夏綠蒂治癒你。接著奴隸販子追來，殺了兩個男孩的奶奶，燒掉房子，把你關進籠裡，最後是夏綠蒂救了你。」

「她找到奴隸販子的營地後，啓動回饋循環，這是她第一次殺戮。之所以啓動，是因爲她認爲自己的魔力不夠。其實她不必進入這個模式也能殺人，但她每次殺人，魔法都逼迫她再次啓動。」

「萬一她眞的再次啓動呢？」

「她會汲取所有敵人的魔法，之後將它變爲瘟疫散發出去，接下來她會搾取更多魔法，持續散發，一直循環下去，直到她身邊的每個人死掉。她將成爲瘟疫傳染源，而且永不停止。」

「所以她會成爲瘋狂大屠殺的殺手，再也停不下來。」

「沒錯。」

「她自己知不知道？」

「知道。她曾拜託我，一旦她淪陷，要我務必殺了她。我努力說服她抽身，但她拒絕，執意對抗奴隸販子。」

卡爾達跌坐沙發，表情嚴肅，他這輩子幾乎不曾這麼正經過。

「恭喜啊。」他冷冷地說。「你終於找到一個女人，和你一樣高貴又悲慘，我本來以爲世上不會有這種女人。」

「我才不悲慘。」

卡爾達舉起手。「饒了我吧。有些人一出生就含著金湯匙，你則是生下來就圍繞愁雲慘霧。有人打你，想逼你哭時，你只是重重嘆口氣，眼眶滾出一滴淚珠。」他手指按著左眼眼角，一路滑到臉頰。「你說的第一句話或許是『我就是悲哀。』」

「我說的第一句話是『閉嘴，卡爾達！』因爲你太多話，到現在還是死性不改。」

「你從小就已嚴正承認自己的境遇悲慘，只是你根本沒發現。」

理查向前傾身。「我如果把所有事情都變成笑話，那樣會比較好嗎？」

「唔，最好有個人讓你不時笑一下；否則你會被自己這個角色給壓垮。人們都喜歡分享笑話，但沒人想了解你的痛苦。」

「你的笑話已經壓了我一輩子，我要告訴你，實在不好玩。」

兩人怒瞪彼此。要是理查像當日的喬治一樣，手裡也有一頂濕假髮，他一定會把它朝牆壁扔去，然後狠狠踢弟弟的胸口一腳。很遺憾，他們已老得不適合打架。

「這就是你整容的原因。」卡爾達說。「你為了她整容，好讓自己代替她去對付那五個人。她值得你這麼做？」

「若換作是奧黛莉，值不值得你這麼做？」理查問道。

「別把我老婆扯進來。」

「你為了她甘心與『手』為敵，這又值得嗎？」

「值得，我很願意再做一次。」卡爾達嘆氣，挫敗地垮下肩膀。「你要我怎麼做？」

「我需要你幫忙。」理查說。

「沒問題，我們是一家人。」

理查來到酒櫃前，取出一瓶綠莓酒和兩個玻璃杯，回到沙發旁。他把酒倒好，卡爾達喝了一些，微笑說道：「喝起來有家的味道，你上哪找到綠莓？不是沼地才有？」

「珮蒂嬸嬸在她家後面的溫室種了一些。」他讓酒汁滑下喉嚨，清淡可口的滋味令他神清氣爽，耳畔彷彿傳來沼澤和家的聲聲呼喚。

布倫南也好，奧古斯汀夫人或貴族圈也好，這一切他都能應付。他們不過就是一群人罷了。但他不知道該怎麼阻止夏綠蒂傷害她自己。他不能失去她。一想到自己或許會失去她，他立刻全身緊繃、肌肉賁張，像要捍衛自己的性命。恐懼牢牢攫住他，他極少感到害怕，此刻卻坐在這裡，滿心恐懼。勸她袖手旁觀，只會帶來反效果，她反而會更拚命。

理查暗中複習一遍計畫。他們會對布倫南設下兩個陷阱，計畫前半段由理查負責進行。如果幸運之神眷顧，布倫南會上鉤，就不一定非派夏綠蒂上陣不可。如果理查誘騙布倫南失敗，輪到夏綠蒂時，她也不必運用魔法，只要搬出她的名號和地位即可，這樣一來，可以把危險降到最低。要是他們莫名其妙走運，計畫成功後，爲了讓她快樂，他將不惜一切代價。

「你那時不是眞的想自殺吧？」卡爾達問道。

去他的。「自殺要絕望到不顧一切，我還沒淪落到那種地步。你知道我爲什麼酗酒？那是因爲憤怒。我發過誓，要愛她並呵護她。我給她一個家，我供養她，對她很好。哪怕她不愛我，這樣的生活條件也該夠了。如果她爲了另一個男人離開，那我可以體諒。雖然難免生氣，但若她已移情別戀，我不會勉強把她留在身邊。可是，她爲了生活不夠好而離開。對我來說，『不錯的房子』和『院子裡沒有泥巴』已經很好，對她來說卻遠遠不夠。我氣炸了，不過又怕自己幹傻事，才會整天酗酒。」

「別壓抑，告訴我你的眞實感受。」

「我不該只得到一張他媽的字條！」

「也許她怕你在家時，她走不掉。」卡爾達說。

「你他媽的什麼意思？」理查攤開雙手。「你是在暗示我會傷害她？」

「不是，我的意思是，瑪麗莎不太懂如何應付衝突。雖然我不清楚實際情況，但你這人每次開始談判時，就會變成嚇人的王八蛋。」卡爾達對他眨眼。

理查怒指著他。

「哎唷，眾神，厄運之指又出現了，快來救我啊！」

他不會眞的打親弟弟，這樣不對。理查強迫自己在椅子上落坐。「你到底講完沒？」

「講完了。咦，不對，還可以繼續講，但還是饒了你。」卡爾達又倒了些酒。「事情一定會解決的，一直以來都是如此。」

理查舉起酒杯。「那就爲此乾一杯。」

□

蘇菲從束腰上衣口袋抽出一塊布，仔細擦拭劍身。她和夏綠蒂沿著小徑進入林中，裂狼犬在前面小跑步，看起來活像童話裡的怪物。

「妳每次拔劍後都要清潔一遍？」夏綠蒂問道。

「要是弄到血就要擦乾淨。」女孩悄聲答道。「還有橘子汁也是，因爲它很酸，會腐蝕劍身。」

「爲什麼不用不鏽鋼？」

「不鏽鋼無法彎曲，劍一定要有點彈性，不然會斷。」

這道理和做人挺像的。「是不是理查說服妳來當我的保鏢？」

「是我拜託他的。他說機會是有，但最後決定權在妳手上。另外，他『既無能力也無意逼迫妳做不想做的事』。他有時候還眞是一板一眼。」

這確實是他會說的話，不是嗎？

「我們的敵人可是殺人不眨眼的，哪怕妳是個孩子也不例外。」

「我也一樣殺人不眨眼。」蘇菲堅決而沉靜地說。「何況我比他們更快，劍術更高明。」

「妳還是個孩子。」

蘇菲上前一步，手再度快得讓人看不清，一下、一下、又一下，等等，她到底揮了三下還是四下？不等夏綠蒂看清，她已收劍入鞘。

森林一片沉寂，沒有任何動靜。

蘇菲嘆口氣，伸出手，輕推一棵直徑四吋的小樹。樹幹忽然歪斜，分爲四段落地。

「它自己掉下去的話，比較有戲劇效果。」蘇菲說。「我的劍比理查還快，他把電光延伸到劍上的時間比我多三分之一秒，妳知道這是什麼意思？」

「不知道。」但她隱約明白答案不會好到哪裡去。

「那代表我可以殺死他。」蘇菲說。

黎明之母啊。她的用詞還眞是謹愼。「妳想殺理查？」

蘇菲搖頭。「史派德熔合我母親時，威廉殺了她。威廉是我姊夫，他殺我母親是爲了救她脫離苦海。我父親也跟著她一起死了。雖然表面上他依然活著，繼續吃喝、呼吸和談話，但他……一直心神恍惚。他努力照顧全家，因爲那是他的職責，但若家人明天消失不見，他會立刻從最近的懸崖跳下去。」蘇菲轉頭看她。「這不公平。我又還沒有死，還好好活著，但他根本不關心。」

她的口氣平淡，態度中立，這孩子才十五歲，卻已在掩飾心痛。夏綠蒂壓下摟住她的衝動，以免嚇到她。

「他想必很關心妳，父母不會拋棄孩子。」

「我父親就會。他深愛我母親，現在她不在了，他的世界就此停頓。他不再訓練我，晚飯後也不再和我聊天，除非必要，否則他不和任何人說話。因此我認為，我不該因為自己是他的女兒，就指望他另眼相看。」

她傷得好重。夏綠蒂的胸膛隱隱作痛，彷彿整顆心被翻了過來。

「理查是我現在僅有的父親，他很照顧我。但我動作比他快，再說他若是對我出手一定會猶豫。他太愛我了，所以我知道我有本事殺死他。」

「這種說法實在冷酷。」

蘇菲訝異地瞥她一眼。「妳這麼認為？」

「對。」

「我只是在陳述事實。」她聳聳肩。「我忍不住想說。」

不管夏綠蒂說什麼，聽來都像是批評。冷酷或許是蘇菲構築的屏障，她會這麼做，代表她的心其實很脆弱。因此夏綠蒂決定不表示意見。也許再過一陣子，若雙方有機會建立互信關係，夏綠蒂會重新討論這件事。

「妳打算在大公的婚禮上揭發布倫南。」蘇菲說。

「妳怎麼知道？」理查告訴她的？

蘇菲抬起頭，陽光穿過樹林照下來，她的臉上光影交錯。「老鷹。」

夏綠蒂也抬頭，一隻猛禽在樹梢上方翱翔，繞著她們的上空盤旋。

「牠已經死了。」蘇菲說。「現在由喬治指引牠。喬治的魔法很厲害。」

夏綠蒂驟然明白，一陣冰冷的困窘瞬間淹沒她。「喬治在偷窺我和理查？」

「一直都有。」蘇菲說。「他那些完美禮儀都是幌子，他會偷窺每個人和每件事。要不是喬治打聽出所有細節，德朗一年來別想順利主持會議。不過，你們倆做愛時，他倒會迴避，這人非常假正經。」

「『假正經』這個詞很粗俗，應該說他這人很懂分寸。」夏綠蒂來不及阻止自己便脫口說道。

「很懂分寸。」蘇菲跟著她說一遍，細細品味這幾個字。「謝謝。對了，另一個人也在附近。」

「另一個人？」

蘇菲掃視樹林。「我聞得到你的味道，杰克！」

「才不呢。」一個聲音遠遠傳來。

狗兒吠了幾聲，奔進旁邊的灌木叢中。

「我說對了吧。」蘇菲微笑說道。「史派德會參加大公的婚禮，這傢伙是路易斯安納公國的貴族，地位崇高，非去不可。」

「妳殺不了史派德。」夏綠蒂對她說。

「我只想看看他，是他奪走我父母。」蘇菲的黑眼看起來深不可測。「我想看清他的臉，把他的長相刻在腦海中。」她拍拍頭。「這樣我就永遠忘不掉。因爲我們還會再相遇，到時我要百分之百確定我殺對人。」

她眞嚇人。

「德・奈伊女士，拜託妳答應我，讓我做妳的保鏢，拜託。」她的低語激烈而凶猛。蘇菲乾脆單膝跪下。「妳也失去過至親，明白那種感受。我像老鼠一直在輪子裡繞圈，我只想擺脫這一切。求求妳答應我。」

夏綠蒂的腦海湧現房子著火的惡夢。當時她無助地站在原地，就在草坪上，眼睜睜看著艾麗歐諾的遺體持續悶燒，而多莉的頭髮落滿了灰燼。因爲有能力，她才決定採取行動。當父母被史派德奪走時，想必這孩子也感到無助。於是原來的蘇菲消失，並決定成爲雲雀，一個以迅雷不及掩耳的速度砍掉樹幹的高手。

這孩子和理查簡直一模一樣，外冷內熱，冰冷外表下藏著不受控制的激情與感情。如果夏綠蒂拒絕蘇菲，等於在這孩子的傷口上再補一刀，說不定會成爲壓垮她的最後一根稻草。

夏綠蒂嘆口氣。「妳對正式禮儀有多熟？」

蘇菲起身說道：「我一直在上禮儀課。」

「和蘿絲同一個老師？」

「妳怎麼知道？」

夏綠蒂伸手撥掉蘇菲上衣的小樹枝。「根據我第一次見到妳時，妳身上穿的那件長禮服。它讓妳看起來足足老上十歲。親愛的，我們有很多要改的地方，若妳眞的要跟我去，一定要無懈可擊。」

□

蘇菲端起小茶杯喝茶，姿勢從容優雅。夏綠蒂坐在她對面。在三天的相處中，蘇菲像塊海綿，瘋狂吸收知識。她是天生高手，把「模仿」兩個字發揮得淋漓盡致。她模仿的不僅是動作，還有氣場，她仿效夏綠蒂散發出來的氣質，儀態立刻有了大幅度改變。

門開了，杰克大步走進小屋，動作悄無聲息。他來到桌前，在桌子中央放了一顆水晶。

「都在這裡了。」

「謝謝你。」夏綠蒂對他說。

他打量蘇菲，見她身穿款式簡單的淺桃紅色長禮服，便蹲在她身旁，睜大帥臉上的雙眼。毋庸置疑，喬治的舉止向來優雅，而杰克宛如一把野火。這孩子有點不一樣，或許是因爲他常有出人意料的行爲，也或許是他身上散發的危險氣息，總之，不出幾年，這個特質就會爲杰克大大增添個人魅力。

「我有個主意。」他說。

蘇菲偏了偏頭，柔和的深色眼眸望著他。

「丟掉那件洋裝，跟我去打獵。」

「你眞是個小孩。」她對他說。

「妳則快要變成老太婆了。」

蘇菲微微一笑，忽然抽出匕首插在桌上。她的動作快得令人看不清手勢，但杰克也不是省油的燈，他迅速抽手，逃過一劫。

夏綠蒂啜飲杯中的茶。「剛才的事再出現一次，你們倆就準備整個星期痢疾纏身。」

杰克忿忿地後退，癱坐在椅子上生悶氣。

夏綠蒂把水晶推進成像器的金屬細爪中，一道光射出來，形成一個女孩的影像，只見她身穿鮮艷的藍色長禮服。

「下一個。」

另一朵年輕的貴族之花出現，又是一件藍緞禮服。

「下一個。」

更多女孩出現，衣服顏色有矢車菊藍、皇家藍與天空藍。

「無聊人穿無聊衣幹無聊事。」杰克說。

「現在藍色正當令。」夏綠蒂打量蘇菲。「妳穿哪種色調的亮藍色最好看？」

「我不知道，女士。」蘇菲答道。

「都不好看。」杰克說。

蘇菲挑高眉毛看他。「我想徵詢你的意見時，自然會撥時間給你。」

「這方面他倒是說對了。或許妳會很訝異，但提到女人的衣著時，男人確實眼光獨到。看看自己的手腕，你也是，杰克。」

兩人不約而同轉動右臂，展現手腕，夏綠蒂也照做。「有沒有看到？我和杰克的手腕都能清楚看到藍色血管，這代表我們的膚色呈現冷色調。妳的手腕血管則帶點綠色，因爲妳美麗的金棕色皮膚呈現暖色調。所以像藍色、紫色或青綠色這類冷色調，在妳身上不會好看。」

「我可以穿白色。」蘇菲提議。「倫達夫人說白色永遠合宜。」

「白色是給懦弱膽小的人穿的。」夏綠蒂說。「至於倫達夫人，她根本就是恐龍。」

蘇菲被茶水嗆到。杰克則開心地笑起來。

「一般人提到白色時，心裡想的都是冰冷的白，也就是冷色調。純黑對妳來說也不好。而杰克呢，因爲他是冷色調皮膚，穿黑色會非常好看，妳就不適合了。理查的膚色色調和妳一樣，他喜歡穿黑色，儘管他長得很帥，但黑色與他膚色不相襯，只會讓他看起來更具威脅性。眞正的白是中間色，任何人穿起來都好看，只是整個人會變得太弱，況且也沒個人特色。我們不是要打安全牌，而是要讓全場驚艷。」夏綠蒂的手拂過水晶，再次啓動它。「調色盤，第十二階。」

空中出現複合式調色盤，中央有十二種明亮的色彩組成圓心，當中有六個主色：紅、橙、黃、綠、藍、紫，它們之間穿插著六種過渡色。圓心外的調色盤分爲幾個部分，每部分都有十二種主色，每種主色有四個色階。與圓心相鄰的區域呈接近黑色的深色。整個調色盤以細如髮絲的線段作爲區隔，一格爲一種顏色，每格的色調都比上一格再淺些，調色盤最外圈就接近白色。

「這是妳的祕密武器。還記得剛才看見的第一套藍色長禮服？」夏綠蒂對著調色盤呶呶下巴。「在色區上找出它來。」

蘇菲看了一眼，隨即說道：「第二十六號。」

「很好。它是鈷藍色的衍生色，飽和度很高。」夏綠蒂摸摸儀器，升高調色盤，剛才看過的幾件衣服排在下方。

「它們都在同一塊色區裡。」蘇菲說。「只是稍微變化一下，基本上都是打安全牌。」

「完全正確。這些都是年輕未婚女性，理應走在流行尖端，所以她們全都穿上自認爲足以引領潮流的服飾。年紀愈大，色彩就愈鮮艷，不過始終脫離不了藍色，她們就像一群聽話的綿羊，跟著領頭羊走。至於那些不跟隨流行，或無意給人時髦印象的女人，就會隨自己高興挑選顏色。這位是羅曼公爵夫人的女兒。」夏綠蒂指著倒數第二張照片，上面有個纖細的年輕女子。「我見過她。有沒有看到，她的衣服是綠色。」

「好嚇人！」杰克坐在椅子上大叫。

「她很年輕，可以說是『在婚姻市場中待價而沽』。但由於她地位夠高，膽子夠大，高興怎麼做就怎麼做。她也清楚鮮艷的藍色不適合自己。可你們若仔細看就會發現，她的衣服上還是有些藍色痕跡。這是一種手法，不讓人一眼就看到最新流行的樣式，而要不經意地將它點綴其中，藉以營造個人獨特風格。

「眞可笑。」杰克說。

「時尚本來就很可笑。」夏綠蒂對他說。「再說，百分之九十九的時尚取決於穿戴者的身分。有些無名小卒戴很醜的帽子，大家就會說那帽子好醜。但若是羅曼公爵夫人戴上醜帽，大家就會說：『多麼有趣的新流行。』」

「所以，流行時尚和錢有關？」蘇菲問道。

「不，與姿態有關。妳對自己的穿著一定要有萬分自信，對自己的皮膚也要看得順眼。身爲貴族不僅要懂得規矩，還要懂得正確應付各種情況，以絕不動搖的姿態面對一切。」

蘇菲皺起眉頭，露出困惑的表情。

夏綠蒂對她微笑。「這並不難，不用怕，我們會一一練習。但先回到調色盤。忘掉黑與白，我們得展現妳的膚質、脖子和臉龐。最能帶來視覺效果的就是這三者。」夏綠蒂拿起一塊調色板。「二十八區，十七排。」

美麗溫暖的灰色出現在成像器上，讓人立刻想起牡蠣內殼的珍珠光澤，以及鋁條柔和的金屬光。

蘇菲向前傾身，張大眼睛。「這和我的劍是一樣的顏色。」

夏綠蒂露出笑容，開始作畫。她們還要加些淺藍色，以便向流行致敬，但不能喧賓奪主。

「可是這件衣服要上哪兒去買？」蘇菲問道。

「不只一件。我們倆至少要六套服飾，從衣服到飾品，每件都要採取相同的設計元素。我們要按照理查的劇本扮演角色，找到最好的裁縫師，再對她丟下一大筆錢。」夏綠蒂繼續畫圖。裁縫師很可能會拒接這項設計，因爲紙上的造型在女孩身上很少見，但這卻非常適合蘇菲。「要是她堅持不接，我們再找其他人做。我又不是沒有法子，再說，有錢能使鬼推磨，可以少掉很多爭執。」

「妳不用在我身上花錢。」蘇菲說。「我姊姊已嫁給威廉・杉汀，我自然拿得到一大堆錢。」

「是沒這必要，但我想要。」夏綠蒂露齒一笑，轉頭對杰克說：「你願不願意幫忙？」

他的表情瞬息萬變，從訝異到恐懼，最後轉爲厭煩與疏離。「應該可以。」他說著打個呵欠。

「要是我無聊沒事幹的話。」

「他冷淡時就這樣。」蘇菲說。「每次他不知道該怎麼回應，就會出現這種表情。」

「你和南境公爵夫人的關係好嗎？」夏綠蒂問道。德朗的母親將是她們進上流社會的重要推手。

「她很喜歡我。」杰克說。

蘇菲嗤之以鼻。

杰克憤慨地瞪她一眼。「她每次都這樣說。」他學那些高尙的貴族說話，模仿得惟妙惟肖。

「『哦，杰克，我好喜歡你，你這個傻小子。』」

夏綠蒂忍不住笑了。「那麼，你這個討人喜愛的小東西，能否幫我們倆和夫人安排一次茶會？」

「小意思。」杰克說。

□

理查張開眼睛，發現夏綠蒂已經上樓，站在那裡端詳躺在床上的他。黑夜降臨，柔和燈光照著她的臉龐。她好美。這樣望著她，他心底宛如出現一個大洞，因爲他知道自己很快就得放手。

自從動過整容手術，兩人還沒上過床。他滿心渴望她，如燒灼般疼痛。與其說是渴望，不如說是上癮更貼切。他對夏綠蒂上癮，迷戀她的芬芳、她的味道，還有她柔軟肌膚貼著自己的溫暖。當他帶著她攀上激情高峰，他迷戀她在訝異中驚喘的模樣。他需要夏綠蒂，就像分分秒秒都需要呼吸空氣。一想到兩人會分離，就讓他難受不已。

這一刻，他忽然悔恨交加，後悔說出所有不該說的話，後悔擺出所有粗俗愚蠢的姿態。她應該……有個更好的人來愛她，但理查無比自私，爲了留下她，他願意傾盡所有。

「蘇菲呢？」

「她走了。」夏綠蒂說。「原先我以爲她是去和姊姊道別。只可惜，杰克不小心透露瑟芮絲和威廉已離家出任務。蘇菲想必是刻意讓我們獨處。我查過所有監視獸窩的殭尸老鼠、松鼠和鳥，牠們也都不見了。」

他露出貴族裝模作樣的姿態說：「親愛的眾神，難道他們預期我們會發生親密行爲？」

「看起來是這樣。孩子們是不是知道我不曉得的事？」她問道。

顯然她這是故意轉移話題。「卡爾達透過喬治傳話。」理查說。「布倫南前往南方海岸，旁人認爲他是去探望一位生病的朋友。」

「其實他要去島上。」夏綠蒂說。

「對。」

「既然他不在，你打算來個偷天換日，扮演卡賽德？」

「只要妳已準備好進行我們的計畫。」一旦計畫啓動，就不能再被別人看到他們在一起。絕對不能露出他們是一夥的蛛絲馬跡。

「我準備好了。」夏綠蒂對他說。「挑選裁縫師不太容易，但我找到一個手藝好又窮困，而且急於成名的女裁縫。訂單已經送去，我給了她一大筆訂金，並且承諾事成會給更多。頭兩件禮服會以最快速度送來，杰克正在安排我們與德朗母親喝茶，我打算對她說出實情，請求她協助。如果她願意替我們打好基礎，我就能順利打進貴族的社交圈。我想，我應該能說服她幫我們。不管夫人是否協助，我應該能在兩天內出席首都舉辦的春末慶典。」

「蘇菲到時準備好了？」

「可以說好，也可以說還沒好。」夏綠蒂搖搖頭。「她有些基礎，人又非常聰明。做仕女的女伴其實不難，我在她這年紀時也做過，只要和對方保持三步距離，並且始終沉默，除非有人主動攀談。雖然她還沒有全部學會，但不會有問題。」

理查的心被焦慮啃噬。「聽起來妳胸有成竹。」

「沒錯。」

「要不要再複習一遍整個計畫？」他們早已複習十幾遍，但他離開後，局面便會脫離他的掌控。

「你會前往首都，取代卡賽德。他每週都會和朋友玩牌，你預計在途中綁架他。布倫南可能對島遭受攻擊非常惱火，他手下的那四名貴族爲了保全性命，一定會想盡辦法維持現狀。你綁架卡賽德後，會把他家裡的侍從換掉，由馬爾家負責看管，直到事成。」她邀請他接著說。

「兩天內，妳會出席春末慶典舞會。」理查說。「妳會吸引安潔莉雅．雪貂的注意，並與她結交，她很可能是布倫南的床伴。」

「你之前也是這麼說。」夏綠蒂說。「你爲什麼會這麼肯定？」

「妳記不記得布倫南在學院那篇談領導的演講稿？探討君主政體眞正的目的。」

她點頭。兩人曾經對彼此大聲朗讀演講稿的內容。

「他覬覦王位，認爲自己君權神授，但他永遠沒機會上位。」理查說。「他的繼承順位太後面，令他恨得牙癢癢的。而奴隸圈便是他的王國，卡賽德、安潔莉雅、瑞內和梅鐸則是他麾下的貴族。他要求他們獻上絕對忠誠。安潔莉雅很年輕又迷人，且未婚。完全擁有這女人才能讓他心滿意足。」

「安潔莉雅是個人渣，我得努力克制，以免失手殺了她。」夏綠蒂搖頭嘆息。「我在她這邊努力，你則嘗試攻擊布倫南，讓他誤以爲梅鐸想要他的命。」

這計畫很困難，理查和夏綠蒂都得捨棄最厲害的武器。理查用劍時不能施展電光，夏綠蒂也不能施展魔法。這令他備覺心安。只不過，要是她能施法，殺布倫南將會輕鬆多了。

夏綠蒂忽然上前擁抱他，四片唇相接，他深深吻她，嘗到絕望的氣息。「妳怕不怕？」

「我好怕。」她說。

他把她摟進懷裡。「眞希望我知道該怎麼安慰妳。」他低語。「眞希望我找得到適當的字句。」

「告訴我，要是我們贏了會怎樣。」她說。

「要是我們贏了，我會找到妳。」他對她說。「只要我能力所及，一定不會再和妳分開，前提是妳想要我。」

「萬一我不想呢？」

他挑高眉毛。「我說不定會苦苦哀求，或是像那些追求女人的男人，幹些戲劇化的蠢事來博取妳的芳心。如果我們活在騎士時代，誰敢擋路，我就把他拉下馬。」

「我會盯著你做到。」她在他耳邊呢喃，然後回吻他。

□

珍．奧莉薇亞．坎邁廷是南境公爵夫人。夏綠蒂心想，這位夫人簡直零缺點。她看起來接近五十歲，但很可能更老，因爲她兒子坎邁廷伯爵已年過三十。她的束腰上衣與長褲是華麗的翡翠綠與奶油色，以簡單大方的剪裁掩飾粗腰，順道凸顯曲線。頭髮綁成兩條辮子，巧妙地盤在頭上，在視覺上拉長圓臉。身上只有一件珠寶，就是手上的婚戒，以細如蛛絲的金鬚打造而成，看起來造價不斐，而且華麗典雅。她站在露台上的野餐桌旁，沐浴在晨光中。

「看看她的站姿。」夏綠蒂悄聲說道。她和蘇菲正隨著杰克走向野餐桌。「下巴微抬，使得脖子線條更加修長細緻；陽光從左邊照過來，藉此凸顯上衣的縐褶。那些長長的直線，會讓妳看起來更苗條。妳一定要永遠注意光源，並且找到最適合自己的角度。」

「夫人。」杰克說。「容我向您介紹夏綠蒂．德．奈伊以及雲雀。」

「蘇菲．馬爾。」夏綠蒂以極低的聲音說。

「以及蘇菲．馬爾。」他莊重地說。

夏綠蒂行禮，身旁的蘇菲也優雅地屈膝。

「眞高興與妳們見面。」公爵夫人熱情地微笑。「孩子們，你們眞的想待在這裡？」

「不想。」杰克和蘇菲齊聲說道。

公爵夫人露齒笑道：「布洛德瑞克在池塘修理噴泉。」她反手越過肩膀，以大拇指指著後方，顯然不符合貴族講究優雅的規矩。「趁還能逃快逃吧！」

少年少女走下白色寬台階，朝草坪中央閃閃發光的池塘前進。走到最後一階，兩人好像同時收到信號，一起拔腿狂奔，迅速掠過草地。杰克甩開衣服，蘇菲拎著裙襬。*黎明之母啊，拜託，她裙子底*

下絕不能什麼都沒穿。蘇菲擺脫長禮服，露出比基尼。少男少女同時跳進池塘，沒入水中。

「他們早就計畫好了，是不是？」

「不出所料。」夫人說。「坐吧？」

兩人在桌旁坐下。

「我記得妳，當時妳才十五歲，我記得妳是奧古斯汀・艾爾・朗的女伴。」

「我眞是受寵若驚。」夏綠蒂說。

「所以妳就是夏綠蒂・德・奈伊？」

沒有必要隱瞞。「夫人，是夏綠蒂・德・奈伊・艾爾特・朗。」

「我想得沒錯。杰克說妳三年來都住在邊境，妳回來後有沒有見過妳母親？」

「還沒有，夫人。」

「兩個男孩已對我簡單說明妳的計畫。那是眞的？布倫南家族有人從事奴隸買賣？」

「是的，夫人。」

公爵夫人望著那對少年少女在池中玩耍。「我認識他的雙親，他們很好，很能幹，品德高尚，有責任感。不曉得他們知不知道這件事，我猜他們不知道。身爲家長，妳總是擔心這個擔心那個，生怕自己不知道哪裡做錯，萬一妳說錯或做錯什麼，會害得孩子偏離正道。」

「儘管我對夫人無比尊崇，依然要提醒您，他的所作所爲不單單是偏離正道而已。」夏綠蒂說。

「您不會相信我親眼目睹的恐怖情景。」

公爵夫人的臉龐蒙上一層陰影。「也許我會信。親愛的，我會幫妳，我們有責任扳倒他。」

「謝謝您，夫人。」

池塘傳來一陣怒吼，接著是蘇菲的笑聲。

公爵夫人嘆氣說道：「蘇菲相信的人沒有幾個，我曾努力和她連絡感情，但她始終客套地保持一點距離。其實她可以和她姊姊一起生活，可是她不願意。她雖然刻意疏遠所有人，但對妳似乎不會這樣，這很難得，請妳好好維繫。」

第十三章

喬治站在南境公爵夫人（又名奧莉薇亞夫人，就看她當下喜歡用哪一個稱呼）身旁，掃視冠蓋雲集的現場。這些艾朮昂里亞精英分子雖然不一定是貴族出身，但不是有錢就是有勢，或者兩者兼具。奧莉薇亞夫人左腕戴著綠色手鐲，代表她希望獨處，於是他們識趣地自便。

他們置身在長青堡寬大的露台上，寬敞空間與夜色融爲一體，周圍豎立高聳的淺色圓柱，每根柱子頂端設置大理石花盆，花團錦簇的盆栽十分雅緻。濃密的樹林屏障著露台南北兩側，西方則是通往城堡一樓的出入口，此刻門戶大開，燈光燦爛。剛抵達的賓客在門口暫停，等待唱名通報及查驗身分，接著便緩步融入人群。右邊的樹木都已清除，地面下陷，被波光粼粼的長青湖取代。此刻夕陽懸在湖面上，照耀著絢麗的紅光與金光，幾乎令人眼睛發痛。

喬治站在那裡觀望川流不息的人潮，心中備感疏離，彷彿置身夢境。春末慶典是古代風俗，源自野蠻時期，當時人們飽受戰爭與飢荒之苦，人命格外不值錢。起初大家在慶典中穿著簡單服裝，手持野蠻武器，感謝眾神保佑，使他們得以活到夏季。此刻，他們的子孫魚貫入場，身穿精緻禮服與燕尾服，但內心深知早期這項傳統節慶血腥殘忍。儘管這群人不願承認，事實上他們和祖先一樣野蠻，萬一生命受到威脅，所有人會立刻施展電光，以魔法將危險人物碎屍萬段。

身爲喬治．坎邁廷，他見到每張熟面孔都會想起對方公開的身家背景，而同時身爲「鏡」的特務，他還知道他們的祕密。看看這位迎面而來的奧拉夫人，身穿美麗的海沫綠長禮服，紅髮上別著一朵白花。她喜歡蒐集龍造型的水晶雕像，對非法藥物「酥痲」嚴重上癮。喬治知道誰是她的藥頭，也知道上哪找這些人。接下來是朗科領主，曾任後勤軍官，現在是內政部的交通局主管，他有副寬肩，表情充滿自信，大搖大擺地架式十足。然而，朗科領主身爲男子漢大丈夫，卻樂於被年輕女子呼巴掌，而且在床上是個快槍俠，這是他經常光顧的幾位妓女透露的消息。他老婆根本沒發現，因爲她忙著和好友的姊妹私通，還長達十年之久。是的，嗨，你好嗎？你的表親好嗎？就是在卡門港務局工作的那位，他是不是還在收賄？好個討人喜歡的混帳。

一隻小手搭在他肩上。「親愛的，你好像心不在焉。」

他微微頷首。「恕我失禮，夫人。」

身邊的女子皺起眉頭，但依然和顏悅色。奧莉薇亞．坎邁廷夫人身穿莊嚴隆重的深紫色長禮服。慶典主題是自然與重生，屬於春季祭典，她的衣著色調完全符合在盆栽中盛開並垂墜的寡婦之淚。黑髮紮成典雅的款式，儘管她已五十多歲，看起來卻像年輕了二十歲。年齡與生活的淬鍊都無法影響她的容貌，她依然美麗動人。她是德朗的母親，杰克和喬治一踏進邊境，她便開始充當兩人的祖母。自從德朗和蘿絲正式收養兄弟倆，他們和這位祖母的關係也正式刻在家族石碑上。

「不要爲了他們心煩。」她說。

「沒有。」他心頭湧起一陣感激。這麼多人聚集此地，等於一再提醒，他來自邊境。很少人膽敢提起夫人的母親也和他一樣是邊境鼠輩。夫人地位崇高，功成名就，自然能免於責難，但喬治依然是他們的箭靶。「我知道他們的祕密。」

夫人挑高眉毛。「所以你是在幸災樂禍？」

「只有一點點。」

「就算這樣，你也用不著得意。」

他對她鞠躬，微微一笑。「太遲了。」

「喬治，你眞是個可惡的無賴。」

「不然危萊夫人也不會雇用我。」

「眞遺憾，你說得沒錯。」

危萊夫人既是他的直屬長官兼「鏡」的負責人，也是奧莉薇亞夫人最好的朋友，這層關係偶爾會讓他的生活變得複雜，但他已學會應付。

奧莉薇亞夫人的眼眸忽然一亮。「要不要開始我們的小遊戲？」

「如您所願。」

夫人把手鐲換到右腕，頃刻間，人潮開始流動。距離最近的領主和夫人們紛紛找到得體的方式結束談話，只爲了和南境公爵夫人打招呼，於是人海中出現許多小渦流。

奧莉薇亞夫人表面上笑得平靜，其實心中暗喜。當日夫人和夏綠蒂碰面時，喬治不在場，但後來他有很多機會觀察她們。奧莉薇亞夫人對夏綠蒂一見如故，兩人顯然物以類聚，同樣是平民出身，同樣靠自己的力量爬上社交圈巔峰。她們都很精明、老練又睿智，兩人的談話往往令喬治有些摸不著頭腦。

大家紛紛靠過來，喬治開始說笑，裝出非常開心的樣子。十分鐘後，人潮達到鼎盛，奧莉薇亞夫人轉頭對他說：「喬治，你有沒有看到她？」

「沒有，夫人。」看得出來，這話令周遭群眾滿臉問號。

「她確實說過要來？」

「是的，夫人。您已明確交代，她若不來，您就會大發雷霆。」

奧莉薇亞夫人哀怨地嘆氣。「我才沒那麼可怕。」

沒有人敢笑。想在艾朮昂里亞上流社會占有一席之地，歷史是必修科目。路易斯安納公國和艾朮昂里亞曾經爆發十日戰爭，在場聽見這番話的人都明白，終結這場戰事的大屠殺是由誰挑起的。

「務必幫我確認一下她要不要來。」夫人提出要求。

喬治頷首。附近的圓柱上有一隻獵鷹忽然一飛沖天，朝前門而去，轉瞬間消失無蹤。喬治凝聚心神，透過獵鷹的雙眼察看整排無馬馬車。就在那裡，引領最新潮流、全身精緻氣派的蘇菲，在車窗內露出臉龐。

他讓獵鷹繼續翱翔。「夫人，她們快到了，最多十分鐘。」

「真令人高興，謝謝你，孩子。」

他再度裝出百無聊賴的樣子，暗中觀察眾人的表情，記下所有細節，只見他們表面上客套，私底下都在瘋狂揣測，夫人和喬治所說的「她們」到底是誰。一位高大的黑髮男子來到群眾外圍，是卡賽德領主，那五人的其中之一。他看來不像愛湊熱鬧的人，想必是應重要人士之邀，不得不赴約……

喬治鎮定心神，提醒自己，那不是卡賽德，而是理查。

兩天前的夜裡，喬治透過蝙蝠的眼睛，看見理查的手下把暗巷裡的卡賽德拖走。當時他剛離開合夥經營的俱樂部，正準備上車，在暗巷轉角被三個男人偷襲。他們堵住他的嘴，打倒了他，以袋子套住他的頭，把他拖進漆黑的拱道。不久，理查便大步上街，身穿一模一樣的服飾，以相同的速度行走，接著來到車旁，跨上車後離去。喬治明明目睹整個過程，現在看見那位高瘦男子走過露台，腦子依然拒絕承認那是理查，一直堅稱他是「卡賽德」。

喬治的結論是，他一定施了某種奇妙的魔法，那是邊境人不可告人的神祕才能。

理查的視線朝他們投過來，滿臉厭世的表情。

□

夏綠蒂站在通往露台的門口，望著門後的群眾，只見人人身著華服，全身上下珠光寶氣。那些人、那些華服，還有那些珠寶……一陣興奮如電流般穿透她。等待通報的經驗已有幾十次，但臨入場前的刺激感依然讓她興奮難耐。

蘇菲上前，將寫有名字和頭銜的小卡片遞給傳呼員。對方接過卡片，女孩便退回夏綠蒂身邊。她的臉色比剛下車時白了一點，可憐的孩子，緊張過度。

夏綠蒂摟著蘇菲的肩膀。「不會有事的。」她低聲說道。「呼吸，抬起頭。記住，姿態最重要。妳屬於這裡，有權進入此地。」

蘇菲費力地吞嚥。

「夏綠蒂・德・奈伊・艾爾特・朗女爵與蘇菲・艾爾特・穆埃。」傳呼員高聲宣布。

□

「她來了。」奧莉薇亞夫人聲稱。

露台上的每個人都轉頭看著入口。夏綠蒂進門，喬治見到她，不禁猛眨眼。她穿著微光閃閃的優雅藍色長禮服，上半身剪裁得宜，非常合身，完全展露她動人的曲線。下半身是飄逸長裙，裙襬曳地。喬治盯著她，都有點不好意思了。鑲在禮服上緣的棕色布條來到腰間後變細，再往下擴散至整片藍色長裙，模擬蘋果樹纖細纏繞的枝椏。以白色爲底、銀色爲輔的花朵就開在枝椏上。禮服樣式雖簡單，但經過顏色、剪裁與圖案巧妙搭配，成了精緻優雅的傑作。再配上夏綠蒂的淡金色頭髮和灰眸，使她宛如春天的女王。

十幾位女子儘管極力壓抑，依然忍不住倒抽一口氣，赫然發現自己被遠遠比了下去。那幾不可聞的驚歎聲飄進喬治耳朵。

喬治看看理查。只見他動也不動，目光鎖定走過來的夏綠蒂。這一刻除了那張臉，理查沒有任何地方像卡賽德。他的表情很複雜，混合了急切、激情與渴望。儘管看起來飽受折磨，仍在轉眼間便恢復原狀，就像早上起床時隨便抓件衣服套上，他重新戴上卡賽德的面具。理查一定很想念夏綠蒂。

喬治回眸望向夏綠蒂，頓時忘了呼吸。就在她身後三步的左方，蘇菲也朝露台走來。世界彷彿後退了一步。

她身穿飄逸的長禮服，淺灰色中帶點藍色，上緣打了一個褶，腰帶繫住腰身，下半身則是輕盈的長裙。喬治在她拔劍時見過這色調。禮服隨著她的動作散發微光，布料光滑，擺動流暢，彷彿她的劍有了生命，如液體般流過她身上，隨著動作變換。

喬治看見她脖子優雅的線條。

看見她的黑髮，與別在髮上的淺藍色花朵。

他望著她的臉龐。

她好美。

他驟然驚覺自己嘴巴大張，像個白痴一樣傻在那裡，連忙把嘴闔上。

一會兒後，夏綠蒂來到面前。夫人輕擁著她說：「親愛的，我都快放棄希望了。」

「只要是能力所及，我絕對不會令您失望。」夏綠蒂微笑。

「妳還帶了蘇菲過來。」夫人張開雙臂，蘇菲與她相擁。「妳怎麼可以把這麼美麗的一朵花藏在妳的鄉間小屋裡？」

「花兒要在鄉間才會盛放。」夏綠蒂答道。

「噢，拜託。」奧莉薇亞夫人擺出足以令首席舞者感到光榮的輕蔑手勢。「是時候讓這孩子見見世面了。」

「可否打擾一下，坎邁廷閣下？」

一個平板的女聲在耳邊響起，喬治回頭，發現安潔莉雅・雪貂夫人就在身旁。她穿著淺藍色魚尾長禮服，淺金棕色頭髮編成多股辮子，束在左側，凸顯優雅的肩膀和脖子的修長線條。喬治以公平的眼光審視她，發現她確實魅力獨具。但他當然不會忘記，雪貂夫人也是買賣女奴的既得利益者，而且殘忍地剝奪她們的生育能力。

她帶了一位男伴，這人打扮得十分整齊，有頭漂亮的金髮，穿著樣式考究的紅褐色緊身上衣。這傢伙雖然對喬治露出笑容，眼裡卻閃著嘲諷的光芒。他是瑞內男爵，史派德的外甥，他似乎相當自在且自得其樂。五人中的兩人，剛好來個一箭雙鵰。

喬治微笑說道：「女士，有什麼能爲您效勞的？」

「你該不會剛好認識德・奈伊女士吧？」

「我只是偶爾和她打個照面罷了。我知道她擁有極爲罕見的才能。奧莉薇亞夫人對她愛若珍寶，簡直當成家人看待。」

「她的禮服美極了。」瑞內男爵主動發表意見。他正以男性鑑賞美人的目光打量夏綠蒂。

「這大概是她個人的設計傑作之一。」喬治刻意輕聲說道。「您需不需要我引介？」

「我想，我們應該可以勉強擠出一點時間。」安潔莉雅聳聳肩說著。

喬治看得出來，她很希望有人代為引介。他退到一旁，等奧莉薇亞夫人把注意力轉到蘇菲身上，這才迎上夏綠蒂的目光，開口說道：「女士，這兩位是安潔莉雅女士與瑞內男爵。」

夏綠蒂微微一笑。「很高興認識兩位。」

瑞內男爵鞠躬，托起夏綠蒂的手，輕吻了一下。他彎下腰時，喬治瞥見理查的臉。他的表情平靜無波，非常平和穩定，讓人看了有點害怕。

瑞內男爵直起上半身。夏綠蒂和安潔莉雅禮貌性地牽了一下對方的手。兩人的肢體碰觸時，一條極細的黑觸手從夏綠蒂的手射向安潔莉雅。要不是喬治站在旁邊，絕不會注意到。

兩位貴族針對慶典和天氣簡單交談了幾句，接著便各自走開。

露台中央發出隆隆聲。喬治這才想起：對了，天快黑了。

中間的瓷磚向兩邊退開，魔法像一道透明的牆升起，形成一根高大的圓柱，裡面有個東西不斷發出閃光。火舌竄升，烈焰沖天，由魔法控制。這是用來模擬古代的營火。

在場貴族歡聲雷動，喬治一邊鼓掌，一邊以眼角瞄著夏綠蒂和蘇菲。現在地面已準備就緒，就看夏綠蒂何時要布下陷阱。

□

夏綠蒂疲憊地走出大門，拾級而下，朝租來的無馬馬車前進。車伕已站在門旁，替她開著門。蘇菲與她並肩同行，兩人走完最後幾級階梯，上了車，癱坐在柔軟椅墊上。車伕關上門，不久車子駛離。

夏綠蒂脫下鞋子，雙腳擱在對面的座椅上。她斜對面的蘇菲發出呻吟，也學她脫鞋加抬腳。她們對著彼此擺動腳趾。

「哎唷，哎唷。」蘇菲向前傾身，按摩腳趾。「為什麼鞋跟一定要這麼高？」

「首先，它能延長妳的小腿線條，讓妳的雙腿看起來更纖細。第二，妳穿這麼高的鞋，什麼事也不能做，也就表示妳是個大閒人。」夏綠蒂向後靠。「總而言之，今晚非常順利，我們欠奧莉薇亞夫人一個人情。」

「妳對安潔莉雅做了什麼？」蘇菲問道。

夏綠蒂露齒一笑。「妳看到了？」

「我很仔細觀察。」

「她先前就感染了碼頭梅毒，這是種很厲害的傳染性皰疹，我只是讓病毒在她體內迅速蔓延。」

蘇菲張大眼睛。「那是性病？」

夏綠蒂點頭。「嗯，是的。之所以叫作碼頭梅毒，是因為在港口賣淫的妓女身上常有這種病。雖然可以治癒，但療程又長又貴。其實這種病很容易預防，只要男人戴保險套，或者接種疫苗。」

「那她為什麼沒有接種疫苗？」

「也許是因為她根本沒想到自己會得這種病。問題就在於，像安潔莉雅這種貴族之花，怎麼會被碼頭妓女的皰疹給傳染？」

蘇菲粲然笑道：「這問題可有趣了。」

「是吧？」夏綠蒂搓搓手。「我想，我們要和奧莉薇亞夫人連絡，確認一下安潔莉雅有收到茶會的邀請。嗯，兩天大概夠了。」

「妳好可怕啊。」蘇菲對她說。

甜心，妳還沒看見最可怕的部分，妳不知道我有多可怕。「沒錯，不過我和妳是同一國的。」夏綠蒂伸手過去，捏一下蘇菲的手。「妳今天表現得很好，我保證以後會愈來愈順。」

「今天很……刺激。」

「很高興聽妳這麼說。」夏綠蒂露出燦爛笑容。「妳有沒有注意到喬治？」

蘇菲靠著椅背。「我知道！他簡直完美無瑕，但有件事眞叫人作嘔。有個女的在我旁邊，是頭上別著綠玫瑰那位？總之，她湊到另一邊的小姐耳旁，告訴她：『我敢說，我可以教他一、兩招。』對方回答：『他只是小男生。』綠玫瑰女人說：『那是男人畢生最好的階段，既好控制，還可以一直操。』妳相信嗎？我敢說她有三十歲了！眞噁心。」

蘇菲伸出舌頭，發出嘔吐的聲音。

夏綠蒂微笑說道：「我覺得喬治應該不會有危險，他擺出一副無動於衷的樣子，讓人覺得他目空一切。再說，誰敢對他動歪腦筋，公爵夫人一定會要了那人的命。」

蘇菲一本正經地問道：「事情是不是應該這樣？」

「什麼事情應該這樣？」

「我們應該對性愛著迷？」

她雖然小聲提問，但夏綠蒂知道絕對不能隨便回答。「每個女人的情況不同，畢竟我們又不是從同一塊布上剪下來的。有些女人早熟，有些晚熟。有些積極追求性的歡愉，有些則不太在意。妳爲什麼這麼問？」

「我不想做。」

夏綠蒂偏著頭，想要看清楚蘇菲的表情。「不想做哪個部分？」

「我不想要性愛。」蘇菲說。「也許以後再說，但現在不想。我有些朋友，他們會互相親吻。那些男生還會……妳知道的，雙手萬能。」

「嗯。」夏綠蒂點頭。

「我不想被人碰。有個人曾想碰我，我表明不喜歡這樣。他的反應活像是我有什麼毛病。」

夏綠蒂沒立即回應。她其實很想爲她仔細說明，但兩人尚未建立穩固的信任，在關係依然薄弱時，她用字遣詞得非常謹慎。

「妳並沒有錯，身體是屬於妳的。碰觸身體是種特權，得由妳來決定。有些男生，包括男人，他們不知道怎麼面對女人的拒絕，所以會羞辱妳，或者強迫妳答應他們的要求，他們覺得自己有資格。像這樣的人不值得妳浪費時間，再說，不喜歡愛撫或親吻不代表一個人有毛病。有些女孩性早熟，有些則比較晚。我快十七歲時才開始注意男人，那也是因爲我有一個比較喜歡的男生，我也不是對每個男人都在意。」

蘇菲望著窗外。

夏綠蒂不知道剛才自己這番話是對或是錯，父母教養子女想必就像這樣。公爵夫人說得對，永遠不知道自己做對還是做錯，實在可怕。

「不好意思。」蘇菲說。「我只是因爲沒人可以問。我姊姊常和威廉出遠門，至於那些姑姑嬸嬸嬸，老是要追問對方的底細和名字，而這種事又不能問理查。」

「哦，神哪，不行，不要去問理查。」

「他一定會很震驚。」蘇菲抿起嘴，一副欲言又止的樣子。

「要是他知道有人想不顧妳的意願強行碰妳，他會宰了那些傢伙。」夏綠蒂清清喉嚨，努力模仿理查粗獷的聲音。「我要砍掉那個無賴的頭。不用請我吃飯，不必爲了我這麼麻煩。」

蘇菲的嘴抿得更緊，但終究忍不住爆出笑聲。「他眞的會這樣說！『我會把他的頭帶回來，妳可以拿來當容器，不要白白浪費一個這麼完美的頭蓋骨。』」

夏綠蒂咯咯笑起來。「我們兩個有病。」

她們再度傻笑。蘇菲試著忍住笑，但還是猛噴鼻息。「哦，不，我簡直沒有淑女的樣子。」

說完兩人反而笑得更大聲。

她們笑了很久，好不容易才停下來。

「妳可以問我任何事。」夏綠蒂說。「我不介意。」

「下一步要如何進行？」蘇菲問道。

「明天，理查要去俱樂部，卡賽德每週會抽一個晚上過去玩牌。布倫南很可能也在場。」夏綠蒂的心跳漏了一拍。她安慰自己，到時絕不會發生危險狀況。理查已騙過所有人，除了卡賽德家裡的老僕人，反正這位忠僕已經被換掉。眞正的卡賽德和忠僕現在安全地關在德朗的地牢裡，布倫南揭穿理查是冒牌貨的機率可以說微乎其微。

機率小到不能再小。

「然後呢？」蘇菲問道。

「然後我們會讓布倫南以爲他遭到背叛。」

□

理查坐在五角桌旁，檢視手中的牌，這一把他穩贏。他掃視四位牌友。異境的委員會很像殘境的紙牌遊戲，專靠計謀和虛張聲勢取勝。他從能記住遊戲規則時就已學會算牌，這要有過人的記性和專注力。沒什麼，只是小孩的遊戲。

坐在他右邊的寇班領主微皺眉頭，努力不讓表情洩露蛛絲馬跡。寇班領主隔壁的羅伯・布倫南拿著一手牌，對理查眉開眼笑。這傢伙一派悠閒，宛如在自家一樣輕鬆，根本不像一週半前才痛失奴隸生意的倒楣鬼。

羅勒梅是退役空軍，坐在布倫南隔壁。這人完全不引人注意，淺金色頭髮紮成馬尾，眼睛顏色很淡，相貌既不英俊也沒有魅力。他與布倫南相識多年，兩人的互動自在而親密。

羅勒梅隔壁是最後一位，也就是梅鐸，他正嚴肅地盯著紙牌。對照布倫南的不在意，梅鐸可是正經八百地檢視每張牌，好像贏了這一手就能掌握命運。

要是理查加注，羅勒梅就會蓋牌，寇班會驚慌失措，一開始決定跟，隨即改變主意，一有機會就蓋牌。梅鐸則會固執地維持原狀，雖然他這一手牌不好不壞，但投降對他來說是最軟弱的選擇。至於布倫南……他這一手牌很弱，但這人很愛搞神祕。

「加注。」理查說。

「跟。」寇班往桌子中央的金幣堆又丟了一枚進去。

「蓋。」羅勒梅丟下牌。「口味太重，吃不消。」

「跟。」布倫南說著，拿出達布隆金幣，撇了撇嘴角。

「跟。」梅鐸粗聲宣布。

「羅伯，過得挺驚險的嘛。」羅勒梅說。

「驚險爲世俗生活增添風味。」布倫南說。

「你剛坐了趟船去東南海岸，我則在書桌前埋頭苦幹。」羅勒梅說。「看看我們倆，我的生活確實俗氣多了。」

「我這趟是去訪友。」

「這朋友該不會是曲線玲瓏、有美麗藍眼的人？」羅勒梅問道。

「這是領主的祕密。該你了，卡賽德。」

「加注。」理查再次說道，把一枚金幣滑進桌子中央的金幣堆。布倫南說話時透著一絲命令的口吻。他也在算牌，明白理查那一手牌的底細。他打算怎麼做？

「蓋！」寇班丟下牌。

「跟。」布倫南加錢。

梅鐸猶豫不決。

「我們這位英勇將士正在考慮投降。」布倫南說。

周遭響起低低笑聲，理查只是低調地露出淺笑。

梅鐸漲紅了臉，朝金幣堆又添了一枚。「跟。」

這是怎麼回事？理查搜尋幾種適合的回應。換作是正牌卡賽德一定會繼續鬥下去，因爲他很愛錢，桌上那堆金幣價值可不小。「加注。」

「又加注啊，卡賽德？」布倫南直視他。「你乾脆多加一點。」

他的口氣雖然溫和，眼神卻不容懷疑。他這是在下令。

「很好。」理查把所有金幣推到桌子中央。

羅勒梅低低吹了聲口哨，寇班的臉色頓時轉白。

「跟。」布倫南說。他的手隨意一推，將堆高的金幣全送出去，然後轉頭看梅鐸。

理查驟然明白，這是懲罰。梅鐸因爲島上的奴隸市場被人整鍋端去，現在得受罰。他負責監督打手，安全出現漏洞理應歸咎於他，而現在布倫南打算公開羞辱他。

這位大塊頭回望布倫南，牙關緊咬。

「梅鐸，你要和我們站在同一陣線，還是要作對？」布倫南問道。

梅鐸的下巴肌肉鼓起，雙眼盯著金幣。他是五人當中手頭最拮据的，布倫南和卡賽德還有別的收入，但其他三位貴族少了奴隸財源可就不妙。

梅鐸的臉部肌肉明顯緊繃。理查想到半淹的地洞裡關著孩子，男孩嘴巴被縫起來，奴隸們幾乎都被虐待得不成人形，慘劇歷歷在目，他根本不同情這傢伙。

「怎麼樣？」布倫南拍拍桌子。

「跟。」梅鐸把金幣推出去。

「輪到你了。」布倫南看著理查。

「三條皇家。」理查亮出一張國王、三張騎士及一張弓箭手。

梅鐸面孔紫漲。「兩條。」他粗聲說著，亮出手中的兩張騎士、一張地主、一張侍從及一張鐵匠。

「兩張侍從、兩張地主及一張木匠。」布倫南把牌攤在桌上。「你贏了，卡賽德。」

「好卑鄙的牌。」寇班說。

「那是抽牌運氣好。」布倫南咧嘴笑道。

他起身把錢推到理查面前。「趁我們還沒改變心意，趕快拿走。」

梅鐸一副馬上要中風倒地的樣子，理查壓下微笑的衝動。雖然幸災樂禍足以證明他心地邪惡，但他管不了這麼多，只要見到這五人受挫，他就無比開心。

「我想，帶著戰利品回家的時候到了。」理查把金幣掃進袋裡。

羅勒梅的表情透著古怪，他不清楚剛才到底發生了什麼事，總之他不太喜歡那種詭譎的氣氛。

「我和你一起走。」布倫南起身。

兩人走出俱樂部，融入夜色中。剛下過雨，空中充滿濕氣，腳下的鵝卵石路不時出現積水。俱樂部位於卡弗堡修復的建築內，窄街在這些錯綜複雜的建築群中蜿蜒而過，這裡曾住著大量僕役、騎士和軍人。隨處可見的魔法提燈整串掛在牆上，慘白微光只能稍微抵消黑暗，無法完全驅黑。

「你今天的打法可以說攻擊力十足。」布倫南說。

換作是卡賽德會怎麼回答？「我不喜歡輸錢。」

布倫南愁眉苦臉地說：「我們才剛損失一大筆錢。」

「生意最快何時可以恢復？」理查問道。

「已經在進行了，要六個月。」布倫南的臉部肌肉抽搐，臉龐浮現醜陋的怒容，連五官都扭曲了，彷彿體內的怒火亟欲燒破他那張假裝從容的薄面具。看來這人脾氣挺大的，理查牢記心中，以備不時之需。「都是獵人害的。出動三百人，花了一整年，卻還是殺不死這個人。」

他的話透著濃濃諷刺，這正是將他推往陷阱的好時機。「任誰都會懷疑，怎可能殺不了一個人。」

布倫南半轉過身問道：「你在暗示什麼？」

「我只是覺得奇怪，這三百人有本事找到一對指定年齡和膚色的雙胞胎，卻找不到獵人。」

通道變寬，繞著城堡主體。一會兒後，他們會穿過拱門，來到停在主院的無馬馬車。

黑漆漆的拱門旁出現動靜。

布倫南立刻停步。理查按著雙刃劍。卡賽德的劍術高超，他和許多貴族一樣，曾接受良好的武術指導。這種細劍並非理查的拿手武器，何況不能使用魔法。卡賽德沒有把電光灌注劍上的本領，這是門失傳技藝，只有極少數人懂得運用。現在他既然假冒卡賽德，用劍時只能排除電光。

拱門內有人在移動，黑暗中只見到幾個墨黑的影子。

布倫南抬頭問道：「誰在那裡？」

幾枝箭呼嘯而至，布倫南的魔法發光，形成一面亮白色電光盾，將飛箭彈開。

一道明亮的藍色電光從他們身後射來，打算把布倫南劈成兩半。理查推開他，電光將兩人之間的鵝卵石燒得焦黑。

理查奔進黑暗中，朝著電光的方向而去。他抽出雙刃劍，開始計數。一、二、三、四，另一道藍色電光襲來，這表示施法者需要四秒儲備下一波法力。最傑出的法師可接連發動攻擊，但大多要有時間重新匯聚魔法。

理查閃過第二道電光，魔法急速掠過鵝卵石路面。這位電光術士已暴露行蹤，理查看見一共三人，躲在左邊的凹洞裡窺伺，其中一位是法師，另外兩位是鬥士。

理查衝上前去。一。

左邊的鬥士身材纖細，是個女的，而且身手靈活。她攻擊理查，迅速旋轉，寬闊的雙刀像鋒利的龍捲風輪番砍殺。理查向左閃躲，然後向右，接著再往左。二。大刀擦過他胸前，劃破緊身上衣，鋼片在他皮膚上留下燒灼的痛。

三。

女鬥士再接再厲。

四。理查往右閃，千鈞一髮之際避開電光，接著向前飛撲，面帶笑容，將雙刃劍的劍尖送進敵人的心臟。女鬥士倒地。

一。女鬥士後方的大塊頭一躍而起，接替她的位子，以凶猛的短斧劈向理查。二、三。理查向後退，四。直覺發出尖叫，他朝左邊躬身，不到半秒電光便打過來，但僅在他身後石牆打出一條裂縫。

斧頭戰士揮出重擊，他揮劍格擋，但腳步依然不穩。距離太近，不能飛撲，於是理查向左閃，抓住斧頭戰士的右臂，把他向前猛拉，再將雙刃劍的劍柄插進他的左眼。那人痛得號叫。三。理查拉著斧頭戰士轉身，然後向前甩出去，電光不偏不倚打中他。空氣中瀰漫人肉燒焦的臭味。

理查拔腿狂奔，全速衝刺。時間彷彿慢了下來，如黏稠的蜜糖緩緩流動。

他看見電光術士，是位矮胖的女子。她看起來宛如置身在水中，嘴巴緩緩張開，雙臂慢慢抬起。她指間出現一道亮藍色電光，魔法根部深深扎進皮肉中。

理查刺出一劍。

劍身從正在膨脹的魔法光團下方刺進女子左胸，穿透肺部，與心臟只差毫髮距離。

理查向左閃開，女子身上的魔法形成一條寬闊的光帶。她想尖叫，但字句堵在喉嚨。理查拋下雙刃劍，抓住她側腰，迅速扭斷她脖子。

理查花了半秒鐘拾起劍，接著向後退。他請堂弟葛瑞特聘雇殺手刺殺布倫南時，曾提醒他要找到足夠的人，但也不能太多，既要製造危急情況，又不能讓布倫南眞的慘死。總之，愈逼眞愈好，但布倫南不能死。儘管如此，理查沒料到會出現電光術士或者高超的劍客。這批人本事挺大，有一點點勝算，萬一眞讓他們打贏了，整個計畫還沒開始就宣告失敗。

他繞過轉角，看見布倫南身旁有個人面朝下倒臥。他正彎著腰劇烈喘氣，表情凶惡，看起來醜陋不堪，鮮紅色的濃稠血滴從頭上流到臉頰。三副身軀倒在鵝卵石街道上，沒一個人動。

布倫南揪住其中一人，拿武器刺他。

對方慘號。

「是誰？」布倫南質問，以粗厲的聲音嘶吼。「是誰？」

「我不知道。」對方呻吟。

布倫南轉動插在那人體內的匕首。「誰？」

「科登說……」那人的聲音愈來愈微弱。「他說……是……」

「什麼？」布倫南把他拎得更高。

「老鷹。」那人低聲說完，隨即翻白眼，身體抖了一下便癱在布倫南懷中。這位國王的堂弟雙眼暴凸，怒瞪著軟癱的屍身，狀似癲狂。不久，怒氣消散，布倫南恢復鎭定，好像戴了面具。

「羅伯！」理查刻意裝出急切的口氣。「我們得走了，否則會有問題。」

布倫南放下屍身，拍掉雙手的塵土，大步走進拱廊，步伐敏捷。「你有沒有搭車來？」

「有。」

「那我們一起搭。你的下人值不值得信任？」

理查掩去一抹笑意。他早就把卡賽德家裡的僕人全換成自己的親戚，現在那屋裡沒有一個人不姓馬爾。「絕對沒問題。」

「很好。」

拱廊盡頭是燈火通明的庭院，停滿馬車與馬匹。理查停步，從衣服裡掏出手帕，塞給布倫南。「血。」

「謝謝。」布倫南用那塊布擦掉血跡。他們迅速穿過院子，理查打開車門，布倫南探身進入，在寬凳上落坐。理查隨後上車，手指在控制板飛快移動。華麗的控制板發出嗡嗡聲，各個裝置開始運轉，車子發出颼颼聲響，彷彿有了生命力。理查以平常的速度將車子駛離庭院。

七條人命就這樣殞落，每位都是職業殺手。理查不覺得內疚，倒是有點失落，想必他一直暗自希望布倫南會死在這些人手下。

布倫南擦拭頭上的血。「喝！我已經好一陣子沒這麼開心了，你呢？」

理查尋思卡賽德可能的回答。「你對開心的定義還眞奇怪。」

「卡賽德，你總是很小心。」布倫南友善地捶一下他的肩膀。「得了吧，剛才鐵定有幾分鐘讓你有種活著眞好的感覺。」

「我非常篤定自己依然活著，也想一直保持這種狀態。」

「你確實做到了。那些劍術訓練物超所值。卡賽德，其實你不必擔心，他們不是針對你，而是衝著我來的。」布倫南露出感染力強的招牌笑容。「很可惜，他們的戰力還不夠強。」

若非理查握有確鑿證據，能證明布倫南是殘害數百人的罪魁禍首，也許會喜歡這人明快的作風。

不到十分鐘，理查便已駕車回到卡賽德的宅邸。他把車停妥，領著布倫南進屋。堂妹歐麗娜在門廳迎接兩人，她看到布倫南流血，便張大眼睛。「酒精、藥膏和淨布。」理查對她說。「快。」布倫南對女僕擠眉弄眼。「他是不是老用命令的口氣？」

歐麗娜微微鞠躬，接著退開。

「你的下人都很嚴肅，卡賽德。」

「他們和我家淵源頗深，每個人都很看重職責。」理查帶布倫南進書房。歐麗娜拿著藥品回來，珮蒂嬸嬸隨後入內。

「她們都是訓練有素的外科醫生。」理查安撫布倫南。

布倫南向後靠，讓歐麗娜看額頭的傷口。「妳有沒有辦法讓我的帥臉恢復原貌？」

「有，大人。」

不出十分鐘，布倫南頭上的傷已清洗、消毒並縫合。理查的傷只要上藥，再包上繃帶即可。兩位女子告退，把沾血的布一併帶走。

理查癱坐在椅子上。「我痛恨暴力。」

布倫南望著他。「朋友，我們不都是嗎？我們都一樣。」

理查點頭。卡賽德從來沒有服役，布倫南很可能知道這件事。理查伸手拿起紅茶壺，倒茶時裝出手發顫的樣子，玻璃壺嘴和杯子頻頻碰撞。

布倫南起身。「我來倒。」他接過茶壺，倒了兩杯。

「謝謝。」理查大口吞下茶水。

「你該不會真的嚇到魂不附體了？」布倫南小心翼翼望著他。

「沒那麼嚴重。」理查說著，刻意明顯地穩住拿玻璃杯的那隻手。「我只是想知道是誰，還有原因。那傢伙說的『老鷹』到底是什麼？」

布倫南一邊喝茶，一邊尋思。「嗯，好茶。老鷹是梅鐸的家徽，他父親有個響亮名號，叫作白鷹。梅鐸年輕時的稱號則是黑鷹。他兒子如果也效法前面四代從軍，應該也會擬一個和鷹有關的頭銜。美麗的傳統，是不是？古老的貴族通常都有如此微妙的高尚情操。」

「梅鐸？」理查挑高眉毛。「我以為他很清楚你的地位有多高。我相信失去那筆賭資對他來說打擊很大，但是至於謀殺？為什麼？」

「或許是想追求權力。」布倫南把玻璃杯向右轉又向左轉，研究光影在莓紅色茶水中的變化。「他可能已經厭倦聽命於我。島上遭受攻擊，動搖我們的小事業，這時候最適合樹立一位新首領，他意圖染指這個位子。」

好極了。理查向前傾身。布倫南已連餌帶鉤、連線帶鉛錘，通通吞下肚去。「梅鐸不可能勝任這位子，他自己也知道。不僅如此，我們三個也不會支持他。」

布倫南眉頭深鎖。「拜託，瑞內恨透艾朮昂里亞排擠他，只要有機會透過破壞國家制度來謀取利益，他才不在乎誰主事。安潔莉雅是個人格扭曲的傢伙，誰為她送上最大的鑽石，一邊在她耳畔甜言蜜語，一邊把金幣倒進她的皮包，她就聽誰的。至於你，呃，你很愛錢。朋友，你是待售商品。這也是我一開始就找上你的原因。我年紀大了，不來虛幻那一套，友誼和忠心雖然是良好品德，但在財富面前，美德的聲音只會降低。」

理查本來就打算把懷疑的矛頭指向那位退休將領。瑞內和安潔莉雅都太弱，對布倫南不構成威脅。在這些人當中，只有梅鐸能挑戰布倫南在奴隸生意當中的地位。一定要讓布倫南認為這次的威脅非常嚴重，否則他不會慌了手腳。

「梅鐸負責島上的保全。」理查說出想法。

布倫南投給他凌厲的一瞥，眼神冰冷，充滿算計。理查一度感到熟悉的平靜再次降臨，每當有劍客站在開放空間的三呎之外，拔劍對著他虎視眈眈，他心頭就會浮現這種感覺。他的腦中有警鐘大響。小心，現在一定要小心，不要表現得太明顯。

「你知道那座島是怎麼被打劫的？」

要答知道還是不知道？哪一個才對？「不太清楚。」

「那群強盜假扮奴隸，還搶走我們的船。崔頓那個智障一定是上了當，直接讓他們上船。他們打出的信號彈全對，因此獲准進港，在堡壘的可見範圍內停泊。證人說，一群奴隸上岸後，殺死前來接管的奴隸販子，接著深入島上各處，擊殺特定目標。其中一組攻占堡壘，另一組打下兵營，還有一組打開奴隸的牢籠。幹得漂亮，是不是？膽大、想像力豐富、冒險犯難。」

布倫南暫停評論，讓理查有機會發表意見。這是陷阱，這一定是陷阱，因爲他正在密切觀察理查的表情，理查勢必要給個中立的回答，才會萬無一失。「一想到我們損失慘重，就很難誇獎他們。」

「別滿腦子只有錢，想想這整件事，策劃得多麼高明。這次奇襲證明梅鐸是個廢柴。哦，他可是被奉爲傑出的戰略家，但我仔細看過他在軍中的紀錄。朋友，梅鐸根本是頭公牛，看見目標就直衝過去，欺敵和詭詐的手段不是他的拿手好戲。如果他想取代我，他一定會親自攻擊我。不只如此，他何必對別人說他是老鷹？爲什麼不隨便捏造一個假名？事實上，幹嘛大費周章告訴別人他的名號？這些人都是契約殺手，協議通常很簡單：收錢殺人，不是殺死獵物，就是賠上自己的命。」

看來，布倫南不相信梅鐸背叛自己。理查嘗到深深的挫敗感，只能竭力壓下，埋在內疚和回憶的深處。他無法做出任何表情。他始終希望別把夏綠蒂捲進來，但布倫南太理性又太小心。現在只好輪到夏綠蒂上場了，可惡。

布倫南喝下一大口茶。「不，這件事複雜多了。設計這次襲擊的人可能就是打算從中獲利，這人一定會善用我的弱點來增加他或她的優勢。現在我們知道這傢伙奸詐狡猾，一定早就想好失敗的應變措施，於是故意找個替死鬼來。因此，始作俑者不會是梅鐸，就連他都太明顯。不，一定是你們當中的某個人，瑞內、安潔莉雅，甚至是你，我的朋友。」

理查放下玻璃杯。「你在暗示什麼？」

布倫南咧嘴笑開，又一個迷人的笑容。「噢，放輕鬆，卡賽德，你是懷疑名單上的最後一名。我不相信陳腔濫調或忠心的保證，但我相信你的手眞的抖得很厲害。你這人就是沒那個膽子，絕不會讓自己暴露在危險當中。」

「我打算把你這番話當作一種侮辱。」理查起身。

布倫南嘆氣。「哎，坐下。你已經夠勇敢了，我無意批評你的勇氣。但是人無法控制簡單的生理反應。重點是，我們當中出現叛徒，我要把這人找出來。」

理查微微一笑。

「這太好玩了，卡賽德，但我也只能策劃並消滅它，讓自己回歸無聊。」

「我寧可無聊也不蹚這種渾水，多謝。你累不累？歡迎你在我家過夜。」

布倫南揮手。「不了，我需要夜晚、吹風和生活，還有女人。也許我會去找安潔莉雅，雖然她是個大麻煩。不過她喜歡人家哄她，我可不想浪費精神。你有沒有去過貧民窟？」

「沒有。」

「應該去一次。」布倫南神情恍惚迷離。「這對身體有好處，偶爾對靈魂也有好處。下等區有個很棒的地方，他們稱爲歡愉皇宮，你可以去找米蘭達。」

「讓我的僕役送你回家吧，有時候頭部的傷一時看不出嚴重性。羅伯，不要和自己的健康打賭，現在還不知道有幾個背叛者，也許有另一群人……」

「好，好。」布倫南揮手。「你把我的樂趣都毀了。」

理查起身。「我叫他們備車。」

「卡賽德？」

「嗯。」

「我不會忘記你今天爲我做的一切。」布倫南說。

「接下來你要我怎麼做？」理查問道。

「正常過日子，不要輕舉妄動，等我準備好會通知你。這次絕對會是很棒的遊戲，我打算好好享受每一刻。」

第十四章

夏綠蒂坐在安潔莉雅・雪貂對面，望著她強忍蘇德款束腰上衣底下的奇癢。她們置身奧莉薇亞夫人市區住家的陽台上，精緻的桌子由整塊水晶雕鑿而成，桌上擺著十幾道點心和三種茶水。另外六位參與茶會的女子看起來似乎很愜意，至於安潔莉雅，此刻最能讓她愜意的莫過於狠狠抓一回，說不定她還需要用上高級沙紙。但是，她非常不幸，夫人正在長篇大論描述動人往事，六位女子全都聽得入迷。在這節骨眼告辭離開，實在不妥。

「接著我告訴他，要是他打算屈服於如此過分的無禮，我不得不反擊……」夫人似乎完全沉醉在分享趣聞，只是偶爾往夏綠蒂的方向瞄一眼。

奇癢想必已達折磨人的程度，因爲安潔莉雅不再裝出專心聽講的樣子，只顧咬緊牙關。她額頭冒出汗珠，病勢攀上巔峰，而夏綠蒂還在暗中「加碼」。換作旁人，早就派人前來致歉，乖乖待在家裡休養，但安潔莉雅一心想攀龍附鳳。她並非名門望族，家世平凡，也沒傲人成就，這次居然有機會與南境公爵夫人喝茶，她抗拒不了這天大的誘惑。

夏綠蒂啜了口茶，極致的口感中帶點檸檬和薄荷香，令人神清氣爽。她一定要懇求奧莉薇亞夫人分享配方。

「接著我甩了他一巴掌。」夫人宣稱。

桌邊眾人紛紛驚喘，有些人是眞心感到訝異，有些則基於好聽眾的義務，不得不表示驚訝，夏綠蒂便是其中之一。

「恕我失陪。」安潔莉雅終於擠出幾個字，接著迅速起身跑開。與會者全嚇得噤聲。

「唔。」奧莉薇亞夫人說。

「夫人，望您恩准，我想過去看看她。」夏綠蒂摺起餐巾。

「好的，沒問題，親愛的。」

夏綠蒂起身，朝洗手間走去。身後的奧莉薇亞夫人提問：「我剛才講到哪裡了？」

「您打了他一巴掌。」蘇菲的回答幫了大忙。

「噢，沒錯……」

夏綠蒂離開陽台，穿過日光浴房，來到洗手間。門內傳來歇斯底里的啜泣，好極了。

夏綠蒂掏出藏在袖內的鑰匙，打開門，走進洗手間。安潔莉雅當場愣住。她站在鏡前，束腰上衣隨便扔在地上，只見她的身體布滿紅疹，有些和拇指指甲一樣大，旁邊圍繞著較小的潰瘍，好像一片噁心的爛東西。有些疹子已經裂開，正在流膿。

「哎唷，天啊。」夏綠蒂低聲驚叫，立刻關上門。

安潔莉雅的表情夾雜驚嚇、憤慨、暴怒和羞愧……她默默盤算，想要選出對自己最有利的情緒來表達。她只猶豫了幾秒，但夏綠蒂已經看見。安潔莉雅・雪貂表面上甜美無害，腦子似乎經常放空，實則工於心計，夏綠蒂叮嚀自己，接下來一定要格外小心。

安潔莉雅用雙手摀著臉，哭了起來。很恰當的反應，絕對會使旁人同情。夏綠蒂終於掌握致勝關鍵。這女人剝奪幾十名女子身為人母的權利，要是能宰掉她就好了。噢，夏綠蒂多希望能立刻宰了她。

「噓，噓。」夏綠蒂強迫自己出聲安慰。「沒關係。」

安潔莉雅趴在洗臉台上，哭得像歇斯底里的鴿子。「哦，艾爾特・朗女士，妳看看我。」眞誇張。「妳知不知道這是什麼病？」夏綠蒂問道。

這女人抽噎著說：「妳看，現在長到脖子來了，大家都會看到。」

轉移話題的本事挺好的嘛，親愛的，但沒用。「妳穿著生絲布料，上面還有蕾絲。生絲很容易惡化碼頭梅毒。」

安潔莉雅哽住，嚇得忘了哭泣。

沒錯，我非常清楚妳爲什麼會得這種病。她是布倫南的床伴，那傢伙占有慾極強，她目前可能只和他上床，但他可就沒這麼老實。想必是布倫南召妓，把病當成禮物送給安潔莉雅。

「沒關係。」夏綠蒂裝作猶豫地說。「妳聽我說，這是妳的祕密，我自己也有祕密。如果妳答應替我保守祕密，我可以幫妳想辦法。安潔莉雅，妳願不願意？」

這女人點點頭。

夏綠蒂伸手觸碰她，努力壓抑強烈的反感，幫助安潔莉雅實在令她反胃。夏綠蒂讓魔法滲入被病痛折磨的身體，找到病源，讓它進入休眠狀態，再啓動皮膚細胞再生機制。皰疹一一爆開，乾掉，然後痊癒，只剩下淡淡的紅點。

「哦，眾神啊。」安潔莉雅低喃，一度忘記發揮演技。

夏綠蒂看著鏡中貼近的兩個身影。「有沒有好多了？」

「原來妳是治癒者！」

「妳絕不可以告訴任何人，安潔莉雅，任何人都不行。治癒者離開學校後，在外面並不安全。按規定我們不能害人，卻很容易成爲被傷害的目標。妳願意保證不說出去？」

「當然，無論如何絕對不說。」

夏綠蒂拾起安潔莉雅的束腰上衣。「來，穿上。」

這位比她小幾歲的女子穿回上衣，夏綠蒂幫她整理頭髮。「還是一樣美麗動人。」

安潔莉雅不屑地哼了一聲，看起來很可愛。要不是她骨子裡是吃人的怪獸，一定會更可愛。

「從明天開始，妳要定時來找我。這病完全治好要一段療程，時間不等人。下巴抬起來。」

「等一下要怎麼向大家交代？」

「就說妳剛才食物過敏。不會有事的，公爵夫人瞭解我，也相信我的判斷。」夏綠蒂打開門。

「妳知不知道是誰害得妳這麼慘？」

「知道。」安潔莉雅的表情轉爲嚴峻。

「我不知道對方是誰，也不該問，但妳要明白，這病其實很容易預防。想必他沒有戴套，說不定還讓妳自己揹負避孕的責任，但是避孕藥可不能預防傳染病。」

「他是個非常自私的傢伙。」安潔莉雅說。如果她的聲音有實體，恐怕都可以拿來砍人了。「但是，男人本來就這樣，都是自私的沙豬。」

「呃，我眞爲妳感到不值。他不但對妳不忠，還逼迫妳承受他不忠的苦果。眞希望妳有本事讓他吃點苦頭。」

這位年輕幾歲的女子轉頭看她，露出疑惑神情。「妳到底想說什麼？」

夏綠蒂聳聳肩，輕蔑地說：「他既然對妳不忠，或許妳應該找個雙方都認識的熟人，還得是他看不起的一個人，故意對對方表示好感。這人最好是個猛男。」

「找一個打擊他自尊的傢伙。」安潔莉雅說。

「沒錯。」

「我剛好認識這樣的人。」安潔莉雅笑道。

「好美麗的笑容。」

「知道嗎？夏綠蒂，相信我們倆一定可以處得很好。」

「我眞心希望。來吧，趁還來得及，趕緊回去。」

□

夏綠蒂站在自家陽台上。夕陽已落入地平線下，天空依然有耀眼餘暉。這棟房屋面對公園，晚風刮過樹枝，帶來沙沙聲響。發出綠光和橘光的小蟲在葉間互相追逐。

兩天前，她在洗手間治療安潔莉雅，後來又在自家進行了三小時療程。病毒株應該已經成熟，是時候進行下一階段治療。

理查在某個地方暗暗等待，就和她一樣。夏綠蒂環抱自己。

她好想他。想念與他在一起的從容與親暱，想念被他擁入懷裡，身心都感到溫暖。兩人共處時，她不必獨自面對事情。到現在她才明白，自己多需要那份親密。在生命中最難熬的那段日子，不管她有沒有意識到，她都依靠著理查。現在他不在身邊，宛如身體裡有個東西被奪走。

難道這就是愛？他們認識的時間不長，但她總覺得自己十分瞭解他，瞭解到非常私密的程度。哪怕她認識一個人再久，都不曾有過這種情形。

她只想知道，理查是不是也很想她。

一隻青鳥停在欄杆上，反常地靜止不動。

「你好，喬治。」

「晚上好。」喬治的聲音從鳥兒頭部上空的某處傳出來。

「我還是不明白你怎麼能這樣。」

「這是我在沼地學的技術。理查曾帶我找過他的一個親戚，對方是很厲害的死靈法師。」

「他準備好了沒？」夏綠蒂問道。

「好了，我也正和他連絡中。」喬治停頓了一會兒。「他向妳問好。」

夏綠蒂希望兩人可以碰面，但可能被人看到，透過魔法裝置連絡又會被攔截訊號，只有這個方式最安全。

「我參加了卡洛威領主的午宴。」喬治報告。「安夫人從頭到尾都掛在梅先生的膀子上，著迷地聽他講每句話。」

「很好。」安潔莉雅對梅鐸另眼相看，布倫南遲早會發現，尤其是理查已對他灌輸梅鐸有意背叛的念頭。運氣好的話，布倫南或許會把安潔莉雅對退伍將領突然產生興趣，當作轉移忠誠的跡象。

「理查說妳眞的很聰明。」

「請代我向他致謝。那次突擊進行得如何？」

「理查說全按計畫進行，只是布先生沒上鉤。」

可惡。「他不信梅會背叛？」

喬治頓了一會兒。「不信。理查說，他能理解。布認爲突襲發生得太刻意，他可能正在調查其他的僞裝分子。」

布倫南不信任何人，包括在戰鬥中同陣線的夥伴。這眞是壞消息。「我們要進行第二階段了？」

「是的。他向妳致上最誠摯的歉意，他多希望妳不會被捲進來。」

第二階段的主角是她。當初規畫時，理查希望只要發動突襲就能讓布倫南對梅鐸起疑。若宣告失敗，夏綠蒂就得取得梅鐸背叛布倫南的證明。既然理查和她各自進行計畫，布倫南無從懷疑這是他們的陰謀。

在遊戲開始前，理查已先讓弟弟把一份檔案偷偷放進軍隊檔案室。理查以前的照片出現在當中，身分則變造爲艾朮昂里亞陸軍的退伍軍人，早年曾是梅鐸的部下。那五個人早就看過理查的照片，知道獵人的長相，現在就靠夏綠蒂把獵人和梅鐸的關聯拼湊起來，展現給布倫南看。

「不用道歉。我還要一些資訊。關於安，我根本不必感染她，她早就得了碼頭梅毒。正如理查先前所料，布對她不忠。我需要查到是哪個妓女曾和他上床。」

「她叫米蘭達。」喬治說。「她在下等區葛里芬大道的歡愉皇宮工作。」

有時候，理查眞的周到得嚇人。「向他說謝謝。」

「他說他很想妳。」

「我也想他。」

「請妳務必要小心。」

「你也是。」她低聲應道。

鳥兒展開翅膀，飛上空中。

她多麼想念理查。一閉上眼就浮現他的身影，他的眼睛、結實的身軀、微微一笑的嘴角……兩人肌膚相親的觸感湧上心頭，她甚至聞得到他的氣味。她強烈思念他，幾乎要心痛了。打倒布倫南後，他們能愈快在一起愈好。前提是到時他還想要她。

兩人分別前，她感到彼此莫名地疏離，彷彿是他刻意築起屛障。他們的感情起了變化，她不確定變得如何，只是覺得心煩。

夏綠蒂進屋，看見蘇菲坐在沙發上，兩隻腳縮在身下，面前攤著一本書。裂狼犬趴在她身旁的地上。

「我要妳幫忙。」夏綠蒂說。「我們要去城裡某個危險區域。」

蘇菲立刻站起來。「我去拿劍，可不可以把狗帶去？」

「當然可以。」

半小時後，夏綠蒂穿著兜帽斗篷，在歡愉皇宮的櫃檯扔了兩枚達布隆金幣。「米蘭達。」

上了年紀的女老闆穿著發縐的絲質長禮服，眼皮子都沒撩一下。「二樓，藍門。」

藍門開啓，通往舒適的房間，室內有一張頂篷大床，整張床呈現各種色調的紅。床單是黑絲緞，地面被紅色厚地毯覆蓋。陳設雖然豐富多彩，看起來卻有點俗艷。

「我不和小孩搞。」

不久，一名女子走進來。她的身材苗條，留著金髮，還有一雙天眞無邪的眼睛。她看看蘇菲。

「談談吧。」

「談誰？」

「布倫南。」

「我不認識什麼布倫南。」

夏綠蒂打開皮夾，丟了一枚金幣在桌上。米蘭達登時張大雙眼。沒錯，一枚達布隆金幣。夏綠蒂又拋出一枚，發出清脆的撞擊聲。接著又一枚，然後一枚再一枚，已經五枚了。這五枚達布隆金幣說不定比米蘭達一個月賺的錢還多。

「我要先拿錢。」米蘭達說。

「妳還沒碰到錢，我就會先剁了妳的手。」蘇菲神情冰冷地說。米蘭達看看她，稍微向後退。

六枚達布隆金幣。

「我停止拋金幣時，用錢換情報的交易就會終止。」夏綠蒂說。「妳最好趕快決定。」

七枚。

她抓著第八枚，久久沒有拋出。米蘭達深吸一口氣。這枚金幣「噹」一聲，撞上其他幾枚。

夏綠蒂嘆氣。

「好！」米蘭達聳聳肩。「我說，但要先給錢。」

夏綠蒂任由她把桌上金幣一掃而空。

「他來，操我，完事走人。如果妳想問什麼國家機密，不用費事了，他什麼也沒說過。」

「說說他的習慣。他喜歡什麼？」

米蘭達坐在床上。「也沒什麼怪異的地方。他喜歡獨占一個人的感覺。有時候他要我爬到他身上，哀求他操我。我不在乎，只要他有付錢就行。在他看來，所有女人骨子裡都是娼妓。有時候他把我打扮得整整齊齊，穿著體面正式的長禮服，頭上戴著花，從頭到腳一應俱全，接著要我替他口交。我猜，這種反常的情境會讓他高潮。」

「妳知不知道自己染上了碼頭梅毒？」

米蘭達扮個鬼臉。「知道，該死的軍人，我已經在吃藥了。」

離開充滿香水味的歡愉皇宮，冷冷的夜風讓人備覺清新。夏綠蒂和蘇菲沿街步行。她走得很快，因爲回到停車處還要走上整整五分鐘，實在令人扼腕，畢竟這附近不太安全。爲了以防萬一，他們把狗拴在車旁。

「命令她爬到身上，眞是有病。」蘇菲說。

「布倫南喜歡貶低女人，也喜歡掌權。」

「爲什麼我們要知道這個？」

「因爲他正在調查理查的底細，那表示他還沒完全相信我們編的故事。安潔莉雅最近故意忽視他，對梅鐸另眼相看，他一定會設法懲罰她，說不定還會換掉她。搞不好到時我還得親自上陣，吸引他注意。」

蘇菲細細思量。「就像剛才說的那樣？」

「布倫南渴望擁有權力，再說我的金髮和高個子，剛好對他的胃口。」

他們轉進停車場。兩個男人忽然擋住去路，較高的那位亮出一把刀。「錢，快。」

眞是高招。歡愉皇宮不能曝光，因爲客人被搶的消息若是傳出去，勢必大大影響生意。想必早有人注意到她們提早離開，便推測她們是爲了問話而來，無意尋歡作樂，或者是米蘭達主動向雇主示警。照理來說應該是前者，因爲兩人離去時，女老闆只是瞪了她們一眼，而米蘭達又拿到一大筆錢，絕不會洩露出去。現在女老闆決定把她們嚇跑，以免日後又找上門。

「蠢婆娘，錢！」那人舉起刀子。

「可不可以讓我來？」蘇菲問道。「拜託。」

「快走，不然她會殺了你。」夏綠蒂說。

「隨便妳，娼婦。」那人撲上前，忽然驚喘，眼睜睜看著手臂脫離身軀，掉在人行道上。他的嘴剛張開，正準備發出恐怖的尖叫聲，但永遠沒機會了。蘇菲已掠過他身旁，他隨即倒下。另一個暴徒連連後退，高舉雙手表示投降，接著拔腿逃進夜色中。

蘇菲從上衣口袋抽出一塊布，擦掉劍上的血跡。

夏綠蒂看著地上的屍體。他傷勢太嚴重，連她也無力回天。一個小孩剛剛取了這人的性命，心情似乎完全不受影響。

「走吧。」夏綠蒂朝車子前進。「蘇菲，妳喜歡殺人嗎？」

「我喜歡那些黑影。」蘇菲說。

「黑影？」

來到車旁，裂狼犬舔舔她的手。夏綠蒂讓牠坐到後面，兩人再陸續上車。蘇菲啓動車子，緩緩駛進黑夜。

「我已踏上電光劍客這條路，這樣的戰士會在光明與黑暗之間取得平衡，這很難解釋。」

「如果妳試著解釋看看，我會很感激。」

蘇菲皺起眉頭。她的側顏被儀表板的金光照亮，在夜色中顯得分外突出。「殺死敵人並不重要，最重要的是下決定的瞬間。我站在這條線上，敵人站在另一條線上，當我們相遇，立場就會永遠改變。也許我們會各自走開，或者不是他走到終點，就是我走到終點，但總會有那麼一瞬間，我們同時處在戰況一觸即發的當下，那裡充滿各種可能。也就在那種時候，我才會覺得自己眞的活著。可那只是一剎那，非常非常短暫。」

夏綠蒂的心頭浮現舊日回憶。當年她才十六歲，參加加納學院與另一個學院合辦的高峰會。中間穿插一場舞會，她記得自己站在那裡，和朋友聊天，有個年紀大一點的男生在對面看她，眼神流露傾慕。就在那一刻，雙方的視線交會，一連串可能的情景從眼前流過：他可能會過來，可能會搭訕，可能會開始發生什麼……那種興奮的感覺很美好，有點嚇人，但也很刺激。可是蘇菲竟然在戰鬥時才會浮現這種感覺，而且還相當著迷。

像這樣的問題，該如何著手解決？

「下一步打算怎麼做？」蘇菲問道。

「下一步是準備參加大公的婚禮。我們要在三天內打包好並出發，路程至少要一天，還得確保抵達時間剛剛好，不太早也不太晚。妳一定會愛上皮爾德維里爾，我第一次看見它時，和妳現在一樣大，那是座美麗的城堡。我們會參加婚禮，我要在婚宴上吸引布倫南注意，然後設法把獵人和梅鐸扯上關係。」她目前還不確定該怎麼進行這個部分。

想到那場婚禮就令她心神不寧，焦慮把她的心臟變為冷硬的拳頭，不時緊縮。萬一她或理查出狀況該怎麼辦？這可不是玩遊戲，萬一兩人露出馬腳，布倫南會殺了他們。

夏綠蒂赫然發現，自己根本不想進行第二階段。她很害怕，很想和理查逃回林中小屋，假裝什麼事都沒有發生過。一想到她即將從事的勾當，心頭就像壓著重擔，她只想逃走。

「史派德也會去。」蘇菲說。「他會在婚禮現身。」

「妳不能在那種地方殺他。」

「如果我可以呢？」蘇菲問道。

「告訴我，史派德是幹什麼的？」

「他是『手』的特務，而且是首腦。」蘇菲說。

「他的手下都經過強化，和怪物一樣。我認爲，他幾乎不可能獨自一人赴宴。看著我，蘇菲。」

女孩轉過頭，面對夏綠蒂。

「答應我，妳絕對不會殺他。我對妳有信心。告訴我，妳不會違背諾言。」

「我不會違背。」蘇菲說。「妳對我很好，夏綠蒂女士，不用擔心，我一定會遵守諾言。」

第十五章

長途馬車從樹林中疾駛而出。該叫醒蘇菲了。夏綠蒂摸摸女孩的手，她立刻醒來，全神戒備。

「看看窗外。」夏綠蒂說。

蘇菲朝寬闊的玻璃車窗傾身。一條大河在面前伸展，寧靜的水面波光粼粼，閃耀著金光和珍珠光，反射壯麗的落日餘暉。平坦的橋面垂直跨過河道，長得看不到對面河岸。就在橋的正中央，有一座城堡巍然立於河中。

蘇菲猛地深吸一口氣。

皮爾德維里爾堡聳立眼前，由宏偉壯麗的建築群組成，以奶油色石材打造。它周遭環繞著種在大花盆中的綠樹，牆面和無數露台與陽台在陽光下閃閃發亮。華麗的細尖塔參天而立，巨大的窗戶在雕欄玉砌之間瞭望整個世界，牆上雕刻細緻而明亮，整棟城堡遠遠看去彷彿漂在水面上。

「好美。」蘇菲喃喃說道。

「希望妳會喜歡。它是這片大陸上的奇觀。」

馬車駛上橋梁，裂狼犬警覺地抬起毛茸茸的頭。

「沒事。」夏綠蒂安撫牠。

她本來要把牠留在坎邁廷家，但蘇菲緊摟著這隻狗，可憐兮兮地望著她，彷彿她正準備砍掉牠的狗腿。面對兩雙小動物哀傷無辜的大眼，夏綠蒂只能投降。不過她依然堅持將狗繫上皮帶，並且徹底洗淨及修剪毛髮。儘管做了這麼多努力，還是無法讓牠看起來像一隻嬌生慣養的寵物，牠依然像是在林中追逐野狼的猛獸。到時兩人勢必要大費周章地遛狗，還有諸多不便，但說這些都沒有用。

一陣尖銳而淒涼的呼號在空中迴盪，彷彿雲層唱起了歌。

「快看！」夏綠蒂指著從天上落下的鮮綠色閃光。

那道閃光筆直下墜，愈來愈大，變成一隻有鱗片還有大翅膀的巨獸。是翼龍，牠環繞城堡飛翔，背上的駕駛艙反射陽光。另一隻翼龍加入，接著又一隻……最後一一降落在城堡地面。

「兩國精英都會前來。」夏綠蒂微笑說道。「有沒有覺得很興奮？」

蘇菲點頭。

「眞高興妳喜歡，好好玩吧。」夏綠蒂對她說。「很不可思議。」

她們雖有任務在身，但她會暫時安靜坐著，欣賞世界奇觀在這孩子眼中繽紛登場。也許有那麼幾次，她能回到十五歲，回到第一次坐車前往舞會的當下。

橋梁引領她們穿過城堡的升降閘門，來到環繞整個區域的大道。馬車向右轉，沿著側道前進，最後停在宏偉階梯前的庭院。一位看來有些面熟的男子站在最底層的階梯，正和穿著黑色緊身上衣的貴族談話。夏綠蒂想起他正是布倫南。

司機打開門，夏綠蒂下車。

「夏綠蒂！」安潔莉雅叫道。

噢，黎明之母。「安潔莉雅！」

安潔莉雅・雪貂飛快趕到她面前。「好高興妳趕上了。」

站在階梯上的布倫南轉頭，視線投向她們。他立刻對正在交談的人微微一笑，接著大步走來。

夏綠蒂的心被焦慮刺穿。她假裝在聽安潔莉雅說話。今天的安潔莉雅穿著絲質束腰上衣和長褲，兩件都是美麗的綠色。衣服很合身，只是微微透著性感，以大眾標準來看，可說稍嫌拘謹。夏綠蒂沒料到一下車就會遇上布倫南，但為了做好萬全準備，她早就精心打扮。

「安潔莉雅。」布倫南說。

聽見呼喚的女子轉過頭，驚呼：「羅伯……」

「親愛的，我眞的很不高興。」布倫南牽起安潔莉雅的手指親吻。「妳居然拒絕讓我享受陪伴妳的樂趣，難免讓人懷疑，妳在生我的氣。」

安潔莉雅眨眨眼。「我沒有。」

「這位朋友是？」

安潔莉雅擠出迷人的笑容。「夏綠蒂・德・奈伊・艾爾特・朗。」

布倫南聽得猛眨眼，這名號果然產生預期效果。

「夏綠蒂，這是羅伯・布倫南子爵。」

夏綠蒂行禮。「子爵閣下。」

「哦，不，拜託，不要加上頭銜。」布倫南擺手。「我的記性可能會背叛我，但我幾乎可以確定，以前沒有見過妳。如果有，一定不會忘記。」

「我可不可以告訴他？」安潔莉雅問道。「可以嗎？」

「如妳所願。」

「夏綠蒂來自加納藥術學院，她在那裡待了很久。」

「校方不常允許我們外出。」夏綠蒂微笑說道。「那裡幾乎像是女修道院。」

布倫南流露興味盎然的神情。她猜得沒有錯，誘惑一個長年幽居修道院的女人，對這個男人來說極具吸引力。

「多麼奇特啊。」布倫南說。「我想，我應該從來不曾認識逃學的人。」

「那麼，閣下，我很榮幸成爲第一位。」

「妳是治癒者？」布倫南問道。

「閣下，我只是普通醫生。」算她走運，加納學院同時訓練魔法治癒者與一般醫科學生。假使布倫南在襲擊事件後去過聖納島，一定聽說了銀色死神以奇特魔法殺人。她不想透露自己的能力，以免節外生枝。

「她是治癒者。」安潔莉雅脫口而出。「而且醫術非常高明。」

夏綠蒂微微嘆氣。「原諒我，閣下。我們在外面通常不會暴露身分。」

「這完全說得過去。否則的話，妳就會被各方請求淹沒了。」布倫南看看安潔莉雅。「我不知道妳有這麼奇特的朋友。我由衷希望妳沒有生病。是不是，女士？」

安潔莉雅的沉著頓時瓦解。「夏綠蒂女士是我的朋友。」她咬牙切齒地說。「但既然你問起，我可以告訴你，沒錯，我病了，從一個最不可思議的對象身上，得到一種最令人難以啓齒的病。我等不及要告訴你這一切。」

「我很樂意傾聽，但這樣對妳朋友很失禮。」

「哦，不，完全不會。」夏綠蒂說。「這趟旅程令我相當疲憊，在晚宴開始前，我得進行女人的所有私密小活動，以便體面登場。恕我失陪。」

「多謝您體諒。」布倫南說。「這是我們全體的損失。」

夏綠蒂行禮，看著他們走開。安潔莉雅的背硬得像長矛，她已怒不可遏。她打算對布倫南挑明，就是他將碼頭梅毒傳染給她，這次談話想必不會太愉快。

「進行得如何？」蘇菲挽起她的手，低聲追問。

「很好。現在得布下天羅地網。」

一小時後，夏綠蒂在化妝間裡踱步。她已脫下原先的衣服，擺在床上，身上改穿黑色長禮服。她的內衣特別精挑細選，內褲是最薄的黑色蕾絲，胸罩則是透明蕾絲加黑色肩帶，下半身穿黑色吊帶襪，吊帶是仿眞皮的細帶。整套服裝由專人訂做，風格模仿異境廣告傳單上的性感服飾，不僅深具誘惑力和情慾，而且用意明顯，甚至有些淫蕩。像她這種地位的女人不會穿類似衣服，除非她打算爲愛人提供非常獨特的娛樂。那雙高跟鞋的高度達到危險等級，頭髮則設計成優雅的大波浪，以因應正式場合。臉上的妝容完美無瑕，她已盡可能準備妥當。

這是致勝關鍵。打鐵需趁熱，最好趁著布倫南還記得她時盡快出招，再晚恐怕就難了。這位黃金單身漢身邊不乏女人，夏綠蒂一定要讓他留下無法抹滅的美好印象。

蘇菲坐在床上，看著她踱步。「萬一他不感興趣呢？」

「他一定會的。像布倫南這種男人，認爲女人骨子裡都是水性楊花。他喜歡整齊高尚與下流媚惑並存。他熱愛墮落，那令他覺得大權在握。」

「妳怎麼有本事穿這種鞋走路？」

「練習，大量練習。」

「萬一他——」

門忽然開啓，杰克從門縫探頭進來。「他來了！」

感謝眾神。

門輕聲關上。

「快！」夏綠蒂把禮服脫下，扔到一旁，站在顯眼的位置。蘇菲高舉一件長禮服，擺出準備要穿上的樣子。

□

喬治背靠廊柱，眼角偷瞄正拾級而上的布倫南。客房區蓋得很像殘境的飯店，有道階梯連接地面和通往走道的長平台，走道對面盡頭又有另一道階梯通往樓上。每位貴族嘉賓都有專屬套房，各人的房號都登記在名冊中，擺在樓梯和走道轉角。喬治居高臨下地站在四樓平台，名冊附近的動靜一目瞭然。

布倫南已經走上階梯的三分之一。

卡爾達穿著城堡工作人員的灰藍相間制服，從走道出來。他若無其事來到名冊旁，把它從牆上拿下來，再將另一本放回去，然後走開。

簡直千鈞一髮，卡爾達就愛遊走在危險邊緣。

布倫南爬完樓梯，在名冊前短暫停留。原本的名冊將他和其他皇家親戚安排在五樓，調包後的名冊則將他排在三樓。

喬治打量布倫南的背影。他是個大塊頭，身材健壯，脖子粗厚。杰克有本事一把扭斷他的脖子，但喬治可能不夠力。

這傢伙是害蘇菲受苦的罪魁禍首，奴隸販子原本只是隨處下手，卻在他的手下成了訓練有素的武裝部隊。他的雙手還沾上奶奶的血，甚至害得約翰・崔頓迅速沉淪，終至滅頂。

喬治的腦中出現憤怒的低喃：「殺了他，殺了他，殺了他……」但現在還不能下手。這麼做等於公開丟臉，除了令相關人員蒙羞，痛苦和懲罰還會接踵而至。

布倫南轉向右側，沿著走道前進，朝著夏綠蒂的房間而去。喬治聚精會神，將聲音注入杰克口袋中的殭屍鼠。「他過去了。」

布倫南進入走道，離開喬治的視線範圍。卡爾達大步來到名冊旁，將它一把抓起，再把原先那本放回原位。

□

門開了。

夏綠蒂深吸一口氣。

布倫南踏進套房，愣在原地，對著夏綠蒂目瞪口呆，眼睛瞪得很大，嘴巴微開。

蘇菲僵住，爲了配合演出，故意流露震驚的表情。

夏綠蒂迎上布倫南的注視。她知道自己看起來相當鎮定，但內心暗自發顫。她沒遮掩，只是站在那裡，宛如身上穿著最保守的服裝，表情也相當平和。

布倫南的目光在她身上游移，先停在胸部，接著移到腹部，最後鎖定腿間的三角地帶，由於只穿了一件透明黑色蕾絲內褲，顯得若隱若現。她終於成功吸引他的全部注意力。一個出身高貴的女子，外表美麗大方，且剛剛脫離隱居生活，居然穿著一套足以傲視名妓的內衣。他非上鉤不可，這是專爲他打造的魚餌。

經過一段長長的靜默。

夏綠蒂挑高眉毛，極其平和地說：「閣下，想必您走錯房間了。」

布倫南大夢初醒般地眨眼，畢生練就的禮儀瞬間歸位。「當然，恕我失禮，女士。」

他關上門。

「他果眞懂得正確應付各種情況，以絕不動搖的姿態面對一切。」蘇菲低聲說道。

夏綠蒂膝蓋發顫，跌坐在椅子上。

□

喬治看著布倫南進入平台，來到名冊。他的神情非常專注，站在名冊前，看了許久。他的房間號碼和夏綠蒂的房間號碼只有一個數字不同。她的是三二二，他的則是五二二。卡爾達大費周章才安排好這一切，要是兩組數字差異太大，布倫南就會有所警覺。

這傢伙搖搖頭，開始上樓。喬治離開廊柱邊，遠離布倫南的視線範圍，接著貼牆迅速移動。他繞過轉角，正逢布倫南踏上四樓平台。

□

晚宴設在大型露台上，最先上桌的是清淡的開胃菜。

「我餓了。」蘇菲低聲說道。

「舞會結束後，通常會回房吃晚餐。」夏綠蒂低聲回應，順手替蘇菲調整左肩的帶子。這件美麗的禮服在藍灰底色中帶著金屬光澤，是她與裁縫的共同構想。兩條細肩帶支撐端莊的線形緊身上衣，裹住蘇菲纖細的身軀，淺藍與深藍細葉形圖案從左向右呈扇形排列。臀部有兩道縐褶，緊得足以凸顯她優雅的曲線，同時也鬆得恰好。臀部縐褶下方連接多層次曳地寬裙，以輕柔的雪紡材質製作而成。

這件禮服令人耳目一新，看起來年輕活潑，款式也與夏綠蒂的服飾相稱。她自己挑了一襲青綠色雪紡禮服，袖子是兩片銀葉。禮服兩側以葉片圖案裝飾，裹住她的身形之餘，也強調腰部和臀部的曲線。胸前和腹部有銀色小圓點組成的精緻圖案，色調比袖子稍淺，一直延伸到上半身最底端，再往下便是一層又一層輕柔的雪紡裙。

蘇菲看起來很美，夏綠蒂則優雅高尚，流露十足的貴族氣質，這樣的狀態正合夏綠蒂心意。現場音樂愈來愈大聲，舞會即將開始。她預計只跳一、兩支舞，意思意思就好，但蘇菲一定會跳得不亦樂乎，說不定還會引起騷動。夏綠蒂曾要求她示範過兩次，她的舞步可說相當優美。

夏綠蒂隱約感到一種無形壓力，像是有人在盯著她。她掃視人群，目光迎上理查的視線。他站在露台對面，隱身在廊柱的陰影下，正以震驚與渴望的眼神凝視著她，宛如遭到雷擊。心好痛，她只能站在這裡與他遙遙相望，無法上前，無法親近，更不能與他一走了之，令她無比心痛。她只好別過視線，不忍再看。

不管發生什麼事，內心深處一直被一個念頭纏繞，她知道兩人當中有一人會命喪於此，甚至兩人都難逃一死。危險隨時有可能降臨，誰也不敢保證結局會快樂圓滿。這個認知像永遠不會消失的重擔壓在心頭，早上醒來壓著她，晚上就寢也壓著她，整天糾纏，不肯罷休。偶爾她會分心並忘記，但一定會在某個時候又想起來，恐懼和焦躁瞬間襲上心頭，像肚子被打了一拳。喉嚨立刻緊縮，滿眼含淚，心口抽痛，有好一會兒她徘徊在淚崩邊緣，得努力勸自己靜下心來。

她想念理查，她最擔心的不是自己，而是他。

夏綠蒂終於明白，她根本不是這塊料。有些人也許會沉醉在危險和密謀中，但她只希望立刻心想事成，這件事盡快結束。緊張和壓力一吋吋瓦解她，她覺得那是兩把鑿子，要把她整個人鑿得粉碎。壓力愈重，她就愈想逃。昨夜，她夢見自己走到布倫南面前殺了他，然後縱身跳出陽台。醒來時她驚駭不已，不僅是因爲夢見自殺，還有她在半夢半醒時，有那麼一瞬間，居然會覺得一了百了眞好。

她不能崩潰，現在有太多人倚靠她，包括蘇菲、理查、多莉……說到蘇菲，她上哪去了？

夏綠蒂轉頭，看見一群即將成年的年輕人，圍著一位身穿深綠色緊身上衣的貴族。這位貴族身材高大，留著一頭金髮，帥度破表。他正在說故事，那副神色自若的樣子，就像一位訓練有素的演說家。他的技巧確實高超，聽眾全都聚精會神地聆聽。

夏綠蒂慢慢靠過去，一邊研究他的手勢和姿態。他不僅是貴族，還出自古老家系。那手勢不是艾朮昂里亞的，肯定來自路易斯安納——他優雅地舉手，掌心向上，食指幾乎和地面平行，另外三指微彎，一望即知來歷。根據路易斯安納的宮廷禮儀，有國王在的場合，貴族都要佩戴小銀幣，上面刻著國王的肖像，穿上細鍊後纏繞指間。這個手勢專門用來展示銀幣，在古老的家族已成了根深柢固的習慣，他們在與人爭辯提出自己的主張，或者認同別人的主張時，都會下意識出現這個動作。

她已經靠得夠近，聽得到對方的聲音。

「……畢竟，誠如費羅所述，精於公眾事務乃是最崇高的呼召，唯有爲大眾謀福祉，方能將自我昇華至巔峰。」

眾人紛紛點頭並讚歎，表示同意。他確實很會吸引聽眾的注意力。

「話是沒錯，但費羅不也說過，放棄個人的道德標準，無異於最深重的自我背叛。」蘇菲的聲音從後面傳來。年輕聽眾紛紛退開，夏綠蒂看見她。「既然他將道德定義爲個人的最高表述，那麼他的論點便是自相矛盾，不値得信任。」

貴族一臉興味地望著她。「乍看確實矛盾，但若個體道德與群體目標達成一致，矛盾自然消失。」

「但是，難道群體不是由帶有衝突的混亂道德標準的個體所組成？」

「確實。」貴族微微一笑，顯然很喜歡這場辯論。「然而，群體的態度偏向自我保護，因此，我們才有了法律：不可殺人、通姦、偷盜。正是這種共通性，使費羅對群體和自我提出那樣的解釋。」

蘇菲皺眉。「我的印象是，費羅對群體和自我提出那樣的解釋，是因爲他對自己的姊妹有情慾上的渴望，但社會不容許他們通婚，使得他鬱鬱寡歡。」

年輕聽眾全都倒抽一口氣。貴族笑了。「小朋友，到底是誰擁有妳這麼一個珍寶？」

「我。」夏綠蒂說。

貴族轉頭看見她，行了個完美的鞠躬禮。「女士，容我獻上最深的讚美。這年頭已經很少看到這麼小的孩子知書達禮，我能不能有這個榮幸請問您的芳名？」

「夏綠蒂・德・奈伊・艾爾特・朗。」

貴族直起身子。「這是個古老姓氏，女士。我是塞巴斯汀・拉法葉，貝利多伯爵。這位是？」

「蘇菲。」

貴族對蘇菲微笑。「我們一定要多聊聊，蘇菲。」

蘇菲以完美的優雅姿態行禮。「您太抬舉我了，閣下。」

「貝利多領主，希望她沒有令您感到不快。」夏綠蒂說。

貴族轉頭對她說：「請叫我塞巴斯汀。我的感覺正好與妳所擔憂的相反。年輕世代往往缺乏熱情，這才令我沮喪。從本質上來看，我們的社會似乎……並不重視提供更好的教育，只在乎如何利用教育。年輕人整天學習，但很少思考。」

蘇菲在塞巴斯汀身後以嘴形無聲地說了幾個字。

身穿深藍色制服的城堡工作人員走過來鞠躬，將一張小卡片遞給夏綠蒂。「德・奈伊・艾爾特・朗女士。」

「抱歉。」夏綠蒂對塞巴斯汀微笑，然後接過卡片。「謝謝。」

只見卡片上以優美的字體寫著：「羅伯・布倫南領主誠摯邀請您賞光，在里奧加舞會上共舞。」

夏綠蒂眨眨眼。里奧加舞會是古老的傳統，舞池會先清空，只留下一對舞者，當中一人是皇親國戚，但絕非執政者。這是里奧加舞會的正式開場，爲了奪得皇親國戚舞伴的殊榮，女人們可說大開殺戒也在所不惜。

「看來我要在里奧加跳舞了。」她說。

「恭喜。」塞巴斯汀低頭致意。「多麼光榮啊。」

他的頭尚未抬起，蘇菲又以嘴形說了那幾個字。她到底要說什麼？

「讓路！大公來了！」傳呼員高聲呼喊。

夏綠蒂立刻行禮，周遭的貴族也跟著鞠躬。

一排隊伍從門內擁出，領頭的人正是大公。他像一隻巨大的熊，濃密的鬍子完全轉成銀色。未婚妻路易斯安納侯爵夫人走在他身旁，相形之下特別嬌小。她只比大公年輕五歲，但優雅的姿態讓她顯得年輕許多。她穿著微光閃爍的淡黃色長禮服，布料看起來金光閃耀，彷彿上面嵌了許多星星。

他們身後是雙方家人，並肩齊步行走。夏綠蒂瞥見布倫南就排在大公後面，他穿著紅得發黑的合身外套，整個人非常耀眼。*你這個可惡該死的混帳。*

隊伍經過人群，大公領著侯爵夫人來到兩張宛如王座的椅子前，夫人便坐下。人群中的女子紛紛起身，夏綠蒂也照辦。大公坐下後，男人們也直起身子。

布倫南上前。

「時候到了，女士。」剛才將邀請卡遞給夏綠蒂的女子說道。

蘇菲居然露出詭異的淺笑，她的表情讓人看了深覺不安。

布倫南站在那裡，朝夏綠蒂點頭示意。

「女士，時候到了。」女子再次催促。

蘇菲三度做出相同的嘴形。

史派德。

塞巴斯汀就是史派德。*黎明之母啊！我居然讓蘇菲站在史派德身邊。*

微風中飄著里奧加開頭的幾個音符，夏綠蒂再也無法拖延，現在只能上前去了。

□

理查裝出百無聊賴的樣子。瑞內在旁邊與堂妹卡綾夫人及羅勒梅說個不停。舞會即將開始。

理查已整整九天沒和夏綠蒂說上話，整整九天彼此沒有接觸。喬治派去的那些鳥不能算數。九天來，他獨思又獨寢，只有思緒陪伴，想法愈來愈陰沉。他想見她，想告訴她自己有多愛她，再聆聽她訴說心中的愛。每當他不必開口應付別人時，心頭就會被思念占據。他幻想與她共度下半生，也想過沒有她的生活會如何。也許他就要瘋了。

布倫南正走向露台上的開闊區域。

理查不得不強壓下咬牙切齒的衝動。應付布倫南愈來愈難了，因爲他恨這傢伙，此外，對方的富裕也讓他自慚形穢。這人是天之驕子，可說享盡榮華富貴，而理查生來便一無所有，得動用所有資源和能力，還得從別人的不幸當中牟利。他迫不及待要摧毀布倫南。

「我猜，羅伯就是里奧加祭壇上的那隻羊。」瑞內嘲諷地說。

「不曉得他的舞伴是誰。」羅勒梅說。

「安潔莉雅？」卡綾夫人猜測。

「她慢慢作夢吧。」羅勒梅笑道。

音樂開始。

「我眞心希望他不會被對方放鴿子。」瑞內假意關心地說。

人群散開，夏綠蒂走出來。

理查覺得整個世界戛然而止。她的裙襬隨著步伐飄逸，輕柔又多層次的青綠色布料薄如蟬翼，烘托曼妙的曲線，好身材若隱若現。她這模樣簡直不是走路，而是順暢地滑行。

「美極了。她是誰？」羅勒梅的聲音宛如自遠方傳來。

「德・奈伊・艾爾特・朗女士。」瑞內說。「非常高雅，是不?而且家世顯赫。」

「哦，不。」卡綾夫人說。「她絕對沒想到自己會受邀，才會穿那麼高的鞋子。」

記憶提醒理查，夏綠蒂若是下場跳里奧加，絕不能和布倫南一樣高，畢竟對方是男人，還是皇親國戚。這將會是社交場上的重大失誤。在場多數人都知道這個禮數，她也非知道不可。

夏綠蒂順暢地脫下鞋子，絲毫沒有打亂步伐，沒有慢下來，也沒有準備脫鞋的動作。她只是保持向前滑行的姿態，然後將高跟鞋留在身後。蘇菲一把抄起那雙鞋，轉身融入人群中。

卡綾夫人驚喘。左邊有人鼓掌，接著右邊也有人鼓掌，夏綠蒂來到布倫南面前行禮，周遭響起激賞的掌聲。

布倫南也鞠躬，對她伸出手。她將手放到他的掌上。

理查左胸的肋骨瞬間感到劇烈刺痛。空氣忽然變得黏稠，他費力地呼吸。

布倫南挺直身軀，伸手摟著夏綠蒂，手心按著她的背部。

他居然敢碰她。

音樂轉爲輕快的節奏，兩人翩翩起舞，夏綠蒂的裙襬在布倫南周遭飄揚，宛如水流過岩石。

那傢伙的手在她身上，手指正觸碰她肌膚。她也觸碰他，手也放在他的掌上。她露出笑容，看起來很享受。她望著布倫南，那激賞的神情令她容光煥發。

一陣寒意流過理查的皮膚，隨後消散，被強烈怒火燒盡。他望著夏綠蒂和布倫南在舞池轉了又轉，卻無能爲力。

「他們眞是美麗的一對。」卡綾夫人說。

「這個男人令人痛恨。」瑞內說。「皇親國戚、富有、聰明、好戰士。你會覺得爲了公平起見，命運之神會毀了他的相貌，但並沒有，那混帳還眞帥。每當迷人高尚的仕女踏進社交圈，他總是捷足先登，只要一開口就把人給拐走了。」

沒錯。布倫南很英俊、富有，還有皇家血統。理查又是哪根蔥？只是沼澤裡赤貧的鼠輩，還頂著一張假臉。

理查開始揣想。他走到舞池，舉起自己原本的劍，不是卡賽德那把沒用的雙刃劍。他一劍刺過去，在魔法與鋼鐵發威下華麗轉身，布倫南的頭立刻從肩膀滾落地板。

夏綠蒂則倒抽一口氣。他緩緩朝她走去……

音樂結束，他聽見自己的心跳，聲音好大，像響徹四方的大鐘。布倫南向觀眾鞠躬，夏綠蒂也行禮。布倫南直起上半身，表情很明顯，一個男人終於找到非要不可的女人，才會流露這種原始的渴望。

觀眾熱烈鼓掌，在理查耳中彷彿是場風暴。夏綠蒂從未說過愛他。她在小屋對他獻身，但或許只是一時軟弱，總之她從沒給過任何承諾。哪怕給過又如何？承諾往往不堪一擊。

布倫南領著夏綠蒂來到大公和侯爵夫人面前。她再度行禮，深深一鞠躬，姿態優雅。侯爵夫人說了句話，夏綠蒂回應。布倫南咧嘴一笑，露出整齊牙齒。

人群的臉變得模糊，所有交談聲也變成巨大轟鳴聲，眼前唯一清晰的只有布倫南那張臉和一口閃亮的白牙。

理查幻想將刀鋒刺進布倫南的眼睛。他每個細胞都在渴望布倫南的鮮血。他站在那裡，表面看來平靜，但內心波濤洶湧，他不得不極力壓下那股拔劍行凶的衝動。

「卡賽德，你是不是不舒服？」羅勒梅極爲關切地望著他。「你始終不發一語。」

回答啊，你個笨蛋，快說點什麼。

他強迫自己張嘴。「我頭很痛，我想我最好告退。」

「都是那些花害的。」羅勒梅說。「香味太濃，花粉太多，大家沒有因此中毒倒地，還眞是稀奇。朋友，我們去喝一杯吧。」

理查本想勉強起身，但雙腳像生了根，牢牢定住。

「快走。」羅勒梅說。「呼吸一些新鮮空氣，再喝點酒，你就會好起來。」

繼續待在這裡，眼睜睜看著他們倆，根本沒好處，只會讓他忍不住想毀掉一切。理查轉身，拚命收回嫉妒和痛苦的鎖鏈，隨著羅勒梅進入城堡，裡頭的僕役已將各種飲料擺出來。

□

夏綠蒂的腳浸在瓷盆中，她不停扭動腳趾。在古老的岩地上赤足跳舞，不算是最愉快的體驗。她有兩次踩到尖銳小石頭，還有那些石縫中的泥土，雖然舞會前清掃過，但她的腳還是沾上很多，怎麼洗也洗不掉。她抹上肥皀，努力擦洗，甚至試過去角質的浮石，但土還是卡在腳掌。最後，她只好把希望寄託在浸泡。

事情出乎意料地順利，布倫南已對她有了好印象，侯爵夫人也對她頗有好感。布倫南的占有慾很強，跳完開場舞後，依然緊黏著她不放，久久不肯離去。最後她終於找了個上洗手間的藉口，他還是在附近等待，只不過她早就篤定，國王堂弟不可能落單太久，果然沒錯，他很快被一群路易斯安納仕女包圍，夏綠蒂得以悄悄逃開。

她在史派德（塞巴斯汀）的桌子找到蘇菲。史派德正和某位高齡人士及其隨從爭論路易斯安納的政治，蘇菲也聚精會神地聆聽。她們後來一起度過愉快的夜晚，最後向眾人的恭維一一致謝，接著回到房間，把門關上，夏綠蒂立刻把早就想好的訓斥搬出來教訓蘇菲。蘇菲聽完，只是抱抱她說了句：「謝謝，妳是最棒的。」然後就回自己的房間了。

夏綠蒂站在蘇菲的房門前，愣了好一會兒，不知道該怎麼辦，最後決定洗個澡，接著她開始和那雙髒腳奮戰。

夏綠蒂靠著椅背癱坐。滿室安靜無聲，一片漆黑。通往陽台的玻璃門開著，夜風透過白紗帘鑽進來。大大的月亮高掛，照亮天空與陽台上的石欄。遠處有蜿蜒的河流，在月光下閃閃發亮。

她怎麼會流落到這裡？八週前，她還只是樸實平凡的夏綠蒂，在邊境平靜度日。而現在，她置身在皇家婚禮會場，成了響噹噹的人物。她想到奧古斯汀夫人，養母絕不會同意她對外表露身分。一旦她被收養的訊息公諸於世，那些妄想攀龍附鳳的人便會鎖定她。不過，話又說回來，身分曝光其實不值得擔憂，違背誓言才要緊。奧古斯汀夫人若知道她向來寶貝的星星就此殞落，該會有多麼驚駭。

一根繩子從上面垂下來，一直延伸到陽台上。

夏綠蒂眨眨眼。

她發現繩子還在。

一雙穿著深色靴子的腳出現在視線範圍內，接著是細長雙腿，再接著是窄窄的臀部，然後是被深色布料裹住的結實胸膛。竟是理查。

她的心劇烈跳動，猛一起身，不小心把水撒在白色長毛地毯上。他媽的。好極了，現在她也會罵髒話了。

夏綠蒂跨出泡腳盆，赤腳跑上陽台。理查落在欄杆上。

「你在幹什麼？」她嘶聲吼他。

「我非見妳一面不可。」

「什麼？快爬回你的繩子，你這樣會毀了一切。」

「布倫南不是萬靈丹。」

他臉色大變，面孔因爲急切而幾乎扭曲。

「什麼意思？」她低聲問道。「發生什麼不好的事？你受傷了？」

他躍過欄杆，把她拉進房，緊緊摟進懷裡。他的唇找到她的，落下熱切、充滿占有慾和索求的吻。他吻得彷彿這是最後一次親近。

夏綠蒂幾乎融化在他懷裡，最後還是腦海的警鐘勝出。「理查，你嚇到我了。」

「我們走吧。」他低語。「我們就這樣一走了之，就妳和我。」

「什麼？爲什麼？」

「因爲我不想失去妳。我愛妳，夏綠蒂，跟我走。」

她打量他的表情。「你在吃布倫南的醋？」

「對。」

哦，爲了愛……「理查！」

「我知道我無法給妳尊貴的頭銜或財富或——」

她按著他的嘴。「住嘴，頭銜和財富我自己有。你不能只因爲我和他共舞，就想毀掉整個計畫。」

「妳明明很喜歡和他共舞。」他的聲音透過她的指縫傳出來。

「不，我不喜歡。」

「妳看起來很享受。」

「那是因爲我看起來應該要很享受，你這個智障。這叫『演戲』。」

他望著她，很明顯詞窮。

「如果你可以冒著生命危險刀裡來劍裡去，我也可以和布倫南共舞，甚至在他面前炫耀內衣。」

「什麼？」

糟了，她不該提到這個部分。

「夏綠蒂？」

「我故意讓他看到我在換衣服。你若想看，以後我再示範一次。現在你得離開！」她把他推到陽台上。「走、走、走，把你的繩子帶走。你太老了，不適合搞這套，我也一樣。」她關上玻璃門。

他站在那裡許久，最後縱身跳上繩索，往上攀爬。

夏綠蒂跌坐在床上。白痴，智障。他爲了她爬牆，活像冒險小說裡強行擄人的王子。就因爲醋勁大發，他居然攀著繩子下來。說眞的，現在還有誰會幹這種事？

外面忽然傳來敲門聲。現在是怎樣？她走過去，拉緊了薄罩袍，透過玻璃窗看向門外，原來是布倫南。

「這樣非常不合規矩。」她在門內說道。

「我本來就是非常不合規矩的男人。」

「你該留在廊上。」

「夏綠蒂，我只是想和妳談談。」

「等等。」

夏綠蒂過去拿通訊器，打給城堡工作人員。通訊器開始轉動，銅製半球體上方浮現一個人的臉。

「謹遵吩咐，女士。」

「羅伯．布倫南在我門外，他想和我談話，我要求護衛。」

對方轉過頭，一會兒後回頭對她說：「已派出護衛，二十秒內抵達。」

「謝謝你。」

她來到門旁，透過玻璃向外看。時間緩緩爬過，她暗自數算，數到十八時，一男一女穿著城堡的制服繞過轉角，來到她的門前。

夏綠蒂打開門。

布倫南嘆氣。「監護人？我們是小孩？」

「我們是成人，所以我才會要求證人在場。」

他咧嘴一笑。「我是不是嚇到妳了？夏綠蒂。」

「閣下，我見過許多事會讓人嚇得一夜白髮。我不怕你，只是做事比較謹慎。」

他偏了偏頭。「妳晚上不綁頭髮。」

「當然。」頭髮放下來其實不適合她，挽起來好看多了，但她的頭皮總得找時間休息。

「妳爲什麼離開？」

「因爲我的女伴玩夠了。」

「那個小女孩？她是妳的什麼人？」

「朋友的女兒，她的母親已經過世，父親又照顧不來。」

布倫南搖搖頭。「要是沒有聽眾在該有多好。」

「這正是我們需要這位聽眾的原因。」

「我想多了解妳。」他說。

「你對早茶有沒有興趣？」

「還可以。」

「既然如此，我明早十點可以和你喝早茶。」

「既然如此，我一定會赴約，到時還有誰在場？」

「就是女伴和我。如果你要參加，爲了合乎禮節，或許我到時還會邀請一、兩個人。」

「妳似乎非常在意禮節。」

至於你，似乎非常在意把兒童當作奴隸販賣，藉以牟利。「有時我也可以不在乎。」

布倫南的眼睛閃著饑渴的微光。「有多麼不在乎？」

「如果你願意耐心等待，我會讓你看到。」

他咧嘴笑開。「妳這是在玩遊戲？」

「如果你要這麼想，請便。」

「我熱愛遊戲。」他傾身牽起她的手親吻。「我從不會輸。」

她湊過去，一字一字清晰地說：「快回去睡覺吧，閣下。」

他露出自滿而愉快的笑容，然後轉身沿著走道離去。

「謝謝你們。」夏綠蒂對護衛說。

「不用客氣，女士。」他們齊聲說道。

夏綠蒂關上門，鎖好，一轉身便撞上理查。

「我明明叫你趕快走。」

他盯著門，如掠食動物般專注，這種眼神她很熟悉。只聽他說：「我要宰了他。」

「不，你不可以，你要爬回繩子上，離開這裡。」

他沒在聽，甚至沒看她。他下意識往門口移動，夏綠蒂知道一定要立刻阻止他，否則他會追上布倫南，和他戰鬥，到時計畫就會全毀。

夏綠蒂揪住他的後腦，把他拉過來。親吻他就像啜飲調味酒，他的熱度灌進體內，開始燃燒。剎那間，她只想要他。

理查環抱夏綠蒂，把她拉得更近。他的舌頭伸進她嘴裡，與她的舌相觸，令她戰慄不已。她張開眼，發現他望著自己，這次他終於願意看著她了。

「你得離開。」她低語。

「不要。」

「要，你一定要走。萬一他去找卡賽德，而你不在呢？」

他的眼神變得黯淡。

「理查，看著我。在我們揭穿布倫南之前，你不能先殺他。你不能，否則我們會功虧一簣。」她再度吻他，試著把他從排山倒海的怒濤中拉起。「你沒有必要擔心。」

他眨眨眼，像大夢初醒，專注地凝望她。

「你沒有什麼好擔心的。」她再次強調。「我愛你，理查，快走。」

「什麼？」

「我說我愛你，你這個傻瓜。」

「這件事結束後——」

「好。」她馬上應道。

他又瞪著她看。

「理查，我剛才說好。我會和你一起走，與你一起住在獸窩，因爲我愛你。現在你得立刻離開，快走！」

她把他推去陽台，關上門，小心鎖好。

理查在玻璃外面望著她，表情前所未有地詭異，顯然已嚇到目瞪口呆。

「走！」她對他用嘴形無聲地說。

「我也愛妳。」他用嘴形回覆，然後跳上去，攀住繩索往上爬。

她走回去，倒在床上，拿枕頭蓋著臉，覺得面紅耳赤，又熱又暈。他愛她，那這一切全值得了。

萬一他就此打住，再也沒有其他表示？萬一發生什麼意外，他就這樣沒了？

焦慮射中她的心。又來了，又是它在作怪，你好啊。

她默默祈禱：拜託，拜託拜託拜託，讓事情順利。拜託，讓事情迎刃而解。拜託。

第十六章

夏綠蒂坐在陽台的躺椅上，啜飲血紅色茶水，在舉手投足間巧妙觀察布倫南。只見那傢伙坐在咖啡桌對面，猶如熱鍋上的螞蟻。蘇菲在右邊靜靜讀書，左邊則是坐在長沙發上的南境公爵夫人，她懶洋洋地靠著椅背，時而小口喝茶，時而有一搭沒一搭地閒聊。

布倫南想必以爲蘇菲和其他不速之客不會造成多大妨礙，他大可利用自己高貴的身分把他們趕走。但奧莉薇亞夫人成了他跨不過去的障礙。她年事已高，受人敬重，影響力和權勢都在布倫南之上。高貴的閣下只能循規蹈矩，但他並不樂意。夫人的閒聊對他來說顯然是折磨，害他無聊得要死。

他無聊到快要去拿桌上的相簿了，夏綠蒂先前便刻意擺在他伸手可及的地方。相簿長寬各一呎，有豪華褐色皮面，還有隻咬著自己尾巴的銀蛇浮雕，這是加納學院的校徽。整本相簿由大約八十頁厚紙板組成，紙張之間以透明玻璃紙保護。這麼華麗又龐大的東西擺在那，呼喚著布倫南伸手拾起它。

夏綠蒂心想，再無聊一點，再一下一定成功。

奧莉薇亞夫人將話題轉向名下的橘園產業。

布倫南偷偷打呵欠，身軀前傾……終於拿起那本相簿。

奧莉薇亞夫人瞥了夏綠蒂一眼，然後花了點時間吃餅乾。

「這本冊子眞是精緻。」布倫南終於逮到機會轉移話題，這讓他大大地鬆了口氣。「這裡面都是妳家人？」

「不是的，閣下。」夏綠蒂啜口茶。「他們都是我在治癒者生涯中最傲人的勝利。事實上，我們就是一群虛榮的傢伙。」

布倫南翻過頁面，露出恐怖神情。「天啊，這孩子的燒傷好嚴重。」

「那次意外非常不幸。」夏綠蒂說。「在一場肆虐村莊的大火中，她困在穀倉裡。如果你翻到下一頁，就會看到我治療過後，她的情況好多了。燒傷很難完全治癒，但我們對她的治療還算成功。」

布倫南翻過去一頁。「太不可思議了。」

「親愛的，妳太自謙了。」公爵夫人低聲說道。

不能讓他現在停下來。「我想，後面還有一個更嚴重的病例。」

布倫南翻頁，又一頁，再一頁。手忽然停住。

眼睛瞪得和牛眼一樣大。

「這個人。」布倫南轉過相簿，單手舉高給她看。理查正在照片中回望她。看起來比現在年輕幾歲，頭髮也比較長，其他都和獵人告示上的照片如出一轍，絕對不會錯。

布倫南沉靜的聲音透著弦外之音，那是一種如鋼鐵般堅毅的命令口氣。「和我說說這個男的。」

奧莉薇亞夫人挑高眉毛。夏綠蒂傾身細看照片。「這人不是最嚴重的病例。」

「拜託，遷就我一次吧。」

「那好。他是軍人，極度危險，身分保密到家。你知道的，把這種軍人單獨丟進森林中，只給一把刀和一條繩索，一週後再來接，他已殲滅了整隊敵軍。他當時受傷嚴重，肝臟和腎臟都被長矛割開，被帶來我這裡時已神志不清，不停訴說他這輩子最光榮的時刻，包括他被選進現在的單位、兒子出生，還有梅鐸領主把英勇之盾頒給他。」

「妳確定？」布倫南的臉色陡地一變。

「是的。高燒會讓腦子出現奇怪的幻覺。他一直不停描述兒子的眼睛和梅鐸領主的風度，想必他在頒獎典禮後與梅鐸領主共處了一段時間，而這是他服役生涯的輝煌事蹟。他的治療總共花了將近十六小時，我累壞了，得好好休息。隔天我再去檢查他的傷勢，不料已有軍人把他帶走了。」

「梅鐸？」布倫南說。「他是他們的司令？」

「是的。我當下很生氣，學院不該放他走，他根本不適合長途旅行，於是我要求工作人員拿通行令來，讓我看上面蓋的官印。這很重要嗎？」

「完全不重要。」布倫南闔上相簿，轉頭對奧莉薇亞夫人說：「夫人，您剛才是談到橘子嗎？」

□

理查端詳鏡中影像，回望自己的這人根本不像他。一張偷來的臉，一身偷來的衣服，加上另一個人的劍。他提醒自己，這些不過是工具，幫他達到目的。反正夏綠蒂深愛著他，她真的愛他。

有人在門上飛快敲了一陣。堂弟柯林看了理查一眼，理查點頭，柯林便打開門。

布倫南大步走進室內，幾乎把柯林撞倒。他的表情顯得可怕而堅決。跟著他走進來的瑞內在門口停步，臉上毫無血色。

「拿起你的劍，跟我走。」布倫南說。

「是不是發生什麼事？」

「卡賽德，拿你的劍。」

理查把雙刃劍配在腰上。布倫南轉身走出去，理查跟著他，與瑞內並肩穿過走道。他們爬上階梯，穿越另一條走道，進入透明電梯。布倫南在控制面板上按了一組號碼，小小的電梯開始爬升。石牆飛掠而過，接著日光照進來，他們在城堡側面直線上升。

「獵人是梅鐸的手下。」布倫南說。「他是他的人。」

「你確定？」瑞內問道。

布倫南轉頭看他，氣得面孔扭曲，瑞內嚇得後退一步。

「這麼做再聰明不過，利用獵人動搖奴隸生意，讓我顯得積弱不振，再利用慘重的損失，讓大家對我心生不滿。我以爲他能力有限，不可能想出這麼高明的計畫，但我們全被他給耍了。」

「你打算怎麼做？」瑞內的聲音隱隱透著不安。

「不只是我，而是我們全體。」

電梯停止，牆上的裝置轉動，門開啓，他們跨進一處狹窄的陽台，上方的尖塔恰巧遮蔽陽光。河水在遙遠的下方發出微光，他們已經來到城堡頂端。

梅鐸和安潔莉雅站在陽台另一端的石欄旁。安潔莉雅臉色發白，雙眼流露恐懼，宛如被困在角落的小動物。

「什麼事這麼緊急？」梅鐸問安潔莉雅。

她指著他們。

梅鐸轉過頭。「布倫南？怎麼回事？」

「我們當中有叛徒。」布倫南說著，慢慢拉近彼此距離。「那人是獵人和攻擊事件的幕後主使。」

「是誰？」梅鐸皺起眉頭。

布倫南冷不防抽出匕首，猛地刺中梅鐸的右胸。

安潔莉雅嚇得忘了尖叫。

布倫南將刀猛力下切，割開一大塊皮肉，他的臉湊到梅鐸震驚無比的雙眼前方，接著拔出刀子。理查判斷，最初的戳刺或許刺穿了肺，接下來那道深長的口子則重創梅鐸的肝。

「你在幹什麼？」瑞內勉強擠出幾個字。「羅伯，你到底……」

梅鐸靠著欄杆慢慢倒下，但仍掙扎著，試圖保持直立。布倫南回到瑞內面前，把血淋淋的匕首塞進他手裡。「換你了。」

「什麼？」

「輪到你了，你這個懦弱的廢物。我們都在同一條船上，要不就給他一刀，要不和他一樣。」

瑞內盯著梅鐸。大塊頭舉起左手，右手緊抓著欄杆。「不要……」

「我不容許屋裡出現叛徒！下手！」布倫南怒喝。

瑞內刺中梅鐸的腹部，鮮血狂噴，染紅刀柄。

這位軍人慘叫連連。

瑞內丟下匕首，踉蹌走開。布倫南拾起刀，交給安潔莉雅。「親愛的，接下來換妳。」

「不要。」她後退。「不要。」

「要。」布倫南怒極，嗓音跟著響亮起來。「我幫妳。」

他血淋淋的手抓住她，將匕首塞進她手中，再緊抓著她的手握住刀柄，在背後推她向前，朝梅鐸前進。

「不要。」她呻吟。

理查感到苦澀的酸水湧上喉頭。總算面具摘下了，布倫南終於露出眞面目。在公平的決鬥中殺人是一回事，但像這樣——這簡直是令人作嘔的邪惡屠殺。

「來。」布倫南在她耳邊說，半摟著她前進。「只要一次，妳就會迷上這種事，一點也不難。」

布倫南逼她上前，抓著她的手舉起刀子，刺進梅鐸的胸膛。血如泉湧，梅鐸只剩下呻吟。

安潔莉雅開始啜泣。

「哎，糟了，沾上一點血。」布倫南說。「但妳可以應付，是不是？妳以爲轉進戶頭的錢就不血腥？妳以爲耳朵上戴著的閃亮寶石就沒有浸在血裡？」

她奮力掙脫他。

布倫南轉向理查，將匕首遞過去。「卡賽德，與我們共襄盛舉吧，朋友。」

理查大步上前，接過匕首，插進梅鐸的肋骨間，再往上穿刺心臟。梅鐸倒抽一口氣，終於癱倒在石板上，雙眼變得黯淡。總算結束這場凌遲。

布倫南盯著臉朝下的屍身。「你們三個看著，仔細看，這是你們和我一起幹的，現在我們都因同一個人的鮮血而緊緊相連。」

安潔莉雅雙手掩面，不住哭泣。

「抬他的腳。」

理查抓住梅鐸的雙腿，布倫南則雙手托住他腋下，兩人合力將屍體拋出欄杆外，只見梅鐸筆直掉進底下的河中。布倫南撿起匕首，以手帕擦拭後，也將它向外拋。刀子飛出去時，被陽光照得閃閃發亮，接著便消失在遙遠的水中。

瑞內摟著安潔莉雅，攙扶她走向電梯。理查跟在後面。布倫南留在欄杆旁，背對他們，雙臂交疊。

「他瘋了。」安潔莉雅在電梯中抽噎地說。「他已經瘋了。」

「一定會沒事的。」瑞內安慰她。

錯了，一定會有事。布倫南搭建的紙牌屋已開始坍塌，理查正等待放火燒它的時機到來。隨著電梯下降，他想到一個完美計畫。

五分鐘後，理查回房。「喬治！我知道你在。」

一隻老鼠從書架底下跑出來。

「去找我弟。」理查說。「有些事要安排。」

□

喬治坐在暗影中，背靠圓柱，望著擠滿人的餐廳。他讀過一本描述皮爾德維里爾的書，內容極其做作浮誇，到了離譜的地步。它聲稱這座大餐廳「優雅得幾乎令人心痛」。事實上完全不是這麼回事，它只是凸顯了富人的奢侈和老派。

淺色牆面高達五十呎，頂端是清澈無比的玻璃天花板，但整片玻璃都被三座超大枝形吊燈擋住。每座吊燈寬達十二呎，以細如髮絲的金屬與玻璃纏繞而成，完美模擬透著陽光的雲朵效果。數千片水晶以細絲垂掛在吊燈上，遠看宛如七彩繽紛的雨滴。地面上的人看不見那些細絲，只要抬頭仰望，便會出現置身在春雨當中的錯覺。

地板以無縫的奶油色大理石鋪設，並以銀紋和金紋穿插其間。美麗考究的銅紋如爬藤蔓延牆面，上面盛開著以水晶和寶石鑲嵌的花朵。椅子和桌子也以相同的藤蔓風格裝飾，並以絲綢包覆。那本書宣稱，餐廳裡絕對找不到兩張相同的椅子。喬治看看那些細小的葉片和花苞，相信書裡說的應該沒錯。盤子是純銀打造，這些銀器還帶點黃金色澤。整個空間非常廣闊，喬治的右邊還有一面從地板頂到天花板的大鏡子，使得餐廳顯得更寬廣。

這地方不僅年代久遠，可以說不受時間限制，它的富麗堂皇永遠不會過時。它是由年高德劭的男女富翁聯手打造而成，用以娛樂其他男女富翁，這些人從沒嘗過貧窮的滋味。這裡的一朵花或一個盤子，都足以作爲一個邊境家庭整個禮拜的餐費。這些貴族挑三揀四地用完餐後，丟棄的食物足夠供應一個邊境小鎮一天三餐。

喬治體驗過赤貧生活，他到現在依然記憶深刻。似這般鋪張浪費的排場，令他深深作嘔。

眾人聊天的隻字片語從四面八方傳來。

「……找到屍體了……」

「……水裡。被捅了十多刀……」

「眾神啊，好可怕……」

「……婚禮說不定要延期……」

他瞥見夏綠蒂和蘇菲。蘇菲正在遛狗，狗脖子有美麗的銀項圈和皮帶。那條皮帶太精緻，應該用來牽腳掌漂亮、爪子整齊的十磅重毛茸茸小狗，卻用在這壯碩的大狗身上，讓人看了有些心驚肉跳。

夏綠蒂和蘇菲在一位金髮貴族身邊落坐。這人轉過頭，面對喬治的方向，輪廓有些熟悉。原來是史派德，他還有另一個名號：貝利多伯爵。蘇菲低聲說了句話，史派德靠過去，表情簡直就像慈父，他答了幾句，蘇菲便點點頭。

坐在他身旁想必令蘇菲痛苦不已。昨夜喬治試著和她聊這件事，兩人只能靠一隻死松鼠溝通，而且只有聲音，沒有影像，可他依然努力與她對話。她承認確實感到很痛苦，但也有一絲窩心。這話令喬治琢磨了好一會兒，卻始終不明白是什麼意思。

他看見杰克慢慢晃進來。弟弟無聲地前進，閃過人群，沒人注意他，彷彿他是隱形人。不久，他來到喬治面前。「嘿，醜八怪。」

「嘿，笨蛋。」

「你有沒有聞到我身上的味道？」

喬治看他一眼。「沒有。」

他們在那面大鏡子後方待了三小時。空間非常狹窄，僅供職員使用，而且當下沒人。兄弟倆和卡爾達卸下鏡子的薄背板，露出鏡子背面，再除掉那層保護漆，接著在背面噴上銀色溶劑，把原本可以反射影像的鏡子變爲普通玻璃。

卡爾達搜刮了「鏡」的大量裝置，三人將四副發射器嵌在已變成透明玻璃的鏡子背面，形成一道咒語罩住整個背面。只要大餐廳維持現狀，沒人看得出來鏡子被人動過手腳。他們一完工，杰克便開始跳針，不停地說他身上有一股化學氣味。喬治平常願意忍受弟弟古怪的言行，但現在有更重要的事情要擔心，他沒閒工夫理會。

「你覺得那玩意有沒有用？」杰克問道。

「要是沒用，我會親手殺了他。」

喬治不用挑明對象——那個「他」想當然是布倫南。這傢伙正是破壞他們生活的邪惡根源，太多人因他而受苦，甚至死去，絕不能讓他活命。

「我同意。」杰克說。「到時我們一起下手。」

理查從另一邊的門口走進來。他看見瑞內和安潔莉雅站在角落，便往反方向走，找了靠廊柱的位子落坐，和喬治的位子很像。

大公挽著侯爵夫人進入大廳。談話聲暫時停歇，老人領著未婚妻來到中央，在他們的位子落坐。布倫南和其他貴族跟在後面，並在鄰近的桌邊坐下。只見布倫南的表情相當嚴肅。

杰克齜牙咧嘴，快得像刀鋒一閃而過，轉瞬即逝。

「走吧。」喬治起身，兩人走到南境公爵夫人身旁就坐，這是他們的指定座位。

「孩子們。」她以微笑歡迎他們。

「夫人。」兄弟倆一同鞠躬。

「請坐。」

他們坐下。

「情況如何？」奧莉薇亞夫人悄聲問道。

「目前為止一切順利。」喬治答道。對付布倫南，最難的在於他是個反覆無常的傢伙。殺害梅鐸便足以證明這點。他們打算用計讓他方寸大亂，偏離原先軌道，一旦他掉進陷阱，就會變成拆樓專用的大鐵球，這顆人肉鐵球將一一粉碎阻擋他前進的障礙。

一個穿著制服的高大警衛走進餐廳，登上前方高台。「各位領主與夫人，容我耽誤片刻。」

眾人安靜下來。

「我是奇里爾．拉基塔，負責維護皮爾德維里爾的安全。今早在某個房頂發生了凶殺案。」

沒人驚喘，大家早就聽說這個消息。

「請大家安心，各位的安全沒有任何問題。」奇里爾停頓了一會兒。「目前得知，凶案發生在上北區陽台。凶手有四人，我們知道動機，也知道是誰幹的。」

喬治看看布倫南。那傢伙不動如山，宛如戴著冷酷的面具。

「我現在直接向凶手喊話。」奇里爾望著眾人。「我們已知道你們的身分，這件事無疑將在明天前順利解決。妄想逃離只是白費事，你們會發現走道上已加派警力。今晚你們還有機會爲自己留點餘地和體面。主嫌若是不願配合，共犯投案也行。我的善心很小，而且分分秒秒都在流逝。至於其他貴賓，請盡情享用餐點。」

他說完便下台。

十幾種談話聲同時發出，餐廳變得鬧哄哄。這是場精心設計的演講，卡爾達和理查花了四十五分鐘才擬定講稿。先前卡爾達對里爾奇亮出「鏡」的特務身分，並以當面逮捕梅鐸案凶手來誘惑他，這位城堡保全主管於是非常樂意扮演設下圈套的角色。現在，布倫南非採取行動不可。

行動吧。喬治盯著布倫南的背部，暗自祈禱。*快行動，你一定很想和他們談談*。

布倫南打開筆蓋。

「他拿出筆。」杰克低語。

「我看到了。」

布倫南在一張紙上寫了一些字，然後攔下一名侍者。侍者在餐桌間穿梭，走到坐在一起的瑞內和安潔莉雅身邊，將紙條丢在桌上。瑞內讀過後，臉色變得蒼白，隨即將紙條遞給安潔莉雅。

五分鐘後，布倫南派自己的人出去。第二張紙條送到理查桌上。理查收起餐巾，起身走出去。

三分鐘後，安潔莉雅起身，瑞內小心護送她出門。布倫南則最後一個離開。

他非把他們帶去鏡子後面的小房間不可，那是距離大餐廳最近而且唯一的私人空間。保全已將左邊走道團團圍住，右邊走道則通往擠滿人的員工專用區及廚房。

鏡面微顫。有人開了小房間的門，氣流擾動精細的咒網。

「好。」杰克嘶聲說道。

咒網分裂，像水面上的油被撈起。鏡面消失，露出完全透明的玻璃，以及後方氣得面孔扭曲的布倫南。安潔莉雅緊貼牆壁，瑞內則火冒三丈，至於理查，仍一副無動於衷的樣子，像一道暗影。他直視著餐廳，表情毫無異樣，魔咒想必發揮了預期功效，從小房間看去，那片玻璃依然是原來的鏡子。

「他們什麼都不知道。」布倫南嘶吼。牆壁上面有很多裝飾品，鐵柵藏在後方，聲音透過柵欄傳出時，顯得有點悶，但依然聽得出是他的聲音。「他們什麼都沒有，什麼都不知道，他們在撒謊。」

大公舉起手。餐廳的喧譁聲驟然停歇，彷彿被一把劍硬生生斬斷。

「醒醒吧！」瑞內厲聲說道。「他們都知道了，我們應該談條件。」

布倫南朝瑞內的下巴揮了一拳，打得他踉蹌後退。

「現在，所有人都得聽我的。」布倫南吼道。「不准談條件，不准和任何人交談，不准洩露半個字，如果沒和我一起準備好，就連放屁都不允許。要是誰不聽話，我會毀了你。別奢望在我沉淪時，你還能全身而退。我是皇親國戚，你們什麼都不是，全是垃圾。」

他轉頭對安潔莉雅說：「妳是個腿永遠大開的妓女，至於你——」他轉向瑞內。「紈褲子弟加懦夫。」他對理查說：「你則是貪心的膽小鬼。我能換掉你們每個人，會有一堆人搶著要取代你們。是我讓各位有了今天的成就，我把一盤散沙的強盜和人渣聚集起來，變成一支武裝部隊。五年來在海岸上賣出的奴隸中，沒有一個我沒分到一杯羹。我指揮三百個奴隸販子，我擁有整片海岸，擁有眞正的權柄。」

大公起身。他氣得雙眼凸出，面孔紫漲。喬治深深覺得，在這節骨眼還是別出聲，盡量低調點比較穩妥。

「你們想開口？試試看，有誰膽敢說出去，包你看不到今天的落日。你們聽清楚了沒？」

大公朝那片玻璃走去。

布倫南轉身，眼神變得瘋狂。「要是我宰了你們，算你們走運。我或許會讓你們身敗名裂，一無所有，再把你們賣給全世界最卑劣邪惡的傢伙。你們會在最卑鄙無恥下流的手段之下葬送一生，被買主用鍊子拴住，供他玩樂——」

大公像是若有所思般抓起旁邊的椅子，朝玻璃砸去。碎片嘩啦啦掉落，散了一地。兩個空間頓時合而為一，布倫南發現整個餐廳的人都看著他，不禁僵在原地。

「你這個虛榮可悲、乳臭未乾的傢伙。」大公怒吼。

布倫南伸手拔劍。「別用你的手碰我，老頭！」

「這雙手會了結你，小子！」

瑞內也按著劍柄，準備出招。

一道細如髮絲的純白電光從左邊射出，打中瑞內的手。鮮血泉湧，瑞內驚聲尖叫。

羅勒梅靜靜站在遠遠的桌旁，白電光在指間舞動，他的臉看起來有種熟悉感。喬治像被打了一拳，忽然認出他。「歐文！」

歐文當了他兩年主管，他怎麼會沒認出來？歐文甚至只做了一點喬裝。

「當然，那是歐文。」杰克說。「他的笑容還是那個樣子，你現在才發現？」

布倫南的雙眼發出魔法光芒，一片白色光盾罩住他。

大公雙腳使勁站穩。

理查則退出小房間，進入走道。

幾束白電光攫住大公的頭髮，強大的魔法能量匯聚在他周遭，像蠶繭般將這位老者的身軀團團圍繞，當中夾雜發光的能量脈絡。看來不妙。

坐在前桌的賓客倉皇退開。

「我們得走了！」杰克跳起來。

「不必。」奧莉薇亞夫人說。

布倫南射出一道白電光，打中大公的胸膛後彈開。他居然試圖殺害自家長輩。

「我造就了你。」大公朗聲說道。「現在我要毀滅你，狗崽子！」

他伸出雙手，掌心朝上，一顆燦爛的魔法光球開始滾動。

「孩子們，緊跟著我。」奧莉薇亞夫人說。

卡爾達在餐桌間現身，朝他們奔來。

一面白牆護住布倫南。

不斷增壓的魔法繭破裂，魔法從大公身軀泉湧而出，強大的電光炸向布倫南。

卡爾達落在杰克和喬治間。喬治抵擋爆炸波，他的電光盾雖然堅固，但現在連他都沒把握完全擋下這股衝擊。

奧莉薇亞夫人釋出白色球體，將整張餐桌圍起來。他們周遭的每張桌子瞬間後退，彷彿有隻大手拍掉它們。公爵夫人料理妥當後，便好整以暇地啜了口杯中飲料。

球體忽然消散。

小房間的牆壁也消失，城堡側面出現一個大洞。安潔莉雅倒在地上，瑞內貼著側壁縮成一團。布倫南站在原地，毫髮無傷，他的白牆救了自己和躲在正後方的瑞內。

布倫南拔劍。「老頭，就這樣？你就這點能耐？」

魔法消散，剛才那面白牆想必已耗盡布倫南的魔力。

大公沒有佩劍。

布倫南高舉著手，飛快刺出一劍，攻勢凌厲。劍在陽光下閃耀，接著「噹」一聲撞上理查的劍。那不是卡賽德的雙刃劍，而是理查原本的武器。

理查已脫下外套，上身穿著寬鬆白衫，他的臉和雙手有一些小紅點。喬治驚覺那是血。理查的電光盾並不強，他剛才已勉力抵擋大公的電光轟炸，但還是付出了一些代價，現在他的毛孔都在滲血。這種現象被稱爲電光重擊，表示魔法已耗盡，而布倫南也用光了魔法。既然如此，若是他們決定對戰，那將是一場刀光劍影的純兵器惡鬥。

布倫南眼珠暴凸。「卡賽德，你在搞什麼鬼？你神志不清？」

「我不是卡賽德。」理查看看大公，露出請求的神情。老貴族默默盤算了好一會兒。

喬治暗暗祈禱：交給他吧，他需要這場決鬥。

「我准許你接手。」大公低沉地說。

理查走過去，擋在大公身前，面對布倫南。

左邊的夏綠蒂迅速起身，動也不動地站在原地。

布倫南後退，舉起劍。這是一把以功能取勝，外觀樸實無華的劍，設計雖簡單，卻能達到殘殺敵人的目的，它已深受布倫南家族重用數百年，爲他們開闢登上王位的坦途。劍身長三十五吋，寬零點五吋，有雙刃，打磨得如綢緞般光滑，而且非常鋒利；劍柄長十吋，握把處長七吋半，以素面皮帶包裹，方便布倫南單手或雙手握劍；劍柄尾端嵌了一顆圓球及十字護手。喬治以前也拿過類似的劍，而且出自同一位工匠之手，那是德朗兵器庫裡的珍藏品之一。劍的平衡點在五點五吋處，整體重量大約二點五磅，基於這兩項優勢，使得它雖大卻能靈活運用。喬治握住那把劍時，只覺得自己所向無敵。

理查慣用的兵器則是單刃劍，劍身極爲細長且鋒利，重量僅一磅，劍身長二十五點五吋，握柄長四吋。布倫南的劍足足長了十吋、重了一磅，但相較下也慢了許多，像強力大屠刀對上小巧手術刀。

布倫南向右劈砍，瞄準理查右側肋骨下方。理查閃身躲開，布倫南沒繼續攻擊同個部位，而是反手攻向理查左側。理查向下揮劍，及時擋住布倫南的攻勢。喬治看得明白，布倫南是在測試理查有多快。

「如果你不是卡賽德，那你到底是誰？」

「你都叫我獵人。」

布倫南再度出手，揮舞兵器，右一劍，左一劍，再右一劍，左一劍。兩劍相擊，叮噹聲不絕於耳。理查在這陣猛攻下連連後退，動作輕省快捷。布倫南逼得他退了一大段距離。刀光劍影中，理查閃得慢了一點，布倫南的劍尖削過他左肩，鮮血染紅白色袖子。可惡。

「不！」杰克咆哮。

「只是一點輕微割傷，他沒事。」理查率先見血，不是個好預兆。喬治的心跳加速。理查不能輸，他就是不能輸掉這場比武。

兩人繞著對方兜圈子，宛如兩隻虎視眈眈的掠食動物。理查是精瘦的野狼，布倫南則是飲食毫無節制的老虎。

「爲什麼?」布倫南問道。

「你透過販賣人口牟利。」

「我是眞正的信徒。」布倫南齜牙咧嘴。「而你又是誰?憑什麼審判我?」

「我只是個普通人。」理查說。

布倫南雙手握劍出招,以畫圓方式進攻理查的胸膛。理查後退,劍從他的白衫前呼嘯而過。布倫南反轉攻勢,朝下方斜刺。理查躲開,以劍身撥開他的劍。鋼鐵發出清脆的撞擊聲。理查踉蹌後退,布倫南比他高大,至少比他重三十磅,而且全身布滿強壯肌肉。喬治知道理查擁有超凡耐力,但剛才的電光重擊顯然造成不小傷害。

布倫南再次揮劍,這次他高舉著劍橫砍。理查出劍格擋,順利避開。兩把劍一再交鋒,劍身一再格擋。布倫南哼了一聲,對理查發出連番重擊,將全身力量灌注劍身。理查頻頻後退,被他攻得腳步不穩。喬治緊張得握緊拳頭。*快離開那裡,他打算把你困在牆邊,快閃開。*

「他只是一直揮劍砍他。」杰克咬牙切齒地說。「根本沒任何技巧可言。」

「他斷定理查受傷嚴重,撐不了多久,所以他想速戰速決。」

布倫南精通各種用劍技巧,也懂得善用計謀。他的家族成員很小就開始接受高人指點。喬治直到九歲才開始習劍,布倫南在這個年紀都已學了六年。他現在完全靠蠻力出擊,因爲這不是公平決鬥,而是生死之戰,得速戰速決,殘忍無情。只有一人能夠全身而退,而理查明顯居於劣勢。

布倫南砍中理查右肩,又一次劃傷。*該死。*喬治暗中怒吼。他多想立刻衝上去,結束這場打鬥。身旁的杰克緊張起來,像準備突襲的貓般全神貫注。

「不准你們出手。」公爵夫人說。她的聲音像盆冰水澆在頭上，喬治只好壓下衝動。

「這不是你們的場子，只能待在旁邊，不許插手。」

布倫南以肩膀撞擊理查，把他往後推。理查撞上牆壁。

快走，快走，快走……

布倫南刺出一劍。理查把劍打偏，向左轉身，順利逃脫。

布倫南的手伸到腰部，抽出刀鞘中的匕首。靠蠻力取勝的攻擊既然失敗，他決定改用更聰明的戰術。布倫南從右邊出劍，理查擋下，他立刻揮出另一手的匕首，鮮血撒上空中。

啊！

理查轉身出劍，布倫南將劍打偏，另一手砍中理查前臂內側。持劍的手攸關性命安危，一旦重要部位受傷，理查就會失去活動力和力量，甚至連劍一併脫手。布倫南正在一步步瓦解他。理查看起來疲於奔命，動作也慢了下來，白衫染上猩紅的鮮血。

又挨了一刀。這些該死的攻擊，全都下地獄去吧。

布倫南察覺到破綻，就像鯊魚聞到血腥味。他由左至右使出大範圍橫劈，理查迅速後仰，劍從上方揮過。理查的左手扣住布倫南持劍的手腕，對方以匕首攻擊，打算刺穿理查的喉嚨。理查低頭躲過攻擊，以劍柄圓球打中布倫南的下巴。布倫南吐出一口血，向後退開，理查揮劍劃過他左邊二頭肌內側。布倫南的匕首掉落，他踉蹌後退，驚喘連連地問：「你究竟是誰？」

「我是邊境人，無名小卒。你傷害我家人，我就奪走你的一切。我殺你的人、毀你的島，還誤導你，讓你誤會梅鐸是叛徒。你的王國正在崩塌，都是我一手造成。」

布倫南咆哮，吐掉口中的血。「我要殺了你，你這個邊境垃圾。」

「你沒機會君臨天下。」理查厲聲反擊。「你不夠格。」

布倫南盛怒下展開猛攻，閃亮的劍大幅度揮砍，左、右、左。理查頻頻閃躲，布倫南以頭撞他，理查則打中他側腹。兩把劍再度撞擊，殘忍無情，專朝對方要害而來。鋼鐵互擊聲宛如猛烈的心跳。

布倫南砍向理查的脖子，喬治赫然發現，這人每次攻擊都瞄準胸部以上。這叫敵對偏執。他只聽說過，但從未見過。布倫南對理查恨之入骨，非死盯著對方的臉不可，視線完全無法移開，因此每次揮劍都以砍頭爲目標。

理查旋身躲開，朝布倫南側腹踢了一腳，把這位大塊頭踢得倒退一步，劍尖也垂下。累了！看來布倫南累了，無法及時舉起劍。

布倫南呼出一口氣，嘴邊汨汨流血，他奮力一撲。理查任由他衝來，以迅雷之姿劃開他腹部。

布倫南身形搖晃，按著腹部，阻止內臟流出。理查前後移動，像匹精瘦的餓狼追捕殘廢的熊。大塊頭還想直起身子，理查半跪半蹲，橫砍他雙腿數次，劍身飛快掠過，成了一道模糊的影子。

布倫南腳步蹣跚，長褲裂開，露出交叉狀傷口。鮮血大量湧出。他低吼一聲，雙膝跪地。理查以膝蓋重擊他的臉，他仰頭摔倒。理查的手猛力一抖，甩掉劍身的血跡，然後抬頭看夏綠蒂。

她依然站在桌邊，臉色蒼白，毫無血色。理查慢慢舉起劍，行了個禮。

大公朗聲說道：「來人，把這個垃圾拖出去。」

奇里爾現身，後面跟著六名警衛。他們團團圍住布倫南。另有三把劍指著理查。

「不是他。」大公說。「他可以走了。」

理查鞠躬。警衛散開，他大步朝喬治他們走來。

「眞丟臉。」歐文說。喬治轉頭，發現這位特務已來到他們的桌邊。他看起來只有一點像羅勒梅，反而很像原來的長相。這裡頭一定有魔法，喬治決定事後再問清楚。

「歐文？」卡爾達看看他。「你是羅勒梅？」

「對，我是。對於祕密行動，你有什麼不清楚的？我已混進布倫南團隊十個月，暗中策動一切，以便悄悄將他拿下，以免醜聞和恥辱傳遍全國。」歐文伸手指著一片狼藉的餐廳。「這正是我極力避免的情形。」

理查來到他們面前。「夏綠蒂呢？」

喬治看看夏綠蒂的桌子。空無一人，夏綠蒂不見了，蘇菲也是，還有史派德。

「她剛剛還在。」他說。

「杰克！」理查吼道。

「我去查。」杰克奔過去，蹲在桌邊，深吸一口氣，然後指著門口。「就在走道上。」

理查飛奔而出。

□

「閣下！」蘇菲叫道。

史派德停步並轉身。他正穿過花園，轉身面對她時，周遭恰巧環繞著美麗的花圃。他站在陽光下，看來就像一幅優美的畫。蘇菲解開裂狼犬的皮帶。

「蘇菲，妳在這裡做什麼？」

「尖叫聲出現後，我嚇壞了。」她說。「我跑出來剛好看到您正準備走開。」

他舉起手，邀她一同步行。蘇菲趕上來，兩人一起漫步在蜿蜒小徑上。狗兒跑到旁邊嗅著花朵。

「我看到妳帶狗出來，名字到底取好沒？」

「好了。我想，我們應該叫牠卡利斯。」

「和大公同名？」史派德微笑。

「兩者都有濃密的毛髮和威嚴的氣質。您要去哪裡？」

堅硬的短劍貼著她大腿，她覺得劍身開始發熱。這是唯一能夠藏在禮服底下的武器。小徑兩旁玫瑰盛放，粉紅、深紅與奶油色爭奇鬥艷，絲絨般的花瓣平添幾許高雅的芬芳。

「我來這裡是為了破壞婚禮。」他說。

「為什麼？您不喜歡侯爵夫人？」

「那倒不是，我其實很喜歡她。她是貴族中最美麗高雅的典範。但是，親愛的，我是個愛國主義者，有時國家的需要難免與個人的喜好互相牴觸。」

「我明白。」她說。「責任使然。」他並非自願成為怪物，當然不是這樣，他是個愛國主義者。史派德和一般狂暴嗜血的殺人魔有一點不同，那就是他奉路易斯安納之命，成為狂暴嗜血的殺人魔。

「沒錯。」史派德點頭。「侯爵夫人名下有大筆土地，我們不太願意讓這麼多國土納入艾朮昂里亞的勢力範圍內。我本來策劃了一場壯觀的行動，但真正的專業人士必定明瞭何時該果斷放棄。這些人既然已製造了這麼大的混亂，我自然不可能超越他們，所以是時候該下台一鞠躬了。」

他停步。兩人來到花園正中央，小徑在這裡形成一個圓環。

「我非常喜歡有妳陪在身旁，妳很聰明。」史派德說。「妳有獨立思考的能力，而且思想開闊。如果妳有遠大志向，成就必定非凡。親愛的，但願妳鴻運當頭，如果可以，我會一直關注妳，我很想知道妳未來會有多大成就。」

「一個人如何培養遠大志向？」

他偏了偏頭。「妳想要過什麼嗎？一個妳知道自己要不到的東西？一個妳滿心渴望的東西？」

「當然有。」

「不妨說服自己，妳應該擁有它。要明白一個重點，它屬於妳，因爲妳的能力、聰慧或單純的渴望使妳有資格擁有。儘管放手追求並擁有它吧。妳明白嗎？」

哦，她明白，她徹頭徹尾地明白。

「再會。」他轉身，打算走出花園。這是千載難逢的機會，以後恐怕再也不可能遇上。

「塞巴斯汀領主？」

「什麼事？」

她的手伸進裙子暗袋。「您想不想知道，我最渴望的是什麼？」

史派德轉頭，浮現一抹淺笑。「很好，甜心，是什麼？」

她將刀子插進他胸膛，刀鋒瞬間劃過他的皮肉。

史派德倒抽一口氣。

她緊抓著他，刀子繼續下切，割破內臟，切斷軟組織。血從史派德嘴角流出，他的表情充滿疑惑與震驚。

「那就是看著你死，你這個垃圾。」她說。「你把我媽熔合。」

他猛地前傾，刀子深深沒入體內。他的手牢牢箝住蘇菲的喉嚨，使勁擠捏，令她無法呼吸。不要驚慌，不管妳做什麼，都不要驚慌。

「蘇菲・馬爾，我明白了。」他刺耳地咆哮，聽來不像人的聲音。他死盯著她的雙眼，蘇菲漸漸覺得世界陷入一片黑暗。「演得好，小東西，演得眞好。」

她猛力扯出短劍，只覺得肺就要炸開。

「妳不知道我有多討厭你們這家人。」

蘇菲的眼角瞥見一道模糊黑影奔過草地。剛取名爲卡利斯的裂狼犬衝上來，死咬住史派德的右臂，在蘇菲的重量上再增加幾百磅。史派德痛哼一聲，不覺鬆手，放開她的喉嚨。她落地後縮成一團，拚命大口吸氣。她需要趕快離開，但身體只顧浪費寶貴時間呼吸，完全不聽使喚。

卡利斯咆哮，用力拉扯史派德，試圖讓他跌倒。史派德以左手抽出腰間的刀，重擊狗頭。卡利斯痛號，史派德將刀子刺入卡利斯滿布黑毛的背部，刀子抽出來時已染上深紅色。

不！不准你殺我的狗！她的腿終於願意服從。她一躍而起，舉起刀子，劃過他的幾根肋骨。爲什麼他還不死？萬一他根本不會死呢？

史派德踢開卡利斯，狗兒掉在地上，痛得慘叫，但牠依然試圖撲上去。

「不！我來。」她對狗兒說。

史派德得意地笑道：「那就看看妳有什麼本事。」他揮刀攻擊，動作無比迅速，實在太快了，他或許和理查的速度差不多。

蘇菲閃身躲過，砍中他的肩膀，緊身上衣被割出一條口子。鮮血湧出，但傷口不夠深，因爲她的劍太短。史派德以殘酷的橫砍回擊，她已沒有地方可以閃開，只能向後傾身。鎖骨下方出現燒灼的痛楚，他的刀尖劃破她頸部下方露出的皮肉。血染上她的禮服。史派德出招後，蘇菲左手抓住他手腕，短劍劃過他胸膛，以電光灌注的刀鋒直接切割他的肋骨。

史派德咆哮，但仍好端端地站著。

「蘇菲．馬爾，還不夠好。」

「對你來說夠了，你再也不能奪走我身旁任何東西。」

他大笑。

「死吧。」她再度砍他。「去死、去死、去死。」

他踉蹌後退，笑聲不停。

蘇菲發動猛攻，頻頻砍中他，像股旋風般，魔法將她與短劍合而爲一。她砍了又砍，早已忘了她砍過哪些部位。

終於，他雙膝跪地。

蘇菲停手，呼吸變成紊亂的喘息。卡利斯在她腳邊哀鳴。

「不壞嘛。」史派德嘴角淌血地說。「看看我身後，親愛的，現在妳該怎麼辦？」

蘇菲抬起頭。

許多怪物紛紛爬過磚牆，跳進花園。

□

夏綠蒂奔下階梯。她看著理查打贏布倫南，一度恍神，等她回神時，卻發現蘇菲和史派德都已經離席。

陽光照耀著走道盡頭的拱門，她奔出門外，眼前出現一大片花園。蘇菲站在花園中間，身上的禮服已被鮮血染紅，手上拿著一把短劍。她身旁的大狗全身發抖，她則專注地望著遠遠的牆面，夏綠蒂隨著她的視線抬頭。

一群人正攀過高牆，一個接一個跳進花叢中。有些是人，有些則是人體接上各種怪異的動物肢體。他們的魔法如一波污水潑向她。是「手」，想必全是史派德的部下。蘇菲孤身迎戰幾十個訓練有素的殺手，而且只有一把比刀稍大的武器。

夏綠蒂拔腿狂奔，時間彷彿慢了下來，所有事物如水晶般透明清澈，一一映入眼簾：花叢中的怪物；蘇菲轉頭看見她，那張小臉慘白萬分；這孩子知道自己寡不敵眾，眼中流露絕望的神色……

魔法從夏綠蒂體內迸出，深色魔法流宛如黑龍傾巢而出，亟欲尋找犧牲品。它們侵襲第一位特務，啃噬他結實的身軀。那人駭叫，發出非人的聲音，但仍繼續前進。夏綠蒂驚覺，這傢伙有再生能力。她讓對方患病，但他強化過的身軀主動治癒傷害，病來得多快，去得就有多快。她得加強力道。

她掙脫內在的箝制，射出更多魔法，那些暗流發出紅光，夾帶死亡威脅。魔法朝著「手」的特務激射，途中險險掠過裂狼犬。狗兒號叫幾聲，回身奔過夏綠蒂身邊，直朝安全的城堡而去。暗流再次襲擊那名特務，他終於跪倒，背部出現血紅色裂口。夏綠蒂奮力阻止那道傷口癒合，她感到對方的身體極力抗拒。他的痊癒速度反常地快，這怎麼可能？

蘇菲飛奔過來。「對不起，真的很抱歉，我不是故意的，只是恰好遇上。史派德當時打算走掉……」

夏綠蒂橫身擋在這孩子和一群怪物中間。「緊跟著我。」

她用自己餵養魔法，接著使勁一推，暗流猛撲，攻向已來到面前的打手們，魔法狠狠地囓咬他們。然而他們並沒有停步。擁進花園的特務勢必有五十人，他們團團圍住兩人，形成一個圓圈。不用多久，她們就會被圍困。

夏綠蒂面臨生死關頭，如果不開始以他們的生命力餵養魔法，「手」頃刻間就會將她和蘇菲撕成碎片。但就算她成功殲滅所有敵人，也會一併毀了自己，到時她會毫無意識地奪走蘇菲的性命。

蘇菲舉著短劍，臉上毫無血色，全是驚恐。

她非拯救蘇菲不可。多年來她養成在危機中迅速決斷的習慣，經驗告訴她，一定要救蘇菲。恐懼驟然消失，她的頭腦瞬間清醒。夏綠蒂發現，只有一條出路。兩個人不可能同時全身而退，但若她替蘇菲爭取逃脫的時間……唯一的可能是這孩子存活下來，這是她們僅有的機會。

一個細微的聲音警告她：妳會變成瘟神。

沒錯，一旦她走上這條路，再也無法回頭。然而，「手」實在太多，復元速度又太快。恐怕在她攻擊城堡的無辜群眾前，他們就已把她打倒了。這等於自殺，但也是最有可能成功的選擇。

夏綠蒂最初擊倒的那名特務忽然起身，剛才受的傷已然痊癒，就像只是被輕輕抓了幾下而已。夏綠蒂射出魔法，暗流揪住那個令人作嘔的半人半獸，她體內瞬間充盈令人狂喜的生命力。她汲取對方的生命，化為魔力。

魔法暗流攻向第二名特務，她很快被搾乾，換來的是一具倒在花叢間的乾屍。暗流啃噬一個又一個特務，盜取更多生命，全都回饋到她身上。

夏綠蒂捏一下蘇菲的肩膀。「快跑！」

「我不會離開妳！」

「妳若留下來，我會連妳也殺了。我替妳開路，快跑，親愛的，絕不能讓理查靠近我。跑啊！」

蘇菲拔腿狂奔，沿著小徑回城堡，她跑得飛快，宛如長了翅膀。

夏綠蒂完全放開，魔法如潮水湧出，突襲阻擋蘇菲去路的怪物。她偷走他們的生命力，再將它化為吞食一切的瘟疫並吐出來。「手」的特務個個渾身戰慄，紛紛倒下。

蘇菲在倒地的屍體之間穿梭。

夏綠蒂的魔法有了邪惡的大豐收。強化特務奮力撲向她，但一個接著一個倒地。她以他們的生命為食，在他們的血肉之軀上狂歡作樂。

蘇菲衝上階梯，穿過拱門。

夠了。夏綠蒂認為該收手了。她收斂心神，回收魔法。暗流在體內膨脹，奮力想要掙脫。那股力道太強大，太難鎮壓。她不小心稍微鬆脫箝制，接著又放鬆了一點。她就像掉進激流中，即將被捲入河底，不管怎麼努力都無法擺脫強勁的渦流。

她已變成舉世唾棄的人。魔法像黑色風暴狂湧而出，她無力阻擋。彷彿置身夢境中，她身邊的軀體一個又一個倒下，慢慢的，輕輕的，宛如枯萎的花朵。體內的黑河興起，憤怒的暗流愈來愈洶湧。

喔，理查……已經錯了一步，現在全盤皆錯，錯得多麼離譜。她哭了起來，淚水滑落雙頰。吾愛，我很抱歉，非常非常抱歉。你是我唯一的渴望，我僅有的想望。對不起。

她昨夜不該把他趕走，應該邀他進屋，最後一次愛他與被愛。

體內的暗流高漲，將她淹沒。

□

理查奔過走道，牆壁迅速從眼前飛掠，成了模糊的影子。蘇菲就在前方，她奔進拱門，臉上盡是淚水。

「她失控了！」

「什麼？」

「夏綠蒂失控了，她失控了！」

理查推開她，但她緊抓著他的衣服，把他拖走。「不行，理查，不可以！你會死，不能去。不可以！別去！她說不能讓你靠近！」

理查將她擁入懷裡，親吻她的頭髮，然後匆忙離去。

「理查。」她尖叫。

理查已經奔到陽光下。

夏綠蒂站在花園中央，魔法狂射，打擊「手」的特務。黑流滾滾，纏繞扭曲，像場可怕的風暴。「手」的怪胎想逃，但魔法不停啃噬，一遍又一遍。有些人在地上爬行，有些已經倒臥，完全不動，只剩乾掉的皮囊，還有些正在腐爛。

夏綠蒂轉頭。理查看見她的雙眼變爲純黑色。

她腳邊的花朵已經枯萎。枯萎病從她身上釋出，蔓延整座花園。玫瑰紛紛枯死，根部腐爛。「手」僅存的幾名怪物開始搖晃並倒下。

她已變成她一直以來最害怕的樣子，成了活生生的死神。

他得趕過去，非拉住她不可。

他站在石階上，這裡的花朵也已枯萎。他踩著那些人的乾屍，穿過花園。

黑暗湧向他，包圍他，他感到那致命冰冷的啃噬襲來。

「我愛妳，夏綠蒂。」

兩人的距離還有十呎。

他的身體彎曲，彷彿有股力量把他由裡到外整個反轉。

還有八呎。他的腿骨因劇痛而發軟。

「我愛妳。別離開我。」

還有三步。

他的心跳過快，每次收縮都在切割他，彷彿有人拿玻璃碎片直接插進他的主動脈。

他的劍掉落，手再也無力握住。他環抱夏綠蒂。「我的愛，我的光……別離開我。」

□

她站在那裡，被魔法河的黑流淹沒。魔法的獎勵發出微光，一波又一波衝擊她，像撒紅包一樣，她在狂喜中將它們一一收下。

沒有思緒，不須擔憂，只有自由和狂喜。

另一波獎勵沖刷她，她稍稍品嘗後變得畏縮。那味道太熟悉了，可是她明明沒有嘗過。它任由她予取予求，但她全身都在抗拒它。怎麼可能會這樣？

她逼自己淺嘗魔法精髓，任由它滲透到體內。它在全身奔流，循環不已，美味得讓人無法置信。錯了，這是不對的，她的魔法退縮。

夏綠蒂繃緊神經，試圖認清它。事情如此蹊蹺，一定有原因。

是理查！

原來這波獎勵是理查。

她聽見遠遠傳來一個聲音，它裹住她全身，在電光石火間將她與黑暗隔離。

我的愛，我的光……別離開我。

她正在殺害他，把他寶貴的生命力一滴又一滴搾乾。

不！不，她不要這樣。拿回去！全拿回去！

她嘗試逆轉，將生命送回他體內，但魔法流掐住她，令她窒息，企圖驅逐理智的聲音。她覺得自己逐漸下沉，於是拚命抵抗。

不！我是治癒者，你是我的一部分，你是我的一部分，你要服從我。

疼痛襲來，魔法流攻擊她的身體，像有幾百根針尖扎著她，折磨她。痛苦將她擊垮，她陷入劇痛中，失去判斷力。

但是，如果現在放棄，理查一定會死。

夏綠蒂狠狠劈開疼痛，一道金光包裹她，黑河的暗流逐漸縮小。

你要服從。

痛楚忽然加劇，令人難以忍受。儘管她發不出聲音，依然張口尖叫。金光從體內勃發，將黑河照耀得燦爛光輝。魔法已然沸騰。

黑暗分崩離析。她看見理查俯臥在乾枯的草地上，不由得跪在他身旁。

不要死。求求你，不要死。

她奮力蓄積，但找不到魔法，她已油盡燈枯，光明與黑暗雙雙消失。

理查一息尚存。

她再度聚精會神，嘗試啓動剛才澎湃的金光。體內的魔法開始膨脹，但它拒絕服從，威脅著要將她碎屍萬段。劇痛在體內一次又一次炸開，夏綠蒂感到嘴裡冒出鮮血。

她的皮膚出現細細血點，是由毛孔冒出來的。她的聲音終於願意配合，她放聲尖叫，劇痛也隨之釋出。她覺得自己正在死去，爲了結束疼痛，她幾乎想要一死了之，但她還得救他。

服從我，運作，你要運作。

體內有個東西破裂。

魔法爆發，金光變得強而有力，將理查從地面抬起。魔力將兩人合而爲一，她吸附的每個東西，她盜取的每滴生命力，全都進了理查體內。她讓他沉浸在治療的金光中，一次又一次以金光充滿他，不住地盼望他會活過來。

回到我身邊，吾愛，回到我身邊。

她覺得自己的身體彷彿漸漸融化，她得撐住，她還得替他治療。

「回到我身邊，我深愛著你。」

他終於張開眼睛。

夏綠蒂簡直不敢相信，一定是騙人的。

理查舉起手，輕觸她的唇。「我也愛妳。」他從地上翻身坐起。

夏綠蒂倒在他懷裡，向痛苦臣服。

□

理查坐在沉重的木門旁。門後有一群加納學院的治癒者，正在聯手治療夏綠蒂。她倒下後，他一開始以爲她只是精疲力盡才會睡著，寶貴的五小時過去，才終於明白她不會醒來。他連忙把她抱上車，以不要命的速度奔向加納學院。他抱著她走進門，許多人上前把她接走。他跟著他們穿過迷宮般的走道和階梯，來到這座迴廊裡的房間，他們當著他的面關上門，他就這樣坐著，等了好幾個小時，不知道她是生還是死。不知過了多久，有個人端了一盤食物給他，但他不想吃。他只起來過幾次，去上相隔兩個門以外的洗手間。

他怒火中燒。

兩人已經這般努力並犧牲，卻落了個她可能會死的下場。爲了這不公不義，他好想大發雷霆，死命捶牆，但現在只能靜靜坐著等待。他試著想像自己孤單一人回家的情景，卻發現他辦不到。

要是她死了……回家又有什麼意義？

「這種事往往沒有意義，在生命的洪流中尋找正當理由只是徒勞。」有個女人說。

理查抬起頭，眼前有位優雅的女長者，個子很高，身材非常纖細，留著一頭黑髮，目光具有十足的穿透力。

「她會不會活下來？」

「會，她現在在休息。」

他終於鬆了口氣。

「我是奧古斯汀．艾爾．朗夫人。陪我走走，理查，有些事得和你談談。」

他起身，跟著她走過長廊。「您在讀我的心思？」

「沒有，我在讀的是你的情緒，你正沉浸在痛苦中。我有很強的感知能力，經過多年經驗累積，我已能見微知著。」

他們來到另一組門旁，理查替她開門。她跨過去，他隨後跟上，發現自己置身在長長的石頂通道上，這個地方居高臨下，離地大約五十呎。頭上有片遮風擋雨的屋頂，但拱形大窗都沒有裝上玻璃，陣陣微風迎面吹來。外頭的太陽閃耀著金光，他想起之前帶夏綠蒂過來時，夜正要降臨。

「現在是什麼時候？」他問道。

「接近中午了。」她說。「對你來說應該算是隔天，你從昨天到現在已等了十四個小時。」

「有這麼久？」

「有。」

他的滿腔怒火忽然化爲一陣清風，連痛苦也一併吹走。他覺得……好平靜。

「您對我做了什麼？」

「我需要你頭腦清楚。」她說著停在一扇窗戶前。「你現在得做些決定，我不希望你的情緒干擾頭腦運作。理查，我知道你，她參加大公的婚禮前，寫了封信給我。她把你的事都對我說了。她愛你，正因如此，她才會爲了你力挽狂瀾。我並不在場，只看到現在她身心受創。告訴我事情經過。」

理查把一切全盤托出，包括奴隸販子、夏綠蒂、暗黑魔法與蘇菲。

「我其實也猜到了。」她望著底下的花園說。「夏綠蒂向來堅強無比。」

「會不會造成不好的影響？」

她挑高細細的眉毛。「你是指官方？不會，她是非常珍貴的治癒者，至於她這次得以中斷回饋循環，只會讓傻瓜們有充分的理由進行實驗。放心，沒有任何處罰，但還是有後果。夏綠蒂中斷回饋循環去治療你，自己得付出慘痛的代價。當時她經歷了嚴重的不協調，這是相當罕見的情形，因爲全副心力都放在引導魔法，以致她喪失運動神經技能。理查，夏綠蒂得重新學習基本事務，包括走路、拿湯匙、握筆、翻書等等。」

理查的心直往下沉。「但是她有沒有能力學？」

「喔，有的。她的生理沒有任何問題，我們已經治好她的傷，讓她盡可能恢復健康。但是這些練習要耗費大量耐心和時間，而且她得臥床幾個星期。」

她還活著。她恢復健康，而且熬過來了，這才是最重要的。「我什麼時候可以帶她回家？」

奧古斯汀夫人轉頭看他。「這主意恐怕不太妥當，我想你剛才沒聽懂。夏綠蒂會需要人抱她進房，需要人幫她洗澡，需要人餵飯。還有，她得臥床長達數週，才會開始慢慢復元，而整個復元過程可能耗時數月。你有沒有孩子？如果你帶她回家，得把她當孩子一樣照顧。想一想，這樣一來，你對她那些浪漫的情感會發生什麼變化？你永遠無法再以相同的眼光看待她。你走吧，理查，把她留在這裡，這是我們的本分，我們本就擅長照顧病患。」

「她有沒有說想要我帶她回去？」

「有。」

「那我就帶她回去。」

老婦人瞪著他。「要知道，我不會同意你們結婚。」

「我不在乎。」理查對她說。「我不在乎妳的家族、頭銜或家世。形式無所謂，只要我和她在一起就夠了。」

他轉身朝來時路走去，穿過長廊後，跨進那幾扇門內。夏綠蒂已經醒了。她躺在床上，頭髮披在枕上，像一片金色簾幕，她的銀色雙眸顯得靈敏，意識清楚。他跪在床邊。

「我沒辦法抱你。」她對他說。

他輕吻她的唇。「我不在乎。」

「我在乎。你不必這樣，如果對你來說很……」

他聽見她帶著哭腔說道。

「我不會離開妳。」他告訴她。「我永遠不會離開妳，我們要一起努力。跟我回家吧，求妳。」

他抱緊她。「夏綠蒂，快說好。」

「好。」她對他說。

終曲

三個月後

黃昏漸漸暗下來。樹上掛著幾串繽紛的圓形燈籠，發出柔和的黃、綠、藍與紅光。空中飄著螢火蟲細小的金光，九月的空氣溫暖宜人。夏綠蒂微微向後靠，廣闊而平靜的湖水在她面前開展，如一枚金幣閃閃發光。只要她向前傾，就可以看到卡爾達和奧黛莉位於對岸左側的家。

湖水輕輕拍打著木造堤岸。杰克仰躺在木板上，雙手托著頭，望著天空。喬治在他身旁，拿起一顆小石頭打水漂。蘇菲坐在岸邊，腳伸進水中。房子蓋好兩週後，她請求搬過來住幾天，之後就沒離開過。

夏綠蒂微微一笑。如果能離開這張椅子，走過蜿蜒小徑，來到堤岸邊，也把腳浸在綠色的湖水中，她一定會愛死這種感覺。然而，她知道自己的極限，她還得等。

再過大約一小時，理查會雇上一輛馬車，他們要去拜訪德朗和蘿絲。坎邁廷領主與夫人正等著他們上門。喬治與杰克即將升格爲舅舅，眞有意思。

腳邊的卡利斯抬起毛茸茸的黑色大頭，低吠一聲。有人來了。

輕快而從容的步伐吸引她的注意力，她轉過頭，只見奧古斯汀夫人走上門廊。

兩人已整整三個月沒說話。夏綠蒂撐著拐杖，雙腳立定。「妳好，母親。」

奧古斯汀夫人眉頭糾結。「妳可以站了。」

夏綠蒂向前走一步。「也可以走，但很吃力。」她身邊有幾位全世界最棒的看護，但她的進展依然慢得折磨人。

兩人互望著對方。夏綠蒂的腳開始發抖，只好坐回去。

奧古斯汀夫人在她身旁落坐。「好大的狗。」

「嗯，牠以前是奴隸販子的狗，後來離開了。」夏綠蒂用腳趾摩挲卡利斯毛茸茸的側腹。「妳已經消氣了？」

「妳差點葬送性命，我想，我這輩子都不會消氣。」奧古斯汀夫人嘆道。

「那妳爲什麼過來？」

「因爲，哪怕我和坎邁廷家不太熟，既然收到了懷孕慶祝會的邀請函，基於禮貌，我還是得走這一趟。」

「我也這麼想。這件事他辦得妥貼細緻，我得承認，他雖不是貴族出身，卻很懂我們的心思。」

「他還懂得利用我們的心思，眞是無情。」

「我看到他爲妳蓋了一棟房子。」奧古斯汀夫人看看身後的房屋。「他怎麼有能力負擔？」

「我由衷認爲，妳問這種問題簡直愚不可及。」夏綠蒂忍不住咧嘴笑道。

「我不是以艾爾・朗夫人的身分提問，而是以妳養母的身分提問。做母親的有資格愚不可及。」

「那是他家人幫忙蓋的，我說要付錢，他婉拒了。他們通力合作，不到兩週就蓋好，我在旁邊看著它逐漸成形。它棒極了。妳知不知道杉汀領主是變形者？」

夏綠蒂微笑說道：「是理查。」

「我多少聽說過，但一直以爲只是謠傳。他是哪一種變形者？」

「狼。我看到三個人搬不動一根橫梁，他一把接過去，自己一個人搬。」

「杉汀領主跑來幫妳蓋房子？」

夏綠蒂點頭。「他妻子是理查的堂妹。」

「妳也想？」

「想什麼？」

「結婚。」奧古斯汀夫人無比清晰地說出這兩個字。

夏綠蒂聳聳肩。「也許吧。我現在有個愛我的人，還有女兒，她和我們住在這棟他蓋的房子。我們過得很快樂，婚姻不過是種形式。母親，妳該見見外孫女，她很美，而且她需要妳我。」

奧古斯汀夫人的視線轉向堤岸，表情有點怪，彷彿正在凝望遙遠的天邊。「眾神啊。」她低語。「親愛的，她的心裡藏著好多傷痛。」

「確實。她不太容易相信人，但她愛我，我也愛她。我們可以合力幫她。」

理查走上門廊。「夫人，夏綠蒂。馬車已經備好，艾爾・朗夫人，您是否願和我們一同前往？」

「應該可以。」夫人起身。「但我要先去堤岸見見蘇菲。告辭。」

「祝妳好運！」夏綠蒂在夫人身後說。她站起來，理查擁著她，以強壯身軀支撐她大部分重量。

「生氣了？」他問道。

「沒有，我本來就打算寫信給她，但我的字還是很醜，看起來像地上的雞爪印。」

「我愛妳。」他對她說。

夏綠蒂親吻他，嘴唇的觸感喚醒體內的渴望。「我也愛你。」她低喃。「你覺得，今晚你有沒有本事展現你有多愛我？」

他低聲笑了，表達男性的滿足。「我想這可以安排。」

她的頭靠著他的胸膛。兩人依偎在彼此的溫暖中。明天又是新的一天，有新的煩惱、新的問題、新的擔憂。但是，今晚依然平靜而美好。

「明天可不可以再出來？」她低聲問道。「你和我坐在平台上，喝著酒，欣賞湖水？」

「一言爲定。」他親吻她。

她微微笑了。

《銀色死神》完

邊境系列完結

Steel's Edge

銀色死神（邊境4完）／伊洛娜.安德魯斯（Ilona Andrews）著；
蔡心語譯. -- 初版. -- 台北市：蓋亞文化, 2020.12
冊；　公分. -- (Fever)
譯自：STEEL'S EDGE
978-986-319-525-2（第4冊：平裝）

874.57　　109019996

Fever FR075

銀色死神 邊境vol. 04 完

作　　者　伊洛娜・安德魯斯（Ilona Andrews）
譯　　者　蔡心語
封面設計　莊謹銘
責任編輯　盧韻亘
總 編 輯　沈育如
發 行 人　陳常智
出 版 社　蓋亞文化有限公司
地址：台北市 103 承德路二段 75 巷 35 號 1 樓
電話：02-2558-5438　傳眞：02-2558-5439
電子信箱：gaea@gaeabooks.com.tw
投稿信箱：editor@gaeabooks.com.tw
郵撥帳號 19769541　戶名：蓋亞文化有限公司
法律顧問　宇達經貿法律事務所
總 經 銷　聯合發行股份有限公司
地址：新北市新店區寶橋路二三五巷六弄六號二樓
電話：02-2917-8022　傳眞：02-2915-6275
港澳地區　一代匯集
地址：九龍旺角塘尾道 64 號龍駒企業大廈 10 樓 B&D 室
電話：+852-2783-8102　傳眞：+852-2396-0050
初版一刷　2020年12月
定　　價　新台幣420元
Published and printed in Taiwan

ISBN／978-986-319-525-2

GAEA

GAEA